10
18

12, AVENUE D'ITALIE. PARIS XIIIᵉ

Sur l'auteur

Hillary Jordan a passé sa jeunesse entre le Texas et l'Oklahoma, et vit aujourd'hui à Tivoli, dans l'État de New York. Acclamé par la critique américaine, nommé dans la liste des dix meilleurs premiers romans de la décennie par le très branché magazine *Paste*, son premier roman, *Mississippi*, en partie inspiré par ses souvenirs d'enfance, s'est vu attribuer le prestigieux Bellwether Prize. Son second roman, *Écarlate*, a connu également un formidable succès outre-Atlantique.

HILLARY JORDAN

ÉCARLATE

Traduit de l'anglais (États-Unis)
par Michèle Albaret-Maatsch

10
18

BELFOND

Du même auteur
aux Éditions 10/18

Mississippi, n° 4457

Ce livre est une œuvre de fiction. Alors que, comme dans toute fiction, les perceptions et les connaissances littéraires sont basées sur l'expérience, tous les noms, les personnages, les lieux et les événements sont le fruit de l'imagination de l'auteur ou utilisés fictivement.

Titre original :
When She Woke
(publié par Algonquin Books of Chapel Hill,
une division de Workman Publishing, New York)

Ce livre est dédié à mon père

« Volontiers, l'ami, répondit le villageois, et je gage qu'après tous vos tracas et un séjour chez les sauvages, il vous réjouira le cœur d'arriver dans un pays où le péché est traqué sans merci et puni à la face des chefs du gouvernement et du peuple. »

Nathaniel HAWTHORNE,
La Lettre écarlate

UN
Le pilori

Lorsqu'elle se réveilla, elle était rouge. Ce n'était ni la honte ni un coup de soleil, c'était le rouge franc et parlant d'un panneau de stop.

C'est ses mains qu'elle vit en premier. Elle les leva et les examina en plissant les yeux. Dans l'ombre de ses cils et à la lumière blanche et crue du plafond, elles lui apparurent noires durant quelques secondes. Puis elle accommoda et l'illusion se dissipa. Elle les étudia de dos, de face. Vues par en dessous, elles lui semblèrent avoir à peu près autant de points communs avec elle que des étoiles de mer. Ce n'était pas une surprise – des Rouges, elle en avait déjà vu plusieurs fois, bien sûr, dans la rue et sur les vids –, pourtant, elle n'avait pas imaginé devoir affronter pareille métamorphose dans sa chair. Depuis vingt-six ans qu'elle était en vie, ses mains avaient été d'un rose aux nuances de miel qui virait au brun doré pendant l'été. Aujourd'hui, elles avaient la couleur du sang frais.

Elle sentit la panique monter, sa gorge se nouer et des tremblements la saisirent. Elle ferma les paupières et s'obligea à rester calme et à contrôler sa respiration afin que son ventre se soulève et s'abaisse à un rythme régulier. Elle ne portait qu'une tunique courte et sans manches, mais elle n'avait pas froid. La

13

température de la pièce était réglée pour qu'elle soit à l'aise. La peine s'appliquait par d'autres biais : solitude, monotonie et, pire, confrontation avec l'image de soi, au plan littéral comme au plan figuré, le tout distillé par petites touches. Elle n'avait pas encore vu les miroirs mais les devinait qui chatoyaient à la lisière de sa conscience, avant de lui dévoiler sa nouvelle image ; et, cachées derrière eux, les caméras filmant le moindre battement de ses cils, le moindre tressaillement de ses muscles, puis les curieux derrière les caméras, gardes, médecins et techniciens au service de l'État, et les millions de spectateurs, les pieds sur une table basse, une bière ou un soda à la main, les yeux rivés sur l'écran vid. Elle se promit de ne rien leur donner : ni preuves ni exceptions pour étoffer leurs études de cas, ni réactions susceptibles de susciter leur mépris ou leur pitié. Elle allait s'asseoir, ouvrir les yeux, regarder ce qu'il y avait à regarder, puis elle attendrait calmement qu'on la relâche. Trente jours, ce n'était pas si long.

Elle inspira profondément et s'assit. Des miroirs tapissaient les quatre murs et lui renvoyaient l'image d'un sol et d'un plafond blancs, d'une plate-forme de couchage blanche, d'une unité de douche transparente, d'un lavabo et d'un cabinet blancs. Et, au beau milieu de tout ce blanc immaculé, une tache d'un rouge criard qui n'était autre qu'elle-même, Hannah Payne. Elle vit un visage rouge – le sien. Des bras et des jambes rouges – les siens. Même sa tunique était écarlate, encore que d'une nuance moins vive que sa peau.

Elle eut envie de se rouler en boule, de se cacher, de hurler, de marteler la vitre à coups de poing jusqu'à la faire voler en éclats. Mais elle n'eut pas le temps de céder à ces impulsions, un spasme lui noua le ventre, une nausée la secoua. Elle se précipita vers le cabinet et vomit jusqu'à ce qu'il ne lui reste plus que de la bile. Puis elle posa le bras sur le siège et appuya mollement sa figure par-dessus. Quelques secondes plus tard, la chasse d'eau se déclenchait automatiquement.

Le temps passa. Une sonnerie retentit par trois fois et, sur le mur opposé, un panneau s'ouvrit sur un renfoncement contenant un plateau-repas. Hannah resta par terre ; elle se sentait trop mal en point pour manger. Le panneau se referma et la sonnerie retentit de nouveau, à deux reprises seulement. Presque aussitôt, les lumières s'éteignirent. C'était la pénombre la plus agréable qu'elle ait jamais connue. Elle se traîna jusqu'à la plate-forme et s'allongea sur le couchage, où elle finit par s'endormir.

Elle rêva qu'elle était à Mustang Island avec Becca et leurs parents. Becca avait neuf ans, elle sept. Elles construisaient un château de sable. Becca faisait le château, et elle-même creusait les douves. Ses doigts retournaient le sable autour de la structure centrale. Plus elle creusait, plus le sable était humide et compact, et plus elle avait de mal à enfoncer les doigts.

« C'est assez profond comme ça, Hannah », déclara Becca.

Mais, ignorant sa sœur, elle continua de plus belle. Il y avait quelque chose en dessous, quelque chose qu'il lui fallait trouver au plus vite. Ses mouvements se firent frénétiques. À présent, le sable était mouillé et elle avait les doigts à vif. L'eau commença à monter dans le fond des douves, lui recouvrit les mains jusqu'aux poignets. Elle sentit une odeur fétide et se rendit compte que ce n'était pas de l'eau mais du sang, du vieux sang sombre et poisseux. Elle essaya de retirer vivement ses mains des douves, mais elles s'étaient accrochées à quelque chose… non, quelque chose les retenait, les tirait. Ses bras s'enfoncèrent jusqu'aux coudes. Elle hurla pour appeler ses parents à l'aide, mais il n'y avait personne sur la plage, à part Becca et elle. Elle s'abattit tête la première sur le château de sable qu'elle écrasa.

« Aide-moi, implora-t-elle sa sœur, mais Becca, qui suivait son enlisement d'un air impassible, ne bougea pas d'un pouce.

— Embrasse le bébé pour moi, lui répondit Becca. Dis-lui… »

Hannah n'entendit pas la suite. Elle avait du sang plein les oreilles.

Elle se réveilla en sursaut, le cœur battant. La pièce était toujours plongée dans l'obscurité et elle-même était glacée et trempée. *Ce n'est que de la sueur*, se dit-elle. *Pas du sang, de la sueur*. Elle fut prise de frissons pendant que son corps séchait, puis la température se réchauffa pour compenser. Elle allait retomber dans le sommeil quand la sonnerie retentit deux fois. Les lumières s'allumèrent, aveuglantes. Sa deuxième journée de Rouge avait commencé.

Hannah tenta de se rendormir, mais les lumières blanches lui vrillaient les paupières, les globes oculaires, le cerveau. Elle eut beau mettre son bras devant ses yeux, elle continua à les voir, comme si un soleil étranger, dur, flambait sous son crâne. C'était voulu, elle le savait. Ces lumières empêchaient tout le monde de dormir, à l'exception d'un faible pourcentage de détenus. Et, parmi ceux-ci, quatre-vingt-dix pour cent environ se suicidaient dans le mois suivant leur libération. Le message des chiffres était dénué d'ambiguïté : si on était suffisamment dépressif pour dormir malgré l'éclairage aveuglant, on était quasiment fichu. Hannah n'arrivait pas à dormir. Fallait-il s'en réjouir ou le déplorer ? Elle n'aurait su le dire.

Elle se mit sur le côté. Les micro-ordis incrustés dans le couchage n'étaient pas perceptibles, mais ils étaient là, elle en était sûre, et enregistraient sa température, son pouls, sa tension, son rythme respiratoire, son taux de globules blancs, de sérotonine. Des données intimes… mais il n'y avait pas d'intimité dans une cellule chromatique.

Elle avait envie d'aller aux toilettes, mais se retint le plus possible à cause des caméras. Si la diffusion des « actes d'hygiène corporelle » auprès du grand public était censurée, les gardes et les monteurs les voyaient, eux. À la fin, quand elle ne put attendre davantage, elle se leva et se soulagea. Son urine était jaune. Ça la réconforta un peu.

Un verre et une brosse à dents étaient posés sur le lavabo. En ouvrant la bouche, elle sursauta : sa langue était d'un rouge violacé intense, couleur de glace à la framboise. Seuls ses yeux, d'un noir profond entouré de blanc, n'avaient pas changé. À l'heure actuelle, le virus n'affectait plus le pigment oculaire, comme aux premiers temps du mélachromatisme. Il y avait eu trop de cas de cécité, ce qui constituait, pour les tribunaux, un châtiment exagérément cruel. Hannah avait vu des vids de ces premiers Chromes au regard fluo et éteint et au visage d'une inexpressivité troublante. Elle, au moins, avait encore ses yeux pour lui rappeler qui elle était : Hannah Elizabeth Payne. Fille de John et de Samantha. Sœur de Rebecca. Meurtrière d'un enfant sans nom. Elle se demanda si ce bébé aurait hérité de la bouche généreuse et des yeux bruns et mélancoliques de son père, de son grand front et de sa peau translucide.

Puis, dérangée par la moiteur de sa peau et l'odeur aigrelette de son corps, Hannah s'approcha de l'unité de douche. Sur un panneau accroché à la porte, on pouvait lire : EAU NON POTABLE. DÉFENSE DE BOIRE. Juste au-dessous, il y avait un crochet pour sa tunique. Elle allait la retirer, mais repensa aux curieux et entra tout habillée. Elle referma et l'eau se mit à couler, délicieusement chaude. Profitant du distributeur de savon, elle se frotta fort la peau. Elle attendit que la vapeur recouvre les parois de la cabine pour relever sa tunique, puis se savonna et se rinça par en dessous. Encore une fois, le contact de ses poils sous les aisselles la surprit, elle aurait pourtant dû s'y être habituée à présent. Depuis son arrestation, elle n'avait plus le droit au rasoir. Au début, quand ses poils avait commencé à repousser dru sous ses bras et sur ses jambes, elle avait été horrifiée. Maintenant, ils étaient carrément soyeux ! Penser à cette vanité bien féminine lui arracha un rire, un vilain rire qui résonna dans l'espace fermé de l'unité de douche. Elle était rouge. Quelle importance que sa féminité !

Elle repensa à la première fois où elle avait vu une Chromelle. Elle était au jardin d'enfants à l'époque. Comme aujourd'hui, elles étaient relativement rares, la vaste majorité étant des Jaunes condamnées à de courtes peines pour de petits délits. La femme qu'Hannah avait vue était une Bleue – vision encore plus insolite, même si Hannah était trop petite pour s'en rendre compte. En général, les violeurs d'enfants ne survivaient pas longtemps à leur libération. Certains se suicidaient, mais la plupart disparaissait purement et simplement. On les retrouvait dans une poubelle, un cours d'eau, victimes d'un coup de couteau, d'une arme à feu ou étranglés. Ce jour-là, Hannah et son père traversaient la rue quand la Bleue, dissimulée dans un long manteau à capuche et des gants malgré la chaleur automnale poisseuse, était arrivée dans l'autre sens. À son approche, le père d'Hannah avait attiré sa fille à lui avec une brusquerie qui avait poussé la Chromelle à relever la tête. Son visage était d'un bleu de cobalt stupéfiant, mais c'étaient ses yeux qui avaient fasciné Hannah. On aurait cru des morceaux de basalte, piquetés de rage. Hannah avait eu un mouvement de recul et la femme avait souri en découvrant des dents blanches plantées dans des gencives d'un violet répugnant.

Hannah n'avait pas tout à fait fini de se rincer quand le stoppeur coupa l'eau. Les souffleries prirent le relais et enveloppèrent la jeune femme dans un agréable courant d'air chaud. Lorsqu'elles s'arrêtèrent, elle sortit de la cabine, un peu apaisée.

La sonnerie retentit par trois fois, puis le panneau monte-plats s'ouvrit. Hannah n'y prêta pas attention. Mais, de toute évidence, il lui était impossible de sauter un repas supplémentaire, car une autre sonnerie résonna aussitôt, stridente, insupportable. Elle se dépêcha de retirer le plateau. Le bruit cessa.

Il y avait deux nutribarres, une brun tacheté et une vert vif, une tasse d'eau et une grosse pilule beige. Ça ressemblait à des vitamines, mais comment en être sûre ? Elle mangea les barres, bouda la pilule et remit le plateau dans le renfoncement. À peine eut-elle tourné les talons que la sonnerie perçante redémarra de plus belle. Hannah récupéra la pilule et l'avala. Le vacarme se calma et le panneau se referma.

Et maintenant ? se dit la jeune femme. À la recherche de quelque chose, n'importe quoi, qui lui permettrait de ne pas se regarder, elle jeta un coup d'œil désespéré sur la cellule impersonnelle. À l'infirmerie, juste avant qu'on lui injecte le virus, le responsable lui avait proposé une bible, mais, devant son attitude suffisante et affectée et son ton méprisant, elle avait décliné son offre. Cela, et son orgueil, l'avait poussée à rétorquer :

« Je ne veux rien de vous. »

Il avait souri d'un air narquois.

« Quand tu auras passé une semaine ou deux seule dans ta cellule, tu feras moins la fière. Tu changeras d'avis, comme tout le monde.

— Vous vous trompez, avait-elle répliqué en pensant : *Moi, je suis différente*.

— Lorsque tu y viendras, avait poursuivi le responsable, imperturbable, demande donc et je t'en ferai passer une.

— Je vous l'ai dit, je ne demanderai pas. »

Il l'avait évaluée du regard.

« Je te donne six jours. Sept au maximum. N'oublie pas de dire : s'il vous plaît. »

À présent, Hannah se serait collé des coups de pied pour avoir refusé. Non parce que la bible lui aurait procuré un quelconque réconfort – Dieu l'avait abandonnée, c'était évident, et elle ne pouvait le Lui reprocher –, mais parce qu'elle lui aurait permis de réfléchir à autre chose qu'au gâchis écarlate qu'elle avait fait de sa vie. S'appuyant contre le mur, elle se laissa glisser jusqu'à ce que ses fesses touchent le sol. Elle serra les bras autour de ses genoux, posa sa tête dessus, mais en voyant le pitoyable tableau – genre petite fille aux allumettes – qu'elle offrait au miroir, elle se ressaisit, croisa les jambes et mit les mains sur ses cuisses. On ne pouvait pas savoir quand on passait à l'écran. Même si chaque cellule était filmée en permanence et si les diffusions se faisaient en direct, ils ne montraient pas tout le temps les mêmes détenus, ceux-ci étaient retenus au hasard, selon le bon vouloir des monteurs et des producteurs. Rien que dans le fuseau horaire du Centre, ils avaient le choix entre des milliers de prisonniers, mais, ayant quelquefois regardé l'émission, Hannah savait aussi que les femmes, surtout quand elles étaient jolies, passaient en général plus souvent que les hommes, et les Rouges et autres criminels plus souvent que les Jaunes. Et si on était vraiment distrayant – si on délirait, si on discutait avec des personnages imaginaires, si on implorait miséricorde, si on avait des convulsions, si on s'écorchait pour se débarrasser de la couleur (ce qui était toléré jusqu'à un certain point, au terme duquel retentissait la sonnerie punitive) –, on pouvait avoir l'honneur de passer dans l'émission nationale. Elle se promit de présenter une image aussi placide et banale que possible, ne serait-ce que pour sa famille. Si ça se trouve, ils étaient en train de la regarder. Si ça se trouve, lui aussi la regardait.

Il n'était pas venu au procès mais s'était manifesté par vidlink le jour de son jugement. Un holo de son célèbre visage, plus grand que nature, avait surgi devant elle et l'avait pressée de coopérer avec l'accusation.

« Hannah, en tant que ton ancien pasteur, je t'en conjure, soumets-toi à la loi et donne le nom de l'homme qui a pratiqué l'avortement et de tous ceux qui ont joué un rôle dans cet événement. »

Hannah n'avait pu se résoudre à le regarder. À la place, elle avait observé les avocats et les magistrats, les spectateurs et les jurés qui, penchés en avant sur leur siège, ne perdaient pas un mot de ses propos. Elle avait observé son père voûté dans son costume du dimanche, qui n'avait pas croisé son regard depuis que le garde l'avait fait entrer dans la salle. Naturellement, ni sa mère ni sa sœur ne l'avaient accompagné.

« Ne te laisse pas influencer par une loyauté mal comprise ni même par une certaine pitié pour tes complices, avait poursuivi le pasteur. Que serait ton silence, sinon un encouragement à commettre d'autres crimes contre les enfants à naître ? »

Sa voix grave et chaude, éraillée par l'émotion, vibrait à travers la salle, mobilisant l'attention pleine et entière des personnes présentes.

« Par la grâce de Dieu, avait-il ajouté en insistant bien sur les termes, il t'est accordé une honte publique afin qu'un jour tu triomphes publiquement du mal qui prévaut en toi. Voudrais-tu refuser à tes compagnons de péché la coupe amère mais purifiante que tu bois aujourd'hui ? Voudrais-tu la refuser au père de cet enfant qui n'a pas eu le courage de se dénoncer ? Non, Hannah, mieux vaut les nommer aujourd'hui et les soulager de l'intolérable fardeau d'avoir à cacher leur culpabilité jusqu'à la fin de leurs jours ! »

Le juge, les jurés et les spectateurs s'étaient tournés vers Hannah pour entendre sa réponse. Il semblait impensable qu'elle puisse résister au pouvoir de cet appel enflammé, d'autant qu'il émanait du pasteur Aidan Dale, rien moins, ancien pasteur des vingt mille membres de l'Église du Verbe Ardent de Plano, fondateur du ministère universel du Chemin, de la Vérité et de la Vie et récemment nommé, à seulement trente-sept ans – du jamais-vu –, ministre de la Foi dans le gouvernement du président Morales. Comment Hannah aurait-elle pu se taire ? Comment quiconque l'aurait-il pu ?

« Non, je ne dirai rien », avait-elle répondu.

Tous les gens avaient poussé un même soupir. Le pasteur Dale avait placé la main sur son torse et baissé la tête, comme s'il priait silencieusement.

« Mademoiselle Payne, avait alors lancé le juge, votre avocat vous a-t-il prévenue qu'en refusant de révéler l'identité de l'avorteur et celle du père de l'enfant vous alourdissez votre peine de six ans ?

— Oui.

— Accusée, levez-vous, je vous prie. »

Son avocat l'avait aidée à se mettre debout. Elle avait les jambes flageolantes et la bouche sèche tant elle avait peur, mais son visage demeurait impassible.

« Hannah Elizabeth Payne, avait dit le juge.

— Avant que vous ne prononciez sa peine, l'avait interrompu le pasteur Dale, m'autorisez-vous à m'adresser encore une fois à la cour ?

— Je vous en prie, monsieur.

— J'ai été le pasteur de cette femme. J'avais la responsabilité de son âme. »

À ces mots, Hannah avait levé la tête vers lui et soutenu son regard. La souffrance qu'elle avait lue dans ses yeux lui avait fendu le cœur.

« Si elle est là aujourd'hui devant ce tribunal, ce n'est pas de son seul fait, mais du mien aussi, car j'ai failli à mon devoir de la guider vers la vertu. Je connais Hannah Payne depuis deux ans. J'ai été témoin de sa dévotion envers sa famille, de sa bonté envers les moins fortunés, de la sincérité de sa foi en Dieu. En dépit de la gravité de sa faute, je crois que Sa Grâce peut la racheter et je ferai, si vous lui témoignez de l'indulgence, tout ce qui est en mon pouvoir pour lui venir en aide. »

Certains jurés, le regard embué, avaient opiné du chef. Même la mine sévère du juge s'était un peu adoucie. Hannah avait éprouvé un brin d'espoir. Mais le magistrat avait secoué la tête avec brusquerie, comme pour se défaire d'un sort qu'on lui aurait jeté, et avait déclaré :

« Je suis désolé, monsieur. Pour ce genre de cas, la loi est intransigeante. »

Il s'était de nouveau tourné vers Hannah.

« Hannah Elizabeth Payne, étant entendu que vous avez été reconnue coupable de meurtre, je vous condamne au mélachromatisme, peine qui vous sera infligée par les services de la justice criminelle du Texas, à trente jours dans une cellule chromatique de la prison d'État de Crawford, et à être une Rouge pendant seize ans. »

Lorsqu'il avait abattu son marteau, elle avait vacillé mais n'avait pas perdu l'équilibre. Et elle n'avait pas jeté un regard à Aidan Dale quand les gardiens l'avaient emmenée.

La douche constituait son seul et unique plaisir et lui offrait un répit crucial durant les longues heures déprimantes séparant le dîner du déjeuner. La jeune femme avait appris sa leçon dès le deuxième jour alors qu'elle s'était douchée juste après son réveil. L'après-midi s'était traîné dans un silence qui lui faisait mal aux tympans, tandis que ses pensées balançaient entre passé et présent, et quand, cherchant désespérément à se distraire, elle avait voulu prendre une deuxième douche, rien n'était sorti du pommeau. Elle avait maudit ses gardiens d'un violent « Allez vous faire foutre ! » qui aurait scandalisé l'innocente qu'elle était encore deux années auparavant et dont la vie tournait autour de deux pôles : sa famille et l'église ; une innocente qui vivait avec ses parents, travaillait comme couturière pour une boutique de mariage de Plano, allait aux messes du dimanche matin et du mercredi soir, à la catéchèse deux fois par semaine, aidait la friperie caritative et faisait campagne pour les candidats du parti de la Trinité. Cette Hannah-là était une jeune fille sage et une bonne chrétienne, qui obéissait aux souhaits de ses parents… en tout ou presque.

Elle n'avait qu'un vice caché, c'était ses robes : des robes avec décolletés en goutte d'eau et boutons de nacre, hauts immatériels et jupes droites, réalisées dans de somptueux velours, des soies éclatantes et des voiles ornés de fils d'or. Elle les dessinait et les confectionnait tard le soir, puis les cachait sous les montagnes de soie, de dentelle et de tulle d'un blanc virginal qui envahissaient son atelier au-dessus du garage. Lorsqu'elle en terminait une, elle s'assurait plutôt deux fois qu'une que ses parents et Becca dormaient profondément, puis retournait à l'atelier sur la pointe des pieds, fermait la porte à clé et essayait sa création en tournoyant lentement et rêveusement devant le miroir. Elle avait beau savoir que c'était un comportement vaniteux, un péché, elle éprouvait toujours du plaisir à toucher le tissu et à voir l'éclat que les couleurs donnaient à son teint. Quel contraste avec les habits ternes qu'elle était obligée de porter, ces tenues sages, col haut, jupe à mi-mollet, pastel ou discrètement fleuries, que lui imposait sa foi ! Elle les mettait avec docilité, car elle comprenait leur utilité dans un monde fourmillant de tentations, mais détestait les enfiler le matin, et toutes les prières du monde n'auraient pu modifier son jugement.

Hannah avait bien conscience de sa nature rebelle. Ses parents lui en faisaient régulièrement reproche et la poussaient à calquer son comportement sur celui de sa sœur. Becca était une enfant obéissante, enjouée, qui avait traversé l'adolescence avec une facilité qu'Hannah lui avait enviée. Becca n'avait jamais lutté pour suivre le plan de Dieu, n'avait pas éprouvé le moindre doute et n'avait jamais rêvé d'un je-ne-sais-quoi d'indéfinissable en plus. Hannah s'efforçait de lui ressembler, mais plus elle réprimait sa véritable nature, plus celle-ci reprenait brutalement le dessus dès que ses résolutions faiblissaient, ce qui ne manquait pas d'arriver. Durant son adolescence, elle n'avait cessé de s'attirer des ennuis, en essayant un gloss à lèvres, en faisant des recherches interdites sur son phone, en lisant des livres que ses parents jugeaient pernicieux… Mais, le plus souvent, ç'avait été pour avoir formulé les questions qui s'imposaient à son esprit : « Pourquoi une fille sans chemise est-elle impudique, alors qu'un garçon ne l'est pas ? » « Pourquoi Dieu laisse-t-il souffrir les innocents ? » « Si Jésus a transformé l'eau en vin, pourquoi c'est mal d'en boire ? » Ces questions avaient le don d'exaspérer ses parents, sa mère surtout, qui la forçait à s'asseoir et à garder le silence pendant des heures afin qu'elle médite sur son effronterie. Une jeune fille comme il faut ne discutait pas, avait fini par comprendre Hannah. Même dans ses pensées les plus intimes, ça ne l'effleurait pas.

Les robes l'avaient sauvée, du moins provisoirement. Elle avait toujours eu un don pour les travaux d'aiguille, et les murs de la maison Payne disparaissaient derrière ses broderies, depuis les simples points de croix de l'époque de ses premiers efforts – JÉSUS M'AIME, HONORE TON PÈRE ET TA MÈRE, CÈDE UN POUCE À SATAN ET IL TE PRENDRA UN BRAS – aux ouvrages compliqués avec versets brodés accompagnés d'agneaux, de colombes et de croix. Elle avait confectionné des habits pour les poupées de Becca et les siennes, brodé des fleurs sur les tabliers de sa maman et des initiales JWP sur les mouchoirs de son père, sortes d'offrandes propitiatoires quand elle était tombée en disgrâce. Mais rien de tout cela n'avait suffi à la combler ni à taire les questions qui l'agitaient.

Puis, l'année de ses dix-huit ans, par hasard, elle dénicha un coupon de soie violette dans la corbeille aux affaires du magasin de tissus. Dès l'instant où elle la vit, elle la voulut. L'étoffe chatoyait avec une beauté profonde et mystérieuse qui parut lui parler.

Elle la caressa et profita de ce que sa mère s'était éloignée pour se pencher en avant et la frotter doucement contre sa joue. Becca sifflota pour la prévenir du retour de leur mère, et Hannah lâcha le tissu, mais sa peau n'oublia pas ce contact voluptueux. Cette nuit-là, une forme violette prit tournure dans sa tête, floue au début, puis de plus en plus précise à mesure qu'elle l'imaginait : une robe du soir à manches longues et encolure montante, échancrée très bas dans le dos… une robe avec un côté secret. Elle n'eut guère de mal alors à se voir la porter, pas sur un podium parisien ni à un bal dans les bras d'un beau prince, mais seule dans une pièce banale avec des parquets brillants et une psyché où elle pourrait l'admirer sans culpabilité, sans chercher à plaire à quiconque à part elle-même.

Elle patienta une bonne semaine avant de retourner à vélo au magasin en se disant que si le coupon n'était plus là, ce serait la volonté de Dieu, qu'elle s'y conformerait. Or, non seulement il était toujours là, mais son prix avait baissé de trente pour cent. *Ainsi soit-il*, se dit-elle sans une once d'ironie. Huit années la séparaient encore de l'ironie.

Durant les six premières, les robes secrètes lui suffirent. Elle en fit une, deux au maximum par an, consacrant des mois au dessin avant de choisir le tissu et de se mettre à l'ouvrage. Ce travail de création lui procura une satisfaction qu'elle n'avait pas connue jusqu'alors, apaisant son agitation et l'aidant à assumer le rôle qu'on voulait lui voir remplir. Ses parents louèrent son obéissance nouvelle et Dieu qui lui avait montré le chemin pour y parvenir. Quant à Hannah, elle Lui était très reconnaissante. Il lui avait montré le chemin. Avec ce coupon de soie violette, Il lui avait fourni le moyen de canaliser ses passions d'une manière qui ne nuisait à personne et allait la porter des années durant.

Et ce fut ce qui se passa. Jusqu'à ce qu'elle fasse la connaissance d'Aidan Dale.

Calée contre le mur de sa cellule en attendant la sonnerie du dîner, Hannah repensa à leur première rencontre lors de ce terrible 4 Juillet, deux ans auparavant. Gérant d'un magasin d'articles de sport, son père avait dû travailler alors que c'était la fête de l'Indépendance. Il rentrait à la maison en train quand un type s'était fait sauter avec dix-sept autres personnes. Son père, à l'extrémité du wagon, avait été grièvement blessé. Il avait eu une fracture du crâne, un tympan perforé et de multiples lacérations dues aux clous dont le terroriste avait truffé sa bombe, mais c'étaient ses yeux qui avaient subi les blessures les plus inquiétantes. D'après les médecins, il y avait de grands risques qu'il ne recouvre pas la vue.

Le lendemain de l'opération, Hannah était descendue à la cafétéria de l'hôpital. En remontant avec un plateau de boissons et de sandwiches, elle avait découvert Aidan Dale, sa mère et Becca à genoux à côté du lit du blessé, priant Dieu pour sa guérison. Hannah avait très souvent entendu le pasteur, mais du soixantième rang et via des haut-parleurs, ce qui l'avait mal préparée au choc qu'elle ressentit alors. Sa voix était si sonore et si prenante, elle vibrait de tant de foi et de passion qu'on aurait cru un instrument créé dans le seul but d'atteindre le Seigneur. Elle la parcourut comme un liquide brûlant, la réchauffa et apaisa ses peurs. Dieu ne voudrait pas, ne pourrait pas ignorer les suppliques de cette voix, c'était certain.

Hannah posa son plateau et s'approcha du lit. Elle ne s'était encore jamais trouvée aussi proche du pasteur Dale. Il lui parut plus jeune qu'elle ne l'avait cru. Une boucle de cheveux châtain clair lui barrait le front et lui tombait presque dans l'œil, et elle s'aperçut que les doigts la démangeaient de la rejeter en arrière. Déconcertée – comment cette idée avait-elle pu lui traverser l'esprit ? –, elle s'agenouilla en face de lui. Quand il leva la tête et la vit, il s'interrompit brièvement, puis ferma les paupières et continua sa prière. Hannah baissa le nez pour masquer son embarras derrière ses longs cheveux.

Lorsqu'il eut terminé, il fit le tour du lit et s'arrêta à côté d'elle. L'espace d'une seconde angoissée, elle ne put que fixer ses genoux.

« Tu dois être Hannah », dit-il.

Elle se remit debout et s'obligea à le regarder. Acquiesça. Devant la compassion qui se lisait dans les prunelles du pasteur Dale, ses yeux s'embuèrent. Elle marmonna un « Merci » et reporta son attention vers son père, emmailloté dans des pansements et criblé d'aiguilles et de tubes. Sous le drap, son corps paraissait trop menu pour lui. Seuls le haut de son crâne et un avant-bras étaient visibles et, quand elle tendit la main pour caresser le petit bout de peau exposée, elle se fit la réflexion qu'elle aurait pu toucher un parfait inconnu sans même le savoir. Une larme roula sur sa joue et s'écrasa contre le bras de son père. C'est alors qu'elle sentit sur son épaule le poids et la chaleur rassurante de la main du pasteur Dale. Elle dut lutter contre l'envie de se laisser aller contre cette main, contre lui.

« Je sais que tu as peur pour lui, Hannah, observat-il, et elle se dit que, dans sa bouche, son nom semblait ravissant, il évoquait un poème en deux syllabes. Mais il n'est pas seul. Son Père est en lui et Jésus est à côté de lui. »

Comme vous êtes à côté de moi. Elle avait terriblement conscience du peu de distance qui les séparait. Elle sentait son odeur, une base de cèdre et de pommes relevée d'une petite pointe d'oignons crus, la chaleur de son corps tout proche de son dos. Elle ferma les yeux, frappée par une sensation inconnue, un mélange d'attrait sexuel, d'attirance plus générale et de proximité affective. Était-ce cela qu'on appelait le désir ?

Son père gémit dans son sommeil, ce qui l'arracha à sa rêverie et la ramena brutalement à la réalité. Comment pouvait-elle nourrir de telles pensées alors qu'il était là à souffrir juste sous ses yeux ? Comment pouvait-elle seulement les concevoir ?

Car Aidan Dale était un homme marié. Sa femme, Alyssa, et lui s'étaient mariés quand ils avaient une petite vingtaine d'années et, au dire de tous et à en juger par les apparences, ils étaient heureux ensemble. L'inépuisable tendresse d'Aidan envers Alyssa et l'air captivé et en adoration de celle-ci lorsque son mari prêchait suscitaient beaucoup de soupirs parmi les éléments féminins de la congréga-tion – dont Becca, qui avait juré à l'âge de dix-huit ans de ne jamais se marier tant qu'elle ne serait pas aussi profondément amoureuse que les Dale. Et pour-tant, ils n'avaient pas d'enfants. Personne ne savait pourquoi, mais, au Verbe Ardent, c'était un sujet de spéculation et de prières constantes. Tout le monde s'accordait à dire qu'il ne pouvait pas y avoir deux personnes plus aptes à être parents ou plus dignes de ces joies qu'Aidan et Alyssa Dale. Que Dieu ait choisi de leur refuser ce bonheur sans égal était un mystère et la preuve éclatante que Ses voies étaient impéné-trables. Si les Dale souffraient de cette situation – comment aurait-il pu en être autrement ? Et pour-quoi n'en avaient-ils jamais adopté ? –, ils le cachaient bien et concentraient toute leur énergie sur l'Église. Cependant, tout le monde avait remarqué que le pasteur Dale attachait une attention particulière aux enfants, aux déshérités principalement. Il avait fondé des foyers et des écoles dans chaque grande ville du Texas et en avait financé des tas d'autres à travers le pays. Il se rendait régulièrement dans les camps de réfugiés en Afrique, en Indonésie et en Amérique du Sud et avait travaillé avec les gouvernements de nombreux pays ravagés par la guerre pour donner à des familles américaines la possibilité d'adopter des orphelins.

Le saint ministère du CVV récoltait des millions, mais les Dale ne vivaient pas pour autant dans un manoir sécurisé et n'avaient pas une armée de domestiques et de gardes du corps à leur disposition. La plus grande part des fonds versés au ministère était redistribuée pour secourir les nécessiteux. Aidan Dale était connu et aimé dans le monde entier comme un authentique serviteur de Dieu et Hannah avait toujours été fière d'appartenir à sa congrégation. Mais là, ce qu'elle ressentait – ce que sa présence et le simple contact de ses mains suscitaient chez elle – dépassait largement – et scandaleusement – la fierté et l'admiration. *Pardonne-moi, Seigneur*, implora-t-elle.

Le pasteur Dale ôta sa main de l'épaule d'Hannah, qui en éprouva une sensation de vide, de froid, et retourna vers la mère de la jeune femme.

« Y a-t-il quelque chose qui puisse vous être utile, Samantha ? Un peu d'aide à la maison ?

— Non, merci, monsieur. Entre la famille et les amis de l'Église, nous avons tout ce qu'il nous faut, et même des plats cuisinés à ne savoir qu'en faire. »

Gentiment, il ajouta :

« Et financièrement, ça va ? »

Hannah vit sa mère s'empourprer légèrement.

« Oui, monsieur. Ça va aller.

— Je vous en prie, appelez-moi Aidan. »

Devant sa réticence, il insista :

« J'y tiens. »

Elle finit par opiner à contrecœur. Le pasteur Dale sourit, satisfait de l'avoir emporté, et Hannah sourit aussi, sachant que sa mère aurait plus vite fait de se fumer un pétard ou de jouer les mannequins de lingerie que d'appeler un pasteur, et celui-là en particulier, par son prénom.

Aidan. Hannah apprécia ces sonorités dans sa tête et se dit : *Mais moi je pourrais.*

Il leur donna ses coordonnées privées, leur faisant promettre de lui téléphoner à n'importe quelle heure si elles avaient besoin de quoi que ce soit. Lorsqu'il tendit la main à la mère d'Hannah, celle-ci la prit dans les siennes et se pencha pour y presser son front durant quelques secondes.

« Dieu vous bénisse, monsieur, pour nous avoir rendu visite. John en sera extrêmement honoré lorsqu'il l'apprendra.

— Eh bien, je… je suis heureux de m'être trouvé en ville à ce moment-là, bredouilla-t-il en dégageant maladroitement sa main. J'étais censé être au Mexique cette semaine, mais mon voyage a été retardé à la dernière minute.

— Le Seigneur doit beaucoup aimer notre père pour vous avoir retenu ici », déclara alors Becca.

Son visage, comme celui de sa mère – et le sien, supposa Hannah –, était confit de respect.

Aidan baissa vivement la tête à la manière d'un adolescent qu'on félicite d'avoir grandi, et Hannah se rendit compte avec une pointe de surprise que non seulement leur adulation le gênait vraiment, mais qu'en plus il s'en sentait indigne. La même sensation la frappa de nouveau, plus fort cette fois. Combien d'hommes dans sa position auraient-ils manifesté pareille humilité ?

« Oui, renchérit Hannah. C'est certain. »

Le phone d'Aidan sonna et il le consulta avec un soulagement évident.

« Je ferais mieux de repartir, dit-il. Alyssa et moi prierons pour John et vous trois. »

Alyssa et moi. Ces mots résonnèrent dans la tête d'Hannah et lui rappelèrent qu'Aidan Dale était marié, que sa femme avait un nom, Alyssa, et qu'elle s'inquiétait pour lui comme la mère d'Hannah s'inquiétait pour son père. En désirant Aidan, Hannah nuisait autant à Alyssa que si elle avait couché avec lui. Troublée et honteuse, elle lui serra la main, le remercia et lui dit au revoir. Une fois chez elle, ce soir-là, elle pria longuement en demandant pardon à Dieu pour avoir enfreint Son commandement et Le supplia de l'éloigner de la tentation.

Au lieu de quoi, Il renvoya Aidan Dale à l'hôpital le lendemain, puis le surlendemain et pratiquement tous les jours de la semaine suivante, pour le plus grand bonheur de la mère et de la sœur d'Hannah, ravies de l'attention qu'il témoignait à leur famille. Un homme aussi important, qui avait tant d'ouailles sous sa responsabilité et venait pourtant quotidiennement prier avec elles ! Hannah, en revanche, était confusément tiraillée entre jubilation et désespoir. C'était une épreuve que Dieu lui imposait, et elle allait au-devant d'un échec, mais que faire lorsque les dés étaient si cruellement pipés ? Aidan (auquel elle s'appliquait à dire monsieur, malgré ses protestations) leur apportait lumière et espoir. Il faisait sourire Rebecca et ôtait à sa mère un peu de la peur qui assombrissait ses yeux. Et lorsque leur père n'eut plus à prendre d'analgésiques et eut recouvré suffisamment ses esprits pour retrouver la mémoire des événements, Aidan parla calmement avec lui, une fois pendant près de deux heures, et lui transmit ainsi la force de surmonter la terreur, la rage et l'impuissance qu'Hannah avait surprises sur son visage à un moment où il avait cru qu'elle ne le regardait pas.

Le matin où on devait lui retirer ses pansements, Aidan arriva de bonne heure et attendit le chirurgien avec elles. Il dit une prière, mais Hannah était trop angoissée pour l'écouter. Debout à côté du lit, elle caressait la main de son père, car elle savait qu'il devait être horriblement inquiet. Il s'était toujours flatté d'être quelqu'un sur qui on pouvait s'appuyer, quelqu'un à qui les autres demandaient conseils et soutien. La dépendance saperait son énergie, et la perspective de le voir diminué ou brisé semblait à Hannah presque aussi insupportable que celle de le perdre.

Le chirurgien finit par se manifester, et tous se rapprochèrent du lit pendant qu'il s'affairait. Les trois femmes se tenaient d'un côté, le praticien de l'autre, Aidan au pied. Le père d'Hannah souleva les paupières. Il parut d'abord avoir du mal à accommoder, puis il posa les yeux sur sa mère.

« Tu es belle, dit-il enfin, mais c'est fou ce que tu as maigri. »

Là, ils explosèrent tous et l'embrassèrent et le serrèrent dans leurs bras en riant et pleurant.

« Dieu soit loué ! » déclara Aidan.

En entendant le timbre rauque de sa voix, Hannah leva la tête vers lui. Il avait l'air grave et ne regardait pas son père, mais elle.

Puis il baissa les yeux, sourit et dit : « Félicitations, John » en laissant Hannah se demander si ce mélange d'attrait sexuel, d'attirance plus générale et de sentiment de proximité qu'elle avait cru lire dans ses prunelles était ou non le fruit de son imagination.

Elle réussit à tenir jusqu'au neuvième jour avant de demander. Il lui en coûta énormément, mais soit elle formulait cette requête, soit elle intégrait les rangs des hurleurs.

« Je voudrais une bible », dit-elle au mur du passe-plat.

Après quoi, elle attendit. Le déjeuner arriva : deux nutribarres, une pilule. Pas de bible.

« Hé, lança-t-elle au mur sans crier vraiment. Il y a quelqu'un qui écoute ? Je veux une bible. Le responsable avait dit que je pourrais en avoir une si je demandais. »

À contrecœur, elle ajouta :

« S'il vous plaît. »

Elle lui parvint avec le dîner. C'était l'original de l'édition du roi James, pas la Nouvelle Version internationale avec laquelle elle avait grandi. La couverture de cuir était craquelée, les pages cornées. Le Nouveau Testament était plus abîmé que l'Ancien, sauf les Psaumes, dont les pages étaient tellement en lambeaux et tachées qu'elle eut du mal à décrypter certains passages. Mais le verset qu'elle cherchait était parfaitement lisible. « Et moi, je suis un ver, et non un homme, murmura-t-elle, honte du genre humain, rebut du peuple : tous ceux qui me voient me bafouent. »

Sa mère la méprisait à présent, elle le lui avait signifié clairement la seule fois où elle lui avait rendu visite à la prison, peu avant le début du procès. Cela faisait trois mois qu'Hannah était incarcérée. Son père était venu tous les samedis et Becca chaque fois qu'elle avait pu s'échapper, mais Hannah n'avait pas revu sa mère depuis le jour de son arrestation. Aussi, quand elle était entrée dans le parloir et avait aperçu sa silhouette familière assise de l'autre côté de la séparation crasseuse, elle s'était mise à pleurer à gros sanglots, d'angoisse et de soulagement.

« Arrête ces pleurnicheries, s'était écriée sa mère. Arrête tout de suite ou je prends la porte immédiatement, tu entends ? »

Ces paroles s'étaient abattues sur Hannah comme une pluie de cailloux. La jeune femme avait ravalé ses larmes, s'était redressée et avait soutenu sans ciller et avec une égale froideur le regard glacé de sa mère. Devant ces yeux et ce visage si semblables aux siens, elle s'était fait la réflexion que, si un artiste avait dû les dessiner à cet instant précis, chacune aurait été la réplique parfaite de l'autre.

Malgré ses cinquante ans et sa tenue beige unie, Samantha Payne attirait l'attention. C'était une grande femme aux formes épanouies et qui avait tellement de classe que plus d'une personne la qualifiait de fière. Elle avait de grands yeux noirs, qu'elle soulignait d'audacieux traits marron, et une chevelure sombre toujours très épaisse en dépit de ses fils blancs. Hannah avait hérité de tous ces atouts, et plus encore. Au fil des années, sa mère lui avait asséné de nombreux sermons sur la folie de la vanité, et si Becca et elle les avaient subis ensemble, les deux sœurs n'avaient jamais douté qu'ils s'adressaient surtout à Hannah.

« Je ne suis pas ici pour te réconforter, avait ajouté sa mère. Je n'ai pas plus de compassion pour toi que tu n'en as eu pour ce bébé innocent. »

Écrasée par cette déclaration, Hannah avait eu du mal à respirer.

« Alors, pourquoi es-tu venue ? avait-elle bredouillé.

— Je veux savoir son nom. Le nom de cet homme qui t'a déshonorée, puis t'a poussée à avorter. »

Malgré elle, Hannah avait fait non de la tête, elle avait repensé aux lèvres d'Aidan sur sa peau, au creux de son coude, sur la voûte tendre de son pied ; à ses mains dégageant ses cheveux sur sa nuque, lui faisant lever les bras, écarter les cuisses afin que sa bouche puisse revendiquer les moindres secrets de son corps. Elle ne s'était pas sentie déshonorée, mais plutôt adulée.

« Il ne m'a pas poussée, avait-elle répondu. C'était ma décision.

— Mais c'est lui qui t'a donné l'argent.

— Non. C'est moi qui ai payé. »

Sa mère s'était rembrunie.

« Où aurais-tu trouvé une somme pareille ?

— J'avais des économies. Je... je me disais que je pourrais peut-être m'en servir pour ouvrir ma boutique de vêtements un jour.

— Une boutique de vêtements ! Un magasin pour Jézabel et courtisanes plutôt. Ah oui, je suis tombée sur les tenues indécentes que tu avais confectionnées. Je les ai taillées en pièces, toutes sans exception. »

Nouvelle averse de cailloux, brutale, inattendue. Durement atteinte, Hannah avait été plaquée au fond de son siège. Toutes ses créations, détruites. Même si elle avait su qu'elle ne pourrait jamais les porter au grand jour, leur simple existence, leur beauté prodigieuse, l'avaient soutenue durant ces longues journées lugubres en prison. À présent, elle ne laisserait plus aucun témoignage de sa valeur derrière elle.

« C'est pour lui que tu les avais faites ?

— Non. Pour moi.

— Pourquoi le protèges-tu ? Il ne t'aime pas, c'est évident. Sinon, il t'aurait épousée. »

Sa mère avait dû surprendre quelque chose sur son visage, un frisson de souffrance inconscient.

« Il est déjà marié, n'est-ce pas. »

Ce n'était pas une question et Hannah n'avait pas répondu.

Sa mère avait levé l'index.

« Tu ne commettras pas d'adultère. »

Un deuxième doigt.

« Tu ne convoiteras pas le mari de ta voisine. »

Un troisième.

« Tu ne tueras pas. »

Le petit doigt.

« Honore ton père et ta mère afin que tes… »

Sa colère avait déclenché celle d'Hannah.

« Attention, maman, s'était-elle écriée, tu ne vas pas avoir assez de doigts. »

La pique les avait choquées toutes les deux. Hannah n'avait jamais parlé avec une telle insolence à ses parents, ni à qui que ce soit d'ailleurs, et durant quelques secondes elle s'était sentie mieux, plus forte et moins effrayée. Les épaules de Samantha Payne s'étaient affaissées, la chair de son visage avait paru se faner, se ratatiner, se coller à ses os, et Hannah avait compris que son sarcasme avait détruit quelque chose à quoi elle s'était accrochée, le fragile espoir de ne pas avoir totalement perdu la fille qu'elle avait connue et aimée.

« Doux Jésus, avait murmuré Samantha Payne, les yeux fermés et les bras noués autour du corps, en se balançant d'avant en arrière sur son siège. Doux Jésus, aide-moi.

— Je suis désolée, maman ! » avait crié Hannah.

C'était comme si elle s'était brisée en mille éclats si petits que nul ne pourrait jamais les retrouver et encore moins les rassembler.

« Je suis tellement désolée. »

Sa mère avait relevé la tête, perplexe.

« Pourquoi as-tu fait ça, Hannah ? Ton père et moi, on ne t'aurait pas laissée tomber, toi et le bébé. Tu ne le savais pas ?

— Je le savais. »

Sa mère aurait fulminé et son père aurait ruminé. Ils lui auraient fait des reproches, des sermons, l'auraient assaillie de questions, ils auraient pleuré, prié, mais au bout du compte ils auraient accepté l'enfant. Ils l'auraient adoré.

« Alors, je ne comprends pas. Aide-moi à comprendre, Hannah. »

— Parce que… »

Parce que j'aurais été obligée de désigner Aidan comme le père sous peine d'être incarcérée pour outrage à la justice jusqu'à ce que je cède. Parce qu'ils auraient alors alerté le Comité national de la paternité, ils auraient assigné Aidan à comparaître, ils l'auraient forcé à subir des tests, ils auraient exigé que le Verbe Ardent ponctionne son salaire pour entretenir l'enfant. Ils auraient détruit sa vie et son saint ministère. Parce que je l'aimais, encore plus que notre enfant. Et que je l'aime encore.

Sur le moment, Hannah aurait fait n'importe quoi pour effacer le chagrin qui se lisait sur le visage de sa mère, mais dire la vérité et prononcer le nom d'Aidan aurait brisé la confiance qu'elle avait envers cet homme qu'elle révérait et l'aurait fait souffrir davantage encore. Et si elle l'accusait et décidait de révéler leur secret… Non. C'était pour le protéger qu'Hannah avait avorté. Elle n'allait pas le trahir maintenant.

Elle avait secoué la tête, une fois.

« Je ne peux pas. Je suis désolée. »

Des cailloux, les siens, s'étaient abattus durement, lourdement, dans l'espace qui les séparait. Le mur s'était dressé en l'espace de quelques secondes. Elle l'avait vu, comme elle avait vu se fermer le visage de sa mère.

« Je t'en prie, maman… »

Samantha Payne s'était relevée.

« Je ne te connais pas. »

Elle avait tourné les talons et s'était arrêtée à la porte pour jeter un dernier regard à Hannah.

« Je n'ai qu'une fille, elle s'appelle Rebecca. »

Le quatorzième jour, Hannah était en train de feuilleter mollement le Nouveau Testament, assise dos au mur, quand elle sentit quelque chose d'humide couler entre ses jambes. Elle baissa les yeux et aperçut une tache de sang rouge vif sur le sol blanc. Cela lui valut des sentiments divers : de soulagement d'abord, parce que même si l'avorteur lui avait juré que ses règles finiraient par revenir, elle n'avait pu se défaire de l'idée que Dieu la frapperait de stérilité pour la punir ; puis, aussitôt après, d'amertume. Quelle différence si elle était fertile ? Désormais, aucun homme convenable ne voudrait l'épouser et, même si elle en rencontrait un, elle ne pourrait avoir d'enfant de lui. Les implants qu'on imposait à tous les Chromes le lui interdiraient. Puis de désespoir. D'ici à ce qu'elle ait purgé sa peine et qu'on lui retire cet implant, elle aurait quarante-deux ans, en imaginant qu'elle survive aussi longtemps. Sa jeunesse serait passée, ses ovules trop vieux, et elle aurait moins de chances d'attirer un homme susceptible de la rendre mère. Et enfin, de la gêne en repensant aux caméras. Elle se sentit rougir, mais se dit aussi que personne ne s'en apercevrait – un petit avantage.

Elle se leva sans s'occuper du sang sur le sol et alla se laver. Lorsqu'elle sortit de la douche, le panneau était ouvert. À l'intérieur, il y avait une boîte de tampons, un paquet de lingettes stériles et une tunique propre. En posant les yeux sur ces objets, elle éprouva une honte telle qu'elle eut envie de mourir sur-le-champ plutôt que de continuer à endurer cette épreuve. Lorsqu'elle s'était retrouvée, jambes écartées, sur la table avec la main d'un inconnu dans ses entrailles, elle avait cru vivre le pire du pire. Mais là, confrontée à la perte totale et irrémédiable de sa dignité à travers ces articles d'usage courant, elle comprit qu'elle s'était trompée.

Elle avait bien failli ne pas passer à l'acte. Elle avait fait le test de grossesse à juste un peu plus de six semaines, après avoir sauté son cycle pour la deuxième fois, puis avait vécu encore un mois d'angoisse avant de rassembler le courage d'agir. Elle avait consulté une de ses collègues, une vendeuse de la boutique de mariage avec qui elle s'entendait bien, sans toutefois que ce soit une amie. Gabrielle se décrivait elle-même comme une enfant terrible avec un sens de l'humour diabolique et un vocabulaire de charretier qui lui sortait dès l'instant où la patronne et les clients étaient hors de portée de voix. Elle avait une kyrielle de petits amis, souvent plusieurs en même temps, et se montrait allégrement pragmatique quant à sa vie sexuelle. Au début, son comportement avait choqué et intimidé Hannah, mais avec le temps elle en était venue à apprécier l'assurance de la jeune femme, son aplomb et le fait de la voir si bien dans sa peau. De tous les gens qu'Hannah connaissait, Gabrielle était la seule personne vers laquelle il lui semblait possible de se tourner.

Ce jour-là, Hannah demanda à Gabrielle si elle voulait bien prendre un café avec elle après l'essayage. Elles ne s'étaient encore jamais rencontrées en dehors du travail et Gabrielle la dévisagea d'un air visiblement curieux et surpris.

« Bien sûr, finit-elle par dire, mais prenons plutôt un verre. »

Elles se retrouvèrent dans un bar un peu plus loin. Gabrielle commanda une bière, Hannah un *ginger ale*. Sa main tremblait en s'emparant de son verre et elle le reposa. Et si Gabrielle décidait de la livrer à la police ? Et si elle informait leur employeur ? Hannah ne pouvait courir ce risque. Elle réfléchissait à la manière de justifier son invitation quand Gabrielle lui lança :

« T'as des problèmes ?

— Pas moi. Une amie.

— De quel genre ? »

Hannah ne répondit pas. Elle n'arrivait pas à prononcer les mots.

Gabrielle regarda le *ginger ale*, puis reporta les yeux sur Hannah.

« Elle a un petit pain dans le four, ton amie ? »

Hannah acquiesça, le cœur au ras des lèvres.

« Et ? fit Gabrielle, patiente et attentive.

— Elle, elle ne veut pas le garder.

— Pourquoi tu me racontes ça ?

— J'ai pensé que peut-être... tu connaissais quelqu'un qui pourrait l'aider.

— Je croyais que ces trucs allaient à l'encontre de ta religion.

— Mon amie ne peut pas garder ce bébé, Gabrielle. Elle ne peut pas. »

La voix d'Hannah se brisa sur ses derniers mots.

Gabrielle l'observa longuement.

« Je connais peut-être quelqu'un, dit-elle. Si elle est certaine. Il faut qu'elle soit vraiment certaine.

— Elle l'est. »

Sur l'instant, Hannah l'avait, cette certitude, totalement, désespérément. Elle ne pouvait catapulter ce bébé dans cette situation, dans ce monde où Aidan et elle vivaient. Elle fondit en larmes.

Gabrielle tendit le bras par-dessus la table et lui pressa la main.

« Ça va s'arranger. »

En fait, il y eut plusieurs quelqu'un, qui tous incarnèrent un interlude de terreur, mais Hannah finit par parler à une femme qui lui donna une adresse, des instructions précises sur ce qu'il lui faudrait faire une fois parvenue à destination, et le nom de l'homme qui se chargerait de l'aider, Rafael. L'incongruité de ce pseudonyme, car il était clair que c'en était un, troubla Hannah. Pourquoi fallait-il qu'un avorteur adopte le nom de l'archange guérisseur ? Quand elle demanda si Rafael était un vrai médecin, son interlocutrice raccrocha.

Le rendez-vous avait été fixé à sept heures du soir dans North Dallas. Hannah prit le train jusqu'à Royal Lane, puis un bus et arriva en avance à l'immeuble en question. Elle traîna un moment dans le parking, pétrifiée, à fixer avec effroi la porte du numéro 122. Les vidnews regorgeaient d'histoires abominables de femmes violées et dévalisées par des charlatans se faisant passer pour des praticiens ; de femmes s'étant vidées de leur sang, mortes des suites d'une infection ou dont on avait volé les organes au cours d'une anesthésie. Pour la première fois, Hannah s'interrogea sur la part de fiction qu'il pouvait y avoir dans les récits que l'État répandait à des fins de dissuasion.

Les fenêtres du numéro 122 étaient noires, mais il y avait de la lumière dans l'appartement voisin. Hannah n'en vit pas les occupants, mais elle les entendit par la fenêtre ouverte : il y avait un homme, une femme et plusieurs enfants. À en juger par le tintement de leurs verres, le raclement de leurs couverts contre leurs assiettes, ils étaient en train de dîner. Puis les enfants commencèrent à se disputer, haussèrent le ton et la femme les gronda d'une voix lasse. Les chamailleries persistèrent jusqu'à ce que l'homme lance un « Ça suffit ! » tonitruant. Un bref silence s'ensuivit, puis la conversation reprit. En fin de compte, ce fut la banalité même de cette scène domestique qui poussa Hannah à traverser le parking. C'était quelque chose qu'elle ne pourrait jamais avoir, pas avec Aidan, elle le savait.

Elle entra dans l'appartement sans frapper et referma derrière elle sans verrouiller, conformément aux instructions reçues.

« Bonjour ? » chuchota-t-elle.

Personne ne lui répondit. Il faisait totalement noir à l'intérieur et une chaleur étouffante, mais on lui avait interdit d'ouvrir une fenêtre ou d'allumer.

« Il y a quelqu'un ? »

Pas de réaction. Peut-être ne viendrait-il pas, se dit-elle, partagée entre espoir et désespoir. Elle patienta dans l'obscurité oppressante pendant de longues minutes angoissantes, le chemisier de plus en plus trempé de sueur. Elle tournait les talons quand la porte s'entrouvrit sur un grand bonhomme qui se faufila à l'intérieur sans laisser à Hannah le temps de voir son visage. En entendant le claquement sonore du pêne dormant, elle éprouva une bouffée d'angoisse. Elle se précipita affolée vers la porte, mais une main la retint par le bras.

« N'ayez pas peur, murmura l'inconnu. Je m'appelle Rafael. Je ne vais pas vous faire de mal. »

Sa voix, lasse et bienveillante, était celle d'un vieillard, ce qui la rassura. Il la lâcha et s'éloigna. Un éclat de lumière du dehors apparut quand il tira le rideau pour surveiller le parking. Il resta là un bon moment, à observer, puis finit par refermer le rideau et déclara :

« Venez par ici. »

Elle vit un rayon lumineux et traversa la pièce, un salon, dans les pas de Rafael, avant de prendre un petit couloir et d'arriver à une chambre. Sur le seuil, elle hésita.

« Entrez, ajouta Rafael. Il n'y a pas de problème. »

Hannah obtempéra et il ferma derrière elle.

« Lumière », ordonna-t-il.

Elle s'aperçut alors que Rafael ne ressemblait pas à un Raphaël. Il était trop gros, quelconque, voûté et affichait un air distrait et négligé. Elle lui donna soixante-cinq ans. Son visage, large et charnu, était rougeaud et étonnamment plat, ses yeux ronds et ses paupières tombantes. Des touffes de cheveux gris frisés pointaient de part et d'autre de son crâne par ailleurs chauve. Il rappela à Hannah un de ces hiboux qu'elle avait vus en photos.

Il lui tendit la main et elle la serra automatiquement. On se serait cru à la sortie de la messe, se dit-elle. *Superbe sermon, n'est-ce pas, Hannah ? Oh oui, Rafael, vraiment galvanisant.*

La pièce était vide, à l'exception de deux chaises pliantes, d'une grande table et d'un ventilateur monobloc apparemment assez vieux qui démarra en toussotant quand Rafael le mit en marche. Un lourd tissu noir masquait l'unique fenêtre. Hannah patienta sans trop savoir quoi faire tandis que Rafael ouvrait un sac marin par terre et en sortait un drap qu'il étala sur la table. Aussi curieux que cela puisse paraître, il était imprimé de motifs de dinosaures de dessins animés, très colorés. Ça la ramena brutalement à son neuvième anniversaire, quand ses parents l'avaient emmenée à Waco, au musée de la Création, voir une exposition sur les dinosaures dans le jardin d'Éden et une autre sur la manière dont Noé les avait casés dans l'arche avec les girafes, les pingouins, les vaches et tous les autres. Hannah avait demandé pourquoi les *Tyrannosaurus rex* n'avaient pas mangé les autres bêtes, ou Adam et Ève, ou Noé et sa famille.

« Eh bien, avait répondu sa mère, avant qu'Adam et Ève ne soient chassés du paradis, la mort n'existait pas et les hommes et les animaux étaient végétariens.

— Mais Noé, c'était après la Chute », avait remarqué Hannah.

Sa mère avait consulté son père du regard.

« C'était un malin, avait expliqué son père. Il n'a pris que des bébés dinosaures sur l'arche.

— Peuh ! s'était écriée Rebecca en pinçant méchamment le bras d'Hannah. Tout le monde sait ça. »

Rebecca était le baromètre de l'agacement parental ; le pinçon signifiait qu'Hannah était sur une pente dangereuse. N'empêche, cette histoire n'avait pas de sens, or elle n'aimait pas du tout les histoires qui n'avaient pas de sens.

« Mais comment ça se fait que…

— Arrête de poser autant de questions », lui avait ordonné sa mère d'un ton sec.

La voix de Rafael avait mis un terme à sa rêverie.

« Désolé pour les draps. Je les ai trouvés dans un panier de soldes, il n'y avait que ça. Mais ils sont propres. Je les ai lavés moi-même. »

Il ouvrit une trousse de secours, en tira des gants en latex qu'il enfila, puis se mit à sortir des instruments médicaux qu'il plaça sur la table. Saisie de vertige, Hannah détourna les yeux de leur sinistre reflet argent.

Il lui indiqua une des chaises.

« Pourquoi ne pas vous asseoir ? »

Elle avait cru devoir se déshabiller immédiatement, mais, ses préparatifs achevés, Rafael s'installa sur l'autre chaise et commença par lui poser quelques questions : Quel âge avait-elle ? Avait-elle déjà eu des enfants ? d'autres avortements ? À quand remontaient ses dernières règles ? Et quand avait-elle ressenti ses premières nausées ? Avait-elle déjà eu de graves problèmes de santé ? des maladies sexuellement transmissibles ? Hannah, mortifiée, répondit en marmonnant, les yeux fixés sur ses mains.

« Avez-vous essayé autre chose pour mettre un terme à cette grossesse ? » s'enquit Rafael.

Elle opina.

« Je me suis procuré des pilules il y a deux semaines et, euh, je les ai insérées. Malheureusement, ça n'a pas marché. »

Elle avait payé cinq cents dollars pour cette médication et avait soigneusement suivi les instructions, mais il ne s'était rien passé.

« Ce devaient être des contrefaçons. C'est le cas pour la moitié des produits. Impossible de savoir ce qu'on vous donne. »

Rafael s'interrompit, puis ajouta :

« Regardez-moi, mon petit. »

Hannah soutint son regard en s'attendant à être jugée et découvrit, à sa grande surprise, une vraie compassion.

« Êtes-vous sûre et certaine de vouloir mettre un terme à cette grossesse ? »

C'était encore cette fameuse phrase : il n'était pas question d'*assassiner le bébé que vous portez* ni de *détruire une vie innocente*, mais de *mettre un terme à cette grossesse*. Que cette façon de formuler les choses paraissait directe, simple ! Rafael l'étudiait avec attention. Il était tellement proche qu'elle remarqua le fin réseau de vaisseaux brisés qui marbrait ses joues.

« Oui, j'en suis sûre.

— Aimeriez-vous que je vous explique l'intervention ? »

Une partie d'elle eut envie de répondre non, mais elle avait décidé avant de venir de ne pas éluder les raisons pour lesquelles elle était là. C'était bien le moins qu'elle devait à cette minuscule parcelle de vie qui ne serait jamais son enfant. Elle n'avait pas osé aller sur le net pour y chercher des renseignements ; la Texas Internet Authority surveillait de très près les mots et articles consultés, et l'avortement était en tête de liste.

« Oui, je vous en prie. »

Rafael sortit de sa poche une petite flasque, dont il dévissa le bouchon, et en prit une rasade – pour affermir ses mains, déclara-t-il –, puis décrivit ce qu'il s'apprêtait à faire. La sobriété de son ton et les termes médicaux qu'il utilisa – « spéculum », « dilatateurs » et « tissu fœtal » – donnaient un côté net et impersonnel à l'opération. À la fin, il demanda à Hannah si elle avait des questions. Dans sa tête, elle avait déjà formulé les plus importantes et y avait répondu : s'agissait-il d'un assassinat (oui), irait-elle en enfer pour ça (oui), avait-elle le choix (non). Il n'en restait qu'une qui la tourmentait depuis que sa décision était prise. Les ongles plantés dans le dessous de son siège, elle demanda :

« Il va souffrir ? »

Rafael fit signe que non.

« Compte tenu de ce que vous m'avez dit, vous êtes enceinte d'environ douze semaines seulement. On n'a encore pas déterminé à quel stade de développement le fœtus commençait à être sensible à la douleur, toutefois, je vous garantis que c'est impossible avant la vingtième semaine. »

Hannah poussa un grand soupir de soulagement, mais Rafael ajouta :

« Mais pour vous, ce sera douloureux. Les spasmes peuvent être très sévères.

— Ça m'est égal. »

Hannah voulait avoir mal. Il lui semblait injuste de prendre une vie et de ne pas souffrir.

Rafael se mit debout et prit une autre rasade.

« Allez vous déshabiller maintenant, lui dit-il. Que le bas. Puis allongez-vous sur la table, la tête ici. Vous pouvez utiliser l'autre drap pour vous couvrir. »

Il s'éclipsa vers la salle de bains voisine dont il tira la porte afin de ménager son intimité – alors qu'il s'apprêtait à plonger son regard entre ses cuisses écartées. Hannah lui sut gré de sa délicatesse. Elle plia soigneusement sa jupe, la posa sur la chaise, puis cacha sa culotte en dessous, autre manifestation de bienséance ridicule, vu les circonstances, elle en avait conscience, mais c'était plus fort qu'elle. Allez savoir pourquoi, elle trouvait plus obscène d'être à moitié dévêtue que totalement nue. Elle se dépêcha de s'installer sur la table et se couvrit. S'obligea à dire :

« Je suis prête. »

Le timbre vengeur de la sonnerie la ramena brutalement à sa cellule, à son corps en pleine menstruation. *On en revient toujours au sang*, songea-t-elle en récupérant tampons et lingettes. *Au sang qu'on perd ou pas.* Elle nettoya le sol, jeta les lingettes souillées dans les cabinets, se lava les mains et changea de tunique avec des gestes mécaniques et sans essayer de dissimuler sa nudité. *Et quand rien ne vient, quand on attend en priant et qu'on attend encore et qu'on continue à ne rien voir venir…* Elle s'allongea sur son couchage, de côté, noua les bras autour de ses genoux et pleura.

Depuis combien de jours était-elle ici ? Vingt-deux ? Vingt-trois ? Elle n'en savait rien et ça l'angoissait. Il y avait des trous dans le temps qu'elle ne s'expliquait pas, des moments où elle avait l'impression d'émerger du sommeil alors qu'elle aurait juré ne pas avoir fermé l'œil. Elle sortait de ces épisodes en sueur, la voix éraillée, la bouche pâteuse. Avait-elle parlé toute seule ? déliré ? révélé des choses qu'elle aurait dû taire ?

Elle tenta de lutter en lisant et en marchant, mais l'apathie la gagnait de plus en plus. Désormais le miroir lui renvoyait un reflet décharné. Elle n'avait pas d'appétit et avait développé la faculté d'ignorer la sonnerie vengeresse au point de ne plus entendre qu'une plainte lointaine, désagréable, proche du bourdonnement d'un moustique à son oreille. Elle avait cessé de se doucher quotidiennement, mais son odeur de vieille sueur ne la gênait même plus. Elle avait perdu ses habitudes d'hygiène en même temps que son énergie.

Dans ses phases de lucidité, sa pire crainte était d'avoir lâché un indice susceptible de trahir Rafael. Alertée par le coup de fil d'un voisin soupçonneux, la police l'avait arrêtée dans le parking, mais Rafael était déjà parti depuis longtemps et, à sa connaissance, ils ne l'avaient pas attrapé. Elle avait attendu le troisième interrogatoire avant de faire mine de craquer et de décrire un homme blond et mince d'une trentaine d'années portant un tatouage *La Terre D'abord* au poignet droit. Ce qu'Hannah ignorait, c'est que les voisins avaient vu un homme plus âgé et corpulent quitter l'appartement. Dès l'instant où les policiers eurent la preuve qu'elle mentait, ils se montrèrent impitoyables. Ils la questionnèrent sans relâche, tantôt durement, tantôt en manifestant pour sa santé une sollicitude obséquieuse qui n'aurait pas dupé un élève de cours préparatoire. Malgré les conseils de son avocat et les supplications de son père, elle ne dévia pas de son histoire. Elle ne voulait pas dénoncer Rafael aux yeux tristes et à la poignée de main chaleureuse.

Elle aurait pu cependant. Il lui en avait assez dit pour que la police puisse l'identifier, c'était certain. Quand il eut terminé et pendant qu'il nettoyait, Hannah, encore assommée par les analgésiques, lui avait demandé pourquoi il faisait ça. Ce qu'elle voulait dire en réalité, c'était : *Comment supportez-vous de faire ça ?* Après pas mal de rasades de sa flasque, Rafael s'était montré d'humeur bavarde. Il lui avait confié avoir été gynéco-obstétricien à Salt Lake City quand la pandémie de la mégachtouille (le côté cru du terme argotique avait embarrassé Hannah ; dans son milieu, on parlait toujours de la « Grande Épidémie ») avait éclaté et que l'Utah était devenu le centre nerveux de la riposte conservatrice (la « Rectification »), qui avait entraîné l'infirmation de l'arrêt Roe *vs* Wade sur l'avortement. Cette décision avait réjoui les Payne. Rafael, en revanche, la dénonçait avec colère et s'élevait avec indignation contre les lois sur le Caractère Sacré de la Vie (CSV) votées dans la foulée par l'Utah, lesquelles ne permettaient même pas aux victimes de viol ou d'inceste ni aux femmes de santé fragile de bénéficier d'une exception. Mais ce qui lui était encore plus insupportable, c'était l'abrogation du privilège de confidentialité entre un médecin et son patient. Légalement, il était tenu de faire un signalement à la police s'il avait la preuve qu'une patiente venait d'avorter ; moralement, il se sentait tenu de ne pas le faire. La morale l'avait emporté. Lorsqu'il fut pris à falsifier les résultats d'un examen gynécologique, l'État lui retira le droit d'exercer et il quitta Salt Lake City pour Dallas.

Hannah avait onze ans quand le Texas avait fait passer sa propre version des lois CSV. Peu de praticiens avaient ouvertement protesté, mais les contestataires l'avaient fait avec virulence. Elle se rappelait encore leurs dépositions enfiévrées devant le Parlement et leur révolte quand inévitablement les lois, presque identiques à celles de l'Utah, avaient été adoptées. La plupart des opposants avaient quitté le Texas en signe de protestation et, dans les quarante autres États qui avaient fini par voter des mesures analogues, leurs collègues de même opinion les avaient imités.

« Bon débarras. La Californie et l'État de New York n'ont qu'à les accueillir », avait déclaré la mère d'Hannah, et la jeune fille avait eu une réaction à peu près semblable.

Comment quelqu'un ayant fait le serment de défendre la vie pouvait-il accepter l'avortement et chercher à défendre les coupables, surtout quand l'avenir de la race humaine était en jeu ? C'était la troisième année de l'épidémie et, même si aucun proche d'Hannah n'avait été contaminé, tous étaient touchés par la peur et le désespoir qui s'emparaient du monde entier devant l'augmentation du nombre de femmes stériles et l'effondrement des taux de naissance. La nature préjudiciable de la maladie – les hommes étaient porteurs, mais avaient peu de symptômes, voire aucun, ou de complications – rendait plus difficiles encore les efforts déployés pour la détecter et la contenir. Dans le courant de la quatrième année de la pandémie, Hannah, comme tous les Américains de douze à soixante-cinq ans, avait subi son premier dépistage semestriel systématique (bien d'autres allaient suivre), et quand un remède avait été trouvé, la septième année, on en était déjà à envisager quarantaine et prélèvement obligatoire d'ovules sur de jeunes femmes saines, mesures que le Congrès aurait sûrement votées si les superbiotiques avaient encore tardé ne fût-ce qu'un peu. Même si c'étaient des perspectives fort pénibles, Hannah était cependant tout à fait consciente que, en Inde ou en Chine par exemple, elle aurait été inséminée de force. La survie de l'humanité exigeait des sacrifices de tous les citoyens, moralement et physiquement. Et même ses parents n'avaient pas critiqué le président quand il avait suspendu le mélachromatisme sur les sujets coupables d'infraction mineure, gracié tous les Jaunes de moins de quarante ans et donné l'ordre de les déchromatiser et de leur retirer leurs implants contraceptifs. Ni lorsqu'il avait approuvé la peine de mort pour enlèvement d'enfant, même si elle allait à l'encontre de leur foi. Les kidnappings étaient devenus tellement endémiques que les familles fortunées et même celles des classes moyennes ayant de jeunes enfants ne se déplaçaient plus sans gardes du corps. Hannah et Becca étaient trop grandes pour risquer d'en être victimes, mais leur mère foudroyait quand même du regard toute femme qui les observait trop longtemps ou avec trop d'insistance.

« N'oubliez pas ceci, les filles, déclarait-elle quand elles croisaient une de ces malheureuses sans enfants qui rôdaient autour des cours de récréation et des parcs, dans les magasins de jouets et les musées, pareilles à de pitoyables fantômes. Voilà le genre de choses qui arrive quand on a des relations sexuelles hors mariage. »

En voilà une autre, se dit Hannah en étudiant le reflet rouge que lui renvoyait le miroir. Que de certitudes n'avait-elle pas à l'époque ! Jamais elle n'aurait de relations sexuelles avant d'être mariée, jamais elle ne serait une de ces tristes créatures, jamais elle ne se ferait avorter. Elle, Hannah, était incapable d'actes aussi répréhensibles.

Aujourd'hui encore, elle n'en revenait pas que Rafael n'ait pas vu les choses ainsi. Pour lui, c'était les lois CSV qui étaient iniques et leurs défenseurs les coupables. Et son plus profond mépris, il le réservait à ceux de ses collègues qui approuvaient les lois et les appliquaient, bien sûr, mais aussi à ceux qui, par peur, se taisaient. Quand Hannah lui demanda pourquoi il était resté au Texas au lieu de s'installer dans un État pro-Roe, il fit non de la tête et reprit une rasade de sa flasque.

« Je présume que j'aurais dû, mais j'étais jeune et impétueux, je me prenais pour un révolutionnaire. Je les ai laissés me convaincre de ne pas partir.

— Qui ça ? »

Rafael se figea une seconde, puis se détourna, visiblement tracassé.

« Elle, je veux dire ma femme… c'est ce que je voulais dire. Elle est d'ici. Elle avait envie d'être proche de sa sœur, elles sont très liées. »

Il referma maladroitement sa trousse et Hannah n'eut même pas besoin de porter son regard vers l'annulaire de sa main gauche pour comprendre qu'il lui avait menti.

À cet instant précis, une sorte de spasme la saisit et d'instinct ses doigts se crispèrent sur son ventre.

« Vous aurez pas mal de spasmes et de saignements au cours des prochains jours, l'avertit Rafael. Prenez du Tylenol pour la douleur, pas d'ibuprofène ni d'aspirine. Et essayez de ne pas trop vous démener. »

Il gagna la porte, puis s'arrêta la main sur le bouton.

« L'argent. Vous l'avez apporté ?

— Oh. Oui. Pardon. »

Hannah fouilla son sac, en sortit la cartacash qu'elle avait achetée le matin même et la lui remit. Il la fourra dans sa poche sans même en vérifier le montant.

« Éteindre », ordonna-t-il.

La pièce redevint noire. Hannah entendit Rafael ouvrir la porte avec un soupir bruyant qui ressemblait à du soulagement.

« Patientez dix minutes, puis vous pourrez partir.

— Rafael ?

— Quoi ? dit-il, à présent impatient.

— C'est bien ainsi que vous vous considérez ? Comme un thérapeute ? »

Il ne répondit pas tout de suite et Hannah crut l'avoir froissé.

« Oui, dans l'ensemble », finit-il par dire.

Elle l'entendit retraverser l'appartement, entendit le verrou tourner, la porte d'entrée se refermer.

« Merci », bredouilla-t-elle dans l'obscurité déserte.

La cellule fut subitement plongée dans le noir, ce qui la désorienta. Les sonneries avaient-elles retenti ?

Elle n'avait rien remarqué. Elle regagna la plate-forme à tâtons, s'allongea sur le dos et s'abandonna à ses souvenirs. Rafael avait été si gentil avec elle, si compatissant. Tellement différent de la doctoresse de la police qui l'avait examinée le soir de son arrestation. Une femme à peine plus âgée qu'elle, aux mains froides et aux yeux encore plus froids, qui l'avait palpée avec une efficacité brutale alors qu'elle était allongée, totalement ouverte sur la table, les chevilles attachées aux étriers. Quand Hannah avait tressailli, elle lui avait lancé :

« Recommence à bouger et j'appelle le garde pour qu'il t'immobilise. »

Hannah s'était raidie. Le garde, un jeune homme, avait murmuré quelque chose sur son passage quand le policier l'avait poussée dans la salle d'auscultation. Elle avait surpris le mot « con » ; par chance, la suite lui avait échappé. Malgré la douleur violente, elle avait serré les dents et n'avait pas bronché jusqu'à la fin de l'examen.

Douleur. Quelque chose de pointu la piqua au bras, elle poussa un cri et ouvrit les yeux. Deux formes blanches et brillantes se penchaient sur elles. *Des anges*, se dit-elle, songeuse. *Raphaël et un autre, Michel peut-être.* Ils se mirent à tourner autour d'elles, lentement d'abord, puis plus vite et se confondirent. Leurs immenses ailes blanches l'emportèrent ballante au paradis.

Lorsque les lumières s'allumèrent, Hannah souleva ses paupières à contrecœur. Elle avait la tête lourde, comme si on lui avait capitonné l'intérieur du crâne. Elle s'obligea à se mettre en position assise et prit conscience d'une légère douleur au poignet gauche. Elle avait une piqûre sur la face interne et un petit cercle violacé autour. Elle s'étudia dans le miroir et nota d'autres changements discrets. Son visage était un peu plus plein, ses pommettes moins marquées. Elle avait pris du poids, un kilo peut-être, et même si elle était encore groggy, sa léthargie s'était dissipée. Elle fouilla ses souvenirs et en exhuma les deux silhouettes blanches qu'elle avait aperçues. Elles avaient dû lui administrer un sédatif et l'alimenter par voie intraveineuse.

Sans qu'elle puisse savoir ce que c'était au juste, quelque chose dans la cellule aussi lui parut différent. Pourtant, apparemment, rien n'avait changé. C'est alors qu'elle l'entendit, un bourdonnement aigu et monotone derrière elle. Elle se tourna et surprit une mouche à l'assaut d'un des murs recouverts de miroirs. Pour la première fois depuis vingt et quelques jours, elle n'était pas seule. Elle agita le bras et la mouche s'envola en tournoyant furieusement dans la pièce. Lorsqu'elle se posa, Hannah agita de nouveau le bras devant elle pour le pur plaisir de la voir bouger.

Soudain incapable de tenir en place, elle se mit à arpenter la cellule. Combien de temps était-elle demeurée inconsciente ? Et combien de temps restait-il encore avant qu'on la relâche ? Elle ne s'était pas autorisée à penser au-delà de ces trente jours. L'avenir était un vide béant, inimaginable. Tout ce qu'elle savait, c'était que le mur aux miroirs ne tarderait pas à glisser sur son rail, qu'elle sortirait de là et suivrait le garde de service jusqu'au greffe où on lui rendrait ses vêtements et où elle serait autorisée à se changer. On la prendrait en photo, on lui délivrerait sa nouvelle carte nationale d'identité (sa CNI) de Rouge, on lui virerait royalement trois cents dollars sur son compte en banque et on lui rappellerait les termes de sa sentence, qu'elle connaissait déjà pour la plupart : interdiction de quitter l'État du Texas ; de sortir sans sa CNI ; d'acheter des armes à feu ; obligation de faire ses rappels chromatiques tous les quatre mois dans un centre fédéral pour Chromes. Puis on l'escorterait jusqu'au portail par lequel elle était entrée et le monde extérieur lui serait ouvert.

La perspective de franchir ce seuil la remplissait d'impatience et d'appréhension. Elle serait libre… mais pour aller où et pour faire quoi ? Elle ne pouvait rentrer chez elle, ça, c'était certain ; sa mère ne l'accepterait jamais. Et son père, serait-il là à sa sortie ? Où habiterait-elle ? Comment survivrait-elle à la première semaine ? Aux seize prochaines années ?

Un plan, se dit-elle en luttant contre la panique, *il me faut un plan*. Le plus pressant, c'était de trouver à se loger. Les Chromes, c'était connu, avaient du mal à vivre en dehors des ghettos où ils se regroupaient. Hannah avait entendu parler de trois Chromevilles dans Dallas, une dans West Dallas, une dans South Dallas et une troisième, dite Chromewood, dans l'ancien Lakewood. Les deux premières étaient déjà des ghettos quand elles avaient été chromatisées, mais Lakewood était autrefois un respectable quartier pour classes moyennes. Comme d'autres zones résidentielles à Houston, Chicago, New York et autres, sa mutation était due au fait que quelques Chromes y possédaient une maison ou un appartement. Quand leurs honorables voisins avaient tenté de les chasser, les Chromes s'étaient ligués et avaient résisté suffisamment longtemps pour que lesdits voisins décident de s'en aller, un par un d'abord, puis deux par deux, puis en masse, ce qui avait entraîné un effondrement des prix immobiliers. Jo et Doug, la tante et l'oncle d'Hannah, avaient été de ceux qui avaient trop attendu, de sorte qu'ils avaient été contraints de céder leur maison au tiers de sa valeur... à un Chrome. L'oncle Doug était mort d'un infarctus peu après. Tante Jo disait toujours que les Chromes l'avaient tué.

Hannah tremblait à l'idée de vivre dans un environnement pareil, au milieu de vendeurs de drogue, de voleurs et de violeurs. Mais où aller ? Chez Becca, c'était également impensable. Cole, son mari, lui avait interdit de jamais revoir Hannah ou de lui parler (interdiction que Becca avait néanmoins déjà enfreinte à plusieurs reprises en allant rendre visite à Hannah en prison).

Comme chaque fois qu'elle songeait à son beau-frère, Hannah se rembrunit. Cole Crenshaw était un grand costaud fanfaron dont le sourire charmeur devenait froid et méchant quand il ne parvenait pas à ses fins. C'était un courtier en prêts hypothécaires, originaire d'El Paso, qui avait un faible pour les tenues de cow-boy. Becca l'avait rencontré à l'église deux ans auparavant, quelques mois avant l'attentat dans lequel leur père avait été blessé. Il avait plu à leurs parents – sinon Becca n'aurait pas continué à le voir –, mais très vite Hannah avait eu des appréhensions à son égard.

Elles s'étaient manifestées dès la première fois où il était venu dîner chez eux. Hannah l'avait croisé à plusieurs reprises mais n'avait jamais eu le temps de lui parler vraiment et était donc impatiente de mieux faire sa connaissance. Il y avait seulement six semaines que Becca et lui se fréquentaient, et Hannah n'avait encore jamais vu sa sœur aussi amoureuse.

Cole commença par se montrer assez charmant et se répandit en compliments : sur la tenue de Becca, les travaux d'aiguille d'Hannah, la crème d'épinards de leur mère, la chance que leur père avait d'avoir trois femmes aussi délicieuses pour veiller sur lui. C'était pendant les hors-d'œuvre, dans le bureau. Là-dessus, la vid, qui marchait en fond sonore, envoya un scoop sur une fusillade dans un collège universitaire local, et ils mirent plus fort afin de suivre l'événement. Le tueur, un étudiant de l'établissement, avait abattu son professeur et huit de ses camarades de classe, un à un, après leur avoir posé des questions sur le livre de Mormon. Il avait exécuté d'une balle en pleine tête ceux qui n'avaient pas répondu correctement. Après avoir interrogé tous les membres de la classe, il avait quitté les lieux, mains en l'air, et s'était rendu à la police. Quand on l'avait poussé à l'arrière d'une voiture de patrouille, il semblait incroyablement paisible.

« Les malheureux, balbutia la mère d'Hannah. Quelle fin ! »

Cole, écœuré, hocha la tête.

« Neuf innocents massacrés, et cette brute reste en vie.

— Bof ! s'écria le père d'Hannah, dans une prison fédérale, tu parles d'une vie !

— De toute façon, pour moi, ce sera déjà trop, répliqua Cole. Je ne comprendrai jamais pourquoi on a aboli la peine de mort. »

En proie au même désarroi qu'Hannah, Becca écarquilla les yeux tandis que leurs parents échangeaient un regard gêné. Comme le pasteur Dale, les Payne étaient opposés à la peine capitale, mais la question constituait un facteur de division au sein de l'Église et du parti de la Trinité. Peu après avoir été nommé à la tête du Verbe Ardent, le pasteur Dale avait apporté son soutien à la coalition trinitaire du congrès, laquelle avait fait basculer le vote en faveur de l'abolition de la peine capitale, et ce malgré les objections véhémentes de leurs homologues évangélistes. Par la suite, des centaines de personnes avaient quitté le Verbe Ardent, et les parents de la meilleure amie d'Hannah avaient interdit à leur fille de continuer à la fréquenter. La polémique avait fini par s'apaiser, mais l'amie d'Hannah ne lui avait plus jamais adressé la parole et, huit ans plus tard, c'était toujours un sujet sensible pour bon nombre de gens.

Un silence gêné s'installa dans le bureau. Cole les dévisagea tour à tour avant de fixer son regard sur Becca.

« Alors, vous êtes d'accord avec le pasteur Dale, déclara-t-il.

— Le Seigneur a dit "C'est moi qui ferai justice", répondit le père d'Hannah. Pour nous, Dieu seul donne la vie et Lui seul a le droit de la reprendre.

— D'accord, s'il s'agit d'une vie innocente, mais pour un meurtre, c'est différent. C'est écrit dans la Bible. "Qui verse le sang de l'homme, par l'homme aura son sang versé." »

Il n'avait pas quitté Becca des yeux et Hannah perçut sa volonté peser sur sa sœur.

Becca hésita, porta son regard perplexe de Cole à son père.

« C'est vrai que c'est écrit dans la Genèse. Et dans le Lévitique aussi.

— Le Lévitique dit aussi que les blasphémateurs doivent être lapidés, lança Hannah. Tu y crois également ?

— Hannah ! la gronda sa mère. Dois-je te rappeler que Cole est notre invité ?

— Je m'adressais à Becca.

— Ce n'est pas une façon de parler à ta sœur non plus », l'avertit son père de son ton le plus contrarié.

Il y avait de la dureté dans les yeux et la bouche de Cole, Becca, en revanche, paraissait plus triste que fâchée.

Hannah soupira.

« Tu as raison. Pardon, Becca, Cole. »

Becca accepta ses excuses d'un hochement de tête, puis se tourna vers Cole. Elle le regardait avec un espoir tellement évident qu'Hannah comprit à quel point sa sœur tenait à lui. Elle ne supportait pas le conflit entre ceux qu'elle aimait.

« Non, c'est ma faute », déclara Cole aux parents d'Hannah.

Il prit un air contrit, mais, dans ses yeux, Hannah le nota, il n'y avait pas l'ombre d'un repentir.

« Je n'aurais jamais dû aborder ce sujet. Ma maman m'a toujours dit : "Dans le doute, contente-toi de discuter de la pluie et du beau temps", et Dieu sait le nombre de taloches que mon père m'a collées pour essayer de me faire entrer ça dans le crâne, mais il m'arrive encore d'oublier la politesse et de jacasser à tort et à travers. Je vous prie de m'excuser. »

Becca afficha un sourire radieux et lança un coup d'œil à Hannah : *Tu vois ? Il n'est pas merveilleux ?*

Pour toute réaction, Hannah fit mine de sourire. Elle avait vu en effet et ne pouvait qu'espérer s'être trompée. Ou bien que Becca s'en aperçoive elle aussi.

Malheureusement, les sentiments de Becca pour Cole ne firent que grandir, et les doutes d'Hannah aussi, surtout après l'attentat. Leur père passa dix jours à l'hôpital, puis garda le lit encore un mois et son absence créa un vide dans lequel Cole s'engouffra allégrement. Il devint – officieusement – l'homme de la maison, toujours là pour réparer le lavabo qui fuit, huiler les charnières rouillées, dispenser conseils et avis. Becca en était ravie et leur mère lui en savait gré, mais cette omniprésence irritait Hannah.

Elle détestait surtout son despotisme envers sa sœur. Leurs parents avaient fait un mariage tradi-tionnel, conforme aux Épîtres : une femme s'en remettait à son mari comme l'Église à Dieu. John Payne représentait l'autorité incontestée de la famille et son berger spirituel. Cependant, il consultait leur mère en tout et, s'il ne suivait pas toujours son avis, il avait un profond respect pour elle et pour son rôle de mère et d'épouse.

Or, Cole avait avec Becca une attitude bien diffé-rente où l'on devinait de troublants soupçons de condescendance. Becca n'avait jamais eu une grande force de caractère, mais maintenant qu'elle était avec Cole elle avait encore moins d'opinions personnelles. « Cole dit que » devint son antienne. Elle renonça à porter du vert parce que « Cole dit que ça me fait un teint jaunâtre » et à lire de la fiction parce que « Cole dit que ce sont des bêtises qui vous polluent l'esprit ». Elle abandonna son emploi d'assistante pédagogique à mi-temps parce que « Cole dit que la place d'une femme est auprès des siens ».

Hannah dissimula son aversion croissante envers Cole en espérant que la flamme de Becca se calmerait dès que leur père serait rétabli ou, au pire, que ce dernier démasquerait la véritable nature de Cole et dissuaderait Becca de l'épouser. Entre-temps, Hannah fit de son mieux pour se montrer cordiale et veilla à ne pas provoquer Cole et à ne pas exprimer ses réserves devant Becca. Ce n'était pas en l'affrontant qu'elle aurait le dessus ; mieux valait ronger son frein et le laisser se faire des croche-pieds tout seul.

Toutefois elle avait surestimé et ses talents de comédienne et sa patience, ainsi qu'elle s'en aperçut le jour de l'anniversaire de Becca. Leur père était rentré à la maison depuis deux semaines, mais il était encore très faible, de sorte qu'ils limitèrent la fête à la famille… plus Cole, bien entendu. Hannah avait tricoté une robe en laine lavande ultradouce pour Becca et leurs parents lui avaient acheté une petite paire de boucles d'oreilles en opale assorties à la croix qu'ils lui avaient offerte l'année précédente.

« Oh, qu'elles sont belles ! s'exclama-t-elle en ouvrant l'écrin en velours.

— Montre-nous comment elles te vont », lui suggéra son père.

Becca se figea et jeta un coup d'œil coupable vers Cole.

« Allez, Becca, insista Hannah. Essaie-les. »

L'air piégé et malheureux, Becca obtempéra.

« Elles te vont à ravir, déclara leur mère.

— Ça oui, renchérit Hannah. Tu ne trouves pas, Cole ? »

Ce dernier, le visage de marbre, contempla Becca pendant de longues secondes.

« Personnellement, je ne pense pas que Becca ait besoin d'ornements pour être jolie, répondit-il avec un sourire pincé. Mais, oui, elles sont très mignonnes. »

Quand il fut parti, Hannah coinça sa sœur dans la cuisine.

« À quoi ça rime tout ça ? »

Becca, mal à l'aise, haussa les épaules.

« Cole dit que le seul bijou qu'une femme doive porter à part sa croix, c'est son alliance. »

Ce fut la goutte d'eau qui fit déborder le vase. Plus encore que ses opinions, ce qu'elle détestait, c'était l'intolérance et l'hypocrisie qui les sous-tendaient.

« Mais, pour lui, il n'y a pas de problème s'il porte ces énormes boucles de ceinture brillantes et ces *bolos* en turquoise.

— C'est différent pour les hommes, riposta Becca. Tu le sais très bien. »

C'était différent, en effet, et Hannah avait appris pourquoi. Mais cette inégalité de traitement l'avait toujours gênée. Et là, ça l'exaspéra de constater que Cole Crenshaw en profitait.

« Non, pas du tout. Mais je suis sûre que Cole pourrait me tartiner un superlong sermon sur la question.

— Je sais pourquoi tu ne l'aimes pas, lança alors Becca d'un ton plus dur. Tu es jalouse parce que j'ai un homme dans ma vie et pas toi.

— C'est ce que Cole dit ? »

Becca croisa les bras.

« Ne crois pas qu'il n'a pas remarqué ta froideur à son égard ces derniers mois. Ça lui fait de la peine et à moi aussi.

— Je suis désolée, Becca. J'essaie de l'apprécier, mais…

— Je ne veux pas entendre ça, décréta Becca en tournant les talons. Je l'aime et je veux passer ma vie avec lui. Tu ne peux pas simplement être heureuse pour moi ? »

Et la question fut close. Becca épousa Cole dès que leur père fut en état de la conduire à l'autel. Hannah confectionna la robe de mariée et, les mains serrées sur un bouquet d'arums, se tint à côté de sa sœur pendant que celle-ci s'engageait à aimer et à honorer Cole Crenshaw et à lui obéir jusqu'à la fin de ses jours. Puis Becca s'en alla. Cole et elle n'habitaient qu'à quelques kilomètres de chez les Payne, mais on aurait cru qu'ils étaient partis s'installer dans le Maine. Hannah tenta de faire la paix avec Cole maintenant qu'il était son beau-frère, mais il ne voulut rien savoir ; le mal était fait. Elle et Becca se voyaient principalement à l'occasion de fêtes familiales et, même dans ces moments-là, Cole veillait à ce qu'elles ne passent pas trop de temps ensemble. Hannah supportait mal l'absence de Becca. En dépit de leurs différences, elles avaient toujours été proches. À présent, Hannah n'avait plus personne avec qui partager sa vie intérieure.

Il y avait néanmoins des choses qu'elle n'aurait pas osé partager. Même si elle n'avait pas revu Aidan Dale depuis plus de deux mois, il occupait toujours une grande part de ses pensées. Tout en ornant voiles et corsages de perles et de rosettes, elle repensait aux gentillesses qu'il avait prodiguées à sa famille, à la ferveur de ses prières pour son père, à la chaleur réconfortante de sa main sur son épaule. Elle ne cessait de revivre le moment où elle l'avait regardé et où elle avait vu ou cru voir dans ses yeux le reflet de ses propres sentiments. Deux choses l'empêchaient de croire que c'était le fruit de son imagination : il n'était pas revenu à l'hôpital depuis ce fameux jour. Tandis qu'Alyssa Dale s'était manifestée.

Elle leur avait rendu visite dès le lendemain matin. Hannah et Becca étaient seules avec leur père ; leur mère se reposait chez eux. Le bonheur de la veille et la longue tension qui avait précédé les avaient laminés. Hannah faisait un petit somme dans le fauteuil à côté du lit de son père. Elle prit vaguement conscience d'une conversation assourdie entre Becca et une autre femme, mais ce ne fut pas tant leur bavardage qui la tira du sommeil que la sensation aiguë d'être observée. Elle souleva les paupières et découvrit Alyssa Dale, debout au pied du lit, juste à la place d'Aidan la veille, les yeux baissés vers elle. Déconcertée, la jeune fille embrassa la pièce du regard, mais Becca n'était nulle part visible.

« Ta sœur a reçu un appel et elle est sortie pour répondre, lui expliqua Alyssa à mi-voix. Elle ne voulait pas réveiller ton père.

— Oh », fit Hannah.

Elle avait l'impression de tourner au ralenti et se sentait stupide. Elle savait qu'elle aurait dû se lever pour saluer la visiteuse, mais, devant le regard direct et critique d'Alyssa, elle était comme clouée à son siège. En public, Alyssa Dale était l'archétype de la femme de pasteur : discrète et gracieuse, jolie sans aller jusqu'à susciter le ressentiment, digne sans être distante. Là, pour la première fois, Hannah mesura l'intelligence qui habitait les prunelles noisette clair de sa rivale. Pourquoi lui avait-elle échappé ? Parce qu'elle ne s'était pas attendue à la voir ou parce que en général Alyssa la cachait ?

« Félicitations pour la bonne nouvelle. Vous devez toutes être extrêmement soulagées pour ton papa.

— Oui, merci. »

Hannah se força à se lever et lui tendit la main.

« Je m'appelle Hannah. »

Alyssa opina, mais ne prit pas la main tendue de la jeune fille.

« Oui, mon mari t'a mentionnée. Dans ses prières. »

Hannah laissa son bras retomber le long de son flanc.

« C'est gentil à vous d'être venue.

— Aidan m'a raconté que Dieu avait fait un miracle hier. J'ai voulu en juger par moi-même. »

Alyssa ne quittait pas Hannah des yeux et, devant cette attention, la jeune fille eut envie de rentrer sous terre.

« Eh bien, balbutia-t-elle, nous lui sommes tous infiniment reconnaissants de sa sollicitude.

— Tu parles du Seigneur ou de mon mari ? Les gens ont tendance à confondre les deux, répliqua Alyssa d'un ton légèrement acerbe. Mais, bien sûr, c'est parce qu'ils ne l'ont pas vu avant son café du matin. »

Déconcertée par l'image qui lui était venue à l'esprit d'un Aidan en pyjama, les cheveux ébouriffés, les paupières lourdes de sommeil, Hannah ne fit aucun commentaire tandis qu'Alyssa l'enveloppait d'un regard compréhensif où se lisait une vague mise en garde. Hannah sentit ses joues la brûler en songeant alors au nombre de femmes qui, au fil des années, avaient dû se croire amoureuses d'Aidan Dale. Elle n'était pas la seule. Elles avaient dû être des dizaines, des centaines même, à avoir fantasmé sur lui et regretté qu'il soit marié à cette femme posée, clairvoyante.

« Hannah, dit Becca dans un murmure appuyé. Maman veut te parler. »

Elle se tenait sur le seuil de la pièce, son phone à la main.

Hannah réprima un soupir de soulagement.

« Je vous prie de m'excuser, madame Dale.

— Non, il faut que je m'en aille, déclara Alyssa. Nous partons pour le Mexique ce soir, puis ce sera l'Amérique du Sud et la Californie, et je n'ai pas encore bouclé nos bagages.

— Ce sera un long voyage, alors, remarqua Hannah.

— Trois semaines. Suffisamment long. »

Elle n'eut pas besoin d'ajouter : *Pour qu'il t'oublie.*

Pendant un moment, cela parut être le cas. L'été fit place à l'automne, les températures fraîchirent enfin et, quand les premiers holos de squelettes en goguette et de sorcières à califourchon sur leur balai fleurirent sur les pelouses de ses voisins, les souvenirs qu'Hannah avait d'Aidan se mirent à perdre de leur précision et à prendre la qualité des images vues à travers un tulle. S'il avait éprouvé des sentiments pour elle – ce dont elle doutait de plus en plus –, il avait dû revenir à la raison, comme elle-même avait tout intérêt à le faire. C'était déjà un grave péché que d'imaginer être avec lui, un homme marié, un homme de Dieu. Du coup, elle se fit un devoir, à la catéchèse, de s'asseoir à côté de Will, un jeune homme timide qui jetait des coups d'œil enamourés dans sa direction depuis des semaines et, quand il eut enfin le courage de l'inviter, elle accepta.

Elle avait eu deux petits amis sérieux, le premier durant sa dernière année de lycée et le second peu après son vingtième anniversaire. C'étaient de charmants jeunes hommes et elle avait apprécié leur compagnie et leurs attentions, mais ni l'un ni l'autre n'avaient jamais suscité chez elle que de l'affection et une curiosité sexuelle sporadique qu'elle n'avait pas voulu explorer, pas avec eux. Ça ne lui suffisait pas. Ils ne lui suffisaient pas.

Et Will non plus, elle s'en rendit vite compte, même si, d'un point de vue rationnel, il aurait dû. Il était vétérinaire, doux, timide et avait l'art de se moquer de lui-même. Ils commencèrent à sortir ensemble et, à la mi-novembre, quand les feuilles se mirent à tomber languissamment vers le sol en décrivant des spirales brunes et pointues, elle comprit que, contrairement à elle, Will se languissait aussi.

« Je t'en prie, Hannah, donne-lui une chance », la supplia sa mère.

Elle persévéra donc.

Il devint ardent, parla d'amour, fit allusion au mariage. Elle repoussa ses mains baladeuses et découragea ses quasi-propositions. Quand finalement sa frustration se mua en colère, elle le quitta, blessé et perdu, alors qu'elle-même n'avait pas du tout souffert.

Avec Aidan il en irait tout autrement, elle le sut dès le début. Bien avant qu'ils ne deviennent amants, elle pressentit une fin funeste qui les détruirait l'un et l'autre.

Elle était cependant loin d'avoir prévu ce qu'il se passait aujourd'hui : elle, Rouge, paria, tandis qu'Aidan poursuivait sa vie et son ministère, s'installait avec Alyssa à Washington pour prendre son nouveau poste de ministre de la Foi et continuait à inspirer des millions de fidèles par ses paroles et son exemple. Il pensait à elle, Hannah le savait, elle lui manquait, il pleurait autant qu'elle leur enfant perdu ; se faisait des reproches et se torturait avec des « Et si » ; sans doute se détestait-il de ne pas s'être dénoncé.

N'empêche.

Elle observa la mouche qui bourdonnait de-ci, de-là dans la pièce. Quand elle se posa à côté d'elle, elle l'aplatit méchamment sous sa main.

Je suis rouge maintenant.

C'était sa première pensée de la journée, tous les jours, elle remontait à la surface après quelques secondes d'oubli brumeuses, bienheureuses et la submergeait comme une vague se brisant dans sa poitrine avec un rugissement muet. Aussitôt après déferlait la seconde vague qui s'écrasait sur les décombres de la première : *C'est fini.* L'intensité de la première finissait par céder et se muait en une douleur sourde, mais la seconde revenait l'assaillir avec une fureur incessante toutes les dix, vingt minutes, *fini, fini, fini*, et l'engloutissait sous un nouveau flot de chagrin. Jamais le tourment de la perte ne s'atténuait. Il semblait même empirer à mesure qu'approchait le jour de sa libération. Hannah se demandait comment son cœur pouvait endurer pareille souffrance et continuer à battre à son rythme insistant, régulier.

Si seulement il était là, je pourrais le rejoindre. C'était une idée absurde, un fantasme puéril, mais elle eut beau la chasser immédiatement, son fantôme s'attarda et voltigea à la périphérie de sa conscience en ravivant des souvenirs de la première fois où elle s'était avancée vers lui à l'hôtel de San Antonio. Avec eux resurgissait l'inévitable pincement du désir.

Aujourd'hui encore, malgré tout ce qu'il s'était passé, il ne l'avait pas quittée.

Il y avait eu un appel téléphonique, deux semaines avant Noël. L'accablement qui lui avait pesé comme une chape de plomb durant les dernières semaines avec Will s'était envolé, la laissant plus déterminée que jamais à n'accepter qu'un amour total et rien de moins. Elle l'avait éprouvé une fois, ou du moins ses prémices ; elle pourrait revivre un tel sentiment, elle le voulait. Quant à Aidan Dale, elle le chassa de ses pensées, implora Dieu de lui pardonner son désir pour lui, et s'engagea devant Lui et elle-même à ne plus jamais se montrer aussi faible.

Tel était son état d'esprit quand elle reçut un coup de fil du bureau de l'Église. Il y avait un mi-temps de coordinateur à pourvoir auprès du bureau de la P.E. Corinthiens. Était-elle toujours intéressée ?

L'espace d'une seconde, sa stupéfaction l'empêcha de répondre. Plusieurs années auparavant, elle avait postulé pour un travail au Verbe Ardent, mais les emplois rémunérés étaient rares et très courus, de sorte qu'elle n'avait eu aucun retour. Le bureau de la P.E. Corinthiens, le PEC, comme on disait plus familièrement, était le bras charitable de l'Église et avait la mission d'aider les personnes les plus nécessiteuses de la communauté et ses membres les plus en difficulté. C'était par ailleurs le projet fétiche du pasteur Dale. On le voyait souvent au volant d'une des camionnettes blanc brillant du PEC, livrant de la nourriture aux pauvres, emmenant des drogués à un centre de désintoxication et des homosexuels à des retraites de conversion thérapeutiques. Il avait baptisé ce bureau en référence à son verset préféré, le 13:2 de la première épître aux Corinthiens qu'il citait souvent dans ses sermons et interviews, comme toujours d'après la version originale du roi James

– « *Quand j'aurais le don de prophétie et que je connaîtrais tous les mystères et toute la science, quand j'aurais la plénitude de la foi, une foi à déplacer des montagnes, si je n'ai pas la charité, je ne suis rien* » – et non d'après la Nouvelle Version internationale, qui remplaçait le terme charité par amour. Il existe d'infinies variétés d'amour, aimait à dire le pasteur Dale, mais la charité en est la forme la plus pure, parce que c'est la seule à ne pas demander : *Et qu'est-ce que ça va m'apporter ?*

Aidan avait-il proposé le nom d'Hannah pour ce poste ? Et en ce cas – après si longtemps –, qu'est-ce qui l'avait motivé ? La gentillesse ou autre chose ?

« Mademoiselle Payne ? reprit la dame en ramenant Hannah à la conversation. Accepteriez-vous de venir pour un entretien ? »

La gentillesse, se dit Hannah tout en fixant l'heure du rendez-vous. La gentillesse et rien de plus.

Mme Bunten, la directrice du bureau, la reçut. C'était une femme d'âge mûr, dont le visage austère et profondément ridé cachait une nature maternelle et compatissante. Hannah apprit par la suite que c'était le chagrin qui avait ciselé ses rides ; Mme Bunten avait perdu son mari et deux fils dans une des émeutes de la Grande Épidémie, et peu après elle avait connu une nouvelle naissance en intégrant le mouvement Born Again. Aujourd'hui, dix ans plus tard, le Verbe Ardent constituait tout son univers et le pasteur Dale en était le centre et le brillant soleil. Hannah le comprit dès le premier jour. Mme Bunten parlait avec beaucoup d'affection de Dieu et de Son Fils, mais quand elle évoquait Aidan, sa figure reflétait une véritable vénération.

Le moment clé de l'entretien eut lieu quand elles évoquèrent la guérison du père d'Hannah.

« Un miracle, déclara Mme Bunten.

— Oui, reconnut Hannah. Je remercie Dieu pour ça tous les jours. Dieu et le pasteur Dale. »

Mme Bunten lui décocha un sourire carrément béat.

« À ce que j'entends, vous allez vous intégrer parfaitement ici. »

Le poste représentait vingt heures par semaine, pour la majeure part consacrées à du travail de bureau, même s'il arrivait qu'on demande à Hannah de servir la soupe populaire ou d'effectuer des livraisons. La première semaine, elle ne vit pas une seule fois Aidan. Puis, le lundi suivant, il débarqua dans le bureau chargé d'une gigantesque pile de jouets pour enfants dans des emballages colorés. On aurait cru le Père Noël.

« Ah ah ah », fit-il d'une voix tonnante alors qu'il était légèrement essoufflé.

Mme Bunten se précipita pour lui venir en aide. Tiraillée entre un vif désir de s'approcher et une certaine réticence, Hannah la suivit un peu plus lentement.

Mme Bunten se saisit des boîtes du dessus qui masquaient le visage d'Aidan.

« Merci, Brenda », dit le pasteur.

Puis il vit Hannah.

« Oh, Hannah. Bonjour. »

Il affichait un sourire candide, agréablement surpris. Gentil. Hannah perdit pied.

« Bonjour, monsieur.

— Voyons, s'écria Mme Bunten qui, entre deux *ta, ta, ta*, remettait les boîtes du haut à Hannah et en prenait d'autres, vous savez bien que vous ne devriez pas porter tout ça. Mme Dale sera fâchée contre nous, si vous vous refaites un tour de reins.

— Alyssa s'inquiète trop. »

Mme Dale. Alyssa. Hannah se détourna pour poser les boîtes par terre. *Sa femme.*

« Comment va ton père ? demanda-t-il.

— Papa va bien. Il a repris son travail. La vision de son œil gauche est encore un peu floue, mais nous avons bon espoir que ça s'arrangera avec le temps. »

Aidan ne ressent pas la même chose.

« Je prie pour qu'il en soit ainsi. S'il te plaît, transmets-lui mes amitiés, à lui et à ta mère.

— Je n'y manquerai pas. »

Il ne le ressent pas, et c'est tant mieux.

Il lui demanda comment elle se plaisait au bureau, et elle répondit : très bien, merci. Il prit des nouvelles de Becca et la chargea de lui transmettre ses félicitations pour son mariage. Mme Bunten intervint et s'émerveilla de la manière dont il n'oubliait jamais le nom d'une personne avec qui il avait prié. Il protesta, elle avait tendance à exagérer ses qualités. Hannah fit les réponses qu'il fallait. Elle se sentait comme anesthésiée et stupide.

Un coup de fil de l'assistante d'Aidan les interrompit, elle lui rappelait son rendez-vous avec M. Drabyak, un membre du Congrès, à seize heures. Aidan se tapota le front d'un air penaud, déclara qu'il valait mieux qu'il y aille, souhaita la bienvenue à Hannah au PEC et les pria de l'excuser.

Sur le seuil, il se retourna.

« Brenda, j'ai oublié de vous prévenir. Il y a encore beaucoup d'autres jouets dans la camionnette. Il faudrait les emballer d'ici à demain. Je les emporte au foyer à quinze heures.

— Nous nous en occuperons, monsieur », répondit Mme Bunten.

Aidan avisa alors Hannah.

« Aimerais-tu m'accompagner ? Au foyer ? C'est merveilleux de voir le visage radieux des enfants. »

Le sien ne reflétait qu'un intérêt amical et de l'enthousiasme… à l'idée de voir les gamins. Peut-être n'avait-il pas proposé son nom après tout, même pas par gentillesse. Peut-être était-ce le fait de Dieu, le châtiment de son désir, s'il lui fallait contempler le visage d'Aidan et entendre sa voix avec la certitude qu'il ne serait jamais à elle ?

« J'adorerais », répondit-elle.

C'est ainsi que commença la longue torture de la parade amoureuse, même s'il s'écoula des mois avant qu'Hannah ne la reconnaisse comme telle. Elle vivait dans un état de désir muet, ponctué d'accès de culpabilité et de moments de peur à l'idée que quelqu'un puisse s'apercevoir de quelque chose. Aidan la traitait comme il traitait tout le monde, avec la bienveillance typique d'un pasteur.

Il y avait six semaines qu'Hannah travaillait à l'Église quand un jour Alyssa passa au bureau avec Aidan. Elle se figea en voyant Hannah, et celle-ci comprit qu'il ne lui avait rien dit. Parce que sa présence n'avait aucune importance ou bien… ?

« Bonjour, madame.

— Bonjour, répondit Alyssa. Becca, n'est-ce pas ? »

Devinant qu'elle feignait de se tromper, Hannah répondit :

« Becca, c'est ma sœur. Moi, c'est Hannah.

— Hannah nous a rejoints juste avant Noël, expliqua Aidan. Elle fait un travail formidable. »

Sa remarque parut forcée et maladroite, et Hannah sourit d'un air gêné.

« Bien sûr, mon chéri », fit Alyssa.

Elle prit Aidan par la taille, puis décocha un sourire glacial à Hannah.

« Pour ce qui est de travailler dur, mon mari stimule son entourage. Les gens détestent le décevoir. »

Devant l'embarras évident d'Aidan, Hannah eut la quasi-certitude qu'Alyssa lui avait délibérément lancé ces compliments car elle savait qu'il avait horreur de ça. Peut-être leur mariage n'était-il pas aussi idyllique que tout le monde le croyait ?

« Oh, je suis sûr qu'Hannah ferait du bon travail pour n'importe qui, affirma-t-il.

— Eh bien, enchaîna Alyssa, ne la détournons pas de ses tâches. »

Les Dale récupérèrent ce qu'ils étaient venus chercher – les clés d'une des camionnettes – et repartirent, Alyssa la première. À la dernière seconde, Aidan tourna la tête vers Hannah et la jeune femme éprouva une curieuse sensation, comme s'il était accroché au bout d'une ficelle qu'elle eût manipulée. Ils se fixèrent un instant, puis baissèrent le nez en même temps.

Tiens, tiens, songea-t-elle.

Dès lors, les véritables tourments commencèrent. Le comportement d'Aidan envers Hannah n'avait pas changé, mais la jeune femme perçut dans leurs échanges une tension jusque-là inexistante et comprit qu'elle n'était pas seule à souffrir. Leur attirance grandissait progressivement, par à-coups, inavouée, mais indéniable. Hannah eut souvent tendance à considérer cette période comme une grossesse pendant laquelle tous deux auraient attendu avec la même fébrilité, la même anxiété, l'émergence de cette chose nouvelle qu'ils étaient en train de créer entre eux. Ils étaient rarement seuls et, quand par hasard cela leur arrivait – une rencontre fortuite dans l'escalier, un interlude de cinq minutes lorsque Mme Bunten allait aux toilettes –, ça ne durait pas. Aidan était constamment entouré de gens qui tous souhaitaient obtenir quelque chose de lui : son attention, sa bénédiction, son avis, le contact de ses mains sur leurs épaules. Hannah en vint à leur en vouloir à tous, alors qu'elle ressentait un désir analogue.

Et, surtout, elle en voulait à Alyssa Dale, elle l'enviait. La femme d'Aidan venait maintenant fréquemment au bureau du PEC, apportant sa contribution chaque fois que c'était nécessaire. Mme Bunten en parla même un jour pour louer l'intérêt que Mme Dale manifestait à l'égard de leur travail. Avec Hannah, Alyssa se montrait d'une politesse glacée et, quand Aidan était dans les parages, sur le qui-vive. Lorsqu'elles étaient entre femmes, elle était plus détendue, sans toutefois se départir d'une certaine réserve, d'un air distant. Cela étant, elle travaillait aussi dur que chacune d'elles, ne lésinait pas sur les compliments ni sur son côté pince-sans-rire. Mme Bunten et les autres femmes l'adoraient, et même Hannah en vint à l'admirer. Elle se fit plus d'une fois la remarque que, dans d'autres circonstances, Alyssa Dale et elle seraient peut-être devenues amies.

Entre-temps, la tension continuait à monter entre Aidan et elle, si tangible par moments qu'Hannah n'aurait pratiquement pas été surprise de la voir se matérialiser sous forme d'un scintillement ondoyant dans l'air entre eux. Tous les soirs avant de se coucher, elle priait Dieu de lui pardonner. Puis, incapable de dormir, elle imaginait Aidan allongé à ses côtés. Elle savait qu'elle aurait dû quitter le PEC pour s'arracher à la tentation d'être auprès de lui. Elle rédigea même une lettre de démission à l'intention de Mme Bunten, mais ne put pas davantage se résoudre à dire « Envoyer » qu'à implorer le Seigneur de l'aider à cesser d'aimer Aidan.

En juin, Hannah eut vingt-cinq ans. En entrant au bureau, le matin de son anniversaire, elle découvrit une énorme orchidée en pot sur sa table. Dans le décor spartiate du PEC, la plante, qui décrivait un arc parfait, avec ses pétales jaunes et ses taches cramoisies, paraissait aussi exotique et déplacée qu'une peau de zèbre ou qu'un vase Ming.

« Qui a apporté ça ? » demanda-t-elle à Mme Bunten.

Par chance, Alyssa n'était pas là ; elle était partie accompagner Aidan pour une longue mission en Afrique.

« On vient de la livrer. C'est pour toi. »

Bouleversée, Hannah tourna le dos à Mme Bunten et fit mine de chercher une carte alors qu'elle savait très bien qu'il n'y en aurait pas. Quand, de l'index, elle toucha un des pétales, il lui parut doux et pleinement vivant, comme une peau.

« Tu ne nous avais pas dit que tu avais un admirateur, lui lança Mme Bunten sur un ton de gentil reproche.

— C'est mon père, mentit Hannah. Il m'offre toujours une orchidée pour mon anniversaire.

— Oh, fit Mme Bunten, déçue. Enfin, bon anniversaire, mon petit. Je suis sûre que, jolie comme tu l'es, tu ne vas pas tarder à rencontrer quelqu'un. »

Tout le reste de la journée, Hannah fut incapable de se concentrer. Pourquoi Aidan lui avait-il envoyé cette chose sensuelle, somptueuse ? Car c'était lui, elle en était certaine ; l'absence de carte le prouvait. Qu'est-ce que cela voulait dire ? Reconnaissait-il enfin ses sentiments ? Fallait-il qu'elle en fasse autant ? Qu'arriverait-il alors ?

Elle eut trois semaines pour se torturer sur ces questions. Ce fut la période la plus longue qu'elle passa sans le voir. Irritable et distraite, elle se consola – et se tourmenta – en regardant des vids de ses sermons, souvent avec ses parents. Au début elle était très nerveuse, craignant que son visage ne la trahisse, mais elle finit par se rendre compte que son expression était le reflet de la leur et de celle de tous les gens qui venaient l'écouter. Tout le monde adorait Aidan Dale.

Il revint un vendredi ; c'était le jour de congé d'Hannah ; ensuite, il y avait le week-end. Le dimanche, comme toujours, elle alla à l'église avec ses parents. Le sermon d'Aidan vibra d'une ferveur inhabituelle et plongea la congrégation dans un état d'exaltation proche de la frénésie. Puis Aidan conclut paisiblement par un passage de la première épître de saint Jean : « Bien-aimés, aimons-nous les uns les autres, puisque l'amour est de Dieu et que quiconque aime est né de Dieu et connaît Dieu. » Bien que trop loin pour le voir, Hannah eut la certitude que c'était à elle qu'il s'adressait.

Le lundi, elle mit sa robe vert foncé, celle dont la découpe sobre soulignait ses formes, ce qui chagrinait toujours sa mère, et vécut la journée tiraillée entre nervosité et impatience. Elle fit même une demi-heure supplémentaire, mais il ne se manifesta pas. Elle repartit, découragée et perplexe. Il ne lui avait jamais dit le moindre mot déplacé. Il n'avait jamais fait d'efforts particuliers pour rester seul avec elle, ne l'avait jamais touchée. Tout cela était-il le fruit de son imagination ?

Le lendemain matin, elle reçut un appel du bureau de l'Église : un des chaperons bénévoles pour la fête de True Love Waits – le mouvement chrétien en faveur de l'abstinence – qui devait avoir lieu ce week-end-là à San Antonio avait dû se dédire en raison d'une urgence familiale. Hannah pouvait-elle le remplacer ?

« Bien sûr », répondit-elle.

Elle savait qu'Aidan y assisterait ; Mme Bunten y avait fait allusion la veille. Était-ce lui qui l'avait proposée ?

Elle passa une semaine agitée à attendre, oscillant entre diverses certitudes : c'est lui qui avait proposé son nom, ce n'est pas lui, oui, non, oui, non. Aidan, lui, était reparti superviser l'ouverture d'un nouveau foyer à Beaumont. Hannah attendit : que vendredi arrive enfin, que la caravane des adolescents qui lui avaient été confiés débarque à San Antonio, que leur enregistrement à l'hôtel soit terminé, qu'on leur ait remis leur enveloppe de bienvenue, qu'on ait réglé les embrouillaminis et les drames – « Je devais partager la chambre d'Emily ! » –, que le dîner communautaire inaugural s'achève. Aidan aurait dû le présider, mais des orages dans l'est du Texas avaient retardé son vol. Les grognements déçus que cette nouvelle suscita parmi les quelque deux mille cinq cents ados présents dans la salle étouffèrent la discrète exclamation de frustration d'Hannah.

Après le dîner, elle fit les cent pas dans sa chambre, se demandant si la vid allait sonner ou pas, et repensant aux faits dont elle disposait. Fait : le bureau de l'Église pouvait s'adresser à des centaines de bénévoles, mais c'était elle qu'ils avaient appelée. Fait : Aidan venait seul. Alyssa était allée voir ses parents à Houston et serait absente une semaine. Fait : les autres bénévoles se partageaient une chambre à deux, mais Hannah en avait une pour elle seule. Était-ce une simple coïncidence si elle constituait l'exception ?

Elle comptait sans trop y croire sur un appel, si bien qu'elle sursauta quand elle entendit frapper juste après onze heures. Ça ne venait pas de la porte du couloir, mais de celle communiquant avec la chambre voisine : trois petits coups. Son cœur fit un bond, mais elle ne se pressa pas et se dirigea vers la porte de l'allure posée, majestueuse, d'une mariée remontant la travée centrale de l'église.

Elle prit une grande inspiration, déverrouilla et ouvrit. Au début, ils ne firent pas un geste ni l'un ni l'autre, ne dirent pas un mot. Ils se contentèrent de se regarder, d'assimiler le fait qu'ils étaient là, ensemble, seuls.

Le chagrin et la douleur de la séparation avaient creusé le beau et fin visage d'Aidan. Hannah l'étudia et se rendit compte pour la première fois que ses traits, bien qu'attirants, n'avaient rien d'exceptionnel, c'étaient les contradictions qu'il reflétait qui le rendaient si séduisant : son côté juvénile et sa sensualité, son assurance et son humilité, sa foi et son appréhension, comme s'il craignait un terrible coup qu'il était seul à pouvoir anticiper.

« Je ne suis pas l'homme que tu crois, déclara-t-il. Je suis un pécheur. Faible, indigne de confiance.

— Tu es l'homme que je veux », dit Hannah.

Maintenant que le moment était venu, qu'il n'était plus cantonné dans son imaginaire, elle se sentait étonnamment calme. Elle n'avait aucun doute, se sentait sûre d'être dans la légitimité la plus totale, certitude qui ne pouvait venir que de Dieu, elle le savait.

« Je suis le pire imposteur qui soit.

— Non, pas dans cette situation, riposta Hannah. Là, c'est honnête, c'est juste. Tu ne le sens pas ?

— Si, je le sens comme jamais dans ma vie. Mais ton honneur, Hannah. Ton âme. »

Elle lui prit la main et la porta à sa propre poitrine, sur son cœur, puis elle posa sa main sur le cœur d'Aidan, qui cognait sur un rythme de percussion déchaînée en contrepoint à la cadence puissante et régulière du sien. Elle demeura ainsi jusqu'à ce qu'il finisse par l'attirer contre lui et l'embrasser.

Il garda les yeux fermés cette première fois, même quand elle cria de douleur. En l'entendant, il grimaça comme si c'était lui qui avait mal. Elle ne lui avait pas dit qu'elle était vierge, pas par désir de le lui cacher, mais parce que pour elle c'était évident. Elle avait attendu pour lui.

« Ça va », chuchota-t-elle.

Il secoua la tête.

« Non. »

Ses hanches se mirent à bouger plus vite, son corps à frissonner. Puis il cria lui aussi, mais pas de douleur.

Là, dans la cellule chromatique, Hannah ferma les yeux et se laissa aller à imaginer ce que ça lui ferait de le revoir. D'être couchée, la tête au creux de son épaule, tandis qu'il lui caresserait les cheveux et lui parlerait de choses et d'autres – d'un rêve qu'il avait fait la nuit précédente, d'un sermon pour lequel il bataillait, d'une idée qu'il n'avait confiée à personne d'autre. Mais sa rêverie eut des ratés et s'arrêta, à l'image de leurs conversations quand l'un d'entre eux lâchait par mégarde le mot qu'il ne fallait pas et déchirait la fragile membrane les protégeant du monde extérieur. « La maison » invitait Alyssa dans leur lit. « L'Église » appuyait sur la peur d'être découverts et du scandale qui s'ensuivrait. « Demain » ou « la semaine prochaine » leur rappelaient qu'ils ne partageraient jamais un avenir ensemble.

Car il n'était pas question qu'Aidan quitte sa femme. Il l'avait prévenue sans ménagement en se rhabillant, la première nuit.

« Je ne pourrai jamais t'offrir plus que ça, lui avait-il dit en désignant de la main le lit défait, la chambre banale. Je t'aime, mais je ne pourrai jamais quitter Alyssa. Je ne peux pas lui infliger ce genre de déshonneur. Tu comprends ? Toi et moi nous n'aurons jamais la possibilité de nous aimer au grand jour.

— Je comprends.

— Tu mérites ça avec quelqu'un, avait-il ajouté. Un mari, une famille. »

Allongée dans le lit moite, l'odeur d'Aidan sur sa peau et le corps endolori par leurs ébats, elle n'avait pu s'imaginer avec un autre homme. Le simple fait d'y penser lui avait paru répugnant.

« Je ne veux personne d'autre », avait-elle affirmé.

DEUX
Repentir

Reflets du soleil sur le ciment, les barbelés, l'acier, sa chaleur sur son visage. Vent frais lui soufflant la peau, lui ébouriffant les cheveux. Ciel bleu vif aveuglant. Vrombissements des voitures, bribes de chansons à la radio, pépiements d'oiseaux, stridulations de locustes, crissements de deux paires de pieds sur le gravier. Cette foule d'informations sensorielles était étourdissante, accablante. Hannah trébucha et le garde à côté d'elle la rattrapa par le bras. Ce faisant, il effleura des doigts la courbe de son sein. Délibérément ? Elle lui jeta un regard en coulisse, mais son large visage brun ne trahissait rien et ses yeux regardaient droit devant eux.

Ils arrivèrent à la hauteur d'un large bâtiment de six étages, sans fenêtres : la prison. Lorsqu'ils passèrent sous son ombre, Hannah fut saisie d'un frisson sans rapport avec la température extérieure. Seuls les plus violents criminels se retrouvaient derrière les barreaux – assassins, violeurs en série, avorteurs et autres malfaiteurs que l'État jugeait irrécupérables. La plupart purgeaient une condamnation à perpétuité. Une fois entrés là, ils n'en sortaient pratiquement jamais.

Quand ils s'approchèrent du portail, celui-ci glissa sur des rails et s'effaça dans le mur avec un grincement mécanique.

« T'es libre », annonça le garde à Hannah.

Voyant qu'elle ne bougeait pas, il ajouta :

« Quel est le problème, *pajarita*, t'as peur de quitter le nid ? »

Sans montrer qu'elle l'avait entendu, elle se redressa, franchit le portail et s'engagea dans le monde.

Devant elle, une petite allée menait à un parking. Elle la parcourut jusqu'au bout et scruta le parking, une main en visière devant les yeux pour se protéger du soleil du matin. Tout était calme et il n'y avait pas trace de la berline bleue de ses parents. Elle fixa l'entrée comme si ça devait faire apparaître la voiture et se dit que son père était en retard et rien de plus.

« Hé, poupée », lui lança une voix, une voix d'homme derrière elle.

En se retournant, elle aperçut, à côté du portail, une guérite qu'elle n'avait pas remarquée en passant. Un garde, les bras croisés, s'appuyait contre le montant.

« Je parie que ton copain se pointera pas.

— J'attends mon père, répliqua Hannah. Et il va venir.

— Si on m'avait filé un dollar chaque fois qu'on m'a sorti ça, je serais riche comme un crouille. »

Le garde, un grand maigre au visage grêlé et à l'air suffisant, avait une pomme d'Adam protubérante qui bougeait convulsivement quand il déglutissait. On lui aurait donné seize ans, alors qu'il fallait avoir au moins vingt et un ans pour travailler dans une prison d'État.

En entendant un véhicule approcher, la jeune femme pivota et vit une voiture entrer dans le parking, mais elle était gris métallisé, pas bleue. Ses épaules s'affaissèrent. Le véhicule s'arrêta, fit marche arrière et repartit.

« Quelqu'un a pris le mauvais chemin, on dirait », fit le garde.

Hannah le regarda de nouveau en se demandant si c'était un trait d'humour, mais le jugea trop stupide pour ça.

« Qu'est-ce que tu vas faire si ton papa se montre pas, hein ? Où tu vas aller ?

— Il va venir, répliqua Hannah en forçant un peu le ton.

— Tu pourrais toujours pieuter avec moi un moment, si t'as rien. J'ai une piaule vraiment chouette. Il y a largement la place pour deux. »

Il se tordit la bouche en un demi-sourire et la regarda des pieds à la tête. Dégoûtée, elle sentit la peau la picoter. À combien d'autres femmes avait-il fait ce genre de proposition ? Et combien avaient accepté sous le coup du désespoir ? Elle lui tourna délibérément le dos.

« Moi, j'essaie juste d'être sympa, insista-t-il. Je pense que tu vas vite comprendre que le monde est pas un endroit très sympa pour les Chromes. »

Du coin de l'œil, Hannah le vit réintégrer la guérite. Elle s'assit sur le trottoir pour attendre. Dans son petit chemisier d'été et sa jupe légère, elle avait froid, mais ça lui était égal. L'air frais était divin. Elle inspira et offrit son visage au soleil. À vue de nez, il devait être près de midi. Pourquoi son père tardait-il autant ?

Elle attendait depuis vingt minutes peut-être quand une camionnette jaune pénétra dans le parking, continua jusqu'au portail et s'arrêta juste devant elle. Une publicité peinte sur la portière disait : CRAWFORD TAXI TU VAS OÙ QUE TU VEUX. La vitre côté passager s'abaissa et le conducteur, un homme d'un certain âge avec des cheveux gris et gras noués en queue-de-cheval, se pencha et lui lança :

« T'as besoin d'un taxi ? »

Elle se releva.

« Peut-être. »

À Crawford, elle pourrait trouver de quoi manger et un PointNet pour contacter son père.

« La ville est loin ?

— À une quinzaine de minutes, grosso modo.

— Combien coûte la course ?

— Euh, voyons… Je pense que ça devrait nous faire dans les trois cents dollars. Pourboire compris.

— C'est scandaleux ! »

Il haussa les épaules.

« Il y a pas beaucoup de taxis qui prendraient un Chrome.

— Tu vois ce que je t'ai dit, poupée ? beugla le garde dans son dos. L'est dur, le monde, pour les Rouges. »

Planté devant la guérite, il souriait et Hannah se rendit compte qu'il avait dû appeler le taxi. Tous les deux, ils avaient sûrement rodé ce numéro à maintes reprises pour se partager ensuite leurs misérables bénéfices.

« Alors ? insista le taxi. J'ai pas que ça à faire. »

Combien d'argent lui restait-il ? Sans doute pas grand-chose ; la quasi-totalité de ses économies était passée dans l'avortement. Elle avait à peu près mille dollars sur son compte courant quand elle avait été arrêtée, mais il devait y avoir eu des prélèvements automatiques pour ses factures. Si ça se trouve, les trois cents dollars que l'État du Texas lui avait versés constituaient ses seules ressources.

« Je vais marcher, déclara-t-elle.

— Comme tu veux. »

Il remonta sa vitre et s'éloigna.

« T'as encore changé d'avis ? » lui demanda le garde.

Il s'approcha d'elle d'un pas nonchalant. Elle se crispa, mais il se borna à lui tendre un bout de papier. Dessus, il avait gribouillé un nom, Billy Sikes, et un numéro de téléphone.

« C'est mon numéro, lui expliqua-t-il. À ta place, je le perdrais pas. Un de ces quatre, t'auras peut-être envie d'un ami. »

Hannah froissa le bout de papier dans sa main et le jeta par terre.

« J'ai ce qu'il faut comme amis. »

Elle tourna alors les talons et se dirigea vers la route. Elle était à mi-chemin de l'entrée quand une berline bleue bien connue apparut. Hannah s'élança. La voiture s'arrêta à quelques mètres d'elle et Hannah distingua son père au volant, il était seul. Elle s'était bien gardée d'espérer voir sa mère ou Becca, pourtant leur absence lui fit très mal. Pendant un moment, ni son père ni elle ne bougèrent. Ils se regardèrent à travers le pare-brise, à un monde de distance l'un de l'autre. Elle était tellement paniquée qu'elle en avait la bouche sèche. Et si sa vue lui était insupportable ? Et si elle lui répugnait tant qu'il repartirait et l'abandonnerait sur place ? Elle avait déjà perdu tant de choses qu'il lui paraissait impensable de survivre sans l'amour de son père. Pour la première fois depuis son entrée dans la cellule chromatique, elle pria. Non pas Dieu, mais Son Fils, qui savait ce que signifiait être piégé, seul, dans l'enveloppe charnelle d'un être mortel ; qui avait vécu la peur d'être rejeté. *Je t'en prie, Jésus. Je t'en prie, ne m'enlève pas mon père.*

La porte côté conducteur s'ouvrit et John Payne descendit. Cependant, il resta derrière sa portière tandis qu'Hannah s'approchait lentement, prudemment, comme devant un oiseau qu'elle aurait eu peur de faire fuir. Quand elle ne fut plus qu'à un ou deux mètres de lui, elle stoppa, ne sachant trop que faire.

Son père la fixait et ne disait mot. Son visage ruisse-lait de larmes.

« Papa ? »

Il lâcha un sanglot étouffé et sa poitrine se souleva. Ce bruit la déchira. Elle n'avait vu son père pleurer qu'une seule fois, à l'enterrement de sa grand-mère, et ses yeux s'embuèrent aussi quand il émergea de derrière la portière et lui ouvrit les bras. Elle s'y réfugia, s'y nicha. Cette tendresse, cette simple cha-leur humaine lui procura un bonheur qu'elle n'avait encore jamais connu. Elle repensa aux rares fois où on l'avait touchée ces derniers temps : le garde un peu plus tôt, l'infirmier qui l'avait attachée pour lui injecter le virus, l'autre garde au tribunal, l'horrible doctoresse de la police. Le geste d'amour de son père avait quelque chose de miraculeux.

« Ma belle Hannah, murmura-t-il en lui caressant les cheveux. Oh, ma douce, ma belle chérie. »

Il avait apporté une glacière remplie de vic-tuailles : sandwiches à la dinde, chips, une pomme, une thermos de café. Des choses simples, mais après trente jours de nutribarres c'était délicieux. Il garda les yeux rivés sur la route pendant qu'elle mangeait. Il ne disait rien. Ils étaient sur l'I-35 et roulaient en direction du nord, vers Dallas. Vers la maison. Un brin d'espoir fleurit sous le crâne d'Hannah. Peut-être sa mère lui avait-elle pardonné, du moins suffisam-ment pour la laisser revenir ?

Comme s'il avait lu dans ses pensées, son père lui dit :

« Je ne peux pas te ramener à Plano. Tu le sais, n'est-ce pas ? »

Le brin d'espoir se fana, se transforma en poussière.

« Maintenant, oui.

— Si tu voulais bien nous parler, Hannah. Nous dire… »

Elle l'interrompit.

« Je ne peux pas. Je ne le ferai pas. »

Elle avait répondu spontanément d'un ton perçant et provocant. Puis, un peu radoucie, elle ajouta :

« De toute façon, ça ne servirait à rien de te le dire. »

Son père serra le volant si fort que ses jointures blanchirent.

« Ça me servirait à retrouver ce salopard et à lui flanquer une raclée du feu de Dieu. »

« Reprise en main. Vous n'êtes plus dans votre file », annonça la voix mélodieuse de l'ordinateur de bord. Le volant braqua légèrement sur la gauche et John Payne émit un soupir exaspéré.

Hannah baissa les yeux vers le sandwich à moitié mangé sur ses genoux. Cet échange lui avait coupé l'appétit.

« Je regrette, papa. »

En prononçant ces excuses, pareilles à un écho trop éloigné de sa source et quasiment dénué de sens à force de se répéter, elle eut l'impression de jouer les perroquets. Elle avait tellement redit ces deux mots – à lui, à Becca, à sa mère, à l'esprit de son enfant, à Dieu –, tout en sachant qu'ils ne suffisaient pas et ne suffiraient jamais ; et si elle le faisait, c'était parce qu'elle s'y sentait obligée. Sa vie était devenue une litanie d'excuses conjuguées à tous les temps : *j'ai regretté, je regrette, je regretterai*, sans espoir de dire un jour : *J'aurais regretté…*

Son père poussa un long soupir et se détendit un peu.

« Je sais.

— Où est-ce que tu m'emmènes ? demanda-t-elle.

— À Richardson, il y a un établissement tenu par l'Église du Christ ressuscité. Ça s'appelle le Centre du Droit Chemin. »

Hannah secoua la tête, elle ne connaissait ni l'un ni l'autre.

« C'est une sorte de foyer de réinsertion pour des femmes comme toi. Si ça marche, tu pourras y rester six mois. Ça nous donnera le temps de te trouver un emploi et un endroit sûr où habiter. »

Le « nous » la rassura, ainsi que le fait que le centre soit situé à Richardson, juste au sud de Plano.

« Quand tu dis "des femmes comme toi"…

— Des Rouges non violentes, ainsi que des Jaunes et des Oranges. Ils n'acceptent pas les Bleues, ni les Vertes, ni les Violettes. Sinon, je ne t'y enverrais pas.

— Tu as vu l'endroit ?

— Non, mais j'ai parlé au directeur, le pasteur Henley, et il m'a fait l'impression d'être un homme sincère et compatissant. À ce que je sais, il a aidé de nombreuses femmes à revenir à Dieu. »

Revenir à Dieu. Ces mots attisèrent chez elle une vive flamme de nostalgie, que le désespoir moucha presque aussitôt. Avant et pendant son procès, elle avait prié Dieu tous les jours, implorant Son pardon et Sa miséricorde, à genoux sur le sol dur de sa cellule jusqu'à en avoir mal aux articulations. Mais Il était resté muet, absent comme jamais. Hannah avait peu à peu sombré dans la désolation, telle une maison abandonnée qui tombe en ruine et où le vent s'engouffre en sifflant par toutes les fissures. Puis, quand elle avait été condamnée et conduite à la cellule chromatique, elle avait admis l'inéluctable vérité : il n'y aurait pour elle ni pardon, ni miséricorde, ni aucun moyen de revenir à Lui. Comment cela aurait-il été possible, après ce qu'elle avait fait ?

« Mais comprends bien que ce ne sera pas une petite retraite spirituelle. Ce centre a des règles strictes. Tu les enfreins et tu es dehors. Et alors là, Dieu te vienne en aide, Hannah. Même si ta mère acceptait que je te finance, nous n'avons pas les moyens de te louer un logement.

— Je sais, papa. Je n'y comptais pas. »

Ils n'avaient pas de fortune personnelle, et John Payne percevait un salaire modeste. Elle réalisa alors que, sans l'argent qu'elle rapportait, ses parents devaient vivre bien plus modestement – encore un reproche qu'elle pouvait se faire !

« Mais qui paie pour ce centre ?

— Le PEC. C'est le pasteur Dale lui-même qui a demandé au comité. »

La honte lui brûla les joues, honte dont elle vit le reflet sur le visage de son père. Désormais, Hannah, et par extension la famille Payne, représentait un cas social. Elle se rappela les sentiments qu'elle avait pu éprouver à la soupe populaire en remettant des plateaux-repas à des indigents en guenilles qui puaient la misère et le désespoir et fuyaient son regard. Comme elle les avait plaints, ces pauvres gens ! Comme elle s'était sentie généreuse, vertueuse de les aider, ces malheureux, qui n'avaient rien de commun avec elle et sa famille et qui étaient tombés dans une situation qu'elle ne connaîtrait jamais !

« C'est aussi grâce à lui qu'ils t'ont acceptée, ajouta son père. Il y a une longue liste d'attente. »

Devant le silence d'Hannah, il spécifia :

« On a de la chance que le pasteur Dale s'intéresse tellement à ton cas. »

Elle imagina ce qu'Aidan avait dû ressentir en passant ces coups de téléphone. L'avait-il plainte ? S'était-il senti bienveillant ? L'avait-il classée au rang des malheureux ?

« Oui, marmonna-t-elle d'un ton guindé. On a beaucoup de chance. »

Lorsqu'ils rejoignirent Central, ça bouchonnait comme d'habitude sur l'autoroute et ils parcoururent au pas les quinze kilomètres les séparant de Richardson. Il alluma la radiosat et chercha une station diffusant des informations. Hannah écouta d'une oreille. Au Sénat, la loi contre la liberté de la presse avait été adoptée par quatre-vingts voix contre douze. Des militants d'extrême droite avaient assassiné Napoleón Cifuentes, le président du Brésil, et renversé le dernier gouvernement démocratique d'Amérique du Sud. Les inondations prolongées en Indonésie avaient encore entraîné le déplacement de plus de deux cent mille personnes en octobre. La Syrie, le Liban et la Jordanie s'étaient retirés des Nations unies au prétexte d'un parti pris anti-islamique. Le quarterback des Miami Dolphins avait été suspendu pour usage de nanodopants. Hannah se recroquevilla sur elle-même. En quoi ces sujets la concernaient-ils à présent ?

Un couple avec un enfant surgit alors et se maintint à leur hauteur. En apercevant Hannah, le gamin sur le siège arrière écarquilla les yeux. La jeune femme leva la main pour cacher son profil, mais sentit qu'il continuait à la dévisager avec la candeur naturelle des enfants, et elle finit par lui montrer les dents en une grimace effrayante. Il ouvrit grand la bouche et les quinquets et dit quelques mots à ses parents. Leur tête pivota. Ils lui jetèrent un regard furibond et elle éprouva un vif pincement de remords. La réaction de ce petit garçon était normale : elle était un phénomène. Combien de fois n'avait-elle pas fixé un Chrome avec une fascination morbide, tout en sachant que c'était impoli et qu'elle aurait dû se contrôler ? Même si on en voyait beaucoup en ville, des Jaunes surtout, ils attiraient toujours irrésistiblement l'attention. Hannah se demanda comment ils le supportaient. Comment elle allait le supporter.

Son père prit la sortie Belt Line et ils passèrent devant la galerie marchande où Becca et elle allaient régulièrement porter la bonne parole avec le groupe des jeunes de l'église, devant le Centre Eisemann où ils avaient vu *Casse-Noisette* et *Le Lac des cygnes*, devant le stade où elles allaient assister à des matchs de football américain entre lycéens. Ces images de sa vie d'avant lui parurent aussi désuètes et irréelles que des décors de diorama.

Ils patientaient à un feu quand quelque chose heurta la vitre d'Hannah avec un bruit sourd. Effrayée, la jeune femme poussa un cri. Un visage aplati contre le carreau l'observait. Il battit en retraite et elle vit qu'il s'agissait d'un adolescent. Derrière lui se tenait une jeune fille du même âge, les cheveux couleur arc-en-ciel et un piercing à la lèvre. Tous deux rigolaient, contents d'avoir fait peur à Hannah.

« Hé, fichez-lui la paix ! »

John Payne ouvrit sa portière et descendit, et les jeunes s'égaillèrent dans la rue.

« Voyous ! Vous devriez avoir honte ! » cria-t-il.

L'adolescent lui fit un doigt d'honneur. Derrière eux, quelqu'un donna un grand coup de klaxon et Hannah sursauta de nouveau – le feu était passé au vert.

Son père remonta en voiture et redémarra en serrant les dents.

« Ça va ? lui dit-il en lui lançant un coup d'œil.

— Oui, papa. »

Elle mentait. Son cœur battait encore à tout rompre. Serait-ce tout le temps comme ça désormais ?

Connaîtrait-elle jamais un jour libre de moqueries ou de peurs ?

Son père s'arrêta dans une rue commerçante, devant un édifice de quatre étages banal.

« C'est ici », dit-il.

On aurait cru un centre médicalisé ou un immeuble de bureaux. Un panneau discret au-dessus de la porte indiquait LE CENTRE DU DROIT CHEMIN. Il y avait un rosier en pot à côté de l'entrée. Quelques fleurs tardives offraient encore leur fragile beauté aux passants. C'étaient des roses rouges, les préférées d'Hannah avant. Aujourd'hui, elle avait l'impression que leur couleur éclatante la narguait.

Croyant que son père allait couper le moteur, elle se tourna vers lui, mais ce dernier garda les yeux fixés droit devant lui, les doigts crispés sur le volant.

« Tu ne viens pas avec moi ? »

— Je ne peux pas. Il faut que tu entres seule, de ta propre volonté, sans rien sinon toi-même. C'est une de leurs règles.

— Ah bon ? » fit-elle d'une voix pincée et suraiguë.

Puis elle déglutit pour tenter de masquer son appréhension.

« Tu pourras venir me voir tous les combien ? »

Son père secoua la tête et la sensation de vide se creusa encore davantage en elle.

« Les visites ne sont pas autorisées, les appels non plus. Le seul moyen de communication possible avec l'extérieur, ce sont les lettres. »

Une autre prison alors. Encore six mois sans le voir, sans voir Becca, sans même entendre leurs voix – comment allait-elle tenir ?

Il se tourna vers elle, il semblait très éprouvé.

« Ça ne me plaît pas plus qu'à toi, mais pour le moment c'est la meilleure solution. Je ne vois pas d'autre moyen de te garder en lieu sûr jusqu'à ce que je t'aie organisé des conditions de vie acceptables. Je viendrai te chercher dès que je le pourrai.

— Maman est au courant ? Elle sait que tu es ici avec moi ?

— Bien sûr. C'est elle qui a trouvé cet endroit. C'est elle qui a eu l'idée de t'envoyer ici.

— Pour ne plus me voir, commenta Hannah avec amertume.

— Pour t'aider, Hannah. Elle est encore en colère, mais elle t'aime quand même. »

Hannah revit le visage de sa mère au sortir du parloir et sa mine écœurée, comme si elle était tombée sur une puanteur.

« Oui, elle m'aime tellement qu'elle a dit que je n'étais plus sa fille.

— Après ta condamnation, elle a pleuré pendant des jours et des jours. Elle refusait de manger, de sortir. »

Hannah demeura de marbre.

« Ce doit être très humiliant pour elle d'avoir une fille condamnée, avec le qu'en-dira-t-on ? »

Son père l'attrapa par le poignet.

« Écoute-moi. Ce n'est pas parce qu'elle avait honte que ta mère est restée à la maison, c'est parce qu'elle avait du chagrin. Du chagrin, Hannah. »

Il enfonçait ses doigts dans sa chair, mais elle n'essaya pas de se dégager. La douleur était salutaire, elle l'aidait à tenir à distance cette sensation qu'elle avait d'être anesthésiée.

« Tu n'imagines pas à quel point c'est dur pour elle. Pour nous tous. »

Ce qui est dur, c'est d'aimer un homme qu'on ne pourra jamais avoir, songea Hannah. *Ce qui est dur, c'est de demander à quelqu'un de supprimer votre enfant, puis de le laisser s'affairer sans broncher.*

Mais elle ne pouvait dire ça à son père ; elle lui avait déjà fait bien assez de mal. À la place, elle demanda des nouvelles de Becca.

Il soupira et relâcha son emprise.

« Elle t'embrasse. Tu lui manques. »

Il s'interrompit une seconde, puis ajouta :

« Elle est enceinte. De jumeaux, un garçon et une fille.

— Oh ! C'est merveilleux ! »

Et, l'espace d'un moment, ce le fut : une joie pure submergea Hannah, comme Becca sûrement lorsqu'elle avait vu ses espoirs confirmés. Hannah l'imaginait très bien, les bras noués autour du corps, en proie à un émerveillement total. Elle devait avoir eu envie de téléphoner à leur mère, mais avait dû attendre que Cole rentre du travail pour le lui annoncer en premier, le visage rayonnant de timide fierté. Ils avaient dû aller ensemble chez les Payne afin de partager avec eux la bonne nouvelle – qui avait dû être reçue avec une joie béate par leur père et un sourire entendu par leur mère qui s'en doutait probablement depuis un moment. Hannah voyait bien tout cela, elle voyait bien sa sœur, la main sur son ventre tendu et, plus tard, derrière la tête duveteuse et fragile du bébé. Becca était faite pour être maman. Elle en rêvait depuis qu'elles étaient petites, qu'elles se confiaient leurs rêves en chuchotant dans le noir. Elle voulait sept enfants, exactement comme dans *La Mélodie du bonheur*. Et sa première fille, promis juré, s'appellerait Hannah.

Ce souvenir avait tout du gourdin qui s'abat sur le présent avec une indifférence cruelle. Désormais, Hannah ne transmettrait son nom à personne. Elle ne ferait pas partie de la vie de sa nièce et de son neveu, ne serait pas invitée à leur baptême, ne leur lirait pas d'histoires, ne pousserait pas leur balançoire. « Tante

Hannah » serait synonyme de déshonneur pour les enfants de Becca, si tant est qu'ils l'évoquent. Des enfants qui auraient dû grandir avec le sien.

« Elle doit accoucher en avril, poursuivit son père. Cole et elle sont fous de joie. »

Hannah analysa ses sentiments, en quête d'une émotion pure à offrir à sa sœur, de quelque chose d'authentique. Elle ne trouva qu'une chose :

« Dis-lui que je l'aime.

— Bien sûr. Elle aussi, et elle m'a demandé de te dire qu'elle allait t'écrire. Quand tu lui répondras, adresse-moi tes lettres, je les lui remettrai. »

Il tendit la main et caressa la joue d'Hannah.

« Je sais que tu as peur, mais je vais réfléchir à un plan, je te le promets. Entre-temps, tu seras en sûreté ici, ils prendront soin de toi. Et ils pourront peut-être t'aider à trouver une forme de grâce. Je prie pour qu'ils y parviennent, Hannah. Je prierai pour toi tous les jours. »

Hannah sentit tout son amour pour son père monter en elle et lui nouer la gorge.

« Merci pour tout ce que tu as fait, papa. Sans toi…

— Tu es ma fille, la coupa-t-il. Ça ne changera jamais. »

Elle se pencha, l'embrassa très fort, lui dit qu'elle l'aimait, puis descendit. Elle passa devant le rosier à l'entrée. À droite de la porte, on lisait, gravé sur une plaque de laiton :

Mais je ferai aller les aveugles par une route qu'ils ne connaissent pas, je les mènerai par des chemins qu'ils ne connaissent pas. Je changerai devant eux les ténèbres en lumière et les terres rocailleuses en pistes unies. Voilà ce que je ferai, et je ne les abandonnerai pas.

Isaïe 42:16

103

Elle relut à mi-voix les six derniers mots du verset. *Pas une prison*, *un refuge*, se dit-elle.

Elle sentit peser sur elle le regard de son père assis dans la voiture qui tournait au ralenti. Elle leva la main en signe d'au revoir, mais ne se retourna pas. Puis elle se redressa et voulut ouvrir la porte. Celle-ci était fermée. Quelques secondes plus tard, néanmoins, il y eut un déclic. Hannah tira la porte et franchit le seuil.

Ce fut Marie Madeleine elle-même qui l'accueillit. Trois fois plus grande que nature et seulement vêtue de ses longs cheveux roux ondulants, Marie levait des yeux empreints d'adoration vers le ciel. Elle avait un bras rond et potelé passé entre ses seins au bout rose et durci. Hannah ne put s'empêcher de les regarder. Elle connaissait ce tableau, il était exposé dans une des chapelles du Verbe Ardent, mais là-bas, la chevelure de Marie Madeleine dissimulait entièrement sa nudité, elle en était certaine. Voir tant de chair rose et généreuse dévoilée aussi tendrement, aussi sensuellement, et ici en plus, la plongeait dans une certaine confusion.

« Ça, c'est Marie Madeleine », déclara une voix flûtée aux voyelles très nasillardes.

Surprise, Hannah baissa les yeux et découvrit une jeune femme à sa gauche. Grande et anguleuse, elle portait une robe paysanne aux couleurs fanées qui lui tombait jusqu'aux pieds. Ses cheveux, noués en chignon, disparaissaient sous une coiffe blanche plissée ornée de longs rubans déliés. Une petite croix en argent pendait à son cou et elle tenait un balai en paille entre ses mains. Si l'on faisait abstraction de son teint jaune citron, on aurait pu la croire sortie tout droit du XIXe siècle. Hannah la dévisagea avec consternation. Ces gens étaient des fondamentalistes extrémistes, c'était évident. Ses parents le savaient-ils quand ils avaient décidé de l'envoyer dans cet établissement ? Et Aidan ?

« Elle était au ban de la société, comme nous, poursuivit la jeune fille. Puis Jésus a fait fuir les démons qui la possédaient. Et Il les a renvoyés direct en enfer, pfffft. »

Elle claqua des doigts. Les manches de sa robe lui arrivaient à mi-bras et attiraient l'attention sur ses poignets osseux.

« Je sais qui c'est. »

Quel crime avait-elle commis ? se demanda Hannah. Rien de trop sérieux, sinon elle ne serait pas jaune. Possession de drogue ? Petit larcin ?

La jeune fille pencha la tête.

« Ah oui ? Ben, puisque t'es si maligne, esplique-moi pourquoi qu'elle est nue. »

Hannah haussa les épaules.

« Nous sommes tous nus devant Dieu.

— C'est vrai, mais c'est pas ça. »

Elle était laide, avec un menton fuyant et un décalage des dents du haut assez malheureux. Le genre de jeune fille qu'on n'aurait pas regardée, sinon pour ses yeux. D'un ambre chaud, ils brillaient d'une étincelle mutine qui éclairait son visage et la rendait sympathique à Hannah, en dépit de sa méchante humeur.

« Pourquoi alors ? » s'enquit Hannah, saisie d'une envie de rallonger les manches de cette fichue robe.

Ce n'était qu'une gamine : elle n'avait que dix-sept ans, dix-huit tout au plus.

« Tu verras bien. »

Là-dessus, elle lui décocha un sourire sournois et reprit son balayage.

Hannah se mit à faire les cent pas. Son regard ne cessait de revenir sur Marie Madeleine, ce qui était manifestement voulu ; le tableau et un simple banc en bois constituaient les deux seuls objets de la pièce déjà austère. Les murs étaient blancs et le sol couvert de tomettes. Près du plafond, de longues fenêtres horizontales laissaient filtrer de minces rais de lumière. Il y avait trois portes : celle par laquelle elle était entrée et deux autres, une à côté de la jeune fille et l'autre juste en dessous du tableau. Haute, étroite et minutieusement sculptée dans un bois sombre, cette dernière avait une patine extraordinaire. Elle paraissait ancienne et d'origine étrangère, comme si elle provenait des ruines d'un château européen. Hannah alla l'examiner de plus près.

« Tu peux pas entrer maintenant, l'avertit la jeune fille.

— Je ne comptais pas l'ouvrir. Je veux juste la regarder. »

Les sculptures du panneau principal, un berger menant son troupeau, étaient magnifiques. En dessous, Hannah effleura des doigts une inscription en latin.

« C'est tiré de Luc, lui expliqua la jeune fille. Il dit qu'il faut s'efforcer d'entrer par la porte étroite…

— Car, je vous le déclare, beaucoup chercheront à entrer et ne le pourront pas, conclut Hannah. Je connais ce passage. »

Une expression hostile teinta le visage de son interlocutrice.

« Tu connais rien. Tu crois que oui, mais en vrai non. On en reparle dans trois mois et, là, on verra ce que tu sais. »

Elle se pencha pour pousser les poussières dans la pelle, puis se dirigea vers la porte sur le côté.

« C'est le temps que tu as déjà passé ici ? s'enquit Hannah avant qu'elle s'éloigne. Trois mois ?

— C'est ça, répondit la jeune fille, tendue et renfrognée.

— Je m'appelle Hannah. Et toi ?

— Ève. »

Elle le dit avec méfiance, comme si elle se préparait à essuyer une moquerie.

« C'est ton vrai nom ou on t'en a donné un autre ici ?

— C'est mon nom.

— C'est joli », remarqua Hannah.

Une brève lueur éclaira le regard de la jeune fille.

« Ici, on te laisse que ça. »

Elle disparut en refermant derrière elle.

Quelques minutes plus tard, la porte se rouvrit sur un couple, main dans la main. L'homme était de taille moyenne, svelte et dynamique, avec une tête un peu trop grosse pour son corps. Il était habillé simplement : chemise blanche à col boutonné, pantalon anthracite, bretelles noires. Il avait dans les quarante-cinq ans, se dit Hannah, et le côté séducteur d'un Ken vieillissant, avec la mâchoire carrée, d'épais cheveux blond foncé et des pattes-d'oie. La femme lui ressemblait beaucoup, si bien qu'on aurait pu les prendre pour frère et sœur alors qu'elle était nettement plus jeune et plus menue. Elle aussi était blonde et respirait la santé. Un semis de taches de rousseur sur ses joues roses renforçait son aspect sain. Sa tenue était identique à celle d'Ève, mais dans un tissu bleu vif de bien meilleure qualité. Son compagnon et elle portaient des croix semblables à celle de la jeune fille, plus grandes cependant. Leur charme et leur air grave mais pas inamical rassurèrent Hannah. Ils avancèrent jusqu'à elle et l'homme prit la parole.

« Je suis le pasteur Ponder Henley, le directeur du Centre du Droit Chemin, et je te présente Mme Henley. »

Il y avait un je-ne-sais-quoi de vide et d'étonné dans ses yeux tout ronds et marron. Ceux de Mme Henley étaient d'un bleu pétillant assorti à sa robe.

« Enchantée, dit Hannah en réprimant une absurde envie d'esquisser une révérence. Je m'appelle Hannah Payne.

— Pourquoi es-tu ici, Hannah ? » demanda Mme Henley.

Elle avait une voix suave et très gamine et s'exprimait avec douceur, mais Hannah comprit qu'il s'agissait d'un test. Elle scruta leurs visages en essayant de deviner ce qu'ils souhaitaient entendre. « Me repentir de mes péchés » peut-être, ou « Apprendre à suivre un chemin plus droit, plus spirituel ».

En désespoir de cause, elle haussa les épaules et déclara :

« Je n'ai nulle part où aller. »

Le pasteur et Mme Henley échangèrent de brefs coups d'œil et affichèrent un grand sourire approbateur qui découvrit deux rangées de dents blanches et régulières. Mme Henley avait d'adorables fossettes.

« C'est ce qu'il fallait répondre, Hannah ! s'écria le pasteur Henley. Sais-tu pourquoi ? »

Elle fit signe que non, et il lui expliqua :

« Parce que c'est la vérité. Sans vérité, point de salut.

— Veux-tu être sauvée, Hannah ? s'enquit Mme Henley.

— Oui.

— Et crois-tu que tu puisses l'être ? » insista le pasteur.

De nouveau, Hannah envisagea de mentir. Et s'il fallait absolument avoir la foi ? Et s'ils décidaient de ne pas la garder ? De nouveau, elle secoua la tête. Les sourires s'élargirent encore plus.

« C'est une bonne et une mauvaise réponse, dit le pasteur Henley. Une bonne réponse parce que tu as été honnête, mais une mauvaise parce que tu peux être sauvée. Tu es trop aveuglée pour t'en rendre compte aujourd'hui, mais tu seras sauvée, Hannah, si tu suis le droit chemin. Tu as déjà fait tes premiers pas vers le salut. »

Peut-être pourront-ils t'aider à trouver une sorte de grâce. Était-il possible, en fin de compte, que Dieu ne soit pas totalement perdu pour elle ? s'interrogea Hannah. Que les Henley puissent la guider suffisamment pour qu'Il lui pardonne ? À en juger par leur assurance sereine, ça l'était.

« Je ferai aller les aveugles par une route qu'ils ne connaissent pas… et je ne les abandonnerai pas, déclara le pasteur. C'est la promesse que Dieu nous a faite par la bouche d'Isaïe. Et c'est la promesse que nous te faisons, Hannah, à deux conditions, que tu obéisses à nos lois et que tu ne nous mentes jamais. Le jures-tu ? »

Hannah ouvrit la bouche pour répondre que oui, mais Mme Henley ne lui en laissa pas le temps et la mit en garde d'un index autoritaire :

« Ne t'engage pas à la légère, Hannah. "Point n'habitera à l'intérieur de ma maison celui qui pratique la tromperie." »

Ils l'enveloppèrent d'un regard grave pendant qu'elle tentait d'imaginer les questions qui auraient pu la pousser à leur mentir. Elle n'en vit qu'une seule – « Aidan Dale était-il le père de ton enfant ? » –, or, celle-là, jamais ils ne penseraient à la lui poser. Elle n'avait rien d'autre à cacher, rien d'important en tout cas.

« Je le jure. »

Ils s'approchèrent. Ponder Henley lui prit la main gauche, Mme Henley la droite et ils firent un cercle. Les paumes d'Hannah étaient moites, mais les leurs étaient chaudes et sèches. La jeune femme dépassait le pasteur de quelques centimètres, mais dominait nettement Mme Henley, si bien qu'elle se sentit très gauche et très rouge à côté d'eux. Ils inclinèrent la tête.

« Béni soit Jésus-Christ, dit le pasteur en entonnant sa prière. Tu as montré le chemin du salut à cette pénitente. Guide ses pas, Seigneur, et aide-la à rester dans le droit chemin quand Satan essaiera de l'en détourner. Éclaire sa route, Seigneur, et ouvre ses yeux à Ta volonté et son âme au véritable repentir. Amen. »

Les Henley lâchèrent ses mains et la jeune femme se sentit alors étrangement démunie. Puis Mme Henley tira de sa poche une croix identique à celle d'Ève et invita la jeune femme à la passer autour de son cou.

« Il ne faudra jamais t'en séparer, même pour dormir, tant que tu ne nous auras pas quittés, lui expliqua le pasteur. Cette croix est la clé qui te permettra de circuler dans le centre et les secteurs où tu seras affectée. Tu ne trouveras pas grand-chose d'autre ici en matière de technologie. Nous n'avons ni PointNets, ni robdoms, ni chambres intelligentes, rien pour s'interposer entre Dieu et nous.

— As-tu ta CNI ? » lui demanda Mme Henley.

Hannah acquiesça.

« Donne-la-moi. C'est moi qui la garderai. »

Voyant l'hésitation de la jeune femme, le pasteur lui lança :

« Personne n'est obligé de rester ici, Hannah. Tu es libre de partir quand tu veux. Tu n'auras qu'à la demander et nous te la rendrons. Mais quand tu nous quitteras pour réintégrer le monde extérieur, tu ne pourras plus revenir, tu comprends ?

— Et mon rappel ? »

Hannah devait faire son rappel à la fin du mois de janvier. Il fallait s'en occuper tous les quatre mois et le moindre retard avait des conséquences gravissimes. Si elle n'avait pas sa piqûre à la date requise, la demi-vie biologique du virus commencerait à se dégrader, le chromatisme s'estomperait et sa couleur de peau reviendrait peu à peu à la normale. Mais ce jour-là, elle serait malheureusement bien trop fragmentée pour s'en réjouir.

La fragmentation était pour le gouvernement le moyen de s'assurer que les Chromes restent des Chromes. En dépit des progrès de la science, le méla-chromatisme ne durait pas ; l'efficacité du composé entraînant la mutation dermique se dissipait au bout de quatre mois. Donc, pour être certains que les Chromes ne sautent pas leurs rappels, les scientifiques avaient associé au premier composé un second, destiné à demeurer en latence durant quatre mois au terme desquels il se réveillait et entamait le processus de fragmentation. Personne, à l'exception des généticiens au service de l'Agence fédérale du chromatisme, n'en savait davantage ; le principe déclencheur de la fragmentation était un secret bien gardé. En revanche, Hannah et tous les Américains de plus de douze ans étaient incollables sur ses symptômes, on les leur avait décrits par le menu.

Au début, ça se manifestait par de vagues murmures, confus et sporadiques, qui s'amplifiaient à mesure que le cerveau se détériorait et finissaient par provoquer de véritables hallucinations auditives. La personne affectée avait alors la conviction que l'univers et tous ses habitants lui voulaient du mal. Elle ne remarquait même pas que sa peau retrouvait sa couleur normale ; la paranoïa la consumait à un point tel qu'elle se déconnectait de son moi physique, oubliait de se laver, de se brosser les cheveux, de se changer, de manger ou de boire. Son discours se délitait, devenait aussi décousu et incohérent que ses pensées. À la fin, les voix se déchaînaient et la personne se mutilait ou se suicidait. Seul un rappel pouvait stopper cette dégénérescence.

Des centaines de Chromes avaient tenté de passer à travers les mailles du filet et de tenir le plus longtemps possible pour arriver de l'autre côté. Pas un seul n'avait réussi. Il n'y avait pas d'autre côté.

« Le moment venu, on t'emmènera, naturellement. On emmène toutes nos pensionnaires. Il y a un centre chromatique à Garland », la rassura Mme Henley en tendant la main.

Hannah sortit sa CNI de la poche de sa jupe et la lui remit.

« Merci. Et maintenant, ajouta Mme Henley, le regard bleu et pétillant, on va te laisser te déshabiller.

— Pardon ?

— Tu dois t'engager sur le chemin sans rien sinon toi-même, lui expliqua le pasteur Henley. Laisse tous tes vêtements sur le banc et, une fois prête, franchis la porte étroite. »

Il tendit le bras et posa la main sur le crâne d'Hannah.

« Ne crains rien, car le Seigneur est avec toi. »

Les Henley sortirent par la porte latérale. Lorsqu'ils furent partis, Hannah leva les yeux vers le visage lumineux de Marie Madeleine. Elle ôta son chemisier et sa jupe, son soutien-gorge et sa culotte, les plia et les plaça un à un sur le banc en frissonnant dans la fraîcheur de la pièce. Elle se sentait engourdie, creuse, totalement vide à part une minuscule étincelle d'espoir qu'elle enserra mentalement dans la coupe de ses mains. Puis elle suivit le regard de Marie Madeleine vers le ciel, au-delà des limites du tableau. *Si c'est ce que Tu me demandes, si c'est le chemin qu'il faut suivre pour revenir à Toi, je le suivrai.*

Elle retira ses chaussures et se dirigea vers la porte. Les tomettes étaient froides sous ses pieds nus. Il n'y avait pas de poignée. Elle plaqua les paumes contre le bois et poussa ; en vain. Il résista à son effort dérisoire. Elle s'appuya donc carrément, pesa de tout son poids sur la porte qui céda alors dans un grincement. Déséquilibrée, Hannah bascula en avant.

« Nu je suis sorti du ventre de ma mère et nu j'y retournerai. »

Debout sur une sorte d'estrade pour chorale, elles étaient environ soixante-dix, regroupées par couleur : les Rouges sur les rangées du bas, les Oranges au milieu et les Jaunes, les plus nombreuses, en haut. L'effet était surréel, on aurait cru une boîte de crayons privée des couleurs froides du spectre. Hannah remarqua avec étonnement que la moitié des Rouges avaient une poupée à la main et qu'il y avait dans leurs rangs une non-Chrome dont la peau blanche tranchait nettement sur les autres.

Mme Henley était devant l'estrade, face à Hannah, qui constata avec soulagement que le pasteur Henley n'était pas là.

« Qui est cette femme ? demanda Mme Henley en désignant Hannah.

— Une pénitente, répondirent-elles en chœur.

— Comment sera-t-elle sauvée ?

— En suivant le droit chemin.

— Qui l'accompagnera ?

— Nous.

— Qui la précédera ?

— Moi », lança une voix au premier rang.

Une Rouge, qui avait environ dix ans de plus qu'Hannah, descendit de l'estrade, s'approcha d'elle et lui présenta une robe marron pliée.

« Mets ça. »

Hannah s'en saisit avec reconnaissance et l'enfila par la tête en fermant les boutons du corsage avec des doigts maladroits.

Quand elle fut habillée, Mme Henley reprit :

« Qu'est-ce que le chemin exige de nous ?

— Repentir. Expiation. Vérité. Et Humilité », répondirent les femmes.

À la gauche d'Hannah, une porte s'ouvrit à la volée et le pasteur Henley entra d'un pas décidé. Il avait les joues roses et paraissait débordant d'enthousiasme.

« Où le chemin nous mène-t-il ? dit-il.

— Au salut. »

Il regarda Hannah en écartant bien les mains en signe de bénédiction.

« "Mon âme jubilera en mon Dieu, car il m'a revêtu des vêtements du salut, il m'a enveloppé dans le manteau de la justice." »

Il se tourna pour s'adresser à l'assistance.

« Pénitentes, prions. »

Hannah inclina la tête comme les autres, mais elle n'entendit pas les paroles du pasteur ni les réponses machinales des femmes. La fatigue lui brouillait l'esprit et il lui fallait faire des efforts pour rester debout. La prière se poursuivit pendant d'interminables minutes. Puis le pasteur Henley finit par dire amen et les libéra. Rang après rang, les femmes quittèrent la pièce en silence. En partant, seule Ève jeta un coup d'œil à Hannah. Motivé par la sympathie ou la rancœur ? Hannah était trop loin pour en juger.

De même que les Henley, la femme qui avait remis la robe à Hannah n'était pas sortie.

« Hannah, je te présente Bridget, lui expliqua le pasteur. Suis-la, et elle te montrera le chemin. »

Il leur indiqua la porte. Bridget se tourna et prit docilement la direction qu'il lui montrait, mais Hannah, guère pressée de quitter le couple, s'attarda.

Mme Henley lui adressa un sourire rassurant.

« Va-t'en maintenant. »

Hannah obtempéra et suivit Bridget vers le salut.

Sans un mot, Bridget entraîna Hannah dans ses pas pour gravir deux volées d'escalier, puis emprunter un banal couloir jusqu'à une porte à deux battants. Elles pénétrèrent alors dans une longue salle éclairée d'un côté par des fenêtres horizontales tout près du plafond. Juste en dessous et courant sur chacun des quatre murs étaient inscrits les mots *Penitence*, *Atonement*, *Truth* et *Humility*, « Repentir, Expiation, Vérité et Humilité ». C'est seulement à ce moment-là qu'Hannah comprit qu'il s'agissait du terme *PATH*, le chemin en anglais. *Ils ont oublié Obéissance, mais j'imagine que PATHO n'aurait pas été aussi accrocheur.*

« C'est le dortoir des Rouges », expliqua Bridget en insistant sèchement.

Seize lits à une place étaient alignés, impeccablement faits, doté chacun d'une petite table de chevet et d'un rideau blanc, comme ceux qu'on voit dans les hôpitaux, accroché à une glissière fixée au plafond. À côté de chaque lit, sauf un, une serviette et une grande chemise de nuit pendaient après des crochets.

« C'est ici que tu dormiras, déclara Bridget. Tu feras ton lit tous les matins. Tu tireras le rideau pour te changer. Le reste du temps, tu le laisseras tel quel. »

Bridget ouvrit le tiroir de la table de chevet. Il renfermait un peigne, une boîte d'épingles à cheveux, une lime à ongles, une brosse à dents et du dentifrice.

« Tu rangeras tes affaires personnelles à l'intérieur.

— Depuis combien de temps es-tu ici ? » s'enquit Hannah.

Bridget jeta un coup d'œil visiblement écœuré sur les ongles d'Hannah, trop longs et abîmés par son internement.

« Tu te tiendras propre. »

Déconcertée, mais déterminée à ne pas le montrer – pourquoi fallait-il que cette femme se comporte aussi grossièrement ? –, Hannah l'étudia avec un égal aplomb. Devant les rides qui marquaient son front et les sillons qui creusaient ses joues, Hannah releva d'une décennie l'âge qu'elle lui avait donné. Bridget devait avoir quarante-cinq ans bien sonnés.

Bridget se dirigea vers le fond de la salle d'une démarche raide et militaire et ouvrit les portes d'un grand placard. Dedans étaient rangés les effets communs : piles de serviettes et de draps blancs ; chemises de nuit blanches à manches longues et robes dans de douces teintes de marron, de bleu et de gris, présentées par taille. Culottes, soutien-gorge et bas noirs en coton épais dans des tiroirs ; coiffes et serviettes hygiéniques dans des paniers. Par terre, une série de chaussons noirs identiques, des plus petits aux plus grands.

« Tu changeras tes sous-vêtements tous les jours et ta robe tous les deux jours, déclara Bridget. Ta chemise de nuit, ta coiffe, ta serviette et tes draps tous les samedis. »

Hannah la suivit dans une vaste salle de bains équipée de multiples unités de douches, de lavabos et de cabinets. Une jeune femme à genoux briquait les tomettes. En voyant Bridget, elle esquissa une grimace mais baissa aussitôt le nez pour dissimuler son déplaisir. Mis à part sa mine grognonne et sa peau rouge, elle était éblouissante, avec des traits mi-africains mi-asiatiques : des yeux noirs en amande, des paupières lisses, des lèvres pleines, un nez plat aux narines bien dessinées, un long cou gracieux. Devant sa beauté, Hannah éprouva un doux pincement au cœur, une sorte de « Oh » émerveillé et muet. La beauté des gens ou des choses lui avait toujours fait cet effet et, malgré les doctes sermons de ses parents lui expliquant régulièrement que c'était un péché d'attacher de l'importance à des questions séculières telles que le physique d'une personne, quelque chose en elle refusait de croire que c'était mal. Dieu n'avait-il pas créé la beauté ? Son amour pour la beauté n'était-il donc pas le reflet de l'amour qu'elle Lui portait ?

« Bon après-midi, pénitente », dit Bridget d'un ton autrement plus civil que celui sur lequel elle s'adressait à Hannah.

Elle alla même jusqu'à adresser un semblant de sourire à la jeune femme.

« Bon après-midi », lui répondit celle-ci avec, elle aussi, un demi-sourire dont Hannah vit bien qu'il était forcé.

Bridget se retourna vers Hannah.

« Tu prendras ta douche le matin avant le petit déjeuner, pas plus de trois minutes. Tu te laveras les dents deux fois par jour. Tu te laveras les mains après être allée aux cabinets.

— C'est ce que je fais normalement », répliqua Hannah d'un ton acide.

Bridget poursuivit comme si de rien n'était.

« Tu garderas tes cheveux attachés et décemment couverts, sauf pour dormir. »

Lassée de cette litanie condescendante, Hannah riposta :

« Sinon quoi ?

— Un pas en dehors du chemin et tu auras droit à un avertissement. Deux et tu seras renvoyée. »

Là-dessus, elle sortit de la pièce à grandes enjambées. Hannah entendit un *pfft* étouffé et baissa les yeux. La jeune femme à terre lâcha un « salope » muet. Pour la première fois depuis des mois, Hannah sourit.

Mais, debout à côté de son lit, Bridget l'attendait pour lui donner d'autres instructions.

« L'office est célébré dans la chapelle à six heures et demie le matin et à sept heures le soir. Les repas se prennent à six heures, midi et six heures. Si tu arrives après l'action de grâces, tu ne seras pas servie. Dans la semaine, tes matinées seront consacrées à l'édification et tes après-midi à des travaux utiles à la communauté. Après l'office du soir, tu disposeras de deux heures pour réfléchir. Extinction des feux à dix heures.

— Et le week-end ?

— Le samedi, tu consacreras ta matinée à l'étude de la Bible. Toute seule. L'après-midi, en revanche, tu seras libre de faire ce que bon te semble. Les dimanches sont exclusivement réservés au culte. »

Bridget leva les yeux vers une horloge sur le mur.

« Il est cinq heures et demie maintenant. Habille-toi et je t'emmènerai dîner. »

Hannah considéra le lit d'un air rêveur.

« Je n'ai pas faim, avoua-t-elle. Et je suis tellement fatiguée.

— Il est interdit de sauter les repas et la messe à moins d'être malade.

— Je me sens un peu patraque.

— "Point n'habitera à l'intérieur de ma maison celui qui pratique la tromperie" », rétorqua Bridget.

Hannah n'avait jamais frappé qui que ce soit et n'en avait jamais eu envie, mais là, la main lui démangea de coller une claque sur la bobine rouge et suffisante de cette bonne femme.

« Je reviendrai te chercher dans vingt minutes, déclara Bridget. Sois prête, pénitente. »

Lorsqu'elle fut partie, Hannah prit les affaires dont elle avait besoin dans le placard, tira le rideau autour de son lit et s'habilla. Les vêtements étaient bizarres et étriqués, le tissu rugueux, mais elle se sentit un peu mieux, un peu moins vulnérable, une fois qu'elle eut passé sous-vêtements et chaussures.

Elle se rendit à la salle de bains pour se laver la figure et les mains et attacher ses cheveux. La jeune femme éblouissante s'était relevée et nettoyait maintenant le grand miroir derrière les lavabos. Elle donna un petit conseil amical à Hannah.

« Ne laisse pas Fridget te saper le moral. Elle panique parce qu'elle a pratiquement fini son temps ici et qu'ils la fichent dehors dans un mois. En fait, cette dingue se plaît ici. »

Elle s'exprimait lentement, d'une voix mélodieuse, avec un accent traînant qui évoquait le Sud profond.

« À propos, je m'appelle Kayla. »

Soulagée de constater que tout le monde n'était pas aussi désagréable que Bridget, Hannah se présenta aussi.

« Tu es d'où ? lui demanda-t-elle.

— De Savannah. J'avais huit ans quand on s'est installés à Dallas, mais j'ai réussi à garder l'accent.

— Depuis combien de temps tu es au centre ?

— Vingt-cinq jours, et je peux te garantir que j'ai jamais vécu trois semaines et demie aussi longues.

Moi, je me barre d'ici d'un jour à l'autre, dès que mon copain se pointera. Il nous cherche un logement. »

Cette confidence innocente rappela cruellement à Hannah qu'Aidan ne risquait pas de venir la chercher.

« Donc, ça ne le gêne pas… ce que tu as pu faire ? » lâcha-t-elle.

Elle détourna alors les yeux, mortifiée de s'être montrée si impolie.

« Pardon. Ça ne me regarde pas.

— Pas la peine de t'excuser, dit Kayla en balayant l'incident d'un geste. De toute façon, ce n'est pas un secret. J'ai flingué mon beau-père. »

Sa voix et son visage ne trahissaient pas plus de remords que si elle avait écrasé un moustique.

« Ma mère me parle plus, donc je peux pas rentrer chez moi. »

Effrayée, Hannah recula involontairement d'un pas. Si le centre n'accueillait pas de Rouges violentes, pourquoi Kayla avait-elle été acceptée ? Et y en avait-il d'autres dans son cas ?

« T'inquiète pas, ajouta Kayla sèchement, je ne bute pas les petites pommes effarouchées dans ton genre.

— Les petites pommes ?

— Tu sais bien, rouges dehors, blanches dedans. » Elle sourit d'une oreille à l'autre.

« Je viens de l'inventer. »

Il y avait quelque chose chez elle, pas vraiment de l'innocence – il était clair que Kayla n'avait rien d'une innocente –, mais plutôt une franchise et un manque de duplicité, qui eut raison du malaise d'Hannah.

« La mienne ne me parle pas non plus, avoua-t-elle.

— Ah oui ? Qu'est-ce que tu as fait ? »

Hannah revit sa mère, angoissée et déroutée, à la prison. *J'ai trahi toutes les valeurs qu'elle m'avait apprises. J'ai commis l'adultère avec un homme de Dieu. J'ai assassiné le bébé que je portais, son petit-fils ou sa petite-fille.*

« Hé, s'écria Kayla, t'es pas obligée de me dire. »

Devant cette marque de compassion inattendue, Hannah sentit sa gorge se contracter, et elle se ressaisit. Depuis quand se montrait-elle si prompte à s'attendrir, si reconnaissante pour la moindre miette de gentillesse qu'on lui accordait ?

Elle s'obligea à regarder Kayla droit dans les yeux.

« J'ai avorté. »

Hannah attendit l'inévitable mouvement de recul – réaction qu'elle-même aurait eue six mois plus tôt si quelqu'un lui avait avoué ce genre de chose –, mais Kayla hocha la tête avec beaucoup de naturel.

« Des fois, on ne peut pas faire autrement ! »

Hannah hésita, puis demanda :

« C'est comme ça que tu vois le fait que tu aies tué ton beau-père ? Tu ne pouvais pas faire autrement ?

— Oh, je ne l'ai pas tué. »

Un regret teintait sa réponse.

« Pourquoi tu es rouge et pas verte, alors ?

— Mon beau-père est riche et blanc. C'est une combinaison gagnante. »

Voyant la mine surprise d'Hannah, Kayla embraya :

« Oh, je t'en prie, ne me dis pas que tu gobes toutes ces conneries sur notre "société prétendument post-raciale". Je veux bien que les Chromes soient les nouveaux nègres, mais, crois-moi, les anciens se font encore baiser dans les grandes largeurs. »

Interloquée, Hannah ne réagit pas. Elle savait, bien sûr, que le racisme n'était pas mort – elle n'était pas naïve à ce point –, mais elle n'avait pas beaucoup réfléchi à la question. Jusqu'à présent, elle n'avait quasiment jamais entendu de remarques méprisantes sur des Afro-Américains ou d'autres groupes ethniques et, les rares fois où ça s'était produit, ses parents s'étaient empressés de les dénoncer et de les attribuer à des ignorants et des barbares. Le Verbe Ardent accueillait des fidèles de toute race, ce dont les Payne – et l'Église – étaient fiers. Oui, se dit Hannah, mais combien le Verbe Ardent comptait-il exactement de membres non blancs ? Et combien de familles noires, hispaniques ou asiatiques les Payne avaient-ils invitées à dîner ? Les réponses étaient troublantes : relativement peu, et aucune.

« De toute façon, son avocat supercher a convaincu le jury qu'il y avait eu tentative de meurtre, ajouta Kayla. Genre, je courais après son putain de pognon, à cet enfoiré de menteur. Qu'est-ce que je regrette qu'il n'ait pas clamsé !

— Pourquoi ? Qu'est-ce qu'il t'a fait ? »

Crispée sur la serviette, la main rouge de Kayla décrivait des cercles furieux sur le miroir.

« Ce salopard s'en est pris à ma petite sœur. Elle n'a que treize ans. »

Hannah hocha la tête. Elle n'arrivait pas à admettre – c'était incompréhensible mais irréfutable – que des gens fassent ça à des enfants, qu'ils leur fassent ça et qu'ils puissent quand même se supporter. Au foyer, elle avait rencontré des enfants victimes de mauvais traitements, des gamins d'à peine six ans qui avaient été agressés par un parent, un proche, un ami de la famille, un prêtre, un inconnu. En les regardant dans les yeux, elle avait compris que, même en leur donnant toute la tendresse, tout l'amour du monde, on ne les guérirait jamais complètement. Ces rencontres la démoralisaient, mais, chez Aidan, elles déclenchaient de la rage. Alors que tous les autres Chromes étaient les bienvenus à la messe pourvu qu'ils s'asseyent aux places qui leur étaient réservées, il

refusait les Bleus, même accompagnés d'un cha-
peron désigné. Hannah lui avait demandé une fois s'il
croyait que Dieu pardonnait aux agresseurs d'enfants.
Il était resté silencieux un long moment. « La Bible
nous assure qu'Il leur pardonne, s'ils se repentent
vraiment, avait-il fini par lui répondre. Mais, pour
moi, même le sang de notre Sauveur ne peut laver ce
péché. » Ce fut la seule fois qu'elle l'entendit
blasphémer.

« Je visais ses couilles, poursuivit Kayla, mais en
fin de compte je lui ai tiré dans le bide. J'aurais dû
prendre un couteau, voilà ce que j'aurais dû faire.

— J'ai une cousine infirmière, lui confia Hannah.
D'après elle, les blessures au ventre sont les plus dou-
loureuses qui soient. Elles mettent longtemps à
guérir, et certaines personnes ne récupèrent jamais.
Elles sont littéralement empoisonnées par leurs
propres déjections. »

La main de Kayla se figea et ses lèvres se retroussè-
rent aux commissures.

« C'est vrai ?

— Oui ! Il paraît que c'est une des pires façons de
mourir. »

La nouvelle amie d'Hannah afficha un sourire
plein de belles dents bien mordantes.

« Voilà qui fait rudement plaisir. »

Subitement, Hannah repensa à l'heure.

« Je ferais mieux de me préparer. Bridget ne va pas
tarder. »

Elle attrapa ses longs cheveux pour les tordre en un
chignon qu'elle essaya de fixer, mais ils étaient trop
lourds et, malgré ses efforts, ils lui retombèrent dans
le dos.

Kayla s'approcha.

« Attends, laisse-moi t'aider. »

Elle se saisit de la chevelure d'Hannah et se mit à la tresser avec une aisance parfaite.

« La plupart des femmes ici sont OK, mais attention à toi quand tu es avec Fridget, d'ac ? Premièrement, c'est une salope, et en plus, c'est une balance. Fais un pas de travers et elle ira sortir des horreurs sur ta pomme aux Henley. Elle croit qu'en jouant les bonnes petites mouchardes ils lui permettront de rester ici plus de six mois, mais elle se fourre le doigt dans l'œil. Mon oncle, c'est lui qui m'a fait entrer au centre, il m'a dit qu'il était rare qu'ils fassent des exceptions.

— Ils en ont bien fait une pour toi. Déjà en t'acceptant, remarqua Hannah.

— Oui, mais, à Savannah, oncle Walt est un prédicateur connu. Il a joué de son influence. »

Kayla était habile de ses mains et eut tôt fait de dompter les cheveux d'Hannah et de les fixer en chignon.

« Tu es douée !

— Je bossais dans un salon. C'est comme ça que j'ai pu payer mon inscription à Baylor. Et toi, t'étais où ?

— Pour moi, l'université n'était même pas envisageable », répondit Hannah.

Ses parents n'en avaient pas les moyens, mais quand bien même elle aurait décroché une bourse, ils se seraient opposés à ce qu'elle fasse des études. À leurs yeux, la véritable raison d'être d'une femme, celle pour laquelle elle était sur terre, était de se marier et de fonder une famille. Elle avait grandi dans cette croyance. Pourtant, à certains moments, elle n'avait pas pu s'empêcher de rêver avec mélancolie à une vie où elle aurait consacré quatre années à étudier. L'été précédant sa dernière année de lycée, elle avait dit un jour à sa mère qu'elle allait au centre commercial et avait pris le train pour Dallas. Elle était descendue à la station Mockingbird et avait remonté à pied les quelques blocks la séparant de l'université, sans trop se presser et en respirant doucement par la bouche, car il faisait dans les quarante et un degrés. Ainsi qu'elle l'avait prévu, le campus était pratiquement désert ; comme la plupart des universités des régions les plus chaudes du pays, il y avait longtemps que la SMU [1] fermait pendant les mois d'été. Les coûts de climatisation étaient prohibitifs, la chaleur était trop accablante et la qualité de l'air trop mauvaise pour faire cours.

Des chênes majestueux bordaient les allées vides. Hannah avait profité de leur ombrage pour déambuler dans le campus en imaginant les trottoirs fourmillant d'étudiants et elle parmi eux. Voyant un homme émerger d'un grand bâtiment dont l'entrée disparaissait entre de hautes colonnes blanches, elle avait gravi les marches du perron et s'était enfoncée dans une atmosphère calme et fraîche qui embaumait les livres : la bibliothèque. Il fallait bien entendu que la température des lieux demeure constante d'un bout de l'année à l'autre afin de protéger les ouvrages de la chaleur et de l'humidité. Hannah avait passé le scanner et l'agent de sécurité, puis avait franchi une large porte à deux battants ouvrant sur la salle de lecture principale. Bien que gigantesque, celle-ci était bondée et la plupart des sièges disposés autour des longues tables en bois étaient occupés. La moitié des lecteurs au moins étaient des personnes âgées qui fuyaient la canicule. Et oh ! Que de livres ! Il y en avait des rangées et des rangées, plus qu'elle n'en avait jamais vu en un seul et même endroit.

1. SMU : Southern Methodist University.

« Hé, vous ! » lui avait lancé un jeune homme à l'accueil.

C'était un beau garçon dans le style négligé, cheveux artistement ébouriffés et grandes rouflaquettes – un étudiant, c'était certain.

« Vous n'avez pas votre passe ? »

Il avait dû remarquer qu'elle n'en portait pas. Hannah avait baissé les yeux vers son chemisier, puis fait mine de fouiller son sac, ne voulant pas qu'il s'aperçoive de sa non-appartenance à ce bel espace paisible.

« J'ai dû l'oublier chez moi », avait-elle dit.

Pour s'excuser, il lui avait expliqué :

« Sinon, je ne suis pas censé vous laisser entrer, à moins que vous n'ayez plus de soixante-cinq ans. Ce qui n'est visiblement pas votre cas. »

Il lui avait décoché un sourire approbateur, oblique, très flirt.

« Encore que pour vous, je pourrais faire une exception. »

Hannah l'avait regardé à son tour, ce jeune homme avec lequel elle serait peut-être sortie si elle avait été inscrite là elle aussi, puis elle avait jeté un coup d'œil sur tous les ouvrages dans la salle, sur ces milliers d'ouvrages renfermant tant de réponses à tant de questions. Ici, dans ce lieu, il ne serait ni déplacé ni impie de demander « Pourquoi ? ». Ici, elle pourrait…

Son phone avait sonné : un message de sa mère lui rappelant sa réunion de couture à seize heures. Elle s'était vue, elle et les autres femmes, penchées sur leurs aiguilles et discutant de la nouvelle recette de pain d'épice qu'unetelle venait d'essayer, de la vid que telle autre avait vue la veille, du magasin où dénicher des habits de bébé au meilleur prix, et avait mentalement comparé cette image à celle qu'elle avait sous les yeux avec ces étudiants penchés sur leurs livres, remuant les lèvres en silence pour mémoriser telles formules, la classification des mammifères et les noms des rois d'antan, ou bataillant mentalement avec des questions de philosophie, de littérature, de physique quantique, de loi internationale. Ils vivaient dans un autre monde, un monde auquel elle n'appartenait pas et auquel elle n'appartiendrait jamais.

« Merci, avait-elle répondu, mais je n'ai rien à faire ici. »

Elle avait quitté la salle, le bâtiment, le campus et avait regagné la gare sans jamais tourner une seule fois la tête.

« J'allais décrocher ma maîtrise en pédagogie, déclara Kayla en ramenant Hannah dans le présent. J'avais une bourse pour UT [1] à partir de septembre, et puis il y a eu ça. »

Elle fit un geste en direction de son visage rouge.

« Tu as perdu beaucoup de choses, remarqua Hannah.

— Oui. Et toi ?

— Je suis juste couturière. Enfin, je l'étais.

— Et tu l'es toujours, insista Kayla. C'est pas parce que t'es rouge que tu l'es plus. »

Elle attrapa la coiffe d'Hannah et la lui posa sur la tête avec un petit moulinet de la main.

« Oh là là, ma belle, tu es très bien. Il ne te manque plus qu'une brosse à récurer et tu seras presque aussi sexy que moi. »

Hannah essaya de retourner son sourire à Kayla, mais ses lèvres esquissaient un O consterné devant son reflet. C'était une Martienne qu'elle avait en face d'elle.

---

1. UT : University of Texas.

« Allez, ajouta Kayla. Remue-toi maintenant. Tu vas surmonter ça.

— Et si je peux pas ? »

Kayla la regarda droit dans les yeux.

« T'as intérêt, sinon c'est eux qui gagnent. »

Elles entendirent des pas se rapprocher.

« Voilà Fridget, ajouta Kayla. N'oublie pas ce que je t'ai dit. »

Bridget apparut sur le seuil. Elle examina Hannah d'un œil froid et critique, puis hocha la tête bien malgré elle.

« Suis-moi.

— Je suis juste derrière toi », murmura Kayla.

En chemin, elles rencontrèrent d'autres femmes émergeant, par groupes de même couleur, d'entre deux portes ou d'une cage d'escalier. Hannah surprit des échanges à voix basse, mais dans l'ensemble les Chromelles se taisaient. Une bande de Rouges, chacune avec une poupée, débarqua dans le couloir. La jeune femme au visage terreux était des leurs.

« Pourquoi elle n'est pas chromée ? demanda Hannah à Bridget.

— Elle attend un enfant.

— Ah. »

Étant donné que le virus affectait toutes les cellules du corps, y compris celles du fœtus, les femmes enceintes étaient exemptées de mélachromatisme jusqu'à la naissance de leur bébé.

« Et à quoi servent les poupées ?

— Tu ne vas pas tarder à le savoir », grommela Bridget.

Dans le réfectoire, Hannah attira plus d'un coup d'œil curieux. En proie à un vif sentiment de honte – ça ne faisait même pas une heure que ces femmes l'avaient vue nue –, elle avança tête baissée et un peu voûtée en fuyant les regards des unes et des autres. Il y avait six longues tables, avec chacune douze chaises. Trois des tables étaient déjà occupées et Bridget s'installa à une quatrième où il ne restait plus que six places. Hannah s'assit à côté d'elle et Kayla de l'autre côté d'Hannah.

« Tu prendras la première place libre, expliqua Bridget. Tu ne t'assiéras à une table vide que si toutes les autres sont déjà prises. Tu ne garderas pas de siège pour quelqu'un. »

Pourtant, en observant les autres femmes entrer dans le réfectoire, Hannah remarqua que la répartition des places n'était pas aussi arbitraire que Bridget l'aurait souhaité. Il y avait de subtiles manœuvres : des échanges de regards en coulisse et des petits signes de tête ; des ralentissements calculés lorsque des Chromelles attendaient qu'une amie les rattrape ou qu'elles voulaient éviter de s'asseoir à côté de quelqu'un qui ne leur plaisait pas. Hannah vit Ève s'arrêter pour tripoter sa chaussure le temps que le groupe de Jaunes avec lequel elle était arrivée l'ait dépassée et qu'elle puisse s'installer à la table suivante. C'était très discret, mais Hannah y vit la preuve qu'il existait une rébellion, une camaraderie, et ça lui fit chaud au cœur.

Des portes à doubles battants s'ouvrirent et des Chromelles surgirent chargées de pichets d'eau et de divers plats.

« Tu seras de service de table tous les quatre jours et, l'après-midi, tu accompliras les tâches qu'on t'aura assignées, énonça Bridget en indiquant un panneau de liège sur le mur. Le programme de travail hebdomadaire est affiché tous les lundis matin.

— Les tâches sont fixes ou il y a une rotation ?

— Ça dépend. Tu as des compétences utiles ? s'enquit Bridget, l'air sceptique.

— Oui, je suis couturière de métier.

— Que c'est malin ! » s'écria Bridget avec un petit sourire déplaisant.

Hannah n'eut pas le temps de lui demander de s'expliquer qu'elle ajouta :

« Mme Henley t'invitera à venir prendre une infusion dans son salon samedi. Là, tu lui diras quelles sont tes aptitudes. Tu t'abstiendras d'exagérer tes talents.

— Et tu lécheras mon joli petit cul rouge », marmonna Kayla.

Amusée, Hannah sentit ses lèvres se retrousser. Bridget se pencha en avant pour mieux voir Kayla, de l'autre côté d'Hannah.

« Tu disais quelque chose, pénitente ?

— Oui, pénitente, répondit Kayla, le visage empreint d'une totale piété. Je demandais à Jésus de nous protéger et de nous garder dans le droit chemin. »

Hannah joignit les mains et inclina la tête.

« Oui, Seigneur, guide-nous et protège-nous, je t'en prie, surtout la pénitente Bridget qui va bientôt nous quitter pour rejoindre le monde extérieur.

— Amen », dit Kayla.

Un doux chœur de voix lui fit écho.

Hannah releva le nez et aperçut le regard soupçonneux que Bridget lui lançait tandis que plusieurs femmes affichaient un petit sourire sarcastique. Bridget scruta la tablée. La jeune femme enceinte, assise tout au bout avec sa poupée sur les genoux, tarda un peu trop à dissimuler son sourire derrière sa main et Bridget lui décocha une œillade assassine, mais l'arrivée des Henley la sauva – du moins provisoirement. Le silence s'abattit dans le réfectoire pendant qu'ils se dirigeaient vers les deux dernières places de la dernière table. Le pasteur avança la chaise de sa femme, puis aida celle-ci à s'installer confortablement avant d'entonner une action de grâces aux circonvolutions interminables. Quand il finit par se taire et s'asseoir, les femmes purent se servir. Un sourd brouhaha s'éleva alors, au grand soulagement d'Hannah qui avait craint d'avoir à manger en silence.

Le menu était simple et économique – macaroni au tofu et haricots verts surgelés –, mais il y avait aussi des petits pains maison et du vrai beurre. Émoustillée par l'odeur exquise et familière de la levure, Hannah se rendit compte qu'elle avait faim.

« Tu prendras ta portion et pas plus », l'avertit Bridget.

Lorsque le plat arriva devant Hannah, la jeune femme comprit la mise en garde : il y avait juste assez pour leur tablée de douze, mais encore fallait-il que chacune fasse attention. Hannah se servit et passa le plat à Kayla. Lorsqu'il arriva à la jeune femme enceinte, celle-ci prit une double part. Hannah repéra bien quelques mines revêches, mais personne ne protesta.

« Les femmes enceintes ont droit à une double portion, lui souffla discrètement Kayla. Personne n'aime être à la table de Megan. »

Elle présenta ensuite Hannah à ses voisines immédiates, mais, les salutations terminées, la jeune femme ne parla guère. Elle écouta les autres bavarder à mi-voix et échanger surtout des nouvelles de leurs proches, ce qui représentait une forme de numéraire, à ce qu'elle comprit, les lettres de conjoints et d'amoureux rapportant un maximum de prestige. À sa grande surprise, elle s'aperçut que non seulement Bridget se joignait aux conversations, mais qu'à part Megan et elle la vieille bique se comportait de manière agréable avec tout le monde. Les autres femmes se montraient cordiales en retour, cependant, comme avec Kayla un peu plus tôt, Hannah perçut leur méfiance et leur antipathie.

Tout en mangeant, elle remarqua à l'autre bout de la table une Orange qui l'observait à la dérobée. Sa tête lui rappelait des personnages d'une vieille vid en 2D qu'elle adorait regarder quand elle était petite ; des créatures un peu bêtasses, à la peau orangée, aux cheveux vert olive, et qui marchaient en se dandinant. Becca en avait peur, mais elles faisaient rire Hannah. Elles avaient un nom rigolo… c'était quoi ? Et pourquoi la Orange la regardait ainsi ?

« Je t'ai vue aux vidnews », lui expliqua-t-elle finalement en réponse à son regard interrogateur.

La tablée se tut et Hannah sentit onze paires d'yeux braquées sur elle.

« Pour rien dire, fallait que tu l'aimes drôlement. »

La souffrance, brutale et inattendue, fleurit en elle et elle devina que ça devait se voir.

« Et toi, pour pas être condamnée pour délit mineur, l'a fallu que tu schnouffes un max, non ? lança Kayla à la femme orange. De la kaïete ou des amphètes ? C'était quoi, pénitente ? »

Blessée, la Orange baissa le nez vers son assiette, mais Hannah eut le temps d'entrevoir le manque dans ses yeux, le besoin désespéré, maladif, du drogué pour cette substance dont il sait pourtant qu'elle va le détruire.

« Il n'y a pas de problème », lança Hannah à Kayla.

S'adressant à la Orange, elle lui dit :

« Oui, je l'aimais. C'était plus fort que moi. »

La Orange releva la tête et le nom des créatures de la vid revint à l'esprit d'Hannah : les Oompa Loompa. Grotesques gambadant, objets de risée dans lesquels on avait peine à reconnaître des êtres humains.

L'office du soir fut long et le sermon ennuyeux – le pasteur Henley n'était pas une lumière, Hannah commençait à s'en apercevoir, et il aimait bien s'écouter parler –, mais la compagnie des autres lui procura un vrai réconfort et, le moment venu, elle pria avec ferveur, remerciant le Seigneur pour ce refuge qu'Il lui avait offert et Lui demandant de l'aider à rester dans le droit chemin. Même si elle n'eut pas vraiment la sensation qu'Il lui répondait, que ce fut bon de communiquer de nouveau avec Lui après un mois de silence dans la honte !

Bridget montra ensuite le reste du centre à Hannah : la salle de lecture et ses étagères remplies d'ouvrages et de périodiques chrétiens ; la blanchisserie et le placard aux produits de nettoyage ; la cuisine ; l'ouvroir (« C'est sûrement là que tu travailleras… si tu es aussi douée que tu le prétends ») ; les portes – fermées – du salon de Mme Henley et du bureau du pasteur Henley (« Tu ne dérangeras pas le pasteur dans son travail et tu ne chercheras pas à t'entretenir en privé avec lui pour quelque raison que ce soit ; si tu as un problème, tu consulteras Mme Henley »). Hannah suivait son guide d'un pas las et se remontait le moral en se disant que son lit l'attendait après ce tour du propriétaire.

Bridget poussa la porte d'une pièce aveugle où dix chaises en bois à dossier droit étaient disposées en cercle face à un pan de mur entièrement équipé d'écrans vid. On avait donc droit à une certaine technologie.

« C'est ici que tu feras ton édification, lui annonça Bridget. Dès demain matin, juste après la messe.

— Tu ne seras pas avec moi ?

— Non. Ma place est ailleurs. »

La joie d'Hannah fut de courte durée, car Bridget ajouta :

« Après, je viendrai te chercher et on ira déjeuner.

— C'est où ta place ?

— À l'étage, avec d'autres dans la même situation que moi. »

De nouveau, ce sale ton méprisant, qui eut le don d'énerver Hannah et de vaincre sa fatigue.

« Pourquoi tu fais ça ?

— Ça quoi ?

— Pourquoi tu es mon guide ou je ne sais quoi.

— Moi, je t'aide à trouver ton chemin, la reprit Bridget. Étant donné que je suis la Rouge la plus ancienne du centre, c'est mon devoir.

— Moi, je pense que ça te plaît. D'être l'autorité, de dire aux autres ce qu'il faut faire. Je parie que tu t'es portée volontaire. »

Les narines de Bridget se dilatèrent.

« Si tu crois que je pourrais avoir envie de passer ne serait-ce qu'une minute avec l'une d'entre vous, tu te trompes », riposta Bridget en crachant ses mots.

Dans la poitrine d'Hannah, les humiliations de la journée, petites et grandes, s'amalgamèrent en une boule de fureur brûlante. Bridget se détourna, mais Hannah s'empara de sa main et l'amena à hauteur de ses yeux : rouge sur rouge.

« Moi, je ne vois aucune différence entre nous, dit-elle. On est toutes les deux des criminelles, non ? Qui est-ce que tu as tué, Bridget ? »

Bridget retira sa main avec brusquerie, comme si elle allait frapper Hannah. Immobile, celle-ci nota les émotions qui défilaient sur le visage de son guide et vit, aussi clairement que si Bridget s'était épanchée auprès d'elle, la souffrance brute qu'elle masquait derrière son mépris. Subitement, Hannah ressentit de la compassion pour cette femme plus toute jeune, angoissée et hérissée. Elle repensa à la peur qu'elle-même avait éprouvée à peine quelques heures plus tôt quand l'ado l'avait narguée alors qu'elle était bien en sécurité dans la voiture de son père, et à l'effroi qui l'avait assaillie lorsque la nouvelle Chrome qu'elle était avait dû s'aventurer dans le vaste monde.

Mais juste comme elle allait présenter ses excuses à Bridget, celle-ci parut se ressaisir, laissa retomber sa main le long de son corps et reprit son masque d'indifférence glacée.

« Tu viens de t'écarter du droit chemin, pénitente. Quel dommage !

— Qu'est-ce que tu racontes ? s'écria Hannah.

— Tu ne poseras pas délibérément la main sur une autre pénitente. C'est une des règles.

— Tu ne me l'avais pas dit. »

Affichant une consternation de façade, Bridget haussa les sourcils.

« Oh, je suis sûre que si. Désolée, je vais devoir rapporter ça à Mme Henley. »

Ce ne serait pas un bon démarrage au centre.

« Écoute, fit Hannah d'un ton conciliant, je regrette de t'avoir parlé sèchement. La journée a été dure.

— Tu trouves ça dur ? Comparé à ce que c'est dehors, toute seule, c'est rien. Rien du tout. »

La voix de Bridget se brisa sur ces derniers mots. Puis la Rouge tourna brutalement le dos à Hannah et s'élança dans le couloir.

« Qu'est-ce qu'il t'est arrivé ? » lui demanda Hannah à mi-voix.

Sans s'arrêter ni se retourner, Bridget répliqua :

« Tu verras ce qui est vraiment dur quand ils te flanqueront à la porte d'ici. »

Elle descendit l'escalier menant au dortoir. Hannah la regarda s'éloigner, sachant qu'elle n'avait pas d'autre choix que de la suivre.

Malgré son nouvel environnement, l'épuisement l'emporta et Hannah dormit profondément durant sa première nuit au centre ; ce furent les lumières qui la réveillèrent à cinq heures et demie. Désorientée, elle battit des cils pour se protéger de leur éclat. L'espace de quelques secondes abominables, elle se crut dans la cellule chromatique, mais elle nota alors des mouvements de part et d'autre, des grincements de ressorts ainsi que les petits soupirs et gémissements des femmes arrachées au sommeil à côté d'elle, et la mémoire lui revint. Elle aurait dû se lever et le savait, mais elle avait les membres lourds. Et puis le bruit de l'eau qui coulait et le doux bourdonnement des voix féminines lui étaient agréables, l'apaisaient. Elle allait refermer les paupières quand on secoua son lit.

« Réveille-toi », lui souffla quelqu'un dans un murmure appuyé.

Hannah ouvrit les yeux et reconnut Kayla debout au pied du lit.

« Fridget surveille. Allez », lui expliqua-t-elle avant de filer vers la salle de bains.

Hannah se força à prendre la position verticale, posa le pied par terre, puis rassembla ses maigres affaires de toilette.

La salle de bains était bondée. Les visages rouges des femmes se détachaient nettement sur le blanc des murs et de leurs chemises de nuit. Deux d'entre elles la saluèrent d'un petit signe de tête et Megan lui adressa un sourire timide, mais la plupart l'ignorèrent. Elles étaient très occupées à se préparer. Hannah se brossa les dents et tordit sa tresse en un chignon qu'elle fixa du mieux qu'elle put. Il y avait la queue pour les toilettes, puis pour les douches. Lorsque vint son tour, l'eau était tiède et en plus elle dut se dépêcher sous peine d'arriver en retard au petit déjeuner. Mais que ce fut bon d'être propre et débarrassée des scories de la cellule chromatique !

Hannah s'habilla et fit son lit. Bridget l'attendait près de la porte. La jeune femme allait la rejoindre quand quelqu'un toussa bruyamment dans son dos. Elle se tourna et vit Kayla froncer les sourcils en se tapotant le haut du crâne. Après une seconde de confusion, Hannah retrouva la mémoire : *Tu garderas tes cheveux décemment couverts, sauf pour dormir.* Elle attrapa sa coiffe accrochée à la patère et éprouva une pointe de satisfaction devant la moue déçue de Bridget.

Elles prirent le chemin du réfectoire, Kayla sur leurs talons. Hannah, qui n'avait pas eu l'occasion de reparler à sa nouvelle amie depuis la veille, espérait qu'elles auraient de nouveau la chance d'être assises côte à côte. Mais, une fois dans la salle, Bridget fila vers les deux derniers sièges d'une table, ce qui obligea Kayla à s'installer ailleurs.

Lorsque toutes les pénitentes furent présentes, Mme Henley entra, seule, et prononça une action de grâces nettement moins verbeuse que celle de son mari. Le petit déjeuner se révéla frugal : une coupelle de flocons d'avoine, un verre de lait et une pomme. Loin d'être rassasiée, Hannah alla ensuite avec

Bridget consulter le tableau de répartition des tâches. À la rubrique cuisine, elles virent qu'elles étaient censées servir le déjeuner du lendemain et le petit déjeuner du vendredi. Et Bridget était de service de messe toute la semaine. En revanche, Hannah eut beau scruter les rubriques nettoyage des salles de bains, blanchisserie, ménage des étages et travaux de couture, elle ne vit son nom nulle part.

« On dirait que je ne suis pas dessus, remarqua-t-elle.

— Cette semaine, tu auras autre chose à faire l'après-midi. »

Hannah vit aussi qu'il y avait une colonne intitulée Zilpa, dans laquelle ne figurait qu'une seule personne. Elle voulut demander ce que ça signifiait, mais ravala sa question. Montrer son ignorance, c'était montrer sa faiblesse. Elle n'offrirait pas sa gorge nue à Bridget.

« Hannah ? » fit une douce voix mélodieuse.

Mme Henley l'invitait à approcher.

Bridget sourit d'un air suffisant.

« Apparemment, elle veut te dire un mot. »

Garce. Prête à essuyer une réprimande, Hannah s'avança vers Mme Henley.

« Bonjour, pénitente, dit celle-ci avec son sourire à fossettes. Comment t'habitues-tu à ton nouvel environnement ?

— Bien, merci.

— J'en suis heureuse. »

Mme Henley avait les joues rosies, comme si elle sortait de son bain. Des mèches de cheveux blonds pointaient de dessous sa coiffe.

« J'ai coutume d'inviter chaque nouvelle pénitente à prendre une infusion dans mon salon. Bridget t'a montré où c'était ?

— Oui, madame.

— Passe donc samedi à quinze heures. Nous boirons une tasse de camomille et bavarderons gentiment. »

Se sentant congédiée, Hannah tourna les talons.

« Encore une chose, ajouta Mme Henley. La pénitente Bridget m'a rapporté que tu avais fait un faux pas hier soir. »

Hannah revint sur ses pas.

« Oui, madame. Mais ce n'était pas exprès.

— Donc, tu l'as touchée accidentellement ?

— Non, madame. »

De légères ondulations plissèrent le front de Mme Henley.

« Je ne comprends pas. Soit c'était voulu, soit ça ne l'était pas.

— Je ne savais pas que c'était enfreindre les règles, expliqua Hannah. Bridget ne m'en a parlé qu'après.

— C'est bizarre, elle m'a dit le contraire.

— Non, elle ne m'en avait pas parlé.

— En ce cas, on n'a rien à te reprocher. Si Bridget a menti en prétendant t'avoir prévenue, c'est elle qui a fait un faux pas, pas toi. »

Devant le ton aimable de Mme Henley, Hannah se détendit un peu.

« Bien sûr, Bridget a déjà trébuché une fois. Ce serait son second faux pas, ce qui signifierait qu'il faudrait qu'on la renvoie. La pauvre, elle a traversé des moments très difficiles. »

Mme Henley se pencha en avant et baissa la voix pour confier à Hannah :

« Elle a été victime de l'épidémie, tu sais. Elle désirait vraiment avoir des enfants, mais les superbiotiques sont arrivés trop tard pour elle. Et après la découverte du traitement, son mari l'a quittée pour une femme plus jeune et fertile. »

Hannah ne dit mot, stupéfaite et déconcertée de constater que Mme Henley divulguait des choses aussi intimes sur une autre pénitente. Que ne risquait-elle pas de révéler sur Hannah à Bridget ou à d'autres ?

« Et après avoir subi tout ça, poursuivit Mme Henley, voilà qu'elle a tué le bébé d'une autre…

— Délibérément ?

— Non, c'était un accident. N'empêche que c'est elle la fautive. »

Voilà pourquoi Bridget nous déteste, Megan et moi, songea Hannah. *Parce que nous, nous avons décidé.*

« Alors, tu es sûre qu'elle ne t'a pas mentionné ce point du règlement ? »

La bouche entrouverte, Mme Henley montrait sa langue rose et les pointes blanches de ses incisives.

Hannah se dit que Bridget l'avait bien cherché ; elle lui rendrait la vie impossible si elle restait ; et puis de toute façon il lui fallait partir d'ici à un mois. Hannah se rappela alors la remarque de Bridget – « comparé à ce que c'est dehors, toute seule » – et son regard terrifié. Hannah avait son père pour l'aider au moins. Le jour où elle quitterait le Droit Chemin, elle ne serait pas seule au monde.

« Peut-être que j'ai oublié, marmonna-t-elle, les yeux baissés. J'étais très fatiguée hier soir. »

Mme Henley fit montre d'une gentillesse débordante.

« Naturellement ! Ça a dû être une longue journée. Mais la fatigue et l'oubli ne justifient pas la désobéissance. Je suis sûre que Moïse était fatigué en redescendant du mont Sinaï, pourtant, il n'a pas oublié un seul des commandements de Dieu, n'est-ce pas ?

— Non, madame. »

Mme Henley hocha la tête d'un air affligé.

« Et dès ta première journée en plus. À peine quelques heures après nous avoir solennellement promis d'obéir à notre règlement.

— Je suis désolée, madame Henley.

— Tu me déçois beaucoup, Hannah, et je sais que ce sera pareil pour le pasteur Henley. Il prend ces choses tellement à cœur. »

En fixant les yeux bleus chagrinés de Mme Henley, Hannah se sentit coupable, non pas d'avoir prétendument enfreint la règle, mais parce qu'elle avait prouvé son inconséquence, sa faiblesse d'âme. Elle avait déçu tant de gens : sa famille, ses amis, ses employeurs, Aidan. Et maintenant, les Henley qui avaient eu la bonté de l'accueillir et de lui offrir une chance unique de se racheter. Une chance dont elle se montrait indigne.

« Et bien entendu il va falloir prévenir tes parents et le ministre Dale », ajouta Mme Henley.

Hannah sentit la panique l'envahir. Il ne fallait pas qu'ils sachent, il ne fallait pas qu'elle leur fasse davantage honte encore. À sa grande surprise, elle se mit à bafouiller, à implorer.

« Je suis désolée, madame Henley, je vous en prie, ne leur dites pas, je vais m'appliquer, je promets, je vais… »

Mme Henley l'interrompit :

« C'est bien que tu regrettes, Hannah. Le repentir est la première chose que le chemin exige de nous. Je veux que tu réfléchisses à tes actes et que tu pries, nous en reparlerons samedi lors de notre causette. »

Hannah voulut ajouter quelques mots, mais Mme Henley leva une petite main pâle.

« Va-t'en maintenant, et commence ton édification. »

Hannah s'arrêta juste à la sortie du réfectoire et s'affala contre le mur, le temps que son cœur reprenne un rythme normal. Elle était perdue, déroutée. Que lui arrivait-il ? C'était elle, cette créature rampante ? Le bon sens lui revint à mesure qu'elle recouvrait son calme, mais la colère suivit. Cet échange avait amusé Mme Henley. Hannah en était sûre. Cette bonne femme l'avait manipulée et elle s'était docilement prêtée à son jeu, lui offrant toutes les notes qu'elle avait voulu lui soutirer, comme si elle eût été une harpe. Peut-être le pasteur était-il un homme bienveillant, sincèrement désireux d'aider les autres à trouver le chemin qui mène à Dieu, mais sa femme, c'était autre chose.

Tout à coup, Hannah se rendit compte qu'elle était en retard pour l'édification et se précipita vers la salle que Bridget lui avait indiquée la veille. La porte était ouverte et elle s'arrêta sur le seuil. Huit femmes, toutes des Rouges, sauf Megan, toutes avec leur poupée, faisaient cercle autour d'un homme de haute taille, anguleux, d'une quarantaine d'années, le crâne rasé et luisant et l'air sûr de lui – l'édificateur, sans doute. Un tabouret, vide, était installé au milieu. Un frisson parcourut Hannah, mais son inquiétude redoubla quand elle découvrit la scène bizarre qui se déroulait sous ses yeux. Une femme berçait sa poupée tout en lui fredonnant une chanson ; une autre faisait sauter la sienne sur ses genoux ; une troisième avait plaqué la sienne contre son épaule et lui tapotait le dos, comme si elle cherchait à lui faire faire son rot.

Hannah s'agrippa au montant de la porte. *Mon Dieu. Aide-moi.*

« Entre, pénitente, lui lança l'édificateur d'une voix autoritaire et sévère, et ferme derrière toi. »

Malgré son envie de fuir, Hannah obtempéra.

L'édificateur lui indiqua le tabouret.

« Assieds-toi. »

Sans qu'elle sache trop comment, ses jambes la portèrent jusque-là. C'était un siège tournant. Puis l'édificateur décrivit un arc de cercle avec son doigt et ajouta :

« Regarde-les bien, pénitente. Car bien les regarder, c'est bien regarder ton propre péché. »

Hannah tourna lentement dans le sens des aiguilles d'une montre, le regard attiré par les poupées. Elles étaient grandeur nature – de la taille d'un nourrisson –, mais toutes différentes. Certaines étaient de facture grossière, avec des boutons en guise d'yeux, de la laine en guise de cheveux, une bouche rouge au point de croix, d'autres plus raffinées. Deux étaient noires ; les autres étaient abricot pâle.

Le seul bruit dans la pièce, c'était la rengaine sinistre et suraiguë de la femme qui berçait sa poupée. Elle se mit ensuite à la toucher à divers endroits de son corps en ânonnant : « *Ça, c'est ma tête, et ça c'est mon nez. Ça, ce sont mes doigts et là mes orteils. Ça, c'est mon bidon et là mon genou. Merci, mon Dieu, de m'avoir faite. Ça, c'est mon...* »

Soudain elle s'interrompit et hocha gentiment la tête en disant :

« Chut, chut, pleure pas, chérie, pleure pas, je t'en prie. Maman est là. »

Hannah fit pivoter son siège pour ne pas avoir à subir cette vision, mais la folle litanie continua. L'édificateur n'y prêtait pas attention, il s'était fixé sur Hannah, avec dans les yeux une lueur qu'elle ne put identifier, mais qui lui donna la chair de poule. Elle lança un coup d'œil à la femme assise à la droite de l'édificateur et nettement plus âgée que le reste de leur groupe – presque trop âgée pour tomber enceinte –, qui lui retourna un regard lourd de compassion et de lassitude.

« Sonia, pourquoi ne commences-tu pas ? » lui proposa l'édificateur.

Il se pencha en avant, mains jointes et doigts pointés vers le plafond.

Sonia brandit sa poupée vers Hannah et les autres.

« Voici mon fils, Octavio, déclara-t-elle avec un accent hispanique. Il aurait été mon huitième enfant, mais je l'ai assassiné, en dépit des commandements de Dieu et des souhaits de mon mari. »

Elle tourna la poupée vers elle et lui dit :

« Pardonne-moi de t'avoir ôté la vie, Octavio. »

Puis ce fut au tour de sa voisine :

« Voici mon petit garçon, Matthew. Je l'ai assassiné parce que je n'ai pas voulu croire que Dieu allait subvenir à ses besoins après que son papa nous avait abandonnés. Pardonne-moi de t'avoir ôté la vie, Matthew. »

« Voici ma petite fille, Aisha. Son père m'a violée, mais ce n'était pas sa faute à elle. Elle était innocente et je l'ai assassinée. Pardonne-moi, Aisha. »

Megan brandit sa vilaine poupée.

« Voici mon futur bébé, John Wyatt ou Gemma Dawn, selon que ce sera un garçon ou une fille. J'ai essayé de le tuer, mais Dieu n'a pas voulu que la pilule agisse. »

Elle s'exprimait d'un ton morose. *Là, pas de repentir*, songea Hannah.

« Pas "cette affaire", Megan, "de l'assassiner", c'est tout, la reprit l'édificateur d'un ton désapprobateur.

— J'ai essayé de l'assassiner, mais Dieu l'a sauvé. Je suis désolée, mon bébé. »

Elle adressa ces derniers mots à son ventre un peu rond. Ce malheureux tour d'horizon se poursuivit autour d'Hannah, jusqu'à ce que toutes les femmes, à l'exception de la folle – qui semblait totalement inconsciente de ce qui se passait –, se soient confessées et aient débité leurs excuses. Finalement, l'édificateur se tourna vers Hannah.

« Et toi, pénitente ? Pourquoi es-tu ici ? »

Elle répondit sans l'ombre d'une ambiguïté :

« J'ai assassiné l'enfant que je portais.

— Pourquoi as-tu fait cela ?

— Parce que j'avais peur. »

Et pas seulement pour Aidan, elle le comprit alors, mais pour elle aussi. Il n'aurait pas quitté sa femme ; il le lui avait dit clairement. Et la perspective d'élever seule un enfant l'avait terrifiée. La vérité, celée depuis des mois, frappa brutalement Hannah : elle avait agi autant par égoïsme que par amour.

« Peur ? De quoi ? Tu avais honte d'être une mère célibataire ? »

L'édificateur se leva et s'approcha d'elle, il la dominait de toute sa hauteur. Son visage était constellé de vilaines taches rose foncé.

« Où était ta peur de la colère de Dieu, femme ? C'est Sa volonté que tu as transgressée. Quand tu as souillé ton corps en forniquant, puis en avortant, c'est Lui que tu as souillé. Quand tu as volé la vie de ton enfant innocent, c'est Lui que tu as volé. »

Il criait presque à présent, postillonnant dans la figure d'Hannah.

« Chaque fois que, par faiblesse, une femme viole les commandements du Seigneur, Satan ricane. Il a ricané quand Ève a cueilli le fruit défendu. Il a ricané durant la Grande Épidémie, quand la fornication des femmes a propagé cette peste épouvantable qui les a frappées de stérilité. Il a ricané quand elles ont imploré le Seigneur de leur accorder des enfants qu'elles ne pouvaient concevoir, oh oui, il a bu leurs larmes de désespoir comme si c'était du vin. L'as-tu entendu ricaner, pénitente, quand tu as écarté les cuisses pour cet homme qui t'a imprégnée et quand tu les as écartées de nouveau pour le boucher qui a arraché ton précieux petit d'entre tes entrailles ? As-tu senti la colère de Dieu fondre sur toi ? »

Il leva la main vers le plafond, les doigts largement ouverts, demeura quelques secondes ainsi, puis la laissa retomber le long de son corps.

« Mais le Seigneur est miséricordieux, poursuivit-il d'une voix adoucie. Il a envoyé Son Fils unique, Jésus-Christ, racheter tes péchés et t'offrir un moyen d'accéder au salut par le biais du repentir, de l'expiation, de la vérité et de l'humilité. Te repens-tu humblement d'avoir péché contre Dieu, Hannah Payne ? Es-tu prête à expier de toute ton âme pour avoir assassiné ton enfant ? »

Hannah baissa la tête.

« Je suis prête. »

En prononçant ces mots – les mêmes que ceux qu'elle avait dits à Rafael avant qu'il ne commence –, elle eut la chair de poule.

« Alors, va à l'ouvroir et confectionne une poupée à l'image de ton enfant. Ce n'est pas aux fils et aux tissus seulement que sa forme tiendra, mais à l'angoisse et au repentir de ton âme. À chaque coup d'aiguille, pense à la précieuse vie que tu as ôtée : aux yeux qui ne verront jamais les merveilles de la création, à la bouche qui ne tétera jamais ton sein ni ne chantera les louanges du Seigneur, aux mains qui ne se refermeront jamais sur ton doigt ni ne porteront l'anneau nuptial. Prends tout le temps nécessaire et, lorsque tu auras terminé, viens nous rejoindre dans ce cercle. »

Hannah se leva et se dirigea vers la porte. Elle allait s'éloigner quand l'édificateur ajouta :

« N'oublie pas de donner un nom au bébé. »

Elle passa quatre jours dessus, y consacrant ses matinées et ses après-midi ainsi que ses deux heures de temps libre. Il y avait une machine à coudre, mais elle ne s'en servit pas. Elle voulait que cette poupée sorte entièrement d'entre ses mains. Elle travailla dans un état de concentration extrême, proche de la transe. La poupée était une prière, qu'elle tirait de son âme point après point, et elle la cousit lentement, laborieusement. À l'heure de s'effondrer dans son lit le soir, elle avait les doigts tellement ankylosés qu'elle avait du mal à boutonner sa chemise de nuit.

Le matin, elle était seule dans l'ouvroir, mais, après le déjeuner, deux Jaunes venaient passer l'après-midi à faire des habits et des coiffes, à confectionner des courtepointes et raccommoder des vêtements pour les pauvres. Elles bavardaient discrètement entre elles, sans s'occuper d'Hannah. Mme Henley s'arrêtait à l'occasion pour voir comment avançait leur travail et leur apporter de nouvelles tâches. Dans l'ensemble, elle ignora Hannah ; en tout cas, jusqu'au troisième jour.

« Tu ne te presses vraiment pas, déclara-t-elle en baissant les yeux sur la poupée d'Hannah. Quand penses-tu finir ?

— D'ici demain après-midi, j'espère, répondit Hannah avant d'ajouter : L'édificateur m'a dit de prendre tout le temps nécessaire. »

Mme Henley plissa ses yeux bleus.

« Tu n'essaies pas de te soustraire aux séances d'édification, n'est-ce pas ? Ce serait un grave faux pas.

— Non, madame.

— Montre-moi ça », dit Mme Henley en tendant une main autoritaire.

Hannah lui remit la poupée avec une réticence curieuse. Mme Henley l'examina en silence.

« Eh bien, Hannah, lâcha-t-elle enfin, c'est un travail d'une finesse exceptionnelle. Tu dois en être très fière. »

Voyant le piège, Hannah baissa la tête.

« Non, madame. Simplement, je tiens à m'appliquer. Pour... rendre justice au bébé. »

Mme Henley lui rendit la poupée.

« Attention, pénitente, à ne pas tirer trop de plaisir de ta pénitence. »

Hannah termina le vendredi en fin d'après-midi, juste avant le dîner. Elle contrôla son ouvrage une dernière fois pour s'assurer qu'il n'y avait pas de défauts, mais ne trouva rien qui cloche. C'était une offrande parfaite. Elle quitta l'ouvroir, la tête haute et la poupée devant elle, sous les regards stupéfaits des femmes qu'elle croisait. Un murmure étonné s'éleva à son entrée dans le réfectoire et la suivit jusqu'à ce qu'elle s'asseye et qu'un profond silence s'installe. La poupée était si somptueuse et si exquise – elle avait des yeux très brillants, des cils incroyablement délicats, une bouche pareille à un tendre bouton de rose rose, des ongles en demi-lune, minuscules, tout ronds et adorables – que pour un peu on l'aurait prise pour une enfant réelle. Mais ce n'était pas seulement l'objet qu'elle tenait qui mobilisait l'attention des femmes présentes dans la salle, c'était Hannah elle-même. La réalisation de cet ouvrage avait balayé son désespoir et l'avait transformée. Elle se sentait de nouveau vibrante, vivante comme elle ne l'avait pas été depuis son arrestation, et voyait ce changement se refléter dans les yeux de ses compagnes.

Elles étaient tellement captivées qu'Hannah fut la seule à remarquer l'arrivée des Henley, pompeux comme à leur habitude. Du coup, Ponder Henley afficha la mine démontée de l'acteur principal qui découvre à son entrée en scène que le public a la tête tournée du côté opposé. En revanche, Mme Henley ne put dissimuler son irritation, surtout lorsqu'elle comprit ce qui suscitait l'intérêt de l'assistance. Elle jeta un coup d'œil venimeux à Hannah.

La jeune femme releva le menton et soutint avec calme le regard de Mme Henley. Elle ne la laisserait plus l'intimider.

Plus tard, après la messe du soir, Hannah alla chercher Kayla. Elles se réfugièrent à l'ouvroir, car Hannah savait qu'à cette heure-là il n'y aurait personne. Quand la porte se referma sur elles, Kayla désigna la poupée d'un geste et s'écria :

« Juste couturière, hein ? Et Jésus, il était juste charpentier ! »

Un peu confuse, Hannah haussa les épaules. Tout désir de provocation l'avait quittée, elle se sentait simplement fatiguée et angoissée à la perspective de son entretien avec Mme Henley le lendemain.

« J'ai bien cru que la madame allait piquer une crise, poursuivit Kayla. Et t'as vu la bobine à Fridget ? On aurait juré qu'elle avait avalé un gallon de lait tourné. »

Hannah accueillit cette remarque avec une grimace, ce qui poussa Kayla à demander :

« Et comment ça va avec elle ?

— Pas bien. On s'est disputées l'autre soir et je me suis mise en colère. Après, elle est allée raconter à Mme Henley que je l'avais volontairement touchée.

— C'est vrai ?

— Je n'ai fait que lui prendre la main. Je ne savais pas que c'était interdit.

— Attends que je devine, elle t'avait pas prévenue ?

— Non. Et pourquoi c'est défendu ?

— Ils prétendent que c'est pour nous obliger à nous focaliser sur le spirituel et nous détacher du physique, mais, moi, je pense que c'est pour qu'on se sente encore plus parias. Ça, et sans doute la trouille de se retrouver à la tête d'un centre bourré de goudounettes. »

Hannah regarda Kayla avec de grands yeux. Elle ne voulait sûrement pas parler de…

« Tu sais bien, des apprenties lesbiennes. »

Cramoisie, Hannah bafouilla :

« Je suis certaine que personne ici ne ferait des trucs pareils.

— Tu dis ça aujourd'hui, mais on en reparlera dans cinq semaines. Des fois, T.J. me manque tellement que même Fridget commence à me paraître sexy. »

Kayla dut percevoir le malaise d'Hannah, car elle pouffa de rire et lui lança :

« Relax, t'es pas mon type. »

Hannah changea de sujet.

« Mme Henley m'a raconté que Bridget avait tué un enfant. Tu sais ce qui s'est passé ?

— Conduite en état d'ivresse. Elle a renversé une femme enceinte qui traversait la rue. La femme a survécu, mais s'est retrouvée paralysée des jambes et a perdu le bébé. C'était sur toutes les vids.

— Mon Dieu ! Comment peut-on vivre avec ça ! »

Sa remarque lui était venue automatiquement, mais à peine eut-elle ouvert la bouche qu'elle songea : *Mais, moi aussi en un sens, je vis avec ce que j'ai fait.*

« Oh, Fridget s'en débrouille très bien, rétorqua Kayla. On s'est tapé l'édification ensemble. Cette bonne femme est un vrai iceberg. »

Mais Kayla se trompait, Hannah le savait, l'iceberg était un numéro, une barricade que Bridget avait érigée pour se protéger de l'horrible réalité de ses actes. Si elle les reconnaissait, elle était fichue. Ce n'était pas une intuition de la part d'Hannah, ça tenait

plus de la certitude, de quelque chose qu'elle percevait dans le tréfonds de son être, comme lorsqu'elle
avait su que Mme Henley avait éprouvé du plaisir à
constater sa détresse. Pour le caractère des gens, elle
avait toujours été assez bon juge, mais jamais à ce
point. D'où lui venait cette clairvoyance nouvelle ?
Elle secoua la tête alors qu'une autre question, plus
dérangeante, lui venait à l'esprit : Et si, contrairement
à Bridget, elle était capable de vivre avec ce qu'elle
avait fait, qu'est-ce que ça signifiait ? Peut-être
Bridget était-elle meilleure qu'elle ?

« De toute façon, poursuivit Kayla, tu ne devrais
pas tarder à être débarrassée d'elle. En principe, ils te
lâchent la grappe au bout d'une semaine, mais pas
toujours. Ça dépend de madame.

— Pourquoi ça dépend d'elle et pas du pasteur ? »

Ricanement.

« Il a peut-être le titre de directeur, mais te gourre
pas, c'est elle qui gère le poulailler. Le bonhomme ne
sort quasiment jamais de son bureau, sauf pour
manger et prêcher. Il reste terré là-dedans toute la
journée à bûcher ses interminables sermons. Je pense
que Mme Henley préfère ne pas l'avoir dans les
pattes.

— Je dois aller prendre une infusion avec elle
demain. Je voulais te poser des questions là-dessus. »

Kayla se raidit et déroba son regard à celui
d'Hannah.

« Comment ça ?

— À quoi dois-je m'attendre ? De quoi est-ce
qu'elle t'a parlé ?

— On est pas censées en discuter.

— Je ne dirai rien, je te le promets, lui jura
Hannah.

— Écoute, je ne peux pas. Si elle s'en
apercevait…

— Comment s'en apercevrait-elle ? Je ne risque pas d'aller lui en causer.

— Je ne peux pas, répondit sèchement Kayla. Je suis désolée. On ferait mieux de repartir. »

Elles regagnèrent le dortoir dans un silence gêné. En passant devant la porte du salon de Mme Henley, Hannah ne vit pas le tressaillement de Kayla, et pourtant elle le perçut.

Le lendemain matin, à la catéchèse, Hannah ne put se concentrer tellement elle était énervée. Après le déjeuner, elle alla à la salle de lecture et feuilleta les ouvrages disponibles afin de tuer le temps jusqu'à quinze heures. Outre des titres tels que *Darwin l'imposteur* et *La Fierté de son époux : 365 manifestations de dévotion pour l'épouse vertueuse*, elle tomba sur un vieux livre d'Aidan, *Une vie digne de ce nom, une vie dans les pas du Seigneur*, publié alors qu'il était encore jeune pasteur au Verbe Ardent. La photo de la quatrième de couverture le montrait, à la remise des diplômes du séminaire, rayonnant de bonheur et d'espoir. Hannah le regarda longuement, bouleversée par cette image qui lui ramenait en mémoire les rares moments où elle lui avait vu cette expression. Pour la plupart, c'était au foyer, au milieu des enfants. Avec elle, en revanche, il ne s'était révélé aussi pleinement joyeux et abandonné qu'une seule fois.

Ce samedi-là, il lui avait demandé de venir le retrouver dans un de leurs hôtels habituels, mais à sept heures du matin, ce qui n'était jamais arrivé. On était à la fin du mois d'octobre. Une fraîcheur inhabituelle s'était abattue dans la nuit et la température était tombée aux alentours de vingt-trois degrés.

Hannah s'était rendue à l'hôtel à vélo et elle avait aperçu Aidan qui l'attendait dans sa voiture.

« Monte », lui avait-il ordonné, ce qui l'avait surprise.

Ils n'étaient encore jamais allés nulle part seuls ensemble.

« Où est-ce qu'on va ?

— C'est une surprise. »

Ils descendirent vers le centre-ville et prirent ensuite la I-20 vers l'est. Aidan lui caressait la main avec son pouce et, au bout d'une demi-heure, Hannah se mit à somnoler. La dernière pensée qui l'effleura avant de glisser dans le sommeil fut que c'était vraiment délicieux et paradoxalement libérateur de s'abandonner ainsi à l'autorité d'Aidan.

Elle se réveilla un peu plus tard, quand la route asphaltée fit place à une piste pleine d'ornières et qu'ils se retrouvèrent au beau milieu d'une forêt de pins imposants à l'odeur vive et entêtante. La voiture embaumait. Hannah inspira à fond en songeant qu'elle n'avait encore jamais senti un air aussi divinement pur.

« Où sommes-nous ?

— Dans la forêt enchantée. Tu as oublié de semer tes miettes de pain, tu es donc condamnée à errer dans ces bois jusqu'à ce qu'un prince brise le sortilège d'un baiser. »

Étonnée par son humeur – Aidan avait de multiples facettes, mais ça ne lui ressemblait pas du tout d'être fantasque –, Hannah s'écria :

« Et si je ne veux pas qu'il le brise ? Est-ce qu'il errera éternellement avec moi ?

— Oui, sauf qu'il ne pourrait pas t'embrasser. Tu serais obligée de supporter un grincheux frustré jusqu'à la fin des temps. »

Elle sourit.

« Et le pauvre prince serait obligé de supporter une méchante mégère. »

Ils s'arrêtèrent devant une cabane en bois rustique. Derrière, Hannah repéra un miroitement bleu affriolant, à travers les arbres.

« Et ça, expliqua Aidan, c'est le lac magique. Il paraît que si on plonge dedans au moment où le soleil couchant touche l'horizon, notre vœu le plus cher se réalisera. »

Il avait apporté tout le nécessaire : une glacière garnie, des maillots de bain, de l'écran solaire, des bouées. Hannah n'était pas une nageuse accomplie – elle était toute petite quand les piscines avaient fermé à cause de la sécheresse et elle n'avait guère eu l'occasion d'aller à la plage –, mais les mouvements lui revinrent vite. Ils passèrent la journée comme des adolescents, à s'éclabousser, à paresser sur la véranda, à s'offrir pickles et quartiers d'orange qu'ils se faisaient manger l'un l'autre, à rire, à s'embrasser. Aidan lui caressa les cheveux et le visage, mais ne s'aventura pas plus bas et, lorsque Hannah glissa la main sous la ceinture de son maillot de bain, il l'arrêta en secouant la tête.

« Non. »

Elle ne lui posa pas de question, ne lui demanda pas à quelle heure il faudrait repartir, ni à qui appartenait la cabane, ni quels prétextes il avait donnés à sa femme. Avec lui, elle vivait le bonheur éphémère de l'instant. Vers la fin de l'après-midi, Aidan la prit par la main et l'entraîna vers le ponton. Le soleil formait un orbe de feu rougeoyant, pareil à un immense cœur en flammes. Ils le contemplèrent jusqu'à ce qu'il touche presque l'horizon.

« On y va ! » cria Aidan en s'élançant.

Hannah courut avec lui, leurs pieds nus martelant bruyamment les planches du ponton, puis, au bout, ils

sautèrent. L'espace d'un battement de cils, ils demeurèrent en suspens au-dessus du lac, main dans la main,
puis ils se lâchèrent et s'enfoncèrent dans l'eau. C'est
elle qui remonta la première. Le souffle court, elle se
maintint droite en attendant qu'il réapparaisse. Elle
commençait à s'inquiéter quand il surgit devant elle et
la fit hurler de peur. Le visage rayonnant de bonheur,
il éclata de rire, et elle entrevit alors le gamin qu'il
avait dû être. Sa beauté et son innocence la saisirent et
lui serrèrent le cœur comme dans un étau implacable.

C'était il y a treize mois, songea-t-elle. *Il y a une
éternité*. Elle remit le livre à sa place sur l'étagère.

À quinze heures précises, elle frappa à la porte de
Mme Henley.

« Entre », lui cria celle-ci.

Hannah ouvrit et pénétra dans le salon. C'était un
espace féminin, intime, dans de jolies teintes de jaune
et de bleu. Contrairement aux autres pièces du centre,
celle-ci disposait de deux fenêtres à hauteur d'yeux,
ornées de rideaux blancs brodés suffisamment fins
pour laisser passer la lumière, mais trop opaques pour
qu'on voie au travers. Elle éprouva une terrible envie
de tendre la main pour les écarter et jeter un coup
d'œil sur le monde au-delà de ces murs.

« Mes nouveaux rideaux te plaisent ? lui demanda
Mme Henley. C'est moi qui les ai faits. »

Installée dans un fauteuil confortable, elle tournait
le dos aux fenêtres. Sur une table devant elle était
posé un plateau avec une théière, deux tasses en porcelaine et une assiette de gâteaux secs.

« Ils sont ravissants.

— Merci. Venant d'une couturière aussi douée
que toi, c'est un précieux compliment. »

Mme Henley plissa le front.

« Mais où est ta belle poupée ? Tu sais que tu n'es pas censée t'en séparer une minute. »

Hannah éprouva une pointe d'inquiétude ; toute à son agitation, elle l'avait laissée dans la salle de lecture.

« Je l'ai oubliée. Je retourne la chercher si vous le désirez. »

Mme Henley l'observa un moment, puis son visage se détendit.

« Eh bien, je présume qu'on peut faire une exception pour une fois. »

Hannah poussa un « ouf » audible qui arracha un sourire à Mme Henley.

« Mon Dieu, et mon savoir-vivre ! Assieds-toi, je t'en prie, s'écria-t-elle en indiquant le canapé en face d'elle. Voudrais-tu une tasse de camomille ?

— Oui, merci. »

Une large collection de travaux d'art amateurs tapissait le mur en face d'Hannah. Outre les versions omniprésentes de *Repentir, Expiation, Vérité* et *Humilité* déclinées au canevas, à l'aiguille, en sculpture, en peinture et sur courtepointe, il y avait plusieurs portraits de Jésus, des aquarelles dépeignant des scènes bibliques, des couronnes de brindilles et de roses séchées, des croix sculptées dans le bois et bien d'autres travaux assez ordinaires.

« C'est adorable, n'est-ce pas ? poursuivit Mme Henley. Ce sont les cadeaux que les jeunes filles nous ont offerts, au pasteur Henley et à moi, au fil des années. Quand nous constatons combien nous touchons la vie d'une pénitente en profondeur, c'est chaque fois une grande leçon d'humilité. »

Elle servit la camomille. Hannah saisit sa tasse d'une main tremblante, ce qui provoqua un tintement de vaisselle.

« Inutile d'être nerveuse, Hannah, déclara Mme Henley. Il ne s'agit que d'une discussion détendue entre nous, pour mieux nous connaître. Veux-tu un petit gâteau ? Je les ai préparés ce matin. »

Hannah en prit un. Elle avait la bouche tellement sèche qu'elle s'étouffa dessus et toussota. Elle le fit glisser avec une gorgée de camomille.

Lorsqu'elle fut remise, Mme Henley lui demanda :

« Tu étais donc couturière de métier ?

— Oui, madame.

— Quel genre de travaux réalisais-tu ?

— Des robes de mariée principalement. Je travaillais pour une boutique de Plano.

— Ah, quel dommage ! Je présume qu'ils ne voudront pas te reprendre. Après tout, quelle mariée aimerait que sa robe soit confectionnée par… »

Mme Henley s'interrompit, comme si elle prenait conscience de son manque de délicatesse, puis poursuivit avec une gaieté artificielle :

« Enfin, tu pourras peut-être dénicher un emploi dans une usine ou un autre endroit où ça leur sera égal.

— Oui, peut-être », répondit Hannah en lui décochant un demi-sourire poli, terne.

Elle s'efforça au calme afin de mieux se défendre.

Mme Henley posa sa tasse et se pencha en avant, les jambes croisées à hauteur des chevilles. *Nous y voilà*, songea Hannah.

« Quand a eu lieu l'avortement ?

— En juin.

— Et tu étais enceinte de combien ?

— Trois mois.

— Ça veut dire que tu es tombée enceinte en mars. As-tu réussi à déterminer le moment… précis où c'est arrivé ? »

Hannah ferma les yeux et revit l'hôtel à Grand Prairie. Ils n'avaient pas été ensemble depuis six semaines et s'étaient aimés avec une frénésie désespérée.

« Hannah ? Tu n'as pas répondu à ma question.

— Oui.

— Il savait que tu allais te faire avorter ?

— Non.

— Savait-il seulement que tu étais enceinte ?

— Non.

— C'est une grave violation de ses droits paternels. Tu as de la chance qu'il n'ait pas intenté d'action en justice contre toi. »

Hannah, ne sachant trop ce qui risquait de lui échapper, se borna à opiner. Son pouls battait plus vite et à un rythme irrégulier maintenant.

« Dans ce cas, bien sûr, poursuivit Mme Henley, il aurait dû révéler son identité. Et si tu avais gardé le bébé, tu aurais été obligée de donner le nom de son père. »

Elle plissa les yeux en étudiant le visage d'Hannah comme une pièce de musée particulièrement originale.

« À ce que j'ai compris, tu as également refusé de divulguer le nom de l'avorteur.

— Je ne l'ai jamais su. »

Mme Henley eut un petit geste de la main et ajouta :

« Soit ! Je ne te le demanderai pas, de même que je ne te demanderai pas le nom du père du bébé. Leurs identités ne m'intéressent pas. En revanche, il va me falloir les détails de ta transgression, aussi déplaisant cela puisse-t-il être pour toi de me les raconter et pour moi de les entendre. Commençons par le moment où tu t'es déshabillée et allongée sur la table… c'était bien une table ? »

Hannah la regarda avec de grands yeux ébahis.

« La vérité est le troisième point que le chemin exige de nous, déclara Mme Henley d'une voix pareille à un filet de miel coulant sur du granit. Comme le pasteur et moi-même te l'avons dit quand tu es venue nous trouver, la vérité n'est pas une option chez nous et un mensonge par omission n'en reste pas moins un mensonge. Donc, je te le redemande, c'était bien une table ?

— Oui.

— Montre-moi comment c'était, ta position. Tu peux te mettre sur le canapé ou par terre, comme tu préfères. »

Pétrifiée d'horreur, Hannah ne parvenait ni à bouger ni à détourner le regard. Les yeux avides de Mme Henley, rivés aux siens, siphonnaient sa honte, et Hannah s'aperçut que ce bleu était d'une profondeur sans fond, n'abritant qu'une curiosité insatiable et sans limites.

« Vu que tu es nouvelle et que tu ne connais pas nos habitudes, j'étais prête à te pardonner ton premier faux pas avec Bridget, lui annonça Mme Henley. Mais si tu ne peux pas me dire ce qu'il en est, Hannah, je serai obligée de conclure que tu as un comportement provocant et fourbe. »

Hannah ferma les yeux. Que faire ? Elle n'avait nulle part où aller. Lentement, mécaniquement, elle s'allongea sur le dos et remonta les genoux.

« La position précise, Hannah », insista Mme Henley d'un ton exaspéré.

Hannah écarta les jambes et tout lui revint : la chambre étouffante, la froideur du métal qui la pénétrait, la douleur. Elle s'entendit gémir – dans le passé et dans l'instant présent.

« Regarde-moi, Hannah. »

Elle tourna les yeux. Mme Henley se pencha en avant, la tête de côté.

« Qu'est-ce que tu as ressenti pendant que tu étais allongée ainsi, que tu attendais que l'avorteur commence ?

— J'ai eu envie de mourir », avoua Hannah.

Et elle dégringola dans ce bleu avide.

L'interrogatoire se poursuivit sans relâche : Combien de temps ça a duré ? Est-ce que tu as eu très mal ? As-tu vu le fœtus après ? Comment tes parents ont-ils réagi ? Qu'est-ce que tu as ressenti quand tu t'es réveillée dans la cellule chromatique et que tu as découvert ton nouveau visage ? As-tu imaginé que des gens que tu connaissais te regardaient du fond de leur canapé ? Et inlassablement la question « Qu'est-ce que tu as ressenti quand… ». Au bout de dix minutes, Hannah eut l'impression d'avoir atteint ses limites ; au bout d'une heure, elle eut l'impression d'être aussi à vif qu'après l'avortement. La pièce était mal ventilée et chaude et l'odeur âcre de son corps commençait à la gêner. Mme Henley, elle, avait le teint rose et, à part un léger film brillant sur sa lèvre supérieure, elle semblait parfaitement à l'aise. *Dans son élément*, songea Hannah, *pareille à un serpent à sonnette en train de se chauffer au soleil sur une grosse pierre*.

Finalement, Mme Henley dit :

« Tu peux te rasseoir, Hannah. »

Hannah se redressa, un peu étourdie.

« Voudrais-tu une camomille, mon petit ?

— Non, merci. »

Autant boire de l'arsenic.

« Une chose m'a surprise, je dois dire, c'est l'intérêt que le ministre Dale a manifesté pour ton cas. Sais-tu qu'il a lui-même appelé le pasteur Henley pour lui parler de toi ? Et la manière dont il a plaidé ta cause lors de ton procès, bien sûr. Avec tant d'éloquence, tant de… passion. »

Mme Henley prit une gorgée de camomille et se pencha, de sorte que ses yeux bleus et pétillants se retrouvèrent juste à hauteur du bord de la tasse.

Hannah s'efforça de garder une voix égale pour répondre :

« Oui, nous lui sommes très reconnaissants, ma famille et moi, de sa bienveillance. Mais le pasteur Dale est comme ça. Il se sent personnellement responsable de tous les membres de sa congrégation. »

Les pâles sourcils de Mme Henley formèrent deux arcs incrédules.

« Sûrement pas au point d'appeler de Washington D.C. chaque fois qu'un de ses anciens fidèles s'écarte du droit chemin, non ?

— Franchement, je ne sais pas. »

Hannah sentit la sueur lui dégouliner le long du torse et fit un vœu pour que ça ne se voie pas.

« Bien entendu, tu travaillais aussi pour lui, n'est-ce pas ? Tu le voyais souvent ? »

À cet instant précis, la porte s'ouvrit sur Ponder Henley. Il tenait un bloc-notes à la main et un enthousiasme juvénile éclairait ses yeux. Il n'avait apparemment pas remarqué Hannah ; toute son attention était focalisée sur sa femme qui s'empressa de dissimuler derrière un sourire ravi l'irritation que lui causait cette interruption.

« Tu avais raison, s'exclama-t-il. Ces passages du Lévitique font toute la différence. Écoute ça…

— J'ai de la compagnie, Ponder. Hannah est venue prendre une infusion avec moi. »

Le pasteur parut surpris, puis déconfit de trouver sa femme occupée.

« Ah bon, il ne faut pas que je t'interrompe. Je sais combien vous, les femmes, vous tenez à vos petites discussions.

— C'est vrai, reconnut Mme Henley. Mais ton sermon est bien plus important naturellement et tu sais combien j'aime t'entendre répéter. »

Sous le regard adorateur de sa femme, le pasteur se mit pratiquement à rayonner.

« Hannah et moi pourrons poursuivre notre conversation à un autre moment. Laisse-moi juste la raccompagner, et je suis à toi. »

La porte se referma sur lui et Mme Henley jeta un coup d'œil à la pendule en bois sur le mur.

« Mon Dieu, il est déjà quatre heures trente. »

Elle reporta son attention sur Hannah et plissa discrètement le nez.

« Je parie que tu souhaiterais te doucher et changer de robe avant le dîner. Vas-y, et si Bridget ou n'importe qui te pose des questions, dis-leur que je t'ai accordé une permission spéciale. »

Hannah se releva en chancelant et Mme Henley l'escorta jusqu'au seuil.

« Je suis contente que nous ayons eu cette conversation, Hannah. Je dois te demander de garder tout cela strictement entre nous. Je serais vraiment très contrariée si je découvrais que tu en as parlé avec d'autres pénitentes.

— Je ne dirai rien », balbutia Hannah, qui comprenait mieux à présent la réticence et la gêne de Kayla.

Qui aurait envie de partager une telle humiliation ?

En retournant au dortoir, elle croisa plusieurs autres femmes dans le couloir. Lorsqu'elles virent sa tête, elles la regardèrent avec pitié et s'écartèrent d'elle.

Hannah passa le week-end à remâcher son entretien avec Mme Henley. Puis sa honte finit par céder la place à l'indignation et enfin à une véritable colère, tant contre la cruauté de cette femme que contre sa propre paralysie et sa complicité. Pourquoi n'avait-elle pas menti, comme avec les policiers qui l'avaient interrogée ? Pourquoi n'avait-elle pas quitté la pièce, le centre ? Le monde extérieur pouvait-il être pire que ça ?

Hannah se demanda aussi ce que sa mère savait de cet établissement quand elle avait proposé de l'y envoyer. Samantha Payne connaissait-elle les méthodes édificatrices des Henley ? Et Aidan ? Était-il au courant ? Hannah se dit que c'était impossible, mais le doute lui empoisonnait l'esprit.

Le lundi au petit déjeuner, Bridget annonça à Hannah qu'elle ne lui servirait plus de guide.

« Une nouvelle pénitente arrive mercredi et Mme Henley m'a demandé de la conduire sur le chemin. À partir d'aujourd'hui, tu vas te débrouiller seule.

— Je suis effondrée, s'écria Hannah. Après tous les bons moments qu'on a vécus ensemble. »

Kayla, assise en face d'elles, en avala ses flocons d'avoine de travers.

Le petit déjeuner terminé, Hannah et Kayla se joignirent aux femmes rassemblées devant le tableau de répartition des tâches. Kayla découvrit avec plaisir qu'elle était affectée au service religieux – c'était une tâche facile. Hannah, qui s'attendait à être en charge des travaux de couture, s'aperçut qu'elle allait nettoyer les sanitaires à la place de son amie.

« Pas de bol, commenta Kayla. Cela étant, ce n'est pas trop pénible de briquer les salles de bains et les chiottes. Au moins, t'es toute seule. C'est rudement mieux que de se taper la blanchisserie – où tu es coincée dans un sauna avec trois autres bonnes femmes puantes et mal lunées. »

Le nom de Bridget était inscrit sous l'en-tête mystérieux de Zilpa. Hannah pointa le doigt et s'écria :

« C'est quoi ?

— Laquais attaché à la personne de Mme Henley. Je ne l'ai jamais fait – elle ne choisit que ses chouchous –, mais, d'après ce que j'ai compris, il s'agit surtout d'écrire des lettres, de ranger le salon et le bureau et de lui servir de chauffeur en ville.

— Elles sortent du centre, celles qui font ça ?

— Oui, et tu devrais voir comme elles nous traitent de haut, fit Kayla d'un ton plein de mépris. Personnellement, grand bien leur fasse. Plus je suis loin de cette bonne femme, mieux je me porte.

— C'est pareil pour moi, renchérit Hannah avec plus de véhémence qu'elle n'aurait souhaité en montrer.

— Tu vas bien après ton samedi ? demanda Kayla. Tu as l'air… lessivée. Note, c'est le cas de tout le monde, s'empressa-t-elle d'ajouter.

— Ça va. »

Elle avait répondu de manière machinale et pas très convaincante ; devant la tête de Kayla, elle se demanda si, pour elle, cette formule retrouverait un jour tout son sens.

En entrant dans la salle d'édification, quelques minutes plus tard, elle remarqua avec soulagement que le tabouret avait disparu et que le cercle comptait désormais dix chaises. L'édificateur écarquilla les yeux une fraction de seconde en voyant la poupée d'Hannah, mais ne fit aucun commentaire. Lorsqu'ils furent tous assis, il se tourna vers la femme à sa gauche.

« Monica, pourquoi ne commences-tu pas ? lui dit-il.

— Voici ma fille, Shiloh. Son père m'a menacée de me quitter si je ne me faisais pas avorter, mais j'aurais dû penser plus à elle qu'à lui. Pardonne-moi de t'avoir ôté la vie, Shiloh.

— Voici ma fille, Aisha…

— Voici mon adorable Octavio… »

Finalement arriva le tour d'Hannah. Elle n'hésita pas. À peine s'était-elle aperçue qu'elle était enceinte que le nom de son enfant s'était imposé à son esprit ; son enfant, à elle et à Aidan, créé et formé dans les eaux de ses entrailles à partir d'une minuscule particule de matière. Secret prodige qu'elle ne connaîtrait jamais. Pas désiré.

« Voici ma fille, Pearl », dit-elle.

Le mercredi après-midi, Hannah monta avec les autres sur l'estrade de la chorale pour « accueillir » la nouvelle pénitente. Leur excitation était perceptible. On aurait juré une meute qui aurait flairé sa proie, une meute à laquelle Hannah appartenait. Mais quand la nouvelle – une Rouge d'un certain âge aux cheveux grisonnants et à la poitrine tombante – ouvrit la porte étroite, sursautant de peur en entendant leurs voix, puis se recroquevillant pour leur dissimuler sa nudité,

Hannah sentit son excitation s'évanouir et céda au remords et à la pitié.

Elle comprit plus tard que leur réaction devait plus à l'ennui qu'à la lubricité ou à la cruauté. Au centre, les journées passaient avec une lenteur intolérable, se mélangeaient comme des couleurs dans un pot rempli de vieux pinceaux et se fondaient en un gris de plomb uniforme. Sermons, repas, édification, travail et rebelote. Elle et toutes les autres femmes de l'établissement rêvaient désespérément d'un peu de changement.

Elle vivait pour ses samedis après-midi, où elle bénéficiait de temps libre, et pour les lettres de son père et de Becca, même si leur lecture avait un je-ne-sais-quoi d'aigre-doux. Elles lui parvenaient ouvertes, sans doute par les soins de Mme Henley. Celles de son père, des bulletins bon enfant dans lesquels il parlait invariablement du temps, de la vie de la commune et de la famille, étaient assez empruntées :

> *Chère Hannah,*
>
> *J'espère que tu vas bien et que tu te fais des amies là où tu es. Nous ça va, on se prépare à essuyer un blizzard demain alors qu'il fait dix-huit degrés et qu'on a du soleil aujourd'hui. En d'autres termes, c'est un temps typique du Texas !*
>
> *M. Maynard s'adapte à sa fonction de premier pasteur, mais ses chaussures sont rudement grandes pour lui. Il y a nettement moins de fidèles depuis le départ du pasteur Dale. Même s'il nous manque énormément, nous sommes tous fiers du travail qu'il accomplit à Washington. Je crois qu'on a eu de la chance de l'avoir si longtemps. Alyssa et lui reviendront ici pour Thanksgiving et, d'après la rumeur, c'est lui qui dira la messe du mercredi soir. J'espère*

qu'il en profitera pour glisser quelques mots aux autorités supérieures en faveur de nos gars. Ils vont jouer contre les Giants le jour de Thanksgiving et ils auront besoin de toutes les prières possibles et imaginables pour gagner. Walton s'est foulé la cheville il y a deux semaines et, sans lui, on n'a plus d'attaquants. Ce sera un miracle si on arrive en finale cette année.

Becca a enfin surmonté le cap des nausées matinales et son ventre commence à s'arrondir. Je suis en train de fabriquer des berceaux pour les petits et ta mère tricote furieusement – tu devrais voir tous ces bouts de laine bleus et roses éparpillés partout dans la maison.

Avec les fêtes qui approchent, j'ai dû faire beaucoup d'heures supplémentaires au magasin et je n'ai donc pas eu tellement de temps pour te chercher un emploi ou un logement. Mais je m'en occuperai aussitôt après le nouvel an, je te le promets. En attendant, sache que mes pensées et mes prières sont pour toi. Tu me manques. Tu nous manques à tous.

Grosses bises,
Papa

Becca s'en sortait mieux. Elle décrivait avec humour sa grossesse, sa vie quotidienne, les fidèles qu'elles connaissaient. De temps à autre, lorsqu'elle évoquait Cole, Hannah décelait une pointe d'inquiétude entre les lignes :

Chère Hannah,
Qu'est-ce que je regrette que tu ne sois pas là ! Il a fallu que je relâche encore toutes mes jupes à la taille alors que tu connais mon amour de la couture. Mes bouts de doigts ressemblent à des coussins à épingles.

Maintenant que mon ventre se voit, Cole se révèle plus protecteur que jamais. Je t'assure, il ne me laisse pratiquement plus sortir de la maison, sauf pour aller à l'église ! Il a intégré un nouveau groupe de chrétiens, des hommes, et ils se réunissent deux soirs par semaine. Il refuse de me dire comment ils s'appellent et où ils se retrouvent – tout ce que je sais, c'est qu'ils n'appartiennent pas au Verbe Ardent –, mais, d'après lui, ils sont sur la même ligne que les Promise Keepers.

J'espère que tu te portes bien et que tu t'es fait des amies. Je sais qu'ils veillent à te tenir occupée, mais, je t'en prie, écris plus souvent, si tu peux. Tu me manques tellement. Maman est toujours fâchée, mais je vais continuer à la travailler.

Maintenant je vais aller chercher du cheese-cake. Et des olives. La semaine dernière, c'était des sandwiches BLC (bacon, laitue et cerises au marasquin).

> *Plein de bisous,*
> *Becca*

Hannah se tracassait pour sa sœur et son père, mais n'avait aucun moyen de les aider. Et, pour eux, c'était sûrement pareil. Il ne lui échappa pas que, même si tous deux disaient espérer qu'elle se portait bien, ni l'un ni l'autre ne lui demandaient comment elle allait. Peut-être n'auraient-ils pas supporté d'entendre sa réponse ? Elle s'appliquait à leur écrire des billets courts et désinvoltes en leur épargnant la vérité, à savoir qu'elle avait de plus en plus l'impression de s'être égarée en enfer.

Les séances d'édification étaient ce qu'il y avait de pire, et elle en vint à les redouter chaque jour davantage. Elle ne savait jamais à quelle sauce elles seraient mangées : c'était soit une conférence, délivrée par un professeur invité, sur les détails sordides de l'intervention, accompagnés de bocaux avec embryons conservés dans du formol ; soit une « session conceptive » où il leur fallait imaginer différents avenirs possibles pour l'enfant dont elles avaient avorté ; soit une holovid montrant des fœtus à moitié avortés, en sang, essayant de s'extraire de l'utérus de leur mère. Mais le pire fut les survivants qui se présentèrent en personne : il y eut une adolescente dont le bras avait été arraché quand sa mère avait essayé de se débarrasser d'elle à vingt-six semaines ; un homme souffrant depuis toujours de paralysie cérébrale et d'une dépression invalidante, et qui avait appris, à près de quarante ans, que son jumeau avait été avorté et que lui-même avait eu le cerveau perforé durant l'intervention. Ces séances mettaient Hannah à vif et la déprimaient tellement que même Kayla n'avait plus accès à elle. L'espoir qu'elle avait ressenti à son arrivée au centre s'éteignait peu à peu, et elle se surprenait même à batailler pour préserver sa foi. Ses dialogues avec Dieu commençaient à se teinter de doutes, de reproches. Comment pouvait-Il approuver les agissements des Henley ? Etait-ce vraiment le chemin qui menait à Lui ?

Si Hannah conservait un certain équilibre mental, c'était grâce à Kayla, dont l'humeur était moins affectée que la sienne par le climat lugubre du centre. Pour Kayla tout était prétexte à plaisanter : leur alimentation, leur tenue vestimentaire, leur peau rouge, Bridget et surtout les Henley, qu'elle avait surnommés Éthique et Harpie. Kayla inventait des poèmes humoristiques et grivois sur eux, qu'elle gardait pour les moments où Hannah se sentait déprimée et qu'elle lui débitait avec un accent irlandais épouvantable :

L'était une fois un pasteur nommé Éthique
Qui n'avait avec sa moitié qu'un débat.
L'avait beau la nuit la supplier pour leurs ébats,
Mme Harpie n'entendait pas ses suppliques
Et refusait d'y sucer la trique.

Hannah n'avait pas l'habitude de ce genre d'obscénités mais, une fois passée sa gêne initiale, elle en rigola aussi fort que Kayla. Pour ce qui était des Henley, plus on était méchant, mieux c'était.

Cependant, vers la fin du premier mois d'Hannah au centre, l'humeur de Kayla s'assombrit. La jeune femme devint nerveuse, irascible. À plusieurs reprises, Hannah lui demanda ce qui n'allait pas, en vain. À la fin, néanmoins, elle avoua qu'elle n'avait plus de nouvelles de son ami.

« Pendant mon premier mois ici, T.J. m'écrivait tous les trois à quatre jours. Et, là, rien depuis deux semaines. J'ai peur qu'il lui soit arrivé des bricoles.

— Que disait sa dernière lettre ?

— Juste qu'il ne nous avait pas encore trouvé un appartement, mais qu'il cherchait tant qu'il pouvait.

— Je suis sûre qu'il ne va pas tarder à donner signe de vie. »

Mais Kayla ne reçut aucune nouvelle et son agitation redoubla. Une semaine plus tard, un lundi après le petit déjeuner, elle prit Hannah à part.

« Ça y est, j'ai décidé, déclara-t-elle. Si je n'ai pas de nouvelles de lui d'ici vendredi, je me barre. Ça ne lui ressemble pas du tout. Il doit y avoir un truc qui cloche. »

Une vague de désespoir submergea Hannah. Comment pourrait-elle supporter cet endroit sans amie ?

« Il y a peut-être d'autres raisons.

— Comme quoi ? »

Un peu fâchée de formuler l'idée qui lui venait à l'esprit, mais néanmoins incapable de se taire, Hannah bredouilla :

« Et si… s'il avait juste changé d'avis et qu'il n'ait pas le courage de te le dire ?

— Il ne ferait pas ça, affirma Kayla en secouant vivement la tête. S'il n'a pas écrit, c'est qu'il n'a pas pu.

— Et si tu te trompes ? Où iras-tu ?

— Je ne me trompe pas », décréta Kayla.

Mais elle ne paraissait plus si sûre d'elle-même.

Kayla ne reçut aucune lettre de T.J. ni ce jour-là ni le lendemain. En proie à une profonde angoisse, pour son amie comme pour elle-même, Hannah dormit très mal le lundi et le mardi. Le mercredi se traîna. Le matin, lors de la séance d'édification, le pasteur Henley avait été l'invité d'honneur et, l'espace de trois heures abrutissantes, il avait animé une « discussion » quant au point de vue de Dieu sur l'avortement au cours de laquelle l'édificateur n'avait quasiment pas pu en placer une. Pendant le dîner, Hannah se sentit comme engluée de fatigue. Kayla et elle étaient à des tables différentes, mais elles réussirent à s'asseoir côte à côte pour la messe. Kayla manifesta un tel énervement que le pasteur Henley lui décocha un regard noir et Hannah devina que son amie était impatiente de retourner au dortoir pour voir si T.J. lui avait écrit. Sur le chemin, elles n'échangèrent pas un mot. Mais il n'y avait pas de lettre sur la table de chevet. Les épaules de Kayla s'affaissèrent.

« Tu as encore une journée, dit Hannah.

— Non. »

Kayla releva la tête et désigna le couloir d'un mouvement brusque. Sa bouche formait une ligne droite, déterminée. Hannah la suivit jusqu'à l'ouvroir et referma la porte derrière elles.

« J'attends pas jusqu'à vendredi, déclara Kayla. Demain, à la première heure, je me tire. »

Hannah ne put répondre ; elle avait la sensation d'avoir un caillou dans la gorge. Kayla lui prit la main.

« Écoute, pourquoi tu ne pars pas avec moi ? On pourrait s'entraider. »

Hannah réfléchit à cette éventualité à laquelle elle pensait depuis le début de la semaine. Mais comment vivrait-elle ? Et que dirait-elle à son père ? Il serait tellement déçu si elle gâchait cette possibilité qu'elle avait eue de jouir d'un refuge, d'une éventuelle rédemption. Et sa mère, comment réagirait-elle ? Pour la première fois, Hannah prit conscience de l'espoir auquel elle s'était cramponnée : si elle passait six mois dans cet établissement – si elle prouvait la sincérité de son repentir –, elle obtiendrait le pardon de Dieu, mais peut-être aussi celui de sa mère. Or, même si cet espoir était bien mince, elle savait que, si elle s'en allait maintenant, il s'évanouirait.

« Je ne peux pas. Désolée.

— Je comprends. Tu te marres trop ici, lança Kayla, le sourire crispé et le regard angoissé.

— Tu vas le retrouver.

— Et sinon ? Je ne crois pas pouvoir m'en sortir toute seule.

— Bien obligée, sinon ils gagnent, tu te rappelles ? »

Kayla acquiesça et Hannah l'étreignit fort un bref instant.

« Tiens, avant que j'oublie, marmonna Kayla en tirant un bout de papier de sa poche. C'est mon numéro. »

En le prenant, Hannah repensa à Billy Sikes et à sa proposition odieuse et ses yeux se mouillèrent. Qui aurait pu prédire, six semaines plus tôt, jour pour jour, qu'elle se ferait une véritable amie, quelqu'un qui la regarderait sans voir en elle une criminelle méprisable ?

« Allez, commence pas, sinon tu vas me faire chialer aussi, s'écria Kayla. Il faut que tu l'apprennes par cœur avant de partir ou que tu le notes sur toi, parce qu'ils te laisseront rien emporter. Je veux que tu me promettes de m'appeler dès que tu auras mis le pied dehors.

— Promis. »

Hannah glissa le numéro dans sa poche et elles s'étreignirent de nouveau, plus longuement cette fois. La douceur de ce contact lui fut presque intolérable. Les parents d'Hannah n'avaient jamais lésiné ni sur les embrassades ni sur les gestes de tendresse, et, avec Becca, elles avaient souvent partagé leur lit pour des câlins. Et puis, il y avait eu Aidan, dont les caresses lui avaient donné un sentiment d'ancrage. Qu'est-ce que ça lui manquait, qu'est-ce qu'ils lui manquaient tous !

Kayla fut la première à s'écarter.

« Tu feras gaffe à toi, d'ac ? Te laisse pas bouffer par cet endroit. »

La porte s'ouvrit subitement et elles sursautèrent tandis que Mme Henley passait la tête par l'entrebâillement.

« Oh, tu es là, Hannah », fit-elle avec une surprise peu convaincante.

En la voyant tripoter sa croix, Hannah eut soudain peur que ce ne soit un émetteur. Elle se demanda avec anxiété si ce n'était pas un micro, puis conclut que non. Sinon, il y a longtemps que Kayla et elle auraient été jetées à la rue.

« Nous venons de recevoir une grosse donation de tissus, expliqua Mme Henley. Je te transfère à l'ouvroir à partir de demain. Tu confectionneras des robes pour le centre.

— Oui, madame.

— Le temps de réflexion n'est pas destiné à des bavardages oiseux, ajouta la femme du pasteur en fronçant les sourcils d'un air désapprobateur. Je vous suggérerais d'aller étudier votre bible. »

Hannah passa la nuit à rêver qu'elle tombait et à se réveiller en sursaut. Quand elle se leva, groggy et en retard, Kayla était déjà partie et, ultime petite provocation, sans avoir fait son lit. La vue de ce lit vide plongea Hannah dans le désespoir. Elle se lava à la va-vite, l'esprit ailleurs. Elle avait des gestes maladroits, de sorte que lorsqu'elle finit par natter ses cheveux il n'y avait plus qu'elle dans la salle de bains. Elle arriva au réfectoire au moment précis où Mme Henley terminait l'action de grâces. Super ! Non seulement elle n'aurait pas de petit déjeuner, mais, en prime, elle allait devoir s'asseoir à la table de cette bonne femme.

« J'ai une annonce à vous faire, déclara Mme Henley une fois Hannah assise. La pénitente Kayla a délibérément quitté le droit chemin ce matin et le pasteur a été obligé de la chasser. »

Ce mensonge insignifiant déclencha une fureur soudaine et disproportionnée chez Hannah. Elle ne pouvait pas, ne voulait pas accepter qu'on dénigre son amie.

« C'est bizarre », lâcha-t-elle.

Mme Henley, qui allait porter sa fourchette à sa bouche, arrêta sa main à mi-parcours.

« Pourquoi cela ? »

Hannah détourna les yeux et prit un air faussement contrarié.

« Oh, j'ai dû me tromper.

— À quel propos ? »

En guise de réponse, Hannah secoua légèrement la tête.

« À quel propos t'es-tu trompée, pénitente ?

— Eh bien, c'est juste… j'aurais juré que Kayla a dit hier soir qu'elle envisageait de partir ce matin. »

La tablée se figea. Hannah balaya l'assistance du regard et vit dix visages sidérés et un onzième livide. Mme Henley reposa sa fourchette.

« Tu mets ma parole en doute ? »

Ses mots tombèrent comme des cailloux dans l'eau et le silence qu'ils déclenchèrent se propagea en quelques secondes à travers tout le réfectoire.

« Oh non, madame, répondit Hannah en écarquillant les yeux. S'il y a quelqu'un ici qui ne dirait jamais un mensonge, c'est bien vous, je le sais. J'ai mal entendu la pénitente Kayla, c'est évident.

— Oui, c'est évident, renchérit Mme Henley. À ta place, je tendrais mieux l'oreille à l'avenir. Répandre de fausses rumeurs constitue un grave faux pas. »

Hannah baissa la tête en dissimulant un petit sourire satisfait.

« Oui, madame. »

Elle se rendit à la messe affamée et épuisée. Le sermon étant encore plus soporifique que d'habitude, elle piqua du nez. C'est la voix tonnante du pasteur Henley qui la tira du sommeil.

« Hannah Payne ! Réveille-toi ! »

Rouge d'indignation, il la toisait du haut de sa chaire.

« À genoux, pénitente ! »

Elle glissa à terre.

« Tu as suivi la voie de Satan plutôt que celle de Dieu, tout comme Jézabel quand elle a coupé la parole aux prophètes du Seigneur. Tu m'as manqué de respect, à moi et au Seigneur, et tu L'as insulté sous Son propre toit. Tu devrais avoir honte. »

À un moment donné, Hannah cessa d'écouter sa diatribe pour réfléchir à la honte justement, qui ne l'avait pas quittée depuis son avortement. Que lui avaient apporté cette culpabilité et ce mépris d'elle-même ? Rien, à part saper sa confiance en elle et la fragiliser. Or, si elle voulait survivre, elle ne pouvait pas se permettre d'être faible. *Plus jamais ça*, décida-t-elle. Elle en avait terminé avec ces sentiments.

Elle resta à genoux jusqu'à ce que le pasteur indigné s'essouffle, conclue la messe et quitte la chapelle. Pendant que les femmes sortaient à la queue leu leu, Mme Henley s'approcha d'elle.

« Je ne sais que penser, Hannah, déclara-t-elle. D'abord cette histoire au petit déjeuner et maintenant tu t'endors en pleine messe. Tu as quelque chose à dire pour ta défense ?

— Non, madame.

— Le pasteur Henley croit que c'est ton premier faux pas, mais toi et moi ne sommes pas dupes, pas vrai ?

— Oui, madame. »

Donc ça y est. Je suis renvoyée.

« Je pense que nous avons besoin de bavarder encore une fois. On va dire samedi à quinze heures dans mon salon ? »

Les yeux de Mme Henley fouillèrent ceux d'Hannah, creusant encore et toujours pour se repaître de sa peur.

Hannah s'obligea à acquiescer d'un signe de tête.

« Très bien, fit Mme Henley. Je nous préparerai des petits gâteaux au citron. »

Quelques minutes plus tard, en entrant dans la salle d'édification, Hannah constata que le tabouret était revenu au centre du cercle et qu'il était occupé par cette pauvre folle d'Anne-Marie, comme toujours obnubilée par son bébé de chiffon. Ce jour-là, elle faisait des bruits d'avion et décrivait des piqués avec une cuillère imaginaire qu'elle approchait de sa bouche.

« Bravo, mon chéri ! » s'exclamait-elle après chaque passage.

L'édificateur se leva et alla se planter à côté d'elle.

« C'est le dernier jour de la pénitente Cafferty parmi nous, annonça-t-il. Aujourd'hui, elle nous quittera pour regagner le monde extérieur. »

Malgré elle, Hannah se sentit soulagée et, en regardant les visages de ses compagnes, elle se rendit compte qu'elle n'était pas la seule.

« Anne-Marie Cafferty, poursuivit l'édificateur, six mois durant, tu as parcouru le chemin du repentir, de l'expiation, de la vérité et de l'humilité. Te voici édifiée sur la gravité du péché que tu as commis et tu te repens. Pénitentes, prions en silence pour cette femme, afin qu'elle continue à avancer sur cette voie et trouve un jour le salut. »

Hannah n'avait pas prié depuis plusieurs jours, mais là elle le fit : *Je t'en prie, Dieu, si Tu es là, si Tu m'entends, veille sur elle.*

« Miam ! Les bonnes carottes ! s'écria Anne-Marie. Encore une cuillère et maman te donnera de la compote.

— À l'image de toutes les pénitentes, ajouta l'édificateur à l'adresse d'Anne-Marie, tu dois quitter cet endroit comme tu y es entrée, sans rien sinon toi-même. »

Hannah releva subitement la tête, juste à temps pour voir la main d'Anne-Marie s'arrêter en plein piqué et l'édificateur tendre le bras.

« Donne-moi ça. »

Anne-Marie l'ignora et plaça le visage de son bébé contre son épaule.

« Allez, fais un rot pour maman.

— Donne-moi cette poupée, pénitente », répéta l'édificateur.

Anne-Marie plissa la figure.

« Non, gémit-elle. Non, non, non. Vous faites peur au bébé. Crie pas, petit cœur, maman est là, il peut rien t'arriver. »

L'édificateur attrapa le bras de la poupée et tira dessus. Anne-Marie prit un air féroce, récupéra son bébé de force, bondit de son siège et courut vers la porte. L'édificateur l'intercepta et empoigna la poupée. Résistant sauvagement, Anne-Marie tira dans la direction opposée.

« Noonnn, hurla-t-elle. Vous ne l'aurez pas ! »

Il y eut un grand crissement et l'édificateur se retrouva avec les jambes du bébé dans la main. Des bouts d'ouate de rembourrage blancs sortaient du corps mutilé. Anne-Marie, horrifiée, fixa la scène un instant avant de s'effondrer par terre en se lamentant – ce furent des cris étranglés, gutturaux, semblables à ceux d'un animal à l'agonie. Jamais Hannah n'avait entendu quelque chose d'aussi terrible. Dans son impuissance, elle fondit en larmes. Toutes les autres pleuraient aussi, toutes ; seul, l'édificateur contemplait Anne-Marie d'un air de triomphe sinistre.

Il pointa un doigt accusateur sur elle et balaya le cercle du regard.

« Voilà ce que ressent Dieu quand vous avortez d'un de Ses enfants bien-aimés. »

Des fantasmes cruels, meurtriers, comme Hannah n'en avait encore jamais connu, se bousculèrent sous son crâne. Elle imagina ce bonhomme torturé, démembré, tel le bébé d'Anne-Marie, par une foule de Chromelles déchaînées ; noyé dans une immense vasque de formol ; brûlé vif, crucifié, poignardé, abattu. Elle sauta subitement sur ses pieds.

« Quel genre de monstre êtes-vous pour la traiter ainsi ? s'écria-t-elle. Croyez-vous vraiment que Dieu soit d'accord avec ce que vous venez de faire, croyez-vous qu'Il vous regarde du paradis en se disant : "Bravo ! C'est une supertorture que vous avez infligée à cette malheureuse" ? »

Il avait de longues jambes, de sorte qu'Hannah n'eut pas le temps de reculer qu'il était déjà sur elle. Il l'attrapa par les épaules et la secoua si fort que sa tête bascula en arrière.

« Catin effrontée ! Comment oses-tu me parler ainsi ? »

Elle le regarda droit dans les yeux.

« J'espère que vous allez rôtir dans votre propre conception de l'enfer, espèce de malade, de salopard sadique. »

Le dos de la main de l'édificateur s'abattit sur la joue d'Hannah qui s'effondra à terre. Un cri fusa. La salle tournait furieusement. L'édificateur hurlait après elle, mais ce n'était qu'un brouhaha. Ce qu'elle entendait très distinctement, en revanche, c'étaient les battements sonores, opiniâtres, de son propre cœur. Il lui rappelait qu'elle était vivante, qu'elle était elle-même. Elle se mit à quatre pattes et garda cette position jusqu'à ce que la salle se stabilise un peu, puis elle se releva et sortit en chancelant.

L'édificateur la suivit dans le couloir en beuglant : « Je ferai adhérer ta langue à ton palais, tu seras muette ! »

Des portes s'ouvrirent sur les visages roses des autres édificateurs intrigués. Hannah descendit le couloir en vacillant, puis les escaliers en direction du bureau du pasteur Henley, l'édificateur enragé sur ses talons.

« Le Seigneur te frappera de consomption, de fièvre, d'inflammation, de brûlure, de sécheresse, de rouille et de nielle ! »

La porte du pasteur s'ouvrit juste devant Hannah, et M. Henley apparut, ainsi que sa femme derrière lui. Tous deux avaient l'air tellement surpris que c'en était presque comique.

« Que se passe-t-il ? » demanda M. Henley.

Il considéra avec perplexité Hannah, puis l'édificateur qui jurait :

« Et ils te poursuivront jusqu'à ta perte ! »

Un calme étrange envahit Hannah.

« Je m'en vais », annonça-t-elle d'un ton paisible aux Henley.

Le pasteur leva la main pour réclamer le silence et l'édificateur se tut sur une ultime projection de postillons.

« Qu'as-tu dit, pénitente ?

— J'ai dit : je m'en vais. »

Hannah retira la croix qu'elle portait autour du cou et la lui tendit.

« J'aimerais récupérer ma CNI. Et mes habits. »

La consternation se peignit sur le visage du pasteur.

« Si tu t'écartes délibérément du droit chemin, tu condamnes ton âme à la perdition.

— Cette femme est déjà damnée, affirma l'édificateur. C'est une sorcière qui s'est volontairement détournée de Dieu pour embrasser Satan.

— "Tu ne laisseras pas en vie la magicienne" », ajouta Mme Henley.

Ses yeux étaient des poignards. Ils se détachèrent d'Hannah et se fixèrent sur un point dans son dos.

Hannah regarda par-dessus son épaule et s'aperçut qu'une large foule s'était rassemblée dans le couloir.

Les édificateurs paraissaient blafards et maladifs au milieu des visages multicolores des femmes.

Hannah se retourna vers le pasteur et lui dit d'une voix qui portait :

« Vous m'aviez promis que je pourrais m'en aller quand je le voudrais et que vous me rendriez mes affaires. Allez-vous tenir votre parole ? »

M. Henley se rembrunit.

« Comment oses-tu douter de mon intégrité, s'écria-t-il en se saisissant de la croix d'Hannah. Je te chasse ! Va attendre dans le vestibule. Quelqu'un t'apportera tes effets. »

Hélas ! la lueur malveillante qui brillait dans les prunelles de Mme Henley ne présageait rien de bon. Sans CNI, Hannah ne pouvait avoir accès à son compte en banque ni à sa sécurité sociale, ni à son dossier médical, ni à rien. Et si la police l'arrêtait et qu'elle ne l'ait pas sur elle, ils pouvaient alourdir sa peine d'une année.

« Je vais attendre ici, répliqua-t-elle, heureuse qu'il y ait des témoins à proximité.

— Espèce de roulure ! On devrait te jeter dehors toute nue, lui lança Mme Henley.

— Oui, découvre ta nudité, qu'on voie ta honte ! » renchérit l'édificateur en baissant les yeux vers les seins d'Hannah.

Le pasteur Henley secoua la tête.

« Non, Bob. »

Bob ? se dit Hannah, en proie à une sorte d'incrédulité surréelle. *Ce monstre s'appelle Bob ?*

« Et pourquoi pas ? riposta l'édificateur. Elle le mérite et pire encore.

— Parce que je lui ai donné ma parole, répondit le pasteur qui se tourna vers sa femme et ajouta : Va chercher ses affaires. »

L'espace d'un moment, Hannah eut peur que Mme Henley ne défie son mari, mais celle-ci opina avec raideur et disparut dans son salon. Hannah patienta dans le silence tendu du couloir. Quelques minutes plus tard, Mme Henley réapparut avec ses habits. Hannah vit avec soulagement que sa CNI était posée sur le dessus. Elle prit le paquet, s'attendant à moitié à ce que les Henley lui ordonnent de se déshabiller et de se changer sur place.

« Chasse le moqueur ! déclara le pasteur d'une voix sévère et sonore. Va-t'en maintenant, Hannah Payne, retourne dans le monde cruel et sauvage, et récolte le salaire de tes péchés. »

Elle tournait les talons pour partir quand l'édificateur – *Bob*, songea-t-elle encore une fois en réprimant une envie de rire hystérique – lui lança dans un sifflement : « Jézabel. Sorcière. » Certaines femmes répétèrent ces injures en la poussant du coude avec agressivité quand elle passa entre leurs rangs, mais la plupart lui cédèrent le passage en silence. Ève était du nombre. Devant l'admiration qui se lisait sur le visage jaune de la jeune femme, Hannah se redressa.

Puis les femmes furent derrière elle et elle ouvrit la porte du vestibule, la franchit et se retrouva merveilleusement seule. Après la touffeur oppressante du couloir, l'air était rafraîchissant et, l'espace d'un instant, Hannah se laissa simplement aller, le dos contre la porte, pour inspirer à fond. Subitement, son haut col lui parut aussi insupportable qu'un nœud coulant. Elle retira à la hâte sa robe et le reste – ses vilains sous-vêtements bon marché, ses souliers noirs, ses collants épais, sa coiffe hideuse – et abandonna le tout par terre en un tas désordonné. Elle remit ses habits personnels. Sa jupe à taille haute lui tombait sur les hanches et son chemisier, un peu lâche en quittant la cellule chromatique, était maintenant dix fois trop grand pour elle. Enfin, elle défit ses cheveux qui lui tombèrent en cascade sur les épaules et le dos et se rendit compte alors combien leur masse lui avait manqué, combien elle s'était sentie exposée sans leur protection. À cette pensée, elle leva les yeux vers le tableau de Marie Madeleine, sa sœur dans le péché, seulement vêtue de sa chevelure.

« Souhaite-moi bonne chance », murmura Hannah.

Elle émergea dans une froide et bruineuse journée de décembre. La porte se referma dans son dos et elle entendit le cliquetis délicieusement définitif du verrou. Elle tendit son visage vers le ciel et savoura l'air revigorant et le contact de la fine bruine sur sa peau. *Je suis libre*, songea-t-elle, sachant bien que c'était une idée absurde ; elle était tout sauf libre. Elle était piégée dans ce corps rouge et hideux et n'avait pas le droit de quitter le Texas. Où qu'elle aille, elle constituerait une cible. Néanmoins, elle se sentait euphorique. Elle se demanda si Kayla avait éprouvé la même chose ce matin, ce sentiment irrationnel de libération et l'impression que des tas de possibilités s'offraient à elle. Penser à Kayla la rassura. Elle irait à pied chez Becca – Cole avait encore plusieurs heures de boulot devant lui – et, de là, elle appellerait Kayla. Si elle avait retrouvé T.J., ils l'aideraient. Sinon, Kayla et elle échafauderaient un plan ou un autre.

Hannah porta la main à sa poche pour récupérer le bout de papier avec le numéro de Kayla. Il lui fallut plusieurs secondes pour comprendre que ce n'était pas la bonne robe, que le numéro était resté dans l'autre robe par terre dans le vestibule. Et elle ne l'avait pas appris par cœur, n'en avait pas eu le temps. Elle ne connaissait même pas le nom de famille de Kayla.

Elle pirouetta sur elle-même et attrapa la poignée de la porte, mais celle-ci lui était désormais fermée.

TROIS
Le cercle magique

Au fil de sa longue marche sous la bruine, l'euphorie d'Hannah s'émoussa, puis se dissipa. Les Chromelles rouges étaient relativement rares, de sorte qu'elle suscitait la curiosité. Les gens dans les magasins ou en voiture la lorgnaient. Un couple âgé changea de trottoir à son approche. Un gars à vélo la dévisagea avec tant d'insistance qu'il manqua se faire renverser par un autobus.

« Attention », lui cria Hannah, mais le coup de klaxon du véhicule étouffa son avertissement.

Le cycliste fit un écart et le bus le rata de peu. Mais le gars percuta une voiture en stationnement et atterrit par terre.

« Sale putain de Rouge ! » brailla-t-il.

Hannah pressa l'allure, le cœur battant, tandis que la pluie tombait plus dru. Elle ne tarda pas à être trempée, à sentir ses cheveux lui coller à la nuque en une masse froide et dégoulinante. À chaque pas, ses pieds faisaient un bruit de ventouse dans ses chaussures plates.

Quelqu'un la siffla bruyamment.

« Hé, Scarlet, tu veux qu'on te monte ? »

Hannah releva la tête : une voiture s'était mise à sa hauteur. Penché par la fenêtre côté passager, un jeune d'un peu moins de vingt ans la regardait d'un œil lascif. Consciente de la manière dont ses vêtements lui collaient à la peau, Hannah croisa les bras contre sa poitrine.

« Je parie qu'il y a un paquet de temps qu'on t'a pas montée, ajouta le jeune.

— Des petites choses juteuses comme toi, faut les presser régulièrement, cria son copain au volant.

— Moi, je te tire tout ton jus, mon sucre d'orge. »

Hannah garda la tête droite et les ignora en essayant de masquer sa peur. Elle était parfaitement consciente que s'ils l'embarquaient, personne ne les arrêterait. Ils pourraient alors l'emmener n'importe où, lui faire subir n'importe quoi.

« Allez, Scarlet, je me suis encore jamais tapé de Rouge, mais j'ai toujours aimé ma viande saignante.

— Ouais, chérie, avec toi au milieu et nous de chaque côté, on se ferait un chouette sandwich au rosbif. »

Malgré une forte envie de prendre ses jambes à son cou, elle s'obligea à continuer d'un pas décidé, sachant d'instinct que fuir ferait d'elle une proie facile. Les deux jeunes finirent par se lasser de leur petit jeu et s'éloignèrent.

À mi-chemin de chez Becca, le ciel noircit, puis s'ouvrit et lâcha des trombes d'eau. Grelottante de froid, Hannah se réfugia sous l'auvent d'un prêteur sur gages. La devanture fourmillait de misérables vieilleries : alliances et montres en or, vieux appareils à cordon d'alimentation électrique et écrans vid 2D. Elle se sentit une affinité pathétique avec ces poussiéreux objets de désir d'une autre époque que leurs propriétaires avaient mis au rebut.

La porte du mont-de-piété s'ouvrit et une femme d'un certain âge passa la tête dehors.

« T'as quelque chose à mettre en gage, mon chou ? »

Avec ses cheveux bordeaux sculptés qui lui faisaient une ruche rigide sur le crâne, son visage plâtré d'une épaisse couche de fond de teint luisant, on aurait cru un laque.

« Non, j'essaie juste de me protéger de la pluie quelques minutes. »

D'un brusque mouvement du menton, la femme répliqua :

« Mets-toi au sec ailleurs. Les Chromes, c'est pas bon pour le business.

— Avez-vous des imperméables à vendre ? lui demanda Hannah. Ou des parapluies ? J'ai de quoi payer. »

Plus encore que le chevrotement de sa voix, ce qu'elle détesta, ce fut la lueur de pitié qui adoucit brièvement les yeux perçants de la commerçante.

« Attends une seconde. »

La dame disparut dans sa boutique, puis en sortit peu après en lui tendant un pauvre poncho en plastique.

« Tiens, prends ça.

— Combien est-ce que je vous dois ? dit Hannah en cherchant sa CNI.

— Laisse tomber, répliqua la femme en balayant sa proposition d'une main pleine de bagues et aux ongles ornés d'hologrammes miniatures d'Elvis. Maintenant, vide le plancher avant que j'appelle les flics. »

Le poncho absorba Hannah ; il avait une odeur musquée, désagréable, comme s'il avait servi de literie à un chien crasseux, mais, par chance, il la couvrait de la tête aux pieds et avait une capuche. Elle s'en coiffa et poursuivit sa route au milieu de la furie imperturbable de l'orage.

Grâce au poncho, personne ne la remarqua, elle se confondit avec les autres silhouettes qui se dépêchaient de rentrer chez elles et parvint chez Becca sans plus d'incidents. Elle s'arrêta sur le trottoir de la maison, un pavillon à trois chambres, construit à la va-vite et à peu de frais sur le modèle répétitif des belles années quatre-vingt-dix, puis restauré après la Seconde Grande Dépression. Il avait à présent grand besoin d'être remis à neuf, comme la plupart de ses voisins. Une couronne de pommes de pin ornée d'un ruban rouge vif pendait à la porte. Hannah avait totalement oublié Noël, et la fête, compte tenu de sa situation, lui parut absurde, digne d'une mauvaise blague. Elle se vit, en version rouge, emballer des cadeaux, fredonner des chants de saison, décorer des bonshommes en pain d'épice. Quel tableau festif !

Elle remonta l'allée en traînant des pieds, puis fit une pause au bas des marches menant à la véranda. Et si Cole était là ? Si Becca avait de la visite ? Peut-être fallait-il qu'Hannah cherche un PointNet et l'appelle d'abord ? Trop tard ; les capteurs l'avaient repérée. Hannah entendit des pas s'approcher, puis la porte s'ouvrir et, juste avant qu'elle ne baisse la tête pour dissimuler son visage, elle entrevit sa sœur derrière la moustiquaire.

« Puis-je vous aider ? » demanda Becca avec la gentillesse qu'elle manifestait envers tous, y compris une inconnue crottée devant chez elle.

Paralysée, Hannah ne put se résoudre à lever le nez et à découvrir la stupeur, la révulsion et, pire, la pitié qui allaient inévitablement se peindre sur la figure de sa sœur. Mais voilà que s'ensuivirent une exclamation de surprise, le grincement de la moustiquaire et un bruissement de chaussons sur les marches. Puis des mains repoussèrent avec douceur sa capuche et la pluie se mit à tambouriner contre sa tête nue.

« Hannah », murmura Becca d'un ton plein de chagrin.

Ce fut le seul mot qu'elle prononça, son prénom, mais il y avait tant d'amour et de confiance dans sa voix qu'Hannah sut que tout se passerait bien. Becca ne la mépriserait pas, ne la rejetterait pas.

Elle s'enhardit alors et, là, ce fut à son tour d'avoir le souffle coupé en découvrant les yeux de sa sœur, bouffis à force d'avoir pleuré et dont l'un d'eux était même violacé. Elle ouvrit la bouche pour cracher sa fureur envers Cole, ce méprisable, ce lâche, ce malheureux… mais Becca la stoppa d'une main.

« Je t'en prie, Hannah, non. »

Non, ne me juge pas. Ne me plains pas.

Cela, Hannah ne le comprenait que trop bien ; elle ravala donc ses paroles, à défaut de sa colère, inclina légèrement la tête et se pencha en avant pour l'inviter à faire de même. Quelques secondes plus tard, sa sœur appuyait doucement son front contre le sien – c'était leur rituel d'enfants, après une dispute ou bien quand l'une d'elles avait été harcelée à l'école (Becca en général) ou privée de sortie par leurs parents (Hannah en général). Elles passèrent quelques secondes à se réconforter ainsi en silence, puis reculèrent en même temps, comme toujours.

« Viens, proposa Becca en pressant Hannah par le bras pour lui faire monter les marches. On va te sécher. »

Une fois à l'intérieur, Becca s'exclama devant son état pitoyable et la poussa d'autorité vers la douche. Hannah était glacée jusqu'aux os et l'eau brûlante lui fit un bien fou. Lorsque le stoppeur eut coupé le jet, elle s'installa sous l'air chaud des séchoirs et s'y attarda longuement, même après que sa peau et ses cheveux furent secs.

Ensuite, elle s'étudia dans le miroir. Elle était décharnée, on pouvait lui compter les côtes, ses hanches pointaient terriblement, elle avait une bosse sur le côté de la tête et l'oreille droite meurtrie et sensible. Mais sa peau n'était pas entamée. Et elle non plus, songea-t-elle avec un soupçon de satisfaction. Bob et les Henley avaient fait tout ce qu'ils avaient pu pour l'abattre et elle avait survécu – elle n'était pas totalement indemne, mais du moins était-elle sauve.

Elle attrapa un pull en angora et une vieille jupe qu'elle avait confectionnée pour le dix-huitième anniversaire de Becca et que leur mère l'avait obligée à rallonger. Elle se revoyait encore en train de découdre furieusement l'ourlet, entendait Becca lui dire que ce n'était pas grave, que la jupe était jolie quand même, et elle lui expliquer vainement pourquoi elle avait tort, pourquoi cinq centimètres faisaient toute la différence. Aujourd'hui, son indignation d'adolescente pour cette brouille lui paraissait incroyablement loin, comme si elle contemplait à l'horizon la verte rive de l'innocence à jamais perdue.

Elle rejoignit Becca dans la cuisine, où l'accueillirent d'agréables odeurs de café et de ragoût de bœuf auxquelles se surajoutaient les notes fraîches du sapin de Noël dans le salon. Elle avait tellement faim qu'elle engloutit un bol de ragoût et se brûla la bouche par la même occasion. Becca alla vite à la cuisinière la resservir.

« Hannah, qu'est-ce qu'il s'est passé au centre ? Papa a dit qu'ils t'avaient flanquée à la porte.

— Non, je suis partie avant qu'ils ne le fassent.

— C'était affreux ?

— C'était inqualifiable. »

Becca posa le bol devant Hannah et s'assit en face d'elle en l'étudiant d'un air préoccupé.

« Je m'étais demandé. Tes lettres ne te ressemblaient pas. »

Elle tendit le bras par-dessus la table et pressa la main de sa sœur.

« Tu es devenue tellement mince. »

Hannah observa leurs deux mains, de forme si semblable et désormais si différentes.

« Et rouge, n'oublie pas, rouge.

— Tu supportes ? » s'enquit Becca à mi-voix.

Hannah retira sa main et pointa le doigt vers l'œil de sa sœur.

« Et toi ? Ne me raconte pas que tu as trébuché et que tu es tombée.

— Ce n'est pas ce que tu crois, s'écria Becca. Cole ne m'a jamais frappée avant. Il n'est pas comme ça. »

Elle secoua la tête.

« C'est ce groupe d'hommes auquel il appartient, ça l'a changé. Il est toujours en colère, sort tous les soirs, rentre tard. Deux fois déjà, j'ai trouvé du sang sur ses vêtements le lendemain. »

Hannah sentit ses cheveux se dresser sur sa nuque.

« Comment il justifie ça ?

— Il ne dit rien. Il ne m'en parle pas et je n'ose pas lui poser de questions. »

Là-dessus, Becca s'interrompit et se mordit la lèvre.

« Allez, Becca, raconte.

— Il y a quelques jours, je suis tombée sur un truc dans la poche de sa veste.

— Quoi ?

— Une bague. Je ne la lui vois jamais au doigt, il doit la mettre quand il est dehors.

— Qu'est-ce que c'est ? Qu'est-ce qu'il y a dessus ? »

Becca leva des yeux effrayés et désespérés vers Hannah.

« Une main fermée percée d'une lance ensanglantée, murmura-t-elle. Je crois que Cole a rejoint le Poing. »

Hannah se glaça. Il était de notoriété publique que le Poing du Christ, la milice la plus brutale et la plus redoutée du Texas, avait assassiné des dizaines de Chromes et en avait rossé et torturé des centaines d'autres. Le Poing se composait de cellules indépendantes de cinq individus, les Mains, qui circulaient, équipés de masques de caoutchouc couleur chair. Chacun d'eux se devait d'asséner un coup, un seul, avec l'arme de son choix : une botte, un poing américain, un gourdin, un couteau, un pistolet. Chacun avait le loisir, son tour venu, de mutiler, de tuer ou d'épargner sa victime, selon ce qu'il jugeait bon. Il ne laissait qu'un indice, ce symbole marqué au fer chaud ou au laser sur la chair de sa victime. Il n'y avait guère de membres du Poing à s'être fait prendre et encore moins à avoir été condamnés. Protégés par l'autonomie des Mains et la loyauté fanatique de leurs miliciens, les meneurs avaient échappé à la capture.

Pour les parents d'Hannah comme pour Aidan, le Poing réunissait des voyous blasphémateurs. Aidan les avait plus d'une fois dénoncés en chaire, mais la jeune femme avait entendu pas mal d'autres gens de l'Église les défendre, eux ou même leurs activités, au prétexte qu'il fallait bien que « quelqu'un fasse le ménage ».

« Il faut que tu le quittes, déclara Hannah, tout en sachant très bien que Becca allait refuser et que de toute façon Cole ne la laisserait jamais partir.

— Je ne peux pas, répondit Becca en soutenant son ventre de ses mains. C'est le père de mes enfants, Hannah. Et je l'aime encore.

— Comment peux-tu alors que tu sais ce qu'il fabrique ? Combien de temps vas-tu laver ses chemises souillées de sang ?

— Ça ne fait que deux mois qu'il a rejoint cette milice. Si je pars, il ne s'arrêtera jamais.

— Le Poing torture et tue, Becca. Il torture et tue des gens comme moi.

— Cole n'a tué personne.

— Tu n'en sais rien.

— Si, et je te le répète, mon mari n'est pas un assassin, s'écria Becca en la défiant du regard. Pour Cole, la vie est sacrée. Si je reste avec lui, je pourrai l'aider à rompre avec ça. C'est déjà ce que je fais, d'ailleurs. Certaines nuits, il dit qu'il va sortir et je… je le pousse à changer d'avis. »

Son visage s'empourpra et Hannah se dit : *Oui, je parie que je connais les moyens qu'elle emploie*, et s'en repentit aussitôt. Depuis quand était-elle devenue si grossière et cynique, et envers sa sœur en plus ?

« Et quand le petit Cole et sa sœur seront là, poursuivit Becca, Cole ne voudra plus participer à ces horreurs. Avec son petit garçon et sa petite fille à la maison, ce ne sera plus la peine. »

Consciente qu'elle ne réussirait jamais à la convaincre de cette manière, Hannah changea de tactique :

« Tu en as parlé à maman et papa ?

— Non. Tu connais papa, il ne pourra pas se taire et j'ai peur des conséquences. Cole ne lui ferait rien, mais si les autres s'aperçoivent que papa est au courant… »

Becca ne termina pas sa phrase et baissa les yeux vers la table.

« Cole t'a fait du mal à toi. Qu'est-ce qui l'empêchera de recommencer ?

— Il m'a juré que non.

— Génial ! Tiens, ça me rassure beaucoup.

— Hannah, après, il a pleuré, alors que je ne l'avais jamais vu verser une larme. Et depuis on a prié ensemble tous les soirs pour ça.

— Prié pour ça ? C'est ça ta solution ? » s'exclama Hannah.

Cette remarque méprisante les choqua autant l'une que l'autre. Becca regarda Hannah avec de grands yeux comme si elle s'était retrouvée devant une extra-terrestre dotée de quelques tentacules non conformes, ce qui, présuma Hannah, n'était finalement pas trop éloigné de la vérité. Il n'y avait pas si longtemps encore, elle aussi se serait tournée vers Dieu le plus naturellement du monde, aurait cru sans l'ombre d'un doute qu'Il s'intéressait suffisamment à sa petite vie pour intervenir. Elle fouilla l'endroit qu'Il occupait avant en elle et ne trouva que le vide. Sa foi – pas seulement en Son amour, mais en Son existence – s'était évanouie.

« Oh, Hannah, qu'est-ce qu'il t'arrive ? » s'écria Becca, la figure baignée de larmes.

Mais Hannah ne put ni pleurer ni lui offrir d'explications. Ni pour ça ni pour rien.

C'est alors que le plaisant baryton de l'ordinateur domestique les fit sursauter en annonçant :

« Cole est là. »

Et une portière claqua.

Becca sauta sur ses pieds, les mains frémissantes comme deux moineaux voletant de-ci de-là.

« Il faut que tu partes. Je ne sais pas ce qu'il va faire s'il te trouve à la maison. Passe par-derrière et cache-toi dans l'appentis, je viendrai dès que je pourrai. »

Hannah était au milieu du couloir quand la porte d'entrée s'ouvrit à la volée.

« Où est-elle ? brailla Cole. Je sais qu'elle est ici. »
Bref silence.

« Becca, réponds-moi ! »
Hannah s'arrêta.

« Je suis là, Cole. »

Le calme étonnant de sa voix raffermit son courage. Elle avança jusqu'au seuil du salon et soutint le regard mauvais de son beau-frère. Avec son chapeau de cowboy en feutre noir, ses bottes en lézard et sa boucle de ceinturon grosse comme un enjoliveur, on aurait cru qu'il allait conduire un troupeau de bestiaux ou se battre en duel.

Il l'examina avec mépris, puis reporta son attention vers Becca.

« Qu'est-ce que je t'avais dit pour ta sœur, hein ? Qu'est-ce que je t'avais dit ?

— Que… qu'elle n'était pas la bienvenue chez nous, bégaya Becca.

— Il y avait un truc que t'avais pas compris là-dedans ?

— Non, Cole.

— Alors, pourquoi tu l'as laissée entrer ? Pourquoi tu m'as désobéi ?

— Je suis entrée toute seule, déclara Hannah. La porte du fond était ouverte.

— Vous devez me prendre pour un sacré imbécile, toutes les deux.

— Bien sûr que non, chéri », s'écria Becca d'une voix désespérée, brisée, que sa sœur ne lui connaissait pas.

Hannah sentit la fureur l'envahir. On ne prend pas une voix pareille du jour au lendemain, se dit-elle. Non, il fallait qu'on vous harcèle un bon bout de temps, avec insistance, pour que vous basculiez si vite dans la peur abjecte sans même passer par le malaise, le désarroi et l'angoisse. En observant l'homme qui avait transformé la voix de sa sœur au point de la rendre méconnaissable, la jeune femme éprouva une formidable envie, pour la seconde fois en l'espace de quelques heures, de recourir à la violence.

« Je pensais bien qu'elle viendrait ici, grommela Cole. Et je pensais bien que tu la laisserais se ramener. Je l'avais collée sous alerte sat dès sa sortie de la cellule chromatique. »

Hannah se flanqua mentalement un coup de pied au derrière. Elle avait oublié les neurotransmetteurs ! Par mesure de sécurité publique, tous les Chromes recevaient ces implants. Après, il suffisait de lancer une simple recherche à partir du nom d'un individu pour le localiser et le suivre par géosat. Malheureusement, elle n'avait pas imaginé que Cole ou qui que ce soit puisse recourir à de tels moyens. Or elle aurait dû. En venant ici, elle avait mis Becca en danger.

Elle fit donc de son mieux pour dire gentiment avec des accents de sincérité :

« Je suis venue présenter des excuses à ma sœur. Lui demander pardon de l'avoir déshonorée, elle et la famille. Je trouvais que je lui devais bien ça.

— Et à moi ? Tu m'as rien demandé. »

Il posa soigneusement son chapeau, à l'envers, sur la petite table, puis alla se poster derrière Becca et la plaqua contre lui en posant un bras protecteur en travers de son ventre arrondi.

Hannah fit un effort pour ajouter :

« Je regrette le déshonneur que je t'ai causé, Cole. Pardonne-moi, s'il te plaît. »

Sans la quitter des yeux, Cole plaça sa bouche contre l'oreille de Becca.

« Tu lui as pardonné, ma chérie ? »

Becca ouvrit de grands yeux hésitants : quelle était la bonne réponse, celle qui désamorcerait la colère de son mari ? Elle finit par bredouiller :

« Oui, Cole, je lui ai pardonné. »

Attendri, Cole l'embrassa sur le crâne.

« Bien sûr, ma chérie, dit-il en caressant ses cheveux de ses doigts épais, je n'attendais pas autre chose de toi. »

Soulagée, Becca ferma les paupières et se laissa légèrement aller contre lui.

« Ma femme est la personne la plus indulgente que j'ai jamais connue », déclara Cole.

Il avait la voix lourde d'émotion et surtout, à ce que perçut Hannah, de culpabilité.

« C'est pour ça que je suis tombé amoureux d'elle. »

Sa main descendit jusqu'à l'œil meurtri de Becca. Son pouce caressa doucement la zone en dessous, puis sa main retomba le long de son corps et, le visage soudain plus dur, il fit passer Becca derrière lui.

« Mais moi, je suis tout le contraire. Il y a des trucs que je suis pas fichu de pardonner. Pour moi, il y a des choses qui ne sont pas pardonnables. »

Becca ouvrit de grands yeux.

« Cole, je t'en prie…

— Va attendre dans l'autre pièce, Becca. Je veux parler à ta sœur entre quat-z-yeux. »

Comme elle ne bougeait pas, il insista :

« Obéis. »

Becca lança un regard angoissé à Hannah et sortit. Hannah poussa alors un long soupir qui lui permit d'évacuer le gros de sa peur. Tant que la colère de Cole était dirigée contre elle, Becca était en sécurité. Quant à elle, peu importait ce que ce type pouvait lui faire.

« Qu'est-ce que tu veux me dire, Cole ? Que si jamais je m'approche encore une fois de Becca, je le regretterai ? Que tu me tueras s'il le faut ? »

Cole plissa le front comme un gamin en quête d'un artifice magique.

« C'est exact. Je ferai tout ce qu'il faut pour protéger ma femme.

— Je suis heureuse d'entendre ça. Quand envisages-tu de déménager ?

— De quoi tu parles, bon sang ?

— De l'œil au beurre noir de Becca. Elle m'a raconté qu'elle était tombée, mais toi et moi, on sait que c'est du pipeau. »

De nouveau, une lueur de remords flamba dans les prunelles de Cole, que la colère eut tôt fait de masquer. Une faille, et pas négligeable. *Eh bien*, songea Hannah, *voyons jusqu'où on peut l'élargir.*

« C'est vraiment ça que tu veux être, Cole ? Le mec qui bat sa femme enceinte ? »

Le visage de Cole vira au vilain rouge sombre.

« Toi, écoute-moi…

— Dans le foyer où j'étais bénévole, on nous a dit que si un mec frappait sa femme une fois, il y avait de grands risques qu'il recommence. Et que s'il le faisait deux fois, il était pratiquement sûr qu'il ne s'arrêterait jamais. Il y prend goût, il tape tous ceux qu'il peut taper… sa femme, ses gamins. Tu vas cogner le petit Cole et sa sœur aussi ?

— Ferme ta sale gueule de Rouge », grommela-t-il.

Mais Hannah voyait bien qu'elle l'avait déstabilisé, que ses grossièretés ne servaient qu'à camoufler sa honte.

« Qui es-tu pour me parler sur ce ton ?

— Je suis une femme qui a détruit deux vies, la mienne pour commencer. Et je te garantis que ce n'est pas un chemin que tu aurais envie d'emprunter. »

C'était une erreur, elle le comprit immédiatement. Il marcha sur elle, la dominant de toute sa hauteur.

« Attends que je te remette les idées d'équerre. Tu me compares à toi, espèce de salope criminelle qui a souillé les commandements de Dieu et déshonoré le nom de sa famille. Tu prétends que toi et moi on est pareils. Eh bien, continue sur cette voie et tu verras si on n'est pas différents. T'imagines pas du tout à qui tu as affaire.

— Tu as raison, riposta Hannah. À qui ai-je affaire ? À Cole, le mari aimant et protecteur, ou à Cole le cogneur ?

— Ta gueule. »

Il avait été tout près de la frapper ; elle le devina à sa tension, à sa sueur âcre. Mais elle sentit aussi chez lui la peur, pas d'elle, mais de lui-même, parce qu'il avait blessé la femme qu'il aimait et qu'il risquait de recommencer.

Doucement, Hannah ajouta :

« La vraie question, celle que tu dois te poser, c'est de savoir quel est le Cole qui finira par l'emporter.

— Fous le camp de chez moi, bredouilla-t-il d'une voix étranglée. Et ne t'approche plus jamais de ma femme. »

Hannah gagna l'entrée, attrapa son poncho puant après la patère et l'enfila. Quand elle ouvrit la porte, Cole ajouta :

« Je t'ai dans le collimateur. »

Elle soutint son regard sans broncher.

« Moi aussi. Et si tu ne tiens pas ton poing à bonne distance de ma sœur, je n'hésiterai pas à me plaindre à la police », dit-elle avec force.

Elle erra pendant près d'une heure, sans but, sans se soucier de la pluie. Les pensées se bousculaient sous son crâne et elle se repassait la scène avec Cole en se demandant si le comportement qu'elle avait eu avec lui était le bon, si son pari se révélerait payant. Consciente que, dans le cas contraire, ce serait Becca qui en subirait les conséquences. Becca lui avait demandé si elle supportait la situation, or, oui, elle la supportait, elle supportait tout – le fait d'être rouge, d'avoir perdu Aidan, d'avoir perdu la foi – tant que sa sœur était vivante et en bonne santé. Elle était même prête à accepter de ne plus la revoir, si c'était le prix à payer pour garantir sa sécurité. Mais s'il devait lui arriver quoi que ce soit…

Hannah trébucha sur une aspérité de la chaussée, ce qui la ramena brutalement à la réalité et à son corps. Ses jambes la faisaient souffrir et les mocassins trop petits de Becca lui promettaient une demi-douzaine d'ampoules aux pieds. Elle avait froid, soif et était éreintée. Elle avait besoin d'un endroit où se reposer et de mettre de l'ordre dans ses pensées. Et, surtout, d'un endroit où dormir le soir même. Mais où aller ? Pas chez ses parents. Pas au foyer du PEC ; quand bien même sa fierté y aurait consenti, les Henley avaient déjà dû appeler le bureau et signaler son exclusion. Pas chez Gabrielle, même si cette possibilité la tentait bien. La police ne savait rien de son implication et Hannah ne voulait surtout pas exposer son ancienne collègue : ç'aurait été une drôle de façon de la remercier de sa gentillesse. Hannah avait quelques amies du lycée et d'autres du travail et de l'église et les imagina la découvrant sur leur perron : Rachel, guindée et compassée, la bouche pincée en un rictus désapprobateur ; Melody, gênée et inquiète à l'idée qu'on les surprenne ensemble ; Deb, gauche et tellement, tellement désolée. Non, la seule qui l'accueillerait à bras ouverts, c'était Kayla. Mais il fallait d'abord la trouver.

Par chance, Cole lui avait fourni la solution : le système de localisation des Chromes. Plus la peine de connaître le patronyme de son amie ; une simple recherche lui fournirait les photos et les dossiers criminels de tous les Chromes de l'État du Texas répondant au prénom de Kayla. Le géosat ferait le reste. Si Kayla était dans la rue, Hannah la verrait.

Son phone lui aurait été utile, mais son père l'avait gardé, et après tout ce qu'elle avait déjà enduré ces dernières heures, elle était accablée à l'idée de l'appeler, d'affronter son désarroi, sa frustration, et l'inquiétude que devait lui causer son départ du centre. De ses parents, c'était lui qu'elle avait eu le plus peur de décevoir. Sa mère s'était toujours plus ou moins attendue à une déception alors que son père lui témoignait une confiance quasi enfantine. Ses écarts le stupéfiaient et ses révoltes le décourageaient plus qu'elles ne le fâchaient. Elle avait douze ans quand, à l'occasion d'Angeles Day, elle était sortie de la maison en cachette pour aller se balader à vélo, ce qui était strictement défendu. Elle ne tenait plus en place, ne supportait plus l'austérité de la journée et en avait assez d'avoir passé la matinée à genoux à prier avec ses parents pour les âmes des morts innocents, à attendre que les aiguilles de l'horloge arrivent sur l'heure fatidique de 11 h 37, que les cloches des églises du voisinage se mettent à sonner le glas, et après d'avoir à regarder le montage vid habituel avec le nuage en champignon s'élevant au-dessus du Pacifique, les kilomètres de débris ponctués des corps calcinés des victimes, les funérailles collectives, la pluie de bombes sur Téhéran. Et du coup, dans l'après-midi, elle s'était échappée par la fenêtre de sa chambre et avait sillonné son quartier à vélo, l'espace d'une demi-heure magnifique. Lorsqu'elle était rentrée à la maison, essoufflée et revigorée, son père l'attendait sur le perron.

« Viens t'asseoir une minute avec moi », lui avait-il demandé calmement.

Il paraissait peiné et Hannah s'était prise à regretter de ne pas avoir été confrontée au ton fâché et accusateur de sa mère.

« Tu t'es bien amusée avec ta bicyclette ? »

Elle avait envisagé de dire non, mais elle détestait lui mentir.

« Oui.

— Qu'est-ce que tu as aimé dans cette balade ? »

Ne sachant que répondre, elle avait haussé les épaules et gratté quelques écailles de peinture sur l'escalier.

« Qu'est-ce que tu as aimé ? avait-il insisté.

— Le fait d'être dehors, je crois, avait-elle admis dans un filet de voix.

— Et quoi d'autre ?

— D'être poursuivie par le chien des McSherry. De descendre la pente de Maple Street à toute vitesse.

— À quoi pensais-tu ? »

Les yeux brûlants, Hannah avait fait non de la tête en regardant les marches sans les voir.

« Dis-moi.

— Le vent me chatouillait la figure et je trouvais que… que c'était très agréable. »

Elle avait fondu en larmes et il était resté à côté d'elle sans rien dire pendant que les sanglots la déchiraient, qu'elle imaginait une petite fille de douze ans dévalant comme elle une colline de Los Angeles par une journée à l'image de celle-ci et offrant insouciamment sa figure au vent et au souffle brûlant de la bombe qui allait la réduire en cendres, elle, sa famille et sept cent mille autres personnes.

Quand Hannah eut fini de pleurer, son père avait passé le bras autour d'elle.

« Je regrette, papa, avait-elle marmonné en se blottissant contre lui.

— Je sais. »

Le hurlement d'une sirène proche la fit sursauter. Elle jeta un coup d'œil alentour et se rendit compte qu'elle était à deux pas de la bibliothèque Harrington. Elle mit le cap dessus et sentit son moral remonter un peu à la vue du bâtiment en pierre crème bien connu sur la façade duquel flottaient fièrement les drapeaux américain et texan. Enfant déjà, alors que Plano disposait de plusieurs bibliothèques municipales, c'était la Harrington qu'elle préférait, parce qu'elle avait le plus grand nombre d'ouvrages et les meilleurs bibliothécaires, du genre de ceux qui ne haussaient jamais un sourcil réprobateur devant ses choix. Elle dut attendre d'avoir fêté ses seize ans pour avoir le droit de s'y rendre sans être accompagnée par un de ses parents, règle qu'elle avait pourtant enfreinte chaque fois qu'elle l'avait pu. Elle cachait sous son matelas les livres qu'elle empruntait, puis, quand sa mère avait découvert sa cachette, dans son vieux lion en peluche. Même si ses parents n'avaient pas surveillé son phone pour s'assurer qu'elle ne téléchargeait pas d'œuvres interdites, elle aurait préféré les vrais bouquins. Elle aimait leur odeur et leur poids, elle aimait tourner les pages que d'autres mains avaient tournées avant elle et imaginer les visages qui allaient avec.

Contrairement à la bibliothèque de son lycée chrétien, dont le fonds se limitait à des ouvrages et des vids censés avoir une saine influence sur de jeunes esprits, la Harrington regorgeait de textes délicieusement inconvenants. La « liste satanique » établie par son établissement scolaire devint sa liste de lecture. Elle découvrit Hogwarts, Lyra de *Lyra et les oiseaux*, rencontra Holden Caulfield, Sethe de *Beloved* et lady Chatterley, dont les rendez-vous amoureux déclenchaient chez elle des sensations curieuses. Et il y avait bien entendu les revues de mode : *Vogue*, *Avant* et des douzaines d'autres, qui piquaient tellement son imagination qu'il lui fallait à certains moments se lever et se dégourdir les jambes. Personne ne remarquait quoi que ce soit, ne lui faisait le moindre reproche. Personne ne se souciait de ce qu'elle lisait, de ce à quoi elle pouvait penser ; ses voisins étaient pris par leurs propres passions.

Et surtout, la Harrington avait toujours été un endroit où elle s'était sentie à l'aise et bien acceptée ; ce fut malgré tout avec une certaine appréhension qu'elle poussa la porte et pénétra dans les lieux. Il était officiellement impossible de lui interdire l'entrée, la discrimination envers les Chromes étant illégale dans les bâtiments municipaux. En principe, elle était illégale dans tous les bâtiments ouverts au public, mais dans les sociétés privées il était rare que la loi soit appliquée, et les panneaux « Interdit aux Chromes » étaient monnaie courante.

La femme chargée de la surveillance, une jeune Latino à l'air coriace, parut en alerte dès qu'elle vit Hannah. Mais c'était une vigilance pondérée de pro qui évaluait les gens sans hostilité. Elle scruta la CNI d'Hannah en s'abstenant de tout commentaire et parcourut les informations chargées sur sa vid. Lorsqu'elle releva les yeux, sa circonspection avait fait place à de la compassion. Mortifiée, Hannah comprit que la surveillante savait à présent qu'elle avait avorté ; désormais toute personne qui scannerait sa CNI le saurait. *Stupide, stupide.* C'était évident. Pourquoi ne l'avait-elle pas anticipé ?

« Il y a une pièce avec des box individuels au fond », lui souffla la surveillante.

Cette bienveillance lui fut intolérable.

« Je connais la bibliothèque », répondit-elle sèchement.

Un calme total baignait la grande salle de lecture, du moins Hannah le crut-elle au départ. Mais, à mesure que les lecteurs la repéraient, le silence s'amplifia et se figea dans une animosité si oppressante qu'elle eut du mal à respirer. Elle traversa à la hâte et se faufila avec soulagement dans un box à vids désert au fond. Elle se brancha sur le mode privé, présenta sa CNI et énonça sa PIP : « Grâce au Christ qui m'en donne la force, je peux tout affronter. » Avant, c'était son credo ; aujourd'hui, ce n'était plus qu'un chapelet de mots vides de sens.

Lorsqu'elle ouvrit sa messagerie, l'ordinateur lui annonça qu'elle avait mille neuf cent soixante-trois messages. Le chiffre la fit sursauter. Même si elle ne s'était pas connectée depuis cinq mois, ça faisait beaucoup. Elle les parcourut. Il y avait les spams habituels, mais aussi un grand nombre de courriels provenant de parfaits inconnus. Elle toucha l'écran et sélectionna un vidmail au hasard. Un *Criminelle, va donc rôtir en enfer !* en caractères écarlates lui sauta à la figure. Ce n'était qu'un holo, mais elle recula comme si elle avait reçu une claque. Elle en consulta un autre et un hurlement d'enfant s'éleva. Une voix de femme couvrit ces cris et lui lança : « J'espère que, toutes les nuits jusqu'à la fin de ta vie, tu entendras les pleurs du bébé que tu as tué. »

« Supprimer tous les courriels de contacts inconnus », ordonna Hannah.

« Action en cours. »

Il ne lui resta plus qu'une demi-douzaine de messages. L'un d'eux provenait d'Edward Ferrars. Le cœur d'Hannah se serra douloureusement. Ferrars était le nom sous lequel Aidan et elle s'enregistraient quand ils allaient à l'hôtel. C'est Hannah qui l'avait choisi, car, de tous les aimables clergymen de Jane Austen, c'était Edward Ferrars son préféré. *Mais moi, je ne suis pas Elinor*, songea Hannah. L'Elinor d'Aidan, c'était la douce, la vertueuse, la raisonnable Alyssa.

C'était un vidmail, ce qui étonna Hannah. Le netspeak n'était pas vraiment sécurisé, de sorte qu'ils avaient rarement échangé des messages et, quand ils l'avaient fait, ils s'étaient limités à des textes. Le vidmail était daté du 20 août – soit avant le procès, quand elle était encore en prison. La dernière fois qu'elle avait communiqué avec lui remontait à avant son arrestation, et elle ne l'avait pas vu depuis qu'il avait plaidé sa cause à son jugement. Il lui avait paru grave et triste ce jour-là, et s'il éprouvait d'autres sentiments, il l'avait bien caché. Avait-il été scandalisé par ce qu'elle avait fait ? déçu ? écœuré au point qu'il ne l'aimait plus du tout ? Avait-il témoigné par pure compassion, parce qu'il était son pasteur ?

Il fallait qu'elle sache et il lui serait insupportable de savoir. Elle commença donc par les cinq autres messages : deux vidmails éplorés, l'un de sa tante Jo et l'autre de Mme Bunten, disant qu'elles prieraient pour elle. Un mot très sec de son employeur de la boutique de mariage, lui disant qu'ils n'avaient plus besoin de ses services. Un vidmail singulièrement mélancolique de Will, son ancien petit ami, qui n'avait pas manifestement eu vent de son déshonneur et lui annonçait avoir déménagé en Floride, s'être fiancé, s'apprêter à se marier, il pensait qu'elle serait contente de le savoir. Une note de Deb lui disant qu'elle était vraiment navrée de tout ça, que c'était absolument affreux, si elle pouvait faire quelque chose, n'importe quoi.

Il n'y avait plus moyen de tergiverser. Hannah avala péniblement sa salive et ordonna : « Ouvrir le message d'Edward Ferrars. »

Et là lui apparut son bien-aimé en 3D. Il était assis dans un bureau obscur qu'elle ne reconnut pas. Une seule lampe l'éclairait. Il avait l'air triste, ce qui lui prêtait une beauté poignante, seyante, comme toujours.

« Je prie pour que ce vidmail te parvienne, Hannah. Je n'ose imaginer ce que tu endures en ce moment, dans cette prison. Il m'est odieux de penser que tu traverses seule cette épreuve, que tu paies seule le prix de nos péchés. Il m'est odieux de penser que tu as fait ça pour moi. Que notre enfant… »

Sa voix se brisa. Il ferma les paupières, les frotta de ses longs doigts pâles. Hannah ressentit une irrésistible envie de le forcer à poser sa tête sur ses genoux afin de gommer l'angoisse qui lui barrait le front.

« Quand tu verras ceci, le procès sera terminé. J'espère que tu auras été honnête. J'espère que tu auras coopéré avec la police et que tu leur auras donné le nom de l'avorteur. Et j'espère aussi que tu leur auras dit que c'était moi le père et que tu leur auras révélé quel hypocrite je fais. Je le jure devant Dieu, j'ai bien conscience que je devrais me dénoncer. Je me répète que c'est pour Alyssa que je me tais, mais peut-être n'ai-je tout simplement pas la force et le courage d'avouer la vérité. Or, comment puis-je guider la nation vers Dieu si moi-même je ne me résous pas à franchir la porte étroite ? »

En repensant à l'initiation qu'elle avait vécue au centre du Droit Chemin, Hannah frissonna d'horreur.

« Si tu m'avais dit que tu étais enceinte, j'aurais reconnu le bébé. J'espère que tu le sais, Hannah. Je pense que oui, sinon tu n'aurais pas fait ça. Quelle ironie que d'avoir perdu le seul enfant que j'aurais peut-être jamais pu avoir ! Quelle divine farce ! Dieu est vraiment un maître de génie. »

Sa bouche se tordit en un sourire amer.

« Je sais que tu dois t'être demandé pourquoi Alyssa et moi n'avions pas d'enfants. Tout le monde se le demande, même si personne ne nous pose la question. C'est à cause de moi, à cause de ma faiblesse, de ma suffisance et de mon égoïsme. Juste avant de rencontrer Alyssa, je suis parti en mission en Colombie et j'ai couché avec une femme dont j'avais fait la connaissance là-bas. Une seule fois, mais ça a suffi pour me contaminer. C'était le tout début de l'épidémie, avant qu'on n'ait les tests, et je n'avais aucun symptôme. Je n'ai même pas envisagé que je pouvais être infecté ; comment une chose pareille aurait-elle pu m'arriver à moi ? Puis j'ai rencontré Alyssa, on est tombés amoureux, on s'est fiancés, et je n'ai pas voulu attendre. Je l'ai baratinée, suppliée et pressée jusqu'à ce qu'elle me laisse lui faire l'amour, à peu près un mois avant le mariage. Et voilà comment je l'ai joliment remerciée. »

Aidan poussa un vilain ricanement.

« C'est en recevant les résultats du test sanguin pour notre certificat prénuptial qu'on a découvert ce qu'il en était. Si j'avais été patient, que j'aie respecté ses souhaits et ceux du Seigneur, je ne lui aurais pas transmis la maladie. Bilan, elle a passé près de cinq années infernales avant qu'un traitement soit disponible. Et là elle était stérile, bien entendu. »

Hannah comprit alors une foule de choses qui lui avaient toujours échappé : les phases d'abattement d'Aidan, sa dévotion envers les enfants, sa constance envers sa femme. *Je ne pourrai jamais quitter Alyssa. Je ne pourrai pas lui infliger ce déshonneur.* Sous-entendu *de nouveau.*

« Elle m'a plus ou moins pardonné et on a poursuivi notre vie et notre saint ministère. Ce ministère est devenu notre vie. J'ai essayé à plusieurs reprises de la convaincre d'adopter, mais elle a toujours refusé. Je présume que c'est sa façon de se venger de ce que je lui ai infligé. Dieu sait qu'elle a droit à une certaine forme de compensation. »

Il inclina la tête.

« Maintenant, tu sais quel genre d'homme tu as aimé. »

Piqué par son utilisation du passé, Hannah s'écria : « Et que j'aime encore. »

Comme s'il l'avait entendue, Aidan enchaîna :

« Comment pourrais-tu m'aimer après tout ce que tu subis à cause de moi ? Pour m'aimer, il faudrait que tu te détestes. Or, je ne veux pas que tu te détestes, Hannah. Ce qui s'est passé n'est pas ta faute, mais la mienne. Tu te souviens quand tu m'as dit que notre amour devait émaner de Dieu, qu'Il avait sûrement une raison pour nous avoir rapprochés ? À l'époque, j'avais cru que tu cherchais juste à rationaliser notre péché, mais je sais aujourd'hui que tu avais raison.

C'était bien Son but : me punir de ce que j'ai infligé à Alyssa. »

Une brûlante bouffée de colère saisit Hannah. C'était donc ainsi qu'il la voyait : comme le simple instrument de son châtiment, un fouet ou un gourdin, sans la moindre volonté propre ?

« Je mérite de souffrir, mais pas toi, ça, je ne le supporte pas. Et s'ils te condamnent… »

Il s'interrompit, déglutit.

« Je ferai tout ce qui est en mon pouvoir pour t'aider. Je doute que le gouverneur te pardonne, mais peut-être réussirai-je à convaincre le président Morales quand je le connaîtrai un peu mieux. En attendant, j'ai viré de l'argent sur ton compte pour que tu puisses te débrouiller quand ils te relâcheront. Je connais ta fierté, mais n'hésite pas à utiliser cette somme. Ta sécurité pourrait en dépendre. S'il te faut plus, si tu as besoin de n'importe quoi, envoie-moi un message à cette adresse.

« Je prie pour toi, mon amour. Je ne te demanderai pas de me pardonner, mais je regrette sincèrement ce qui s'est passé. »

Il tendit la main comme pour la toucher, puis le holo disparut et la vid revint sur l'image initiale.

Les yeux fixés sur un Aidan figé dans le remords, Hannah sentit sa colère flamber. Depuis qu'elle l'aimait, elle n'avait jamais rien regretté. Même quand elle avait dû s'allonger sur la table de l'avorteur. Même quand on l'avait examinée, questionnée, incarcérée. Même quand sa mère l'avait rejetée, quand elle avait été condamnée pour assassinat, quand on lui avait injecté ce virus qui allait la transformer en paria. Même quand elle s'était vue rouge pour la première fois. Même quand elle s'était retrouvée dans la voiture de son père ou dans le salon de Mme Henley ou la cuisine de Becca. Elle avait enduré tout ça, et pas une seule fois elle n'avait regretté son amour pour lui. Sa rage explosa.

« Comment oses-tu regretter ? » hurla-t-elle.

Elle eut envie de frapper l'écran, de frapper Aidan, de lui causer une souffrance ou une fureur égale à la sienne – n'importe quoi, mais pas de regrets.

Elle surfa pour accéder à son compte en banque et découvrit le chiffre qui s'affichait sous ses yeux : 100 465,75 dollars.

« Merde ! » s'écria-t-elle.

Si désagréable que fût l'idée d'accepter son argent, elle savait qu'il avait raison : elle en aurait besoin pour survivre. Même avec une somme pareille, elle serait dans une situation précaire, surtout si elle était seule. C'est alors qu'elle prit conscience de sa solitude, une solitude dont la réalité irrémédiable lui fit l'effet d'un coup de massue. Elle était coupée de tous ceux qui avaient pu l'aimer et vice versa.

À l'exception de Kayla. Penser à son amie la stimula, et elle en profita.

« Chercher tous les Rouges nommés K-A-Y-L-A dans l'État du Texas. »

Il n'y en avait qu'une : Kayla Mariko Ray, condamnée à cinq ans de prison pour tentative de meurtre. Sa photo était bien celle d'une cellule chromatique : visage rouge hagard, yeux vitreux.

« Localiser », ajouta Hannah.

Une image satellite d'East Dallas apparut à l'écran, suivie d'un agrandissement sur l'intersection de Skillman et de Mockingbird, puis sur une silhouette en train de traverser. Quand la définition de l'image aérienne s'affina, Hannah reconnut Kayla. Elle courait, poursuivie par quelqu'un.

Un homme, lancé à ses trousses.

Kayla courait vite, mais son poursuivant courait plus vite encore. Hannah, impuissante et en proie à une terreur grandissante, ne put que le regarder se rapprocher inexorablement de son amie, puis la rattraper. Kayla se débattit, colla à son agresseur un coup dans la figure, mais il la saisit par les poignets. Ils bataillèrent. Puis il lui dit quelque chose et elle cessa de résister et ses bras retombèrent le long de son corps. La tenant toujours par un poignet, il l'obligea à repartir par où ils étaient venus. Kayla était contrariée, c'était visible ; mais Hannah n'aurait pu dire si elle agissait sous la contrainte ou pas. Ils remontèrent plusieurs blocs, puis entrèrent dans une maison sur Kenwood Avenue.

Hannah surveilla les lieux pendant une dizaine de minutes, mais personne ne réapparut. Elle mémorisa l'adresse et se dépêcha de se déconnecter. Elle allait sauter dans un train jusqu'à Mockingbird, puis marcherait jusqu'à Kenwood Avenue, ce qui lui prendrait à peu près deux heures. Elle préféra ne pas réfléchir à ce qu'elle ferait si Kayla était partie quand elle arriverait.

Il faisait sombre quand elle sortit de la bibliothèque et il ne pleuvait plus. La nuit tombait vite, ce dont elle s'estima heureuse : elle était moins repérable. La gare se trouvait à environ trois kilomètres de la Harrington et, une fois sur place, Hannah eut l'impression qu'elle allait défaillir de faim et de soif. Il y avait un McDonald's sur le trottoir opposé. Elle s'approcha de l'entrée et s'apprêtait à pousser la porte quand elle vit le panneau : « Pour les Chromes, prendre le drive-in ». Elle suivit l'allée jusqu'à l'accès arrière, saisit sa commande sur l'écran tactile, puis régla avec sa CNI. *Un Happy Meal, minus le Happy*, songea-t-elle. L'adolescent boutonneux au comptoir lui remit son sac en veillant bien à ne pas la toucher, mais n'oublia pas de la remercier et de lui souhaiter une super Macjournée.

Elle gagna le quai de la gare avec son sac et s'assit sur un des bancs pour manger. C'était gras et salé, mais ça lui parut aussi savoureux que tout ce qu'elle avait pu manger jusque-là. Sur ce, un bruit de pas attira son attention et elle remarqua un autre Chrome – un jeune Jaune – avançant vers elle d'une démarche de voyou. Il n'était pas dangereux, jugea-t-elle. En passant, il l'évalua du regard, avec lenteur et insolence, puis lui décocha un clin d'œil. Au même moment, un bang sonore retentit dans la rue en contrebas. Hannah sursauta un peu, mais le Jaune réagit comme si on lui avait tiré dessus, pivota et s'accroupit apeuré face à l'escalier, les muscles tendus, prêt à fuir ou à se battre. Il lui fallut quelques secondes pour comprendre son erreur. Il se releva, jeta un coup d'œil renfrogné à Hannah, comme si elle était à l'origine de l'incident, puis reprit son masque d'insouciance et s'éloigna d'un pas nonchalant. Quant à Hannah, elle sentait à présent son mauvais repas lui tourner dans l'estomac et lui remonter dans la gorge. Était-ce donc l'avenir qui l'attendait ? Serait-elle désormais obligée d'avaler sa pitance à la façon d'un animal affamé, rivée à un banc public dans la hantise d'une quelconque violence ?

Le train entra en gare. On arrivait à la fin de l'heure de pointe et la plupart des gens quittaient maintenant la ville, si bien que la voiture d'Hannah était aux deux tiers vide. La jeune femme prit soin de s'asseoir à une certaine distance des autres passagers, mais les plus proches changèrent néanmoins de place et s'installèrent un peu plus loin ; une maman avec un bébé dans les bras opta même pour le wagon suivant. Hannah eut l'impression d'être piégée dans une sorte de cercle magique, un cercle d'ignominie. Instinctivement, elle essaya d'abord de se rendre invisible, puis, mue par une soudaine révolte, elle planta son regard dans celui de ses voisins, ces gens qu'elle écœurait tant et qui se sentaient moralement supérieurs à elle. Dans l'ensemble ils se dérobèrent, mais certains la fixèrent d'un œil furibond, indignés par son audace. Elle se demanda combien d'entre eux étaient des menteurs et dans quelle mesure leur probité apparente ne masquait pas des crimes aussi graves, voire plus graves que les siens. Si l'on avait pu connaître les secrets cachés au fond de leur cœur, combien y aurait-il eu de Chromes parmi eux ?

Elle s'arrêta à la gare de Mockingbird et descendit les marches en repensant avec un pincement de regret au jour lointain où elle s'était rendue à la bibliothèque de la SMU. Elle repoussa ce souvenir et prit la direction opposée, vers Greenville. Parvenue là, elle tourna à droite pour suivre le chemin que Kayla et son ravisseur – si elle ne se trompait pas – avaient pris, puis à gauche vers Kenwood.

Elle fit halte devant la petite maison de brique qu'elle avait vue sur la vid. Le perron était flanqué de chandeliers en métal démodés qui dispensaient une lumière agréable sur le jardin soigneusement entretenu et des pots de chrysanthèmes en fleur étaient disposés de part et d'autre de la porte d'entrée. Les fenêtres étaient fermées, et cependant Hannah imaginait mal qu'il puisse se passer quoi que ce soit de sinistre derrière ces carreaux. N'empêche. Elle repensa au doux sourire à fossettes de Mme Henley et se dit qu'il valait mieux rester sur ses gardes. Un jeune homme d'une petite vingtaine d'années vêtu d'un sweat-shirt à l'effigie des Dallas Cowboys lui ouvrit la porte. Avec ses boucles ébouriffées châtain clair, ses yeux bleus frangés de longs cils, son visage en forme de cœur et son air mi-surpris mi-dérangé, il évoqua à Hannah un chérubin – si tant est qu'il y eût des chérubins d'un mètre quatre-vingt-quinze.

« Je suis venue voir Kayla, déclara-t-elle sans préambule.

— Oh. »

Il jeta un coup d'œil par-dessus son épaule avec un mouvement vif et furtif.

« Tu es une… de ses amies ? »

Sa gêne manifeste aggrava le propre malaise d'Hannah.

« Oui. Elle est là ? »

Elle essaya de loucher vers la pièce derrière lui, mais il lui bloquait la vue.

Il réfléchit une seconde, puis cria :

« Kayla ! »

Pas de réponse.

« Kayla, il y a quelqu'un qui veut te voir. »

Puis, à l'adresse d'Hannah, il ajouta :

« Entre. Je m'appelle T.J. »

Un peu plus détendue, Hannah pénétra à l'intérieur.

« Moi, je m'appelle Hannah. Contente de faire ta connaissance.

— C'est qui ? » brailla Kayla dans une autre pièce.

Elle avait la voix chevrotante et prise, comme si elle avait pleuré.

« Elle va bien ? » demanda Hannah à T.J.

Il haussa les épaules et fixa ses pieds.

Hannah allait s'engager dans le couloir pour avoir une réponse à sa question lorsque Kayla fit son apparition. Les yeux bouffis, elle serrait un paquet de mouchoirs en papier dans sa main. En voyant Hannah, elle fondit en larmes. Hannah s'approcha d'elle en lançant un coup d'œil à T.J.

« Euh, je vais vite aller nous chercher quelque chose à manger », dit-il.

Il attrapa sa veste dans le placard de l'entrée et fila.

Kayla, inconsolable, pleura tout son soûl. Son corps menu tressautait contre celui d'Hannah, tel un fil de cerf-volant qui menace de se sauver un jour de grand vent. Hannah l'étreignit jusqu'à ce qu'elle soit suffisamment calmée pour confirmer ses soupçons :

« Tu avais raison pour T.J. Ce salaud me plaque, il fout le camp à Chicago dans trois jours. Il a même pas eu les couilles de me l'écrire. »

Hannah la guida vers le canapé. Entre deux crises de larmes, Kayla lui relata d'une voix hachée le déroulement des douze heures qui venaient de s'écouler. Après avoir quitté le centre, elle était allée directement chez T.J., mais il n'y avait personne et elle avait donc attendu sur le porche de derrière. Il avait déboulé quelques heures plus tard, chargé d'une pile de cartons de déménagement qu'il avait lâchés quand il l'avait vue apparaître.

« Il habite là ? » demanda Hannah.

Les lieux avaient un raffinement féminin qui ne cadrait pas avec l'idée qu'elle se faisait d'une garçonnière.

« Non, ça, c'est la maison de sa mère. Il vit avec elle. Elle est hôtesse de l'air et voyage beaucoup.

— Elle est absente en ce moment ?

— Oui, mais elle revient après-demain. Pour lui dire au revoir. »

Re-larmes.

« T.J. bosse pour une société de biotechnologie qui le transfère, paraît-il. Je sais qu'il n'y a pas des masses de postes, mais moi, je pense que s'il m'aimait vraiment il chercherait quelque chose ici au Texas. »

Hannah ne pouvait qu'être d'accord, mais devant le chagrin de Kayla elle suggéra :

« Peut-être qu'il a essayé, mais que ça n'a rien donné.

— Arrête, répliqua Kayla d'un ton où perçait un peu de son ancienne énergie. Je ne veux plus de faux espoirs.

— Quoi qu'il en soit, il doit quand même tenir à toi, sinon il ne t'aurait pas couru après comme il l'a fait.

— Comment tu sais ça ? »

Hannah expliqua à son amie la manière dont elle l'avait localisée par géosat.

« J'ai failli faire une attaque. J'ai cru qu'on te kidnappait.

— Quand il m'a annoncé qu'il partait, ça m'a mise dans une telle colère que j'ai fichu le camp au galop. Il m'a convaincue de rester, au moins ce soir et demain. »

Kayla se moucha bruyamment.

« Et toi, pourquoi t'as quitté le centre ? Je pensais que tu tiendrais bon. »

La colère et la détermination qui avaient animé Hannah tout au long de la journée s'évanouirent d'un coup. Elle eut l'impression de n'être plus qu'une enveloppe de chair inerte, informe, sans squelette.

« Je peux te raconter plus tard ? Là, maintenant, je suis incapable de revenir là-dessus.

— Tu vas bien ?

— Pas vraiment, non. Mais je suis vivante. Je commence à me dire que c'est déjà pas mal quand on est dans une situation comme la nôtre.

— Oh, Hannah ! Qu'est-ce qu'on va faire ? »

Hannah nota la peur dans la voix de son amie, comme si elle venait de très loin. Elle savait que Kayla avait besoin d'être rassurée, mais elle était trop épuisée pour l'aider, trop épuisée **même** pour avoir peur. Elle avait bien conscience que ce n'était que partie remise. Elle secoua la tête.

« Je ne sais pas. Manger puis dormir. Je suis incapable de penser plus loin que ça. »

T.J. revint avec un carton de douze bières, une pizza et une salade de chez Campisi. Hannah refusa la bière, mais Kayla s'en avala plusieurs durant le dîner, qu'ils mangèrent dans un silence tendu. À différentes reprises, Hannah surprit T.J. en train de regarder Kayla à la façon dont Becca l'avait regardée plus tôt : comme s'il essayait vainement de retrouver la femme qu'il avait aimée derrière celle qu'elle était devenue. Aidan se comporterait-il ainsi s'il la revoyait ? La reconnaîtrait-il seulement ? Elle repoussa ces pensées. Même si elle parvenait à supporter les réponses, à quoi bon spéculer sur quelque chose qui ne se produirait jamais !

Lorsqu'ils eurent fini, Kayla se leva brusquement.

« Cette nuit, Hannah reste ici, déclara-t-elle.

— Oui, bien sûr, répondit T.J. en se tournant vers Hannah. Et si tu veux aussi dormir ici demain soir, pas de problème.

— Merci, dit Hannah, soulagée.

— Elle peut partager la chambre de ta mère avec moi, ajouta Kayla.

— Entendu. Tout ce que tu veux. »

Les prunelles de Kayla s'embrasèrent.

« Vraiment, T.J. ? Tout ce que je veux ?

— Kayla… »

Hannah sauta sur ses pieds. Elle avait eu sa part de conflits pour la journée, et largement.

« Je suis claquée. Je pense que je vais aller me coucher.

— Bonne idée », enchaîna Kayla.

Et elle sortit d'un pas raide.

« Merci de me permettre de rester, dit Hannah à T.J.

— Je suis content que tu sois venue. Elle a besoin de quelqu'un.

— C'est de toi qu'elle a besoin. Elle comptait sur toi. »

Il secoua la tête. Le malheur paraissait incongru sur son visage adorable.

« Je ne peux pas », avoua-t-il.

Elle vit qu'il disait vrai, il avait essayé, réellement essayé, d'être à la hauteur de la situation, en vain. Elle vit les fissures de sa personnalité qui avaient rendu cet échec inévitable ; elle vit que, même si cet épisode allait le tourmenter un moment, il le surmonterait, se départirait de sa culpabilité et chasserait Kayla de ses pensées, sauf à l'occasion quand le souvenir lui reviendrait. Non parce qu'il était méchant, mais parce qu'il était ainsi. Les chérubins n'étaient pas faits pour être malheureux.

Dans la chambre, Kayla se cherchait une tenue de nuit dans une commode. La mère de T.J. avait des goûts très sensuels et les deux jeunes femmes exhumèrent une demi-douzaine de nuisettes en soie de diverses couleurs et un body en dentelle noire devant lequel le visage d'Hannah s'empourpra. Kayla l'agita de manière suggestive.

« Ça te dirait pas de débouler dans cette tenue au réfectoire du centre pour prendre ton petit déjeuner ? Henley le bouffi en aurait les yeux qui lui sortiraient de la tête. »

Leurs rires débridés balayèrent une part de la laideur de la journée.

Hannah choisit la nuisette la plus décente et alla se changer dans la salle de bains. Elle la passa par la tête et se réjouit de sentir la texture de la soie contre sa peau après des mois de coton rugueux. Inévitablement, elle repensa à la fois où elle avait mis la robe en soie violette pour Aidan, à ses doigts plantés dans ses hanches, au mur derrière elle, dur et solide, comme lui. C'était la seule fois où il s'était montré brutal avec elle. Après, contrit, il lui avait demandé s'il l'avait blessée. S'il l'avait effrayée. Elle avait menti et répondu que non. Elle avait eu mal, mais la douleur s'était doublée d'un obscur plaisir qu'elle n'avait encore jamais connu. La dernière pensée qui l'avait effleurée avant qu'elle ne sombre dans un sommeil profond, c'était qu'il était vraiment étonnant et troublant que douleur puisse cohabiter avec plaisir et même l'amplifier.

À son réveil, elle s'était aperçue qu'Aidan la regardait pensivement.

« Qu'est-ce qu'il y a ? s'était-elle écriée.

— C'est toi qui as fait ça ? lui avait-il demandé en désignant de la tête la robe en tas par terre.

— Oui.

— Pour moi ?

— Non. Pour moi. Depuis des années. Personne n'est au courant.

— Elles sont toutes… dans le même genre ? »

Hannah avait hésité. Irait-il penser du mal d'elle parce qu'elle créait des choses tellement sensuelles, tellement contraires à leur foi ?

« Oui, avait-elle avoué.

— Pourquoi ? »

Gênée, elle avait haussé les épaules.

« Je ne suis pas sûre que tu comprennes.

— Essaie toujours, lui avait-il lancé avec une insistance curieuse.

— C'est comme si j'étais obligée sous peine d'exploser. Comme si…, avait-elle bredouillé en se frappant la poitrine du plat de la main.

— Comme si ça représentait une part fondamentale de ton être. Une part que tu ne peux exprimer autrement.

— C'est ça, avait-elle reconnu avec surprise.

— Pour moi, ce sont fausses pistes et armes du crime.

— Pardon ?

— J'écris des romans à suspense depuis que je suis gamin, lui expliqua-t-il. J'ai essayé d'arrêter en entrant au séminaire, mais ça me manquait trop. »

Devant son air timide, presque gamin, elle avait éprouvé un énorme élan de tendresse pour lui.

« Tu en as publié un ?

— Non. Je ne les ai jamais montrés à qui que ce soit. »

Même pas à Alyssa ? Hannah n'avait pas formulé sa question, mais elle espérait que non. Elle avait tellement envie d'avoir quelque chose de lui que personne d'autre n'aurait jamais eu.

« Pourquoi ?

— Ils ne sont pas si bons que ça.

— Je parie que si. Tu es merveilleusement doué avec les mots.

— En plus, il n'est guère convenable qu'un ministre du culte écrive des histoires criminelles. »

Et qu'il vive une relation adultère avec un membre de sa congrégation.

« Tu m'en feras lire un ? »

Devant l'hésitation d'Aidan, Hannah avait ajouté :

« Allez, je t'ai bien montré mon secret. »

Ses lèvres s'étaient incurvées en un sourire intime, langoureux, puis il avait plissé les yeux et levé la main vers son sein.

« C'est vrai, avait-il murmuré en traçant des cercles sur son mamelon. Encore que je te préfère sans rien. »

Devant la vivacité du souvenir, Hannah crut presque sentir les mains d'Aidan sur son corps. Elle ferma les paupières, traça de légers cercles autour de ses mamelons en tirant dessus comme Aidan à l'époque. Ressentit un pincement de désir, réplique mécanique de ce qu'elle avait connu avec lui. Elle ouvrit les yeux. Son moi rouge et hideux la fixait.

« Eteindre lumières », dit-elle.

Elle retourna dans la chambre et se glissa sous les couvertures. Kayla ne réagit pas au « Bonne nuit » qu'elle lui chuchota et Hannah en conclut qu'elle dormait. Elle ferma les yeux, pour la première fois depuis des mois elle se sentait épuisée mais en sûreté. Pourtant, malgré sa fatigue, elle ne put trouver le sommeil. Les visages qu'elle avait vus dans la journée défilaient dans son esprit : l'édificateur, les Henley, les deux jeunes dans leur voiture, la femme du mont-de-piété, Becca, Cole, la surveillante de la bibliothèque, tante Jo, Mme Bunten, Aidan, l'adolescent du McDonald's, T.J. Sinistre cortège de fureur, de malveillance, d'horreur, de dégoût, de pitié et de chagrin. Tels étaient les sentiments qu'Hannah suscitait désormais chez les autres.

À côté d'elle, Kayla poussa un soupir et s'assit dans le lit. Le plancher craqua sous son poids. Hannah surprit un bruit infime, un doux bruissement de tissu tombant à terre. Un glissement de pieds nus sur le bois. Un grincement de ressorts métalliques. Des murmures happés par le silence, et après des gémissements, sporadiques d'abord, puis scandés et impatients. Un cri de femme, un soupir d'homme. Silence. Et enfin, des pleurs : ceux d'une femme, puis de deux.

Il était plus de midi lorsque Hannah se réveilla, les narines chatouillées par une délicieuse odeur de bacon qui lui rappela qu'elle n'était plus au centre ; elle n'aurait plus à subir une douche tiédasse à la va-vite ni un petit déjeuner frugal, ni un sermon sopori-fique du pasteur Henley, ni une horrible séance d'édification avec Bob. Elle se doucha et enfila les habits que Kayla avait laissés à son intention : un jean, un pull en coton, des sous-vêtements, des chaus-settes, des chaussures de sport. Hannah n'avait encore jamais porté de pantalon et ce vêtement près du corps la troubla. On lui avait appris que les jeunes filles convenables ne portaient pas de pantalon, que c'était indécent, explication qui ne lui avait jamais paru logique, étant donné que seuls les pantalons – et les jupes balayant le plancher – vous couvraient totale-ment les jambes. Un jour, juste après avoir fêté ses seize ans, elle avait enquiquiné sa mère pour savoir en quoi c'était indécent. « Parce que ça pousse les hommes à penser à tes jambes et à ce qu'il y a entre elles, lui avait répondu sa mère. C'est ce que tu veux ? » Cette réponse avait tellement perturbé Hannah qu'elle n'avait plus jamais discuté de cette convention.

Là, en se regardant dans le miroir, Hannah comprit le point de vue de sa mère. Le jean était un peu court, mais sinon il lui seyait à la perfection, soulignait ses longues jambes, sa taille fine, ses fesses rondes. Et lorsqu'elle serrait les jambes, il y avait un creux en forme de triangle juste en dessous de son sexe, et deux autres en haut et en bas de ses mollets. Une sorte d'invite.

Mais… Hannah pencha la tête et réfléchit à une idée nouvelle. Si le pantalon était suggestif chez la femme, il l'était tout autant chez l'homme, voire davantage. Il faisait presque toujours une bosse – comment ne pas la remarquer ? – et, s'il était moulant, on voyait pratiquement tout. Et la manière dont les hommes ne cessaient d'attirer l'attention dessus ! Ils se touchaient et se grattaient le plus naturellement du monde, comme s'il n'y avait personne autour d'eux. Elle avait même vu Aidan le faire distraitement à plusieurs reprises. Or, nul n'accusait les hommes d'être indécents ni de vouloir pousser les femmes à pécher en leur rappelant ce qui leur pendait entre les jambes. Subitement irritée par cette inégalité, elle se regarda dans le miroir. Son corps était fabriqué ainsi. Ce n'était pas parce qu'il était bien fait et moulé dans un blue-jean qu'il fallait y voir une sollicitation.

« T'es encore vivante ? » lui cria Kayla.

Hannah alla la rejoindre à la cuisine.

« Bonjour.

— Bonjour », répondit son amie d'un ton enjoué.

Sa bonne humeur était un peu forcée, mais Hannah constata avec soulagement que son désespoir de la veille s'était dissipé.

« Où est T.J. ? »

Kayla haussa les épaules.

« Il était parti quand je me suis levée. Il m'a laissé un mot disant qu'il serait de retour vers quinze heures. J'aimerais avoir dégagé avant.

— Tu veux dire pour de bon ?

— Voui. »

Il n'y avait pas l'ombre d'une hésitation dans sa voix.

« Pour aller où ? »

Elles évoquèrent différentes possibilités pendant leur petit déjeuner. Ni l'une ni l'autre ne voulait rester à Dallas ; trop de souvenirs douloureux étaient liés à cette ville. Mais la perspective de se retrouver dans un endroit où elles ne connaissaient personne les effrayait.

« J'ai un cousin à Austin, dit Kayla. Il est complètement timbré, mais c'est la famille, je parie qu'il nous aidera au démarrage. Et il y a Annie, ma meilleure amie de l'université ; elle, elle est à Corpus. »

Là-dessus, Kayla regarda Hannah pour voir ce qu'elle proposait.

« Moi, toute ma famille et mes amis sont ici. »

En disant cela, elle prit conscience de la petite vie étriquée qu'elle avait menée jusque-là : c'était une boule de verre à motif de flocons de neige, mais sans neige.

« Je vote pour Austin, si ton cousin nous aide. Mais il nous faudra une voiture.

— J'en ai une. Elle est garée devant mon appartement, si on ne me l'a pas enlevée. Mon problème, c'est la thune. Je suis pratiquement à sec.

— J'ai plein d'argent. Assez pour tenir un bon moment. »

Kayla lui lança un regard intrigué, mais se garda de poser des questions, ce dont Hannah lui sut gré.

« De toute façon, avant d'aller où que ce soit, il faut que je récupère des vêtements et d'autres bricoles. Ce qui signifie que je dois appeler mon père. Je ne pense pas que ma mère me laisserait entrer dans la maison.

— Je te reçois cinq sur cinq. Si T.J. n'était pas allé à mon appart pour prendre mon phone et d'autres affaires après mon arrestation, je suis sûre que ma mère aurait tout balancé.

— Mon père termine sa journée à dix-huit heures. Il pourrait probablement nous retrouver quelque part vers dix-neuf heures. »

S'il me parle encore.

Hannah utilisa la vid de la chambre à coucher pour le contacter. À son grand soulagement, il décrocha aussitôt.

« Dieu soit loué, s'écria-t-il en la voyant. J'étais malade d'inquiétude et Becca pareil. Mais, Hannah, pourquoi as-tu quitté le centre ? Je n'ai pas eu le temps de chercher un autre endroit, je n'ai aucune piste pour un emploi…

— Tout va bien, papa. Tu n'es pas responsable de moi.

— Si tu avais une fille, tu ne dirais pas ça. »

À ces mots, Hannah imagina le bébé que Pearl aurait pu être, allongée sur le dos dans son berceau, agitant ses bras potelés et lui souriant.

« Pardon, je n'ai pas réfléchi. »

Son père poussa un soupir chagriné.

« On va organiser quelque chose, Hannah. Je vais venir te chercher dès que je serai sorti du boulot. »

Chant de sirène auquel elle eut terriblement envie de céder. Que ce serait merveilleux de s'abandonner à son tendre soutien, de le laisser intervenir, prendre les choses en main, réfléchir à l'étape suivante. Papa, au secours !

Non. Elle n'était plus une enfant et elle l'avait suffisamment mêlé à ses problèmes, lui, et Becca aussi d'ailleurs. Hannah secoua la tête et prit une voix ferme.

« Je quitte Dallas. J'ai juste besoin que tu m'apportes des affaires de la maison.

— Ne sois pas ridicule. Où irais-tu ? Tu ne connais personne, tu n'as pas d'argent.

— Mon amie en a. Et j'ai bien réfléchi. Je ne peux plus continuer ici après tout ce qui s'est passé. Je suis sûre que tu le comprends.

— Ton amie, c'est aussi une… »

Il hésita.

« Une criminelle ? Une paria ? Oui, elle est comme moi. »

Il tressaillit à ces mots, mais Hannah balaya ses remords. Même si elle ne voulait pas lui faire de mal, elle ne ferait que lui causer davantage de peine en restant.

« Bon, dit-il en capitulant. Dis-moi ce qu'il te faut. »

Elle lui donna une liste – son phone, des vêtements, des affaires de toilette – et ils décidèrent de se retrouver à sept heures dans le parking du petit centre commercial à côté de la maison. Hannah raccrocha, puis, incapable de résister à son impulsion, lança une recherche sur Aidan. Il y avait plus de cent mille entrées. Elle consulta les plus récentes et tomba sur un reportage vid réalisé lors de sa prise de fonctions, le montrant debout sur une estrade à côté d'Alyssa, de ses parents et d'autres hauts fonctionnaires, tandis que le président Morales, louangeur, évoquait les inlassables efforts de son nouveau ministre de la Foi en faveur des enfants et des pauvres, l'espoir que son saint ministère avait apporté à des millions de gens de par le monde et la force de sa vision sur une Amérique et une planète unies dans l'amour de Dieu. Alyssa lui tint la bible pendant qu'il prêtait serment et, il le jura devant Dieu, s'engageait à défendre la Constitution contre tous les ennemis, dans le pays comme à l'extérieur. Puis il monta sur le podium sous les applaudissements enthousiastes de l'assistance. Vu en gros plan, il avait les traits tirés et paraissait très déprimé. Il commença par des remerciements : à Dieu et à Son Fils, Jésus-Christ, au président et au vice-président, à son prédécesseur, à tel sénateur et à tel député, à ses parents et enfin à sa femme, dont l'amour et l'exemple compatissant l'avaient aidé non seulement à devenir un meilleur pasteur, mais aussi un homme meilleur. En entendant cette déclaration, Alyssa esquissa un sourire confus tandis que les gens présents lâchaient en chœur des tas de *Oh*, mais, pour Hannah, ce n'étaient que des paroles creuses, machinales, et elle se rendit compte que c'était elle qu'il pleurait. Et elle ? se demanda-t-elle, avait-elle fait de lui un homme meilleur ou pire ? En avait-elle jamais eu le pouvoir ou lui avait-elle simplement permis d'être l'homme qu'il était, bon et mauvais à la fois ?

Le discours continua, mais Hannah coupa et alla rejoindre Kayla dans la cuisine. Celle-ci avait réussi à parler à son dingue de cousin qui était tout à fait d'accord pour les héberger en attendant qu'elles se dénichent un logement. Pendant que Kayla allait préparer ses affaires, Hannah s'occupa de la vaisselle du petit déjeuner et ôta les draps du lit. Un quart d'heure plus tard, elles étaient prêtes à partir.

Elles allaient franchir la porte quand Hannah dit à son amie :

« Tu ne lui laisses même pas un mot ?

— Non. À part *ciao*, il y a rien à dire. »

Elles prirent le chemin de Greenville et de la gare. Le trottoir étant étroit, elles durent marcher en file indienne, Hannah la première. Elles ne parlaient pas, mais Hannah entendait dans son dos le doux bruissement des pas de Kayla qui avançait à une cadence un peu différente de la sienne. Grâce à cette simple présence amicale, elle n'était plus du tout dans le même état d'esprit que la veille quand elle parcourait ce même chemin. Une voiture s'engagea dans la rue et se rapprocha d'elles. Hannah faillit relever sa capuche, mais stoppa son geste et laissa le soleil vif de l'après-midi éclairer son visage rouge offert à la vue de tous.

L'appartement de Kayla était situé à Oak Lawn. Elles prirent le train jusqu'à Lemmon, puis un bus jusqu'à Wycliff. Le conducteur ne fit pas attention à elles, mais les regards durs et hostiles des autres passagers les poussèrent vers le fond du véhicule où se trouvaient déjà deux autres Chromes d'un côté et de l'autre de l'allée, deux hommes, un Rouge et un Vert. Le Rouge était un paumé, probablement un sans-abri, qui ne s'était pas lavé depuis pas mal de temps, c'était indéniable. La bouche grande ouverte, il ronflait en soufflant des vapeurs d'alcool et de dents cariées. Le Vert, en revanche, un jeune beau gosse, avait des yeux d'allumé, et on devinait chez lui une tension bridée. Après avoir échangé un coup d'œil, Hannah et Kayla optèrent pour le paumé sonore et puant. Elles prirent place deux rangs derrière lui et quatre derrière le Vert qui les examina avec attention quand elles passèrent. Tout comme la veille avec le Jaune à la gare, Hannah se surprit à l'évaluer machinalement sur la base des données que lui renvoyaient son visage et son corps. Les Verts regroupaient une large catégorie. S'il s'agissait d'un incendiaire ou s'il avait commis un vol à main armée, il n'était sûrement pas dangereux, du moins pas pour elles. Mais s'il avait été chromé pour viol aggravé…

Il tourna la tête et les suivit du regard.

« J'ai le couteau de chasse de T.J., chuchota Kayla en ouvrant son sac marin pour le montrer à Hannah. Je lui ai piqué dans sa chambre ce matin.

— Super, il nous sera peut-être utile un jour. Mais pas pour ce type-là. »

Une fois encore, son assurance l'émerveilla. Devenir rouge lui avait-il apporté un sixième sens ainsi que le pouvoir de percevoir les désirs et les noirceurs cachés dans le cœur d'autrui ? Elle secoua la tête comme une explication plus vraisemblable, moins sentimentale, lui venait à l'esprit : devenir rouge l'avait forcée – pour la première fois de sa vie – à faire montre d'une réelle vigilance.

« Je te garantis que le chauffeur du bus lèverait pas le petit doigt pour nous aider, affirma Kayla. Et ces respectables citoyens assis à l'avant non plus.

— Pas grave. On n'aura pas besoin d'eux. »

Hannah fit un geste en direction du Vert qui était à présent totalement absorbé par un holojeu sur son phone.

« Regarde, il ne s'intéresse déjà plus à nous. »

Kayla enveloppa Hannah d'un regard admiratif.

« On jurerait que le bon Dieu t'envoie des informations qui passent pas sur ma largeur de bande. Mais tout ce que je peux dire, c'est Dieu soit loué.

— Le bon Dieu n'a rien à voir là-dedans.

— Je te croyais très chrétienne.

— Je l'étais, avant. Et toi ?

— Non, je suis pas croyante. Enfin, pas comme on nous l'enseignait à l'église en tout cas. J'imagine que s'il y a un Dieu, Elle est franchement écœurée de voir ce qui se passe ici-bas. »

Ça, c'est un blasphème, se dit Hannah dans un premier mouvement d'indignation. Mais elle se questionna aussitôt sur la virulence de sa réaction. Si elle avait perdu la foi, pourquoi réagissait-elle ainsi ? Par pur réflexe, elle s'en rendit compte. Elle n'avait pas plus de contrôle là-dessus qu'elle n'en avait sur ses glandes salivaires quand elle était devant un pain sorti du four. Était-ce donc ce à quoi se résumaient toutes ses croyances religieuses, à un ensemble de préceptes qui, à force de lui avoir été inculqués, se confondaient avec des automatismes, des réactions instinctives même ? Au mot *Dieu*, tu penseras Il. Face à la misère de l'humanité, tu blâmeras Ève. Tu obéiras à tes parents, tu seras gentille, tu voteras pour le parti de la Trinité, tu serreras bien les jambes pour t'asseoir sur une chaise. Tu ne poseras pas de questions, tu feras ce qu'on t'ordonne, un point c'est tout.

« Hé, t'es où ? s'écria Kayla. Tu m'as plantée, on dirait.

— Le passé. Où veux-tu que je sois sinon ?

— Je te comprends. Moi aussi, j'ai fait de longs séjours là-bas ces derniers temps et, va savoir pourquoi, j'en reviens toujours plus déprimée, jamais mieux. Je présume que j'ai intérêt à garer ça dans le rétro, comme il se doit. »

En voyant les lumières de la ville défiler à toute vitesse derrière la vitre sale du train, Hannah ressentit une soudaine tristesse. Enfant, elle avait toujours eu l'impression que c'était le paysage qui bougeait et la dépassait subitement alors qu'elle restait à la même place. À présent, cette illusion s'était dissipée. C'était elle qui laissait tout ça derrière elle.

Elles arrivèrent à l'immeuble de Kayla juste après le coucher du soleil et retrouvèrent la fameuse voiture. C'était une très vieille Honda Duo convertie qui n'avait même pas de fonctions intelligentes. Néanmoins, ses panneaux solaires avaient rempli leur office et la batterie était suffisamment chargée pour démarrer et leur permettre de faire de la route.

« Bravo, la belle, s'exclama Kayla en tapotant le tableau de bord poussiéreux. Je te présente Ella. On en a vécu des trucs ensemble !

— Pourquoi Ella ?

— En l'honneur de la Première Dame de la Chanson, bien sûr. »

Devant l'air ahuri d'Hannah, elle ajouta :

« Arrête ! T'as jamais entendu parler d'Ella Fitzgerald, c'est ça ?

— Non. »

Chez les Payne, les seules musiques qu'elle avait le droit d'écouter étaient celles que ses parents jugeaient édifiantes : le classique, le gospel et, quand sa mère était d'humeur tolérante, le rock chrétien.

Kayla brancha son phone sur le dock.

« Eh bien, ça, c'est une tragédie à laquelle nous allons remédier illico. »

Ella chanta pour elles jusqu'à Plano. Pour Hannah, sa voix faisait penser à du satin, chatoyant et comme ondoyant, avec des reflets changeants, selon la lumière ; et en même temps elle avait la pureté et le côté aérien du tulle blanc.

« On croirait qu'elle n'a jamais connu la souffrance, dit Hannah.

— Oh, elle a eu sa part, et pas qu'un peu. Orpheline, maison de redressement, deux divorces, le diabète. À la fin de sa vie, il a fallu l'amputer des deux jambes.

— Pouah ! Comment tu sais tout ça ?

— On est apparentées, il y a quelques générations de ça, expliqua Kayla avec une tranquille fierté. J'ai grandi sur sa musique. »

La circulation sur Central était étonnamment fluide, de sorte qu'elles atteignirent Plano avec une demi-heure d'avance. Elles s'arrêtèrent à un Dura-Shell pour recharger la Honda. En payant avec sa

CNI, Hannah fut de nouveau abasourdie par le solde à six chiffres de son compte – jamais elle n'avait été à la tête d'un tel pécule. Elle dépensait encore son propre argent, mais savait que ça ne durerait plus très longtemps. Bientôt, son solde passerait en dessous de la barre des cent mille, et elle serait alors officiellement redevable à Aidan. Qu'il soit riche et lui ait donné cette somme de son plein gré, parce qu'il l'aimait – ou se sentait coupable –, ne l'aidait pas à avaler cette pilule amère plus facilement.

En arrivant au centre commercial, elles s'aperçurent que le parking grouillait de voitures et de gens venus faire leurs courses de Noël. Les lumières des devantures éclairaient des cohortes de lutins robotiques, de jeunes tambours et de rennes caracolant dans une neige bioplastique. Un groupe de chanteurs revêtus de tenues à la Dickens chantaient l'air du « Bon roi Wenceslas » et, tout près, un bénévole de l'Armée du Salut déguisé en Père Noël jouait d'une clochette. Installées sur une place au fond, les deux femmes observèrent ce joyeux charivari. Ella leur tenait compagnie. « *Someday he'll come along, the man I love* [1]… »

« Surréel, pas vrai ? » remarqua Hannah.

Elle se sentait si loin des acheteurs pressés et absorbés par leurs courses et leurs préoccupations terre à terre – *Il faut que je dégote un truc pour oncle John. Une cravate peut-être, à moins que je ne lui en aie offert une l'an dernier ?* – qu'elle avait presque l'impression d'être une extraterrestre. Elle montra du doigt une jeune femme chargée d'une flopée de paquets et habillée d'un pull à l'effigie de Frosty, le bonhomme de neige en 3D.

---

1. « Un jour, il viendra, l'homme que j'aime… » *(N.d.T.)*

« Ça, c'était moi, l'an dernier. Enfin, sans le pull mochard.

— Je ne pense pas qu'on en revienne jamais à cette époque-là, bredouilla Kayla d'une voix nouée.

— Hé, toi peut-être. Tu n'as pris que cinq ans. »

« *He'll build a little home, just meant for two* [1] », ajouta Ella.

« En tout cas, ce qu'il y a de sûr, c'est que, si je continue à écouter ça, je vais pas tenir cinq minutes, s'écria Kayla qui s'essuya les yeux du dos de la main et ajouta, Piste neuf. Volume fort. »

Ella se lança dans une mélodie plus gaie et Kayla l'accompagna. Elle chevrota sur les premières mesures, mais sa voix prit de la puissance à mesure que la musique l'arrachait à ses soucis.

Touchée par l'innocence des textes d'Ella, elle se disait avec mélancolie que si les gens de cette époque jugeaient le monde fou, qu'auraient-ils pensé de ce qu'il était devenu aujourd'hui, quand deux silhouettes vêtues de noir ouvrirent brutalement les portières de la Honda et se saisirent d'elle et de Kayla.

« Sors de la bagnole », grommela l'homme qui s'était emparé d'Hannah.

Elle se débattit, ainsi que Kayla, mais leurs assaillants étaient costauds et les sortirent de force. Hannah poussa un cri, mais son agresseur la bâillonna de la main.

« Écoute-moi. Le Poing est à tes trousses. Ils seront ici d'une minute à l'autre. Si tu veux rester en vie, tais-toi et suis-nous. »

Hannah cessa de lutter. Le type était derrière elle, de sorte qu'elle ne pouvait voir son visage, mais ses doigts dégageaient une vague odeur d'ail et de basilic.

1. « Il construira une petite maison, rien que pour deux. » *(N.d.T.)*

« Comment on sait que vous êtes pas du Poing ? demanda Kayla.

— *Tabarnak !* C'est pas le moment », répliqua la silhouette élancée qui l'agrippait.

Cette voix nasillarde, qui se teintait d'une pointe de colère et d'un accent étranger – français ? –, appartenait à une femme.

L'homme qui avait agrippé Hannah la lâcha.

« Les filles, vous avez cinq secondes pour vous décider. »

Hannah se risqua à tourner la tête pour le regarder. Elle aperçut des cheveux bruns ébouriffés, une peau olivâtre, des yeux graves, intelligents. En revanche, elle ne put distinguer sa compagne ; Kayla lui bouchait la vue, Kayla qui la consultait du regard : *Qu'est-ce qu'on fait ?*

« Moi, je dis qu'on leur fait confiance. Le Poing ne prend pas de femmes. »

Et les miliciens impitoyables ne préparaient pas de pesto.

« Dépêchons-nous », s'écria le bonhomme.

Les inconnus poussèrent les jeunes femmes vers une camionnette garée dans la rangée suivante, en face de la Honda. Les doubles portes arrière s'ouvrirent et tous les quatre grimpèrent dans la partie utilitaire.

« Verrouillage des portes. Mode intime », ordonna la femme.

Les portes se refermèrent et les vitres s'obscurcirent très légèrement. L'homme fila s'installer sur le siège du conducteur, mais ne lança pas le moteur. La femme, en revanche, demeura accroupie à côté d'Hannah et de Kayla, les yeux rivés sur son phone qui baignait son visage d'une vague lueur bleutée.

« Ils sont là, chuchota-t-elle.

— Pourquoi on ne démarre pas ? s'enquit Hannah.

239

— Chut. »

En proie à une panique croissante, Hannah insista :
« On ne peut pas rester ici, ils vont nous repérer.

— La camionnette est équipée d'un brouilleur qui bloque les nanotransmetteurs, lui expliqua l'homme en leur indiquant une petite vidcam derrière le pare-brise.

— Mais si… commença Kayla.

— *Ta yeule* ! »

Hannah ne parlait pas français, mais il n'y avait pas la moindre ambiguïté dans cette exclamation et, d'après le ton de sa voix, cette femme comptait bien qu'on lui obéirait. Là-dessus, un véhicule, une autre camionnette, débMais, déboula à toute vitesse et s'arrêta en cahotant à côté de la Honda. Deux hommes masqués en descendirent et arpentèrent à grands pas la rangée de voitures pour scruter tous les habitacles. Quand le plus petit arriva à leur hauteur, une irrésistible envie de fuir saisit Hannah et elle se mit à trembler de tous ses membres. Elle sentit des doigts s'enfoncer dans son bras.

« Reste tranquille ! » lui glissa la femme à l'oreille.

L'homme dehors pressa son visage masqué contre la vitre du conducteur, à quelques centimètres de la caméra, puis se tourna vers son compagnon.

« Elle a disparu. T'as quelque chose ?

— Nada, répondit l'autre en consultant son phone. J'ai plus de signal. »

Il le rangea dans sa poche et remonta son jean. Hannah aperçut un éclat métallique : une grosse boucle de ceinture, ronde et brillante comme un enjoliveur.

« On dirait qu'on en a encore perdu une.

— Merde ! » s'exclama Cole.

Les deux hommes remontèrent dans leur véhicule et repartirent tandis qu'Hannah, vidée, se laissait aller contre la paroi de la camionnette. Ses bravades de la veille lui paraissaient grotesques, et elle était terrifiée de se savoir à la merci de son beau-frère et de ses amis.

« Il n'a pas encore tué, dit la femme.

— Comment le savez-vous ?

— Allumer habitacle. »

Les lumières révélèrent une grande femme mince d'une trentaine d'années au visage anguleux et aux cheveux blond platine coupés court. Elle avait un regard étonnamment clair et impitoyable.

« Ça, c'est une nouvelle Main. Aucun d'entre eux n'a tué, ils en sont encore à s'entraîner. Ton Cole est un suiveur, il attendra que les autres y aillent en premier.

— Ce n'est pas mon Cole, répliqua Hannah, écœurée.

— Attendez une minute, intervint Kayla. Cole, ton beau-frère ? C'était un des deux ?

— Oui, répondit Hannah qui se tourna alors vers l'inconnue. Comment vous savez tout ça ? Sur Cole, le Poing, Kayla et moi ? Qui êtes-vous ?

— Des amis de Rafael. »

Kayla regarda Hannah d'un air interloqué.

« C'est qui Rafael, bon sang ?

— Le médecin qui m'a avortée. »

Hannah se rappela le trouble surprenant du médecin après qu'il lui avait confié pourquoi il n'avait pas quitté le Texas : *Je me prenais pour un révolutionnaire. Je les ai laissés me convaincre de ne pas partir*. Il parlait donc de ces gens-là.

« On t'a suivie depuis que tu es sortie de la cellule chromatique, ajouta l'homme. Je m'appelle Paul et je te présente Simone.

— Pourquoi vous intéresseriez-vous à nous ? demanda Kayla.

— Il ne s'agit pas de toi, répliqua Simone. (Le toi était plus proche du "toué" – on aurait cru le bruit qu'on fait quand on crache un bout de cartilage dans une serviette en papier.) Tu n'as rien à voir avec notre mission.

— Quelle mission ? s'enquit Hannah.

— Ça suffit ! décréta Simone avec un geste brusque de la main comme si elle coupait quelque chose. *Enwaille.* »

C'était un ordre, il n'y avait pas à en douter. Paul démarra sur-le-champ et quitta leur place de stationnement.

« Attendez, j'ai rendez-vous avec mon père, cria Hannah.

— Ce ne sera pas possible, répliqua Simone.

— Il m'apporte mon phone et mes vêtements. Et il va s'inquiéter si je ne me manifeste pas.

— Vous ne pouvez pas garder vos phones, dit Simone. Sinon, la police remontera jusqu'à vous.

— On n'est pas recherchées par la police.

— Maintenant si, déclara Paul. Ils ont été alertés dès que vos transmetteurs ont cessé d'émettre des signaux.

— Mais… »

La main de Simone se referma suffisamment fort sur le bras d'Hannah pour lui arracher une grimace.

« Hé, tu veux mourir ? »

Son regard était aussi impitoyable que sa poigne.

« Il y a des tas de Chromes qui en rêvent, mais ils ne sont pas fichus de l'admettre ou bien ils n'ont pas les *gosses* de se foutre en l'air, alors ils se traînent en espérant que quelqu'un se chargera de régler la question pour eux. C'est ce que tu veux, Hannah Payne ?

Si c'est ça, je suis sûre que le Poing se fera un plaisir de te satisfaire. »

Elle lâcha le bras d'Hannah et agrippa la poignée commandant l'ouverture des portes arrière.

« Alors ?

— Non. Je veux vivre. »

Hannah avait répondu sans la moindre hésitation et avec une sincérité bien ancrée en elle. Même si sa vie n'était plus trop prometteuse, elle y tenait précieusement.

« Moi aussi, renchérit Kayla.

— *Bon* », fit Simone à l'adresse d'Hannah.

Ils sortirent du parking. Hannah plaqua son visage contre l'une des petites vitres à l'arrière de la camionnette en essayant d'apercevoir son père, mais son espoir fut déçu. Pourtant elle savait qu'il était là quelque part, à scruter les lieux avec angoisse, à chercher en vain la fille qu'il avait perdue.

Simone tendit des cagoules noires à Hannah et Kayla et leur ordonna de les enfiler. Les deux jeunes femmes échangèrent un regard soupçonneux avant d'obéir. Quel choix avaient-elles ? Une foule de questions assaillit Hannah, mais elle se tut. Quoi que l'avenir puisse leur réserver, ce serait toujours mieux que ce que le Poing leur concoctait. Son estomac gargouilla, lui rappelant qu'elle n'avait rien mangé depuis le petit déjeuner. *Pourvu que nous ayons quelque chose à nous mettre sous la dent là où nous allons !* songea-t-elle.

Un phone sonna.

« *Allô* », dit Simone.

Après une brève pause, elle ajouta :

« Oui, mais il y a eu une complication. Elle n'était pas seule. Une autre Rouge. Le Poing était trop proche pour qu'on la laisse. »

Puis, plus fort :

« *Toué*, c'est quoi ton nom ?

— Kayla Ray, répondit Kayla d'une voix sourde derrière la cagoule.

— Épelle. »

Kayla s'exécuta. Il y eut un blanc, puis Simone reprit :

« Kayla Mariko Ray, vingt-deux ans, condamnée à cinq ans pour tentative de meurtre. Pas d'antécédents judiciaires. »

Kayla lâcha un petit bruit de détresse et Hannah eut le cœur serré en constatant une fois encore qu'elles n'avaient plus aucune intimité.

« Tu as déjà eu ton rappel ? demanda Simone.

— Non. C'est le 5 janvier seulement.

— Dans moins de quatre semaines, calcula Simone. Je suis d'accord. Bon, entendu, à bientôt.

— Où nous emmenez-vous ? s'enquit Hannah.

— Dans une maison sécurisée, lui répondit Paul. Elle est protégée, comme la camionnette.

— Et après, ce sera quoi ?

— Ça dépend, marmonna Simone.

— De quoi ?

— Il faudra voir si on peut vous faire confiance. »

Ils poursuivirent leur route dans un silence tendu, que seuls brisaient les borborygmes plaintifs du ventre d'Hannah, qui n'avait apparemment pas conscience – ou bien ça lui était égal – de la grave menace pesant sur elle. Et ce pragmatisme tenace apportait un réconfort étonnant à la jeune femme.

La camionnette ralentit, bifurqua, monta une brève côte, puis s'arrêta. Paul coupa le moteur et Hannah entendit une porte de garage se refermer. Quelqu'un, Paul sans doute, lui retira sa cagoule, puis Simone retira celle de Kayla, ouvrit les portes arrière, sauta à terre et leur fit signe de la suivre. Elles étaient dans un garage pour deux voitures. Sur les murs étaient accrochés des tas de pelles, d'outils électriques, de pinces à barbecue et de raquettes de tennis. Sur des étagères en métal, des boîtes avec d'anodines étiquettes du type *Masques et tubas* et *Albums photos*. Paul les attendait à côté de la porte donnant sur la maison. Sur le paillasson, casé entre une paire de sabots crottés et une série de clubs de golf, une mise en garde : *Chat dangereux*. Quelle qu'ait pu être la manière dont Hannah s'était imaginé une maison sécurisée, ça ne correspondait pas à cet échantillonnage d'objets typiques de la classe moyenne américaine.

Ils pénétrèrent dans une cuisine où régnait la même ambiance simple et accueillante que dans le garage. Sur le réfrigérateur, un mot écrit à la main ajoutait à cette impression :

On est à Target. Retour à 9 h maxi. Le dîner est dans le four. Servez-vous ! – S & A

Après avoir lu ce message, Paul et Simone échangèrent un coup d'œil pensif, et Hannah se demanda si ce billet avait un sens caché.

Au même moment, quelque chose se frotta contre son mollet et la fit sursauter. Elle baissa les yeux et découvrit un chat gris tabby.

« C'est Emmeline », lui expliqua Paul.

Un autre chat, un roux cette fois, avec de larges oreilles, surgit alors et lui fonça dessus en miaulant bruyamment. Paul le souleva de terre, puis le berça comme un bébé en lui grattant le ventre.

« Et lui, c'est Sojo. »

Hannah se pencha pour caresser la douce tête d'Emmeline qui se mit à ronronner. La jeune femme sentit son contentement se répercuter dans ses doigts, puis à ses bras et enfin à ses yeux qui se mirent à la picoter. Quelle que fût la marque d'infamie qu'on lui eût apposée, l'animal n'y était pas sensible.

« Tu lui plais, déclara Paul.

— Elle a faim, rétorqua Simone.

— Eh bien, on est deux, intervint Kayla. C'est vrai que le dîner est dans le four ou c'est un message codé ? »

Simone décocha un regard perçant à Kayla, et Hannah sourit, fière de l'audace de son amie.

« On pourrait manger en les attendant », suggéra Paul à Simone en ouvrant le four dans une bonne odeur de poulet rôti.

Celle-ci haussa les épaules.

« Vas-y. Moi, je n'ai pas faim. »

La table était mise pour trois. Simone s'installa à une place vide et se but un café pendant qu'Hannah, Kayla et Paul s'attaquaient à leur repas. Leurs hôtes étaient à fond dans l'esprit de Noël. Les assiettes étaient décorées de sapins et les serviettes brodées de poinsettias. Un candélabre en bois de renne dominait la table et du gui ornait le passage voûté menant à la salle de séjour.

Ils dînèrent en silence. Une foule de questions se bousculaient dans la tête d'Hannah : Que se passe-rait-il si ces gens ne les jugeaient pas dignes de confiance ? Les laisseraient-ils vraiment partir, sachant qu'elles étaient capables de les identifier ? Paul semblait relativement gentil, mais Simone, c'était autre chose. Hannah repensa à sa poigne puis-sante, à sa propre fragilité en comparaison. Elle ne doutait pas une seconde que Simone ferait n'importe quoi pour assurer sa propre protection et mener à bien sa « mission ».

Un grincement de porte interrompit ces idées inquiétantes.

« Ne bouge pas », lança Simone à Paul.

Elle se leva et disparut de la cuisine. Même sans voir les nouveaux venus et même si ceux-ci parlaient trop bas pour qu'elle puisse saisir leurs propos, Hannah devina qu'il s'agissait d'un homme et d'une femme.

Paul cogna doucement contre la table pour attirer l'attention des jeunes femmes.

« Vous deux, écoutez-moi, leur dit-il d'une voix douce qui contrastait singulièrement avec son air tendu. Ils vont tenter de vous séparer, vous présenter les choses sous un jour séduisant et essayer de vous convaincre que c'est ce qu'il y a de mieux pour vous. Il est même possible qu'ils vous expliquent qu'ils ne peuvent pas faire autrement, mais ne les écoutez pas. »

Il fixa Kayla.

« Sinon, ce sera dangereux.

— Qu'est-ce que vous voulez dire par là ? s'écria-t-elle.

— Pas pour Hannah, seulement pour toi.

— Pourquoi seulement pour moi ?

— Tu n'es pas censée être ici. Tu n'as rien à voir avec notre mission.

— Je ne comprends pas, bredouilla Kayla.

— Faites ce que je vous dis, point. Peu importe ce qu'ils vous promettront, il faut que vous insistiez pour rester ensemble.

— Pourquoi vous me dites ça ? » demanda Kayla.

Hannah n'avait pas eu besoin de voir Paul baisser le nez vers ses mains pour comprendre. S'il les alertait, c'était par bonté d'âme, certes, parce que c'était sa nature, mais il était aussi animé par un autre motif, également puissant, qui tenait plus de la passion que de la compassion. Et quand il leva les yeux vers Kayla, Hannah éprouva un pincement de jalousie en voyant la lueur qui les éclairait. Prise au dépourvu, elle détourna la tête. De qui ou de quoi au juste était-elle jalouse ? Elle n'eut cependant pas le temps d'y réfléchir, car Simone revint dans la pièce et la pria de la suivre. À Paul et Kayla elle dit :

« Restez ici. »

Hannah obtempéra à contrecœur. Lorsqu'elle fut dans le passage voûté, elle jeta un regard vers son amie. Le bref coup d'œil qu'elles échangèrent valait une conversation :

Ne les laisse pas te faire peur.

Si tu tiens, je tiens.

On a survécu aux Henley, on peut survivre à ça.

Si on se serre les coudes.

Si on reste fortes.

Et si on n'y arrive pas ?

On a intérêt, sinon ils gagnent.

« Viens », ordonna Simone, impatiente, à Hannah.

Elles traversèrent le couloir et arrivèrent à une petite chambre banale.

« Tu vas dormir ici.

— Et Kayla ?

— Quoi Kayla ?

— Qu'allez-vous faire d'elle ?

— Tu dois être très fatiguée, répliqua Simone. Donc, repose-toi. Tu en auras besoin. »

Et elle repartit après avoir bien refermé la porte derrière elle.

Hannah ne s'était pas crue capable de dormir, or elle s'endormit presque immédiatement, allongée sur les couvertures et la lumière allumée. Elle se réveilla dans l'obscurité la plus totale sans comprendre où elle était, puis les souvenirs lui revinrent.

« Lumière », dit-elle.

Rien ne se produisit. Ils devaient avoir désactivé les fonctions intelligentes pour l'empêcher d'ouvrir et la porte et les fenêtres. Elle chercha la lampe à tâtons et l'alluma manuellement. Les stores étaient solidement verrouillés et il n'y avait ni pendule ni vid dans la pièce, mais Hannah se dit qu'elle se sentait encore beaucoup trop groggy pour que la nuit soit terminée. Elle alla à la salle de bains, se soulagea et se brossa les dents. Elle avait une furieuse envie de se doucher, mais décida de ne se laver que la figure et les mains. Elle voulait être prête s'ils venaient la chercher.

Elle essaya la porte du couloir. Celle-ci était fermée à clé. Elle colla l'oreille contre le bois, mais ne surprit ni voix ni aucun autre bruit révélateur d'une présence humaine. Elle se tourna ensuite vers les fenêtres. Les stores étaient en métal et automatisés, et pourtant il n'y avait pas d'interrupteur. Après s'être cassé deux ongles en tentant de les forcer, elle finit par renoncer.

Une sensation d'enfermement, de confinement, qu'elle ne connaissait que trop bien, la saisit et une image s'imposa à son esprit, pas celle de l'oubliette aux miroirs de la cellule chromatique, ni celle des couloirs étroits et des salles basses du centre du Droit Chemin, mais celle de son petit atelier au-dessus du garage, un endroit qu'elle considérait avant comme un havre. Elle s'y revit, la tête baissée, poussant de ses doigts habiles un fil blanc dans une soie ou un taffetas blanc en des points microscopiques, invisibles – aussi invisibles, Hannah le comprenait aujourd'hui, qu'elle-même l'avait été dans ce petit atelier blanc d'une maison en stuc blanc d'une banlieue de classe moyenne majoritairement blanche, où elle était née et avait vécu toute sa vie sans imaginer devoir jamais s'en aller à moins que l'avenir professionnel de son futur époux ne l'y ait obligée. Elle vit ses doigts faire ces points microscopiques, ces milliers de points, tous identiques, alors que son esprit rêvait avidement de choses interdites au-delà de ces murs blancs, des choses si floues et si embryonnaires qu'elle ne pouvait les nommer, puis elle entendit sa mère lui crier : « Hannah, viens mettre la table », se regarda poser son aiguille, ses fantasmes, ses myriades de questions et de rêves éthérés et répondit : « J'arrive, maman. »

Elle cogna du poing contre la porte. Combien de temps comptaient-ils la tenir enfermée là-dedans ? Et s'ils avaient fait du mal à Kayla, s'ils l'avaient emmenée ailleurs ? Elle continua à tambouriner jusqu'à ce que sa main soit trop endolorie, puis se retourna et s'appuya contre la porte pour étudier la pièce, sa moquette brun-roux, ses murs blanc cassé, son vilain mobilier de style vaguement colonial, son joli jeté de lit fleuri et ses gravures botaniques : un décor qui lui rappelait les chambres d'hôtel où elle retrouvait Aidan. Qu'est-ce qu'elle les avait détestées ces chambres, à la fin ! Avec leur anonymat, leur banalité allègre, l'indifférence qu'elles manifestaient pour tous ceux qui s'y aimaient, s'y disputaient, s'y douchaient, y pissaient ou chiaient, et dont toutes les traces étaient effacées, évacuées dans les canalisations, balayées comme si ces murs n'avaient jamais hébergé qui que ce soit. Incapable de tenir en place, Hannah arpenta la pièce en cherchant des indices révélateurs du passage de précédents occupants. En ouvrant les tiroirs de la commode, elle dénicha un assortiment bigarré de vêtements pour hommes et pour femmes : T-shirts en coton, jeans, chaussettes, tous vieillots et sans rien de particulier. Qui avait porté ces affaires en dernier ? Des gens normaux – catégorie dont elle ne faisait plus partie, elle en avait bien conscience – ou des fuyards comme elle ? Dans le placard, il n'y avait rien, à part quelques vestes et coupe-vent apparemment abandonnés, sous le lit, rien sinon des moutons, et rien non plus sous le matelas.

Elle allait se remettre debout quand quelque chose en dessous de la table de nuit attira son attention. Il y avait une inscription dans le bois artificiel. Ne pouvant la décrypter – c'était à l'envers –, elle s'allongea sur le dos et glissa la tête tant bien que mal entre les pieds étroits de la table. Gravé en capitales d'imprimerie bien nettes se détachait un court poème :

> Stigmates d'amour sur la couche –
> C'est ainsi que Ménélas
> Décrivait l'absence d'Hélène

Ce texte lui perça le cœur. Qui étaient ce Ménélas et cette Hélène ? Elle n'en avait pas idée, mais ce qu'il avait éprouvé pour elle, et ce que celui ou celle qui avait laborieusement tracé ces lettres devait avoir éprouvé pour quelqu'un autrefois, lui était aussi familier et aussi tangible que les picotements dans ses doigts après qu'elle avait passé des heures à tirer l'aiguille ou que les crampes qui lui nouaient le ventre avant ses règles. *C'est fini. Et que suis-je sans lui ?*

Elle s'assit, face au lit désolé. Incapable de supporter l'idée de s'y coucher seule, elle attrapa les oreillers et se recroquevilla par terre, un oreiller calé entre les genoux et l'autre plaqué contre sa poitrine. C'en était fini de son amour, plus jamais elle ne partagerait son lit avec lui, plus jamais il ne ferait partie de sa vie. Les vagues déferlèrent sur elle jusqu'à ce qu'elle finisse par s'endormir, à bout de larmes.

Un coup frappé à la porte la tira du sommeil, puis Simone passa la tête dans la chambre. Elle regarda Hannah de ses yeux clairs qui ne rataient rien.

« Va te laver la figure, lui conseilla-t-elle avec une gentillesse inhabituelle. Je t'attends dehors. »

Ce n'était pas la première fois que Simone voyait une femme pleurer dans ces lieux, songea Hannah.

Paul était assis à la table de la salle à manger en compagnie d'un couple d'une cinquantaine d'années. Kayla n'était pas là.

« Bonjour, Hannah, dit la femme avec un sourire accueillant. Je m'appelle Susan.

— Et moi Anthony », déclara l'homme.

Assez enrobés l'un et l'autre, ils avaient des traits banals et agréables. Ils étaient en survêtement, ce qui leur donnait un air à la fois bienveillant et un peu ridicule. Susan en portait un lavande vif et avait des ongles assortis ; Anthony, lui, avait le crâne dégarni, un double menton et une mine contrite qui semblait proclamer : *Oui, je suis tout ce que vous pensez que je suis.* Tous deux allaient parfaitement avec la maison, se dit Hannah.

« Je t'en prie, assieds-toi, s'écria Susan en lui indiquant la chaise en face d'elle. Veux-tu une tasse de café ? »

Si elle avait une allure conventionnelle et un peu cocasse, sa voix mélodieuse, puissante et singulière était tout le contraire. Hannah eut l'impression qu'elle l'atteignait au plus profond d'elle-même.

Elle resta debout.

« Où est Kayla ? »

Elle s'était exprimée avec des inflexions rauques et nasillardes ; elle avait tellement pleuré qu'elle avait encore le nez pris.

« Tiens », dit Anthony en lui tendant une boîte de mouchoirs en papier.

En proie à la sensation désagréable d'avoir été percée à vif, Hannah en prit un et se moucha.

« Kayla dort, lui expliqua Susan. Elle était très fatiguée. Je suis désolée, mais on l'a retenue tard.

— Je veux la voir.

— Elle va bien. Nous lui avons juste posé quelques questions. »

Hannah consulta vivement Paul du regard. Il ne bougea pas la tête, mais baissa les paupières une fois, lentement, délibérément.

« Et maintenant, poursuivit Susan, nous aimerions t'en poser quelques-unes et je suis sûre que tu en as aussi quelques-unes pour nous. Ne veux-tu pas te joindre à nous et prendre un café ? »

Fais-moi confiance, disait cette belle voix. *Je n'ai que ton intérêt à cœur.*

« Qui êtes-vous ? Pourquoi m'aidez-vous ? »

Susan se pencha en avant et planta son regard dans celui d'Hannah.

« C'est un choix personnel », déclara-t-elle.

Hannah secoua la tête, sans comprendre, mais soudain les choses s'éclairèrent, et elle en eut la chair de poule.

« Oh, mon Dieu, vous êtes des Novembristes ! »

Les Novembristes était un groupe contestataire tristement célèbre qui militait pour l'avortement et devait son nom aux terroristes du 17/11, des activistes ayant fait sauter le capitole de l'État du Missouri deux semaines après que le gouverneur eut signé les lois CSV. Il était néanmoins rare qu'ils recourent à la violence ; ils préféraient l'intimidation et l'humiliation publique. Conformément à leur devise « Avorter est un choix personnel », leurs attaques visaient toujours des individus en lutte ouverte contre l'avortement libre. Quand les Novembristes avaient publié de scandaleux holos de Lee Dodd, la fondatrice des Anti-Avortements, dansant nue – dans sa jeunesse – autour d'une barre de strip-tease, la mère d'Hannah s'était portée volontaire pour les AA. Plus récemment, ils avaient ébranlé le parti de la Trinité – et stupéfié tous les évangélistes de l'État du Texas, y compris Hannah et sa famille – en dénonçant l'homosexualité du lieutenant-gouverneur trinitaire qui avait un gros faible pour les prostitués mineurs de sexe masculin. Les Novembristes étaient sur la liste des personnes les plus recherchées par le FBI, mais, à la connaissance d'Hannah, aucun membre du groupe n'avait encore été pris.

« C'est exact. Le gouvernement nous qualifie de terroristes, mais nous nous considérons comme des résistants. Rafael est des nôtres. »

Susan pencha la tête, jaugeant franchement Hannah.

« Tu aurais pu le dénoncer. La plupart des femmes révèlent ce qu'elles savent plutôt que de voir leur peine alourdie de trois années. Pourquoi as-tu gardé le silence ?

— Parce qu'il a été très gentil. Et en plus, je ne suis pas sûre de pouvoir purger ma peine jusqu'au bout. Je connais le taux de survie des femmes rouges. »

À ces mots, un frisson glacé la parcourut. Ce n'était pas la première fois qu'elle envisageait la mort, soit parce qu'elle se faisait tuer, soit parce qu'elle déprimait et se suicidait, mais énoncer les choses à haute voix leur donnait une réalité épouvantable.

« Nous pouvons t'aider à faire partie des exceptions, enchaîna Anthony.

— De quelle manière ?

— Cela dépend de toi, précisa Susan. De ta volonté et de ton courage.

— Disons que je suis volontaire et courageuse. Alors ?

— Pourquoi ne pas t'asseoir pour qu'on en discute ? »

Hannah promena ses yeux sur leurs quatre visages : celui de Simone, tendu, attentif et indéchiffrable ; celui de Paul, sérieux et passionné ; ceux d'Anthony et de Susan, dont l'affabilité contrastait radicalement avec leurs regards rusés, scrutateurs. Elle n'avait aucune confiance en eux, Paul excepté, et même lui avait ses priorités, c'était évident. Pourtant, ils lui offraient un espoir. Ce n'était peut-être qu'une lueur, mais c'était déjà plus que ce qu'elle avait cinq minutes auparavant.

Elle tira une chaise et s'assit.

« Je vais prendre un peu de café », déclara-t-elle.

Ils lui demandèrent de leur parler d'elle. Hannah leur décrivit son éducation, sa famille, son travail. Ils s'intéressaient moins aux détails de ses réponses, lui sembla-t-il, qu'à ce que celles-ci révélaient de ses convictions et de son caractère. Quand elle en arriva à sa grossesse, Anthony chercha à savoir qui était le père.

« C'est personnel », répliqua-t-elle sèchement, et Anthony et Susan opinèrent comme si sa réaction leur plaisait.

Hannah relata l'avortement en une phrase et ils ne s'appesantirent pas sur le sujet ; ils s'attardèrent davantage sur l'enquête de police et les semaines qu'elle avait passées en prison. C'était principalement Susan – la responsable, à l'évidence – qui l'interrogeait. Lorsque Hannah évoqua son séjour en cellule chromatique – sa honte, sa léthargie et sa dégradation mentale –, Paul se leva et se mit à arpenter nerveusement la salle à manger.

Tous les quatre s'animèrent quand elle relata ce qu'elle avait vécu au centre du Droit Chemin, et quand elle aborda les séances d'édification ils prirent un air très intéressé et l'assaillirent de questions : les Henley habitaient-ils au centre ? Sortaient-ils souvent ? Hannah était-elle sûre de ne pas avoir noté le nom de l'édificateur et de ceux des médecins qui venaient à l'établissement ? La jeune femme connut quelques secondes de pure jubilation à l'idée que Bob et les Henley puissent avoir un de ces jours une vilaine surprise.

N'oubliant pas l'avertissement de Paul, Hannah intégra Kayla dans son récit, insistant sur sa générosité et sa loyauté. Susan et Anthony ne firent aucun commentaire, mais la jeune femme sentait bien leur impatience. Quand elle évoqua sa décision d'aller à Austin avec Kayla, Susan la coupa :

« Mais tu la connais depuis quoi, six semaines ?

— C'est vrai. Mais, croyez-moi, six semaines dans un endroit pareil, ça vaut six ans n'importe où ailleurs.

— Est-ce que tu savais qu'elle a tenté de tuer son beau-père ?

— Oui, elle me l'a dit le jour où on s'est rencontrées, et je ne la juge pas. Il s'en prenait à sa petite sœur.

— C'est ce qu'elle prétend.

— Elle ne mentirait pas sur un truc pareil.

— Les gens mentent sur toutes sortes de choses, répliqua Susan. Franchement, il n'y a aucun moyen de confirmer son histoire.

— Moi, je n'ai pas besoin de confirmation. Je la crois et vous devriez en faire autant. »

Susan jeta un regard en coulisse à Simone.

« Ce que tu ne sais pas, intervint Simone, c'est qu'elle l'a tué. Il est mort de septicémie avant-hier. Maintenant, elle est recherchée pour meurtre. Si on ne l'avait pas ramassée hier soir, la police s'en serait vite chargée. »

Ébranlée par cette nouvelle, Hannah se tut. Comment Kayla réagirait-elle lorsqu'elle l'apprendrait ? Éprouverait-elle du remords ? Se réjouirait-elle ? Hannah se demanda comment elle-même réagirait si elle découvrait qu'elle avait tué quelqu'un, même un sale type, puis se heurta à la réalité brutale : elle aussi avait déjà tué et sa victime était un être innocent.

« Qu'est-ce qu'ils vont faire s'ils l'attrapent ? s'enquit-elle.

— Il est probable qu'ils réviseront sa peine, répondit Anthony. La première fois, en général, ils ne vous envoient pas en prison, surtout les femmes. Mais si elle tombe sur un accusateur teigneux, c'est toujours possible.

— Vous ne pouvez pas laisser faire, protesta Hannah. Si elle atterrit dans un endroit pareil, elle ne s'en sortira pas. »

Les prisons d'État et fédérales ne fournissaient pas de diffusions en direct et aucune caméra n'était autorisée à l'intérieur, mais ces établissements avaient la réputation d'être très durs.

D'un ton bienveillant, raisonnable, Susan reprit les choses en main.

« Nous comprenons que tu te sois attachée à elle, Hannah, mais tu dois réfléchir au fardeau qu'elle représentera pour toi. Si on t'arrêtait en sa compagnie, tu pourrais être accusée de complicité a posteriori.

— Et alors ? Je serais chromée ? riposta-t-elle sur un ton sarcastique.

— Ce qu'il y a, insista Susan avec une pointe d'irritation, c'est que la route que tu t'apprêtes à prendre est longue et dangereuse, et Kayla augmentera les risques que tu te fasses coffrer. »

Sans parler de ceux que vous pourriez courir ! Ça ferait une personne de plus à vous avoir vus, une personne de plus qui serait en mesure de vous dénoncer.

« Parlez-moi de cette route, répliqua Hannah en songeant aux Henley et à leur fameux chemin. Où va-t-elle ?

— Vers l'est et le nord.

— Et qu'y a-t-il au bout ?

— La rédemption, déclara Anthony. Une vie nouvelle.

— D'accord, celle-là, on me l'a déjà servie. »

La R.O.U.T.E. : Rejetée, Oblitérée, Ultraseule, Terrifiée et Écharpée.

« Je vais formuler ça autrement, dit Susan. La déchromatisation. »

Hannah se figea et scruta leur visage pour y voir la preuve de leur duplicité, mais rien de tel ne lui apparut.

« Déchromatisation ?

— Oui.

— Mais comment ? Il faut que ce soit fait dans un centre chromatique fédéral par une équipe de généticiens.

— Pas nécessairement.

— Ce sont les seuls à avoir accès aux codes génétiques et aux verrouillages des virus. Si quelqu'un se trompe, je suis fichue. »

Susan balaya ces objections d'une main rondouillette et impatiente et s'exclama :

« On n'a pas le temps d'entrer dans les détails. Tout ce que tu dois savoir, c'est qu'il y a un endroit où on vous débarrasse du virus sans risque et que nous pouvons t'aider à y aller.

— C'est où dans le Nord ? demanda Hannah en regardant Simone en face d'elle. Au Canada ? »

Cette dernière ne broncha pas mais, à en juger par le silence tendu de son entourage, Hannah comprit qu'elle avait vu juste. Ça paraissait logique. Le Canada avait rompu ses liens avec les États-Unis après que la Cour suprême avait confirmé la constitutionnalité du mélachromatisme. Hannah n'avait que six ans à l'époque, mais elle se rappelait encore l'indignation de ses parents et les remarques malveillantes sur ces traîtres de Canadiens qu'elle avait pu entendre à l'église. Les relations diplomatiques avaient été rétablies par la force des choses durant la Grande Épidémie, mais des frictions subsistaient entre les deux pays. Le Québec, en particulier, était connu pour être un foyer d'opposition au chromatisme.

« Enfin, quoi qu'il en soit, je ne pars pas sans Kayla, poursuivit Hannah.

— Je crains que ce ne soit pas possible, répliqua Susan. Il faut que tu comprennes que nous avons une mission bien précise et que nous n'irons pas au-delà.

— D'accord, mais ça ne vous empêche pas de surveiller le Poing, riposta Hannah.

— Parce que souvent ils ciblent des femmes qui ont avorté. On ne peut pas sauver tout le monde, Hannah.

— Il y a des gens qui ne méritent pas d'être sauvés, intervint Simone.

— Vous parlez exactement comme Cole, riposta Hannah sans dissimuler son mépris.

— Qu'est-ce que tu veux dire ?

— Il y a deux jours, il m'a sorti : "Il y a des choses qui ne sont pas pardonnables." Peut-être que vous devriez faire équipe avec le Poing, mettre vos énergies en commun. »

Les narines de Simone frémirent.

« Comment oses-tu me parler sur ce ton ? Sans nous…

— Nous avons des ressources limitées », les interrompit Anthony en jetant un regard à Simone pour l'inviter à se calmer.

Celle-ci se rejeta sur son siège mais continua à fixer Hannah d'un air furieux.

« Nous les utilisons pour une chose et une seule : la défense de la liberté de procréer pour les femmes. Nous sommes des féministes, pas des révolutionnaires. »

Féministes. À ce mot, Hannah se hérissa, écœurée. Dans son milieu, les féministes étaient considérées comme des femmes contre-nature qui cherchaient à renverser l'ordre de Dieu, à saboter la famille, à émasculer les hommes et, de concert avec les gays, les athées, les avorteurs, les satanistes, les pornographes et les humanistes laïques, à pervertir le mode de vie américain. Un grand nombre de gens qu'elle connaissait reprochait aux féministes et aux autres pervers de la même farine d'avoir attiré la colère de Dieu et par suite les attaques du 11 Septembre, les bombes de Los Angeles et les catastrophes naturelles telles que la Grande Épidémie et le tremblement de terre de Hayward. En dépit de ce que disait l'Ancien Testament, Hannah avait toujours eu du mal à croire que Dieu puisse annihiler des millions de vies par pure vengeance. Néanmoins, elle n'avait jamais vraiment remis en cause ce qu'on lui avait inculqué, à commencer par le précepte selon lequel les femmes étaient censées se soumettre à la tendre domination des hommes.

Elle regarda Simone, qui était l'archétype même de la féministe, puis Susan, qui ne l'était pas du tout, puis les deux hommes. « Nous sommes des féministes », avait affirmé Anthony sans en éprouver la moindre gêne apparemment. Ça ne leur paraissait pas contre-nature, à lui et à Paul, de se qualifier ainsi et, en plus, de marcher dans les pas de Susan et de Simone ? Pourquoi ces hommes, ceux-là ou n'importe quel autre d'ailleurs, abandonneraient-ils de bon gré leur autorité à une femme ?

La chaise de Paul racla bruyamment le sol. Son regard grave croisa celui d'Hannah, qui repensa à Kayla, anxieuse et vulnérable quelque part dans la maison.

« Vous dites que vous êtes des féministes, reprit Hannah en les fixant tour à tour. Je ne sais pas ce que ça signifie précisément, mais moi, je trouve que vous devriez aider aussi les femmes qui se battent pour que des fillettes ne soient pas violées.

— Elle a raison, et vous le savez », intervint Paul.

C'était Simone, et non Susan et Anthony, qu'il prenait à partie, et à son ton Hannah devina qu'il s'agissait d'une vieille querelle entre eux.

« On ne peut se contenter de lutter pour l'avortement libre ou même les droits des femmes, ça ne suffit pas. Si on veut une société vraiment juste, il faut aller plus loin.

— Et on fait comment, hein ? s'écria Simone. Comment on détermine qui est innocent et qui ne l'est pas, qui mérite d'être chromé et qui ne le mérite pas ? On n'a que leur parole, la parole d'individus reconnus coupables d'un crime.

— Personne ne mérite ça, riposta Paul en montrant du doigt le visage d'Hannah. C'est barbare, bordel. »

Simone haussa les épaules.

« Je suis d'accord. Mais ce n'est pas notre problème.

— Donc, répliqua Paul, tu es prête à risquer ta vie pour défendre le droit d'une femme à disposer de son propre corps, mais ça ne te gêne pas que le gouvernement inflige ce genre de châtiment à ses citoyens ?

— Pour la plupart, c'est de la racaille, répondit Simone, des violeurs, des trafiquants de drogue, des maquereaux. »

Simone était tout à fait comme Bridget, songea Hannah avec un élan d'antipathie. Cachait-elle aussi de douloureux secrets derrière sa véhémence ? Ça lui était égal. Sa vie personnelle n'avait rien d'un conte de fées non plus, et pourtant elle n'était pas devenue une sale garce pour autant.

« Pour certains, oui, lui concéda Paul, mais combien d'entre eux sont simplement piégés par un système qui leur en fait baver depuis leur naissance ? Ce n'est pas une coïncidence si soixante-quinze pour cent des Chromes sont issus des classes défavorisées.

— Et si quatre-vingt-cinq pour cent des Chromes sont des hommes ! s'écria Simone. Peut-être que vous devriez arrêter de violer, de jouer avec des armes à feu et de… »

Susan abattit brutalement la main sur la table, et fit sursauter Hannah et les trois autres.

« Arrêtez, vous deux ! Ce n'est pas le moment. »

Simone acquiesça d'un petit signe de tête.

« Tu as raison. »

Dans le silence qui s'ensuivit, Hannah regarda Paul en réfléchissant. Ses remarques l'avaient déconcertée. Elle avait quatre ans quand le Parlement avait voté le texte sur le mélachromatisme et, si la vue d'un Chrome dormant dans la rue ou faisant la queue pour une soupe populaire avait souvent suscité sa pitié, elle avait toujours considéré que c'était une loi juste et nécessaire. Sinon, comment, après la Seconde Grande Dépression, permettre à l'administration centrale et aux gouvernements fédéraux écrasés par la pression financière de se dégager des coûts énormes induits par l'hébergement de millions de prisonniers ? Et pourquoi gaspiller pour des criminels les précieuses sommes que rapportaient les impôts alors que d'honnêtes citoyens avaient faim, que les écoles n'assumaient plus leur rôle, que les routes et les ponts s'effondraient et que Los Angeles était toujours un monceau de gravats radioactifs ? En outre, il y avait longtemps que le vieux système judiciaire était un échec flagrant et répugnant. Les établissements pénitentiaires, surpeuplés, étaient en pleine déliquescence et les conditions de vie de la plupart des détenus bafouaient la Constitution. Les viols, les meurtres, les maladies et les brutalités des gardiens étaient endémiques. Et le nombre de récidives augmentait d'année en année. À l'exception des condamnés particulièrement violents et irrécupérables, il était donc plus rentable de chromer tous les criminels, et c'était aussi un excellent moyen de dissuasion contre le crime et une sanction plus humaine. C'était du moins ce que ses parents et ses professeurs avaient inculqué à Hannah, et ce à quoi elle avait cru jusque-là. Même quand on lui avait injecté le virus, elle n'avait pas douté une seconde de la légitimité de son châtiment. Or, voilà qu'elle se surprenait à remettre en question le bien-fondé du système. L'aurait-on chromée si elle avait eu les moyens de recourir à un défenseur chevronné au lieu de se faire représenter par un avocat commis d'office sorti de l'école de la magistrature à peine deux ans plus tôt et jonglant avec soixante autres cas ? Aurait-on condamné Kayla si elle avait été blanche ?

« Il y a encore une chose que tu dois savoir, ajouta Susan en tirant Hannah de sa réflexion. Si tu optes pour la route, sache qu'il n'y aura pas de retour en arrière possible. Tu ne pourras jamais revenir ici ni avoir de contacts avec qui que ce soit de ta vie antérieure, qu'ils appartiennent à ta famille ou pas. Tu disparaîtras et, à la longue, tes proches en concluront que tu es morte. Et si nous découvrons que tu as pris contact avec eux, tu le seras pour de bon. Nous ne te laisserons pas compromettre notre mission. »

Hannah imagina les visages chéris de ses parents, de Becca et d'Aidan et, tour à tour, leur inquiétude épouvantable, leur affliction, puis finalement leur résignation. À la différence des Payne, Aidan ne pourrait pas pleurer ouvertement sa disparition, mais il ne manquait pas de causes auxquelles il pourrait attribuer son chagrin : *Quelle tragédie, tous ces malheureux qui ont perdu leur maison dans ces incendies de forêt, tous ces civils massacrés par les rebelles, tous ces enfants victimes de paludisme en Grande-Bretagne !* Il avait toujours été tellement sensible aux souffrances d'autrui ; personne dans son entourage ne soupçonnerait quoi que ce soit. Hannah repensa à la dernière nuit qu'ils avait passée ensemble. Il venait de rentrer des « Nuits de l'abondance », une tournée éreintante qu'il avait effectuée à travers le pays afin de lever des fonds pour les réfugiés de la guerre de l'eau en Afrique du Nord. Il avait les traits tirés et les yeux profondément cernés et rougis par le manque de sommeil. Lorsqu'elle l'avait grondé pour s'être autant surmené, il avait balayé sa contrariété et lui avait décrit avec force détails épouvantables les camps à l'ouest de l'Égypte, en Libye, en Algérie : les ventres distendus des enfants, les corps desséchés des morts, les mères trop déshydratées pour produire lait ou larmes. Ils n'avaient pas fait l'amour cette nuit-là. Hannah s'était lovée contre son dos, en cuillère, et lui avait caressé le bras jusqu'à ce qu'il s'endorme. Elle avait songé à la vie qu'elle portait en elle et se devait d'éteindre non seulement pour lui, mais aussi pour tous ces enfants et leurs mamans anonymes dont la survie dépendait de son action. Elle sortit de la chambre à pas feutrés avant qu'il ne se réveille. Avant de changer d'avis.

Comment supporterait-elle de ne plus jamais le serrer dans ses bras ? se dit-elle. *Une vie nouvelle*. De ne plus jamais s'asseoir à table en face de ses parents ? *Rédemption*. De ne plus jamais coller son front contre celui de Becca ? *Déchromatisation*. Sa peau redeviendrait normale, mais elle serait seule.

Mais pas plus qu'aujourd'hui. En vérité, elle les avait déjà tous perdus, à part son père, et si elle passait seize ans dans la peau d'une Rouge, elle le perdrait aussi, parce qu'elle n'aurait alors plus aucun point commun avec l'enfant qu'il avait aimée.

« Alors ? insista Susan.

— J'opte pour la route, à condition que vous la proposiez aussi à Kayla.

— Même si je l'autorise à t'accompagner, elle décidera peut-être que c'est trop cher payé.

— Et en ce cas ?

— On la relâchera, bien sûr. »

Susan lui répondit d'une voix égale en la regardant avec des yeux bien ouverts et brillants de sincérité. Et Anthony confirma en opinant. Mais Hannah nota, dans la seconde qui précéda leur réponse, le coup d'œil que l'un et l'autre lancèrent à Simone et le hochement de tête presque imperceptible que celle-ci leur adressa en guise de réponse.

« Bien sûr », répéta Hannah en se demandant comment Simone procédait et se débarrassait des cadavres.

Susan annonça qu'ils allaient en rester là pour ce soir afin que tout le monde puisse se reposer.

« On continuera demain quand on aura parlé à Kayla, dit-elle.

— J'aimerais assister à votre discussion.

— Je crois que ce serait mieux qu'on la voie seule. Il faut qu'elle prenne sa décision sans être influencée par qui que ce soit.

— Soit, je ne dirai pas un mot. Mais je veux entendre sa décision de sa bouche même. »

Susan jeta un coup d'œil à Simone, puis reporta son attention sur Hannah et dit :

« D'accord. »

Simone accompagna la jeune femme à sa chambre dans un silence mauvais. Sur le seuil, Hannah lui confia :

« Kayla m'a aidée à me débrouiller quand je n'avais personne pour m'aider. Je lui suis redevable, vous comprenez ?

— Et maintenant tu nous es redevable, répliqua Simone. Tu m'es redevable. »

Simone avait raison ; Hannah le reconnut en hochant la tête avec lassitude et se dit : *À vous et à pratiquement tous les gens que je connais. Et je ne vois pas comment vous payer de retour.*

Épuisée par l'interrogatoire, elle sombra presque aussitôt dans le sommeil et se réveilla quelques heures plus tard, quand Simone frappa à sa porte et lui annonça sans préambule qu'ils se réuniraient dans vingt minutes.

Hannah se doucha rapidement. Écœurée à l'idée de remettre ses habits sales, elle sortit des affaires propres de la commode : sous-vêtements, chaussettes, pantalon kaki et pull-over. En se regardant dans la glace, elle vit le visage de sa mère : ses pommettes hautes, sa bouche voluptueuse, ses yeux noirs de félin et ses sourcils épais et bien dessinés, et se fit alors la réflexion que désormais elle ne la reverrait pas autrement. Toutes deux n'avaient jamais été vraiment proches, mais Hannah ressentit à ce moment-là un élan d'amour pour sa mère et se rendit compte qu'elle lui manquait. Et Samantha Payne, chercherait-elle Hannah de temps à autre dans son propre miroir, ou fuirait-elle cette ressemblance de crainte d'avoir à repenser au déshonneur de sa fille ?

Dans la salle à manger, elle retrouva Susan et Anthony qui avaient déjà commencé leur petit déjeuner. Ils avaient troqué leurs survêtements contre une tenue de ville qui réussissait à donner la même impression de mauvais goût un rien cocasse. Susan portait un tailleur rouge qui ne l'avantageait guère, avec sur le revers un énorme panda en faux diamant, et Anthony un pantalon kaki, un blazer bleu et un nœud papillon à pois bien de travers. On aurait juré que c'était une employée de banque et un professeur de maths et non des terroristes activement recherchés par le FBI.

Le petit déjeuner était placé sur le buffet. Pendant qu'Hannah allait se servir, la chatte grise vint se frotter langoureusement contre ses jambes.

« Bonjour, Emmeline », dit Hannah en se penchant pour caresser son crâne soyeux.

C'est alors que Paul et Kayla entrèrent. Encore à moitié endormie, la jeune femme paraissait voûtée et triste et elle avait les yeux bouffis. Hannah, qui connaissait cette expression, ce sentiment de *C'est fini*, entendit ces mots résonner violemment sous son propre crâne et les repoussa avec énergie. Ni Kayla ni elle ne pouvait se permettre d'être faibles. Croisant le regard de son amie, elle pointa discrètement le menton en avant et l'invita mine de rien à se ressaisir. Kayla se redressa un peu et alla remplir son assiette.

Une fois tout le monde assis, Susan en vint rapidement à l'essentiel.

« Eh bien, Kayla, nous avons décidé de t'offrir le même choix qu'à Hannah. »

Kayla tourna la tête vers Hannah.

« C'est quoi ? »

Après avoir mis Hannah en garde d'un coup d'œil, Susan et Anthony se lancèrent dans une description de la route en mettant en avant les dangers et les sacrifices qu'elle exigeait, alors qu'avec Hannah ils avaient insisté sur ses potentialités. Ce fut un beau travail d'équipe. Hannah vit son amie douter de plus en plus, surtout quand elle apprit qu'il n'y aurait pas de retour en arrière possible.

« Je ne sais pas, avoua-t-elle, manifestement partagée. Ne jamais revoir ma petite sœur ni mes tantes, mes oncles et mes cousins… »

Elle regarda Hannah.

« Tu as dit oui ? »

Hannah acquiesça et Kayla se tourna de nouveau vers Susan.

« Vous savez que je dois avoir mon rappel le 5 janvier. Je pourrai le faire en temps et en heure ?

— Ce n'est pas garanti, répondit Susan. La route est imprévisible. Et le virus aussi.

— Qu'est-ce que vous voulez dire ?

— Que tu n'as pas forcément cette marge de manœuvre. Il y a des gens qui commencent à fragmenter très tôt. D'autres bénéficient de deux à trois semaines avant de ressentir le moindre symptôme. Et bien entendu l'évolution varie d'un sujet à l'autre. Si tu es du genre réactive, tu peux très bien être totalement fragmentée en quelques jours. »

Kayla se mordit la lèvre et fixa son assiette.

« Quelles que soient les difficultés que tu imagines sur la route, dit Simone, ce sera pire. Les faibles et les indécis n'y survivent pas. Il ne faut pas te lancer si tu n'es pas sûre et certaine de le vouloir vraiment. »

Kayla garda le silence un long moment.

« Je ne sais pas, reconnut-elle en regardant Hannah d'un air penaud et malheureux. Si j'étais condamnée à seize ans comme toi, je n'y réfléchirais pas à deux fois. Mais je n'ai que cinq ans à faire. Peut-être qu'il vaudrait mieux que je reste ici. »

Hannah n'en crut pas ses oreilles. Face à ces gens, elle avait pris des risques pour Kayla et voilà que celle-ci reculait ? *Elle m'abandonne elle aussi, comme Aidan.* Cette idée inopinée libéra un flot de rancœur qui couvait depuis quelque temps à son insu, juste sous la surface de son amour. *Pour lui, j'ai sacrifié la vie de notre enfant et la mienne et ce froussard m'a plantée.* Si le constat était douloureux, la colère lui fit du bien. C'était drôlement mieux que de pleurer saint Aidan.

« Si tu n'es pas sûre, alors il ne faut pas y aller », répéta Anthony à Kayla.

Hannah sentit le regard de Paul se poser sur elle et la piquer : *Ils vont essayer de vous séparer.* Elle étudia son amie et l'évalua avec le même détachement que celui dont elle avait fait montre avec Paul, T.J. et le Vert dans le métro. Elle vit de la peur, des doutes, de la vulnérabilité, de l'intelligence et du cran, mais en revanche pas de lâcheté. Et elle, à la place de Kayla, n'aurait-elle pas été réticente à la perspective de renoncer à tout ce qui avait constitué sa vie jusque-là ? Sauf que Kayla ignorait quelle était désormais sa situation et, si Hannah n'intervenait pas, personne ne lui permettrait de décider en toute connaissance de cause.

« Ton beau-père est mort », lui annonça-t-elle.

Stupéfaite, Kayla la regarda fixement quelques secondes avant de se tourner vers Susan.

« C'est vrai ? »

Celle-ci acquiesça de mauvais gré.

« Il est mort de septicémie il y a deux jours.

— Le salopard. Quel malheur ! »

La voix de Kayla se brisa sur ces mots, et Hannah se rendit compte que, malgré cette fanfaronnade, son amie était profondément bouleversée. D'ailleurs, son visage s'assombrit quand elle prit conscience de ce que ça impliquait.

« Un meurtre, c'est quoi ? Dix ans minimum. »

Susan acquiesça de nouveau.

« Le salopard.

— Au moins, il ne touchera plus jamais ta sœur, lui glissa Hannah.

— Oui, c'est déjà ça, grommela Kayla avant de prendre une grande inspiration, puis de lâcher dans un souffle : Je pense que, là, on va être deux à prendre la route. »

Susan leur avait dit que leur départ était l'affaire de quelques jours, mais une semaine et demie plus tard elles étaient toujours bouclées dans la maison, à attendre. « Il y a eu un retard » fut la seule explication qu'on leur fournit. Susan et Anthony disparaissaient dans la journée, sans doute allaient-ils vaquer à leurs respectables occupations, et tantôt Simone, tantôt Paul se chargeait du baby-sitting. Hannah et Kayla se sentaient de plus en plus coincées et irritables. Elles ne pouvaient pas sortir et n'avaient pas le droit d'accéder au net – de crainte qu'elles ne contactent des proches, présumait Hannah –, et du coup elles n'avaient même pas la permission d'allumer la vid, sauf si un de leurs gardiens était présent dans la pièce avec elles. À part manger, se ronger les sangs et jouer avec les chats, il n'y avait pas grand-chose à faire. La bibliothèque – façon de parler – non numérique de Susan et Anthony renfermait surtout des livres de cuisine, des récits militaires et des ouvrages – pour femmes – centrés sur le développement personnel et aux titres éloquents du style *Comment nourrir la louve qui sommeille en vous*. Hannah avait dans l'idée que l'ensemble – les livres, les tenues d'un goût douteux, le décor mignonnet – participait d'un camouflage élaboré. Elle imagina Susan et Anthony menant une vie radicalement différente ailleurs, dans une élégante résidence peut-être, où ils buvaient du vin français et discutaient politique dans le cadre de dîners raffinés.

Hannah et Kayla avaient le droit de circuler librement dans la maison – excepté la nuit –, mais tous les deux à trois jours et toujours en début de soirée, quand Susan et Anthony étaient là et Simone aussi, elles se voyaient enfermer dans leurs chambres, sans explication, durant une heure ou deux. La deuxième fois, Hannah remarqua cinq tasses de café sales sur la table de la salle à manger. Elle présuma que d'autres Novembristes étaient venus consulter Susan et Anthony et comploter avec eux et se demanda combien le groupe comptait de membres et ce que ces gens faisaient dans leur autre vie. Ça la troublait de penser qu'elle avait peut-être rencontré l'un d'entre eux et lui avait serré la main à l'église ou même qu'ils avaient bavardé de choses et d'autres en faisant la queue à l'épicerie sans jamais se douter de quoi que ce soit.

Par chance, c'était plus souvent Paul que Simone qui les gardait dans la journée. Sa gentillesse les rassurait et compensait le flou angoissant dans lequel elles évoluaient ; sa gentillesse et sa cuisine délicieuse. Il préparait de somptueux déjeuners pour les distraire et les remplumer : poulet au parmesan, risotto aux asperges, soufflé aux épinards. Hannah n'avait encore jamais rien mangé de tel – sa mère avait des talents assez limités dans ce domaine, et elle-même s'y était peu intéressée – de sorte que ces saveurs la stupéfièrent et lui arrachèrent souvent des gémissements de satisfaction. Cependant, quand Paul les servait, c'était Kayla qu'il surveillait d'un œil qui ne demandait qu'à briller de fierté et de plaisir lorsque cette dernière dévorait.

Elle ne tarda d'ailleurs pas à s'épanouir devant ces attentions. L'abattement que T.J. lui avait causé se mit à céder un peu et elle retrouva son esprit et son impertinence et commença à taquiner Paul, auquel malheureusement ces provocations coupaient souvent le sifflet. Hannah les observait en s'efforçant de refouler sa jalousie. Comme ce devait être merveilleux d'être ainsi désirée par un homme – un homme bien, attirant, pas chromé – même si on était rouge. À en juger par les apparences, Paul n'attachait aucune importance au fait que Kayla soit une Chrome. Lorsqu'il la regardait, il ne voyait qu'une femme désirable, c'était évident.

Tel un hanneton vert bourdonnant autour d'une canne à pêche, les pensées d'Hannah tournaient en boucle dans sa tête et la ramenaient constamment à sa famille et à Aidan. Ce dernier était le plus présent de tous. Il n'y avait pas moyen de lui échapper, même dans son sommeil. Tapi derrière ses paupières closes, il émergeait triomphalement du lac, berçait Pearl dans ses bras, déboutonnait la robe d'Hannah, puis suivait d'une bouche gourmande le chemin de ses doigts. Une nuit, après un rêve particulièrement érotique, elle s'était caressée en s'imaginant que c'était lui, mais quel plaisir amer en découvrant le lit vide à côté d'elle. Cinquante fois par jour, elle se demandait où il pouvait être, ce qu'il faisait et s'il pensait à elle, puis se reprochait sa faiblesse. Il fallait qu'elle l'oublie. Elle se le répétait cinquante fois par jour, mais l'oublier, c'était oublier de respirer, oublier son cœur qui battait, et elle n'était pas encore prête pour cette fin-là.

Puis, un après-midi, alors qu'elle était assise avec Paul et Kayla devant la vid à chercher un truc à regarder, Aidan lui apparut, comme par un tour de passe-passe.

« Stopper zapping », dit-elle.

Il était dans un stade gigantesque, sur une scène, et prêchait devant un groupe d'adolescents. C'était une émission en direct. La caméra fit un panoramique sur la foule, s'attarda sur les visages captivés de jeunes femmes en adoration devant lui.

« Je ne suis vraiment pas d'humeur à me taper un sermon ce soir, s'écria Kayla, fâchée. Re-zapping.

— Retour », fit Hannah.

La caméra zooma sur Aidan.

« Qu'est-ce qu'il te prend ?

— Chut, je veux voir ça.

— Très bien, fais comme ça te chante », riposta Kayla avec brusquerie.

Elle se leva et sortit de la pièce, indignée. Paul poussa un juron et lui emboîta le pas.

Hannah regarda Aidan avec stupeur. La dernière fois qu'elle l'avait vu, dans la vid de sa prise de fonctions en septembre, il paraissait triste et laminé. Maintenant, à peine trois mois plus tard, il avait le visage rose et rayonnant de vitalité. Ses prunelles brillaient d'enthousiasme, et son comportement sur scène reflétait la force et l'exubérance. Et ses paroles ! Il était possédé par l'esprit de Dieu qui passait comme un courant électrique de ses lèvres aux oreilles de son public enfiévré, parmi lequel de nombreuses personnes, debout, les yeux fermés et les bras tendus vers le plafond, se balançaient d'avant en arrière au rythme de sa voix. Tiraillée entre souffrance, ahurissement et fureur, Hannah observa ce spectacle. Elle était non seulement chromée, en fuite et menacée par le Poing, mais cherchait désespérément à sauver sa vie. Et lui il avait l'air… heureux.

Son âme se liquéfia en elle et se mua en une chose inerte, informe et abjecte. Qu'il devait être loin d'elle et de l'amour qu'ils avaient partagé pour paraître aussi en forme ! Avait-il jamais été réel, cet amour, ou n'avait-ce été qu'un rêve pénétrant ? Elle refusait de le croire, mais la preuve qu'elle avait sous les yeux était irréfutable, accablante :

Il l'avait oubliée.

Elle était morte depuis un moment déjà et ne s'en était même pas aperçue.

QUATRE
La jungle

Au cours des jours qui suivirent, Hannah ne fit pratiquement que dormir. L'autre option – garder l'œil vif pour se lamenter sur Aidan, sur sa séparation d'avec sa famille, se tracasser pour le rappel de Kayla qui approchait à grands pas et être témoin de l'attraction croissante entre Paul et elle – lui était insupportable. Il n'y avait rien pour rompre la monotonie du quotidien, rien pour tenir la morosité à distance. Même Noël ne réussit pas à lui remonter le moral, malgré les gros efforts de leurs gardiens pour créer une atmosphère de fête. Susan et Anthony mirent des chants de Noël sur la vid et leur offrirent à chacune une veste chaude, des gants et une grosse paire de bottes. Le 25 au matin, Simone n'était pas là, mais Paul débarqua avec des sacs de courses et passa la journée à cuisiner avec Kayla dans le rôle du marmiton. Hannah se planta avec apathie devant la vid, engluée dans les souvenirs que les bruits joyeux et les odeurs de la cuisine éveillaient en elle. Chez ses parents, elle aurait pelé des pommes de terre pendant que sa mère aurait préparé de la pâte à pain et que Becca aurait arrosé la dinde. Son père aurait régulièrement fait irruption dans la pièce pour tenter de chiper une bricole à manger et sa mère aurait fait de grands gestes faussement furieux pour le chasser.

Tante Jo aurait apporté sa fameuse tarte au babeurre et les cousins d'Hannah auraient débarqué avec des pralines maison, du pain d'épice, des gratins de macaroni au fromage et des patates douces aux marshmallows. Les femmes auraient papoté dans la cuisine, tandis que les hommes auraient regardé un match de foot et discuté politique au salon. Et, à l'heure du repas, tous auraient joint les mains et son père aurait conduit la prière.

Sous le toit de Susan et Anthony, il n'y eut pas de prières, ni ce jour-là ni aucun autre. Anthony ouvrit une bouteille de vin rouge et servit tout le monde. Il leva son verre en disant : « Joyeux Noël. » Hannah prit une gorgée avec méfiance. Jusqu'à présent, elle n'avait bu de l'alcool qu'une fois, un vin dans une boîte rose que Seth, son petit ami à l'époque, avait apporté le soir de la remise des diplômes du lycée. S'il avait cru pouvoir lui faire l'amour en la soûlant, son stratagème avait produit un effet inverse : elle s'était retrouvée malade après deux verres et il avait passé l'heure suivante à lui tenir les cheveux pendant qu'elle vomissait.

Mais là, c'était vraiment autre chose. Ce vin était délicieux et avait un goût de cerise, de vanille avec un soupçon de cuir. Elle vida le premier verre plus rapidement qu'elle ne l'aurait voulu et éprouva alors la sensation agréable de flotter, de se détacher d'elle-même et des autres. Cette impression de larguer les amarres, de dériver hors du moment présent jusqu'à le voir devenir flou et insignifiant, comme une chose qu'on aurait observée dans le rétroviseur d'une voiture roulant au ralenti, s'accentua avec le deuxième verre. Lorsqu'elle tendit la main pour se resservir une troisième fois, Susan repoussa la bouteille.

« Oh, laisse-la donc, suggéra Anthony. C'est Noël et elle est loin de chez elle, au milieu d'inconnus. Comment lui reprocher de vouloir un peu d'oubli ? »

Cette nuit-là, Hannah alla se coucher en titubant et on l'enferma seule conformément à l'habitude. Mais quand elle se réveilla le lendemain, la bouche pâteuse et des élancements dans le crâne, elle vit Emmeline couchée en travers de son ventre et de sa poitrine, en train de pétrir du pain avec force ronrons. Une gentillesse, un cadeau – de qui ? Hannah n'en savait trop rien, mais soupçonnait Anthony. Elle resta un long moment allongée ainsi, à caresser le corps chaud de la chatte au poil brillant, heureuse de ce bref répit dans sa solitude.

Sa vessie et son mal de tête finirent par l'obliger à se lever. Son visage dans le miroir lui parut bouffi, surtout autour des yeux, et elle remarqua que la taie d'oreiller lui avait laissé une grande marque sur la joue gauche. Un mois plus tôt, obnubilée par son teint rouge, elle n'aurait pas vu ces détails et se serait empressée de regarder ailleurs, songea-t-elle. Elle commençait donc à s'habituer et, d'ici peu, elle ne ferait guère plus attention à sa peau écarlate qu'au grain de beauté sur son cou ou à la minuscule cicatrice, legs d'une chute de vélo, sous sa lèvre inférieure. Et, en admettant qu'elle réussisse à atteindre le Canada et à être déchromatisée, pourrait-elle alors contempler son visage sans le voir rouge ?

Elle se sentit un tout petit peu mieux après s'être brossé les dents et douchée. Lorsqu'elle émergea de la salle de bains, Emmeline, sans doute affamée, tournicotait devant la porte du couloir. Hannah, persuadée qu'elle était verrouillée, essaya – pour la forme – de tourner le bouton, et se vit récompensée de son effort. La chatte fila et Hannah la suivit, quoique moins vite. Elle arrivait au bout du couloir quand elle surprit un échange animé dans la salle à manger. Elle s'approcha à pas de loup, autant que son audace le lui permettait.

« Soit c'est George, soit c'est Betty et Gloria, disait Susan.

— Stanton soupçonne George, répliqua Simone.

— Eh bien moi, je miserais sur ces dames, fit Paul. C'est après qu'on a introduit l'étape d'Érié que ces disparitions ont commencé.

— Pure coïncidence, déclara Simone avec force. C'est impossible que Betty et Gloria aient pu faire un truc pareil. Ce sont des lesbiennes, des féministes.

— Et alors ?

— Alors, elles trahiraient leurs sœurs ? Elles aideraient ces salauds de fanatiques religieux à faire disparaître d'autres femmes ? Jamais. »

Paul eut une exclamation impatiente.

« Tiens, Simone, un scoop pour toi : les femmes sont comme les hommes, ce sont des êtres humains, et les lesbiennes, pareil. Vous aussi vous pouvez trahir. Et quand vous chiez, votre *merde* pue autant que n'importe quelle autre. »

Hannah écarquilla les yeux. Vous aussi, avait-il dit. Simone était homosexuelle alors ? Hannah ne connaissait qu'une seule personne gay, un jeune homme adorable et papillonnant qui bossait au drugstore à côté de la maison. C'était quelqu'un qu'elle plaignait, attitude que leur père avait toujours encouragée chez Becca et elle quand leur mère n'était pas à portée de voix. Contrairement à sa femme et à de nombreux évangélistes qui considéraient les gays comme des suppôts de Satan, John Payne voyait plutôt en eux des individus égarés, des âmes blessées qui méritaient qu'on prie pour elles et qu'on les prenne en pitié. Hannah pensa à Simone, à son regard farouche, à sa bouche orgueilleuse, inflexible. Elle n'avait assurément rien pour inspirer la pitié. Et Hannah avait beaucoup de mal à imaginer qu'elle apprécie qu'on puisse prier pour elle.

« Et il n'y a peut-être même pas de traître parmi nous, suggéra Anthony. La route est dangereuse. Il a pu leur arriver n'importe quoi à ces femmes.

— Trois en sept mois ? s'insurgea Simone. Et uniquement de jeunes et jolies filles ? Pour moi, ça pue.

— Pour moi aussi, renchérit Susan.

— Ben, ajouta Simone, il n'y a qu'un moyen de découvrir la vérité. Utilisons la petite comme appât. On l'emmène à Columbus, et puis on la piste et on voit ce qu'il se passe.

— Attends une minute, lança Paul. Tu as dit "la petite". Et Kayla ? »

Un lourd silence s'ensuivit.

« Non, poursuivit-il en haussant la voix. On lui a proposé la route et elle a accepté. On est tenus de l'aider.

— On a perdu trop de temps, rétorqua Simone. Et maintenant cette fille, c'est un handicap, on ne peut pas se permettre ça.

— Tu connais le code aussi bien que n'importe lequel d'entre nous, Paul, dit Susan d'un ton plein de regrets, mais ferme. Il n'est pas de vie qui passe avant la mission.

— Et il n'est pas de vie qui sera sacrifiée, sauf en dernier recours, riposta Paul. On n'en est pas à ce stade. »

Hannah sentit ses poils se dresser sur ses bras. Elle avait certes soupçonné Simone d'être suffisamment impitoyable pour tuer, mais le pragmatisme avec lequel Paul évoquait un « sacrifice » lui donnait des frissons.

« C'est toi qui le dis.

— C'est la vérité. Kayla ne nous a compromis en rien.

— Pas encore.

— Paul, même toi, tu vois sûrement la folie de la chose, intervint Anthony. Bon sang, cette fille doit avoir son rappel dans une semaine !

— Dans dix jours. Et que veux-tu dire par "même moi" ?

— Il veut dire que tu as le cœur trop tendre, lui expliqua Simone à la manière d'une sœur aînée, sur un ton exaspéré, mais pas méchant. Tu t'attaches trop facilement.

— C'est un choix personnel, d'accord ? C'est ce qui sous-tend notre action. Or, à mon sens, si quelqu'un peut comprendre ça, c'est bien toi.

— Paul ! s'exclama Susan en même temps que Simone lançait :

— Qu'est-ce que tu veux dire ? »

Il ne répondit pas.

« Explique-toi, insista Simone.

— Je sais ce qu'il t'est arrivé, marmonna-t-il. Je le sais depuis longtemps.

— Tu sais que dalle, répliqua Simone sèchement.

— Je sais que tu es prête à mourir pour éviter que d'autres femmes n'aient à subir ça. »

À quoi faisait-il allusion ? À un avortement ? Sans doute ; sinon de quoi d'autre aurait-il pu s'agir ? Ce qui expliquait beaucoup de choses. L'idée qu'elle partageait quelque chose d'aussi intime avec Simone était troublante et dérangeante. Sauf qu'elle-même n'avait jamais « subi » que l'avortement. Elle n'avait pas eu de problème, excepté après. Le médecin avait-il raté l'intervention de Simone, l'avait-il blessée ? Avait-elle été condamnée à cause de ça ? Si l'avortement était redevenu légal au Canada, pendant la Grande Épidémie et un certain nombre d'années après c'était considéré comme un délit.

« C'est vrai, reconnut Simone, n'empêche que je ne suis pas disposée à risquer ma vie ni la tienne pour une nana qui a flingué un membre de sa famille.

— Eh bien moi, si.

— Tu imagines qu'elle a des sentiments pour toi, hein ? reprit Simone avec un petit bruit méprisant. Elle se sert de toi. Et si tu ne pensais pas avec ta queue, tu le verrais.

— Ce que je vois, riposta Paul, c'est une jeune femme en difficulté. Quelqu'un à qui on a sincèrement promis notre aide.

— Je suis désolée, Paul, dit Susan. Moi, je suis obligée d'être d'accord avec Simone. On ne peut pas prendre le risque qu'elle se mette à fragmenter sur la route. »

Les carottes sont cuites, alors. Hannah s'appuya contre le mur, la tête lui tournait. D'une façon ou d'une autre, Kayla et elle allaient devoir s'échapper. Voler une voiture, quitter Dallas. Fuir les Novembristes, la police, le Poing. Et si elles y parvenaient, que feraient-elles ? Où iraient-elles ? Qui les recueillerait ?

« D'un autre côté, grommela Anthony en réfléchissant à voix haute, la fille est jeune et jolie.

— Et alors ? s'enquit Simone.

— Double appât.

— Il n'a pas tort », s'empressa de noter Paul.

Un silence s'abattit et Hannah comprit que tous attendaient la décision de Susan.

« Simone ? dit enfin Susan.

— D'accord, répondit Simone. Mais si elle entre en fragmentation ou qu'elle compromette la mission…

— Tu appliques le code, conclut Susan. D'accord, Paul ?

— D'accord. »

Hannah frissonna. Il ne donnait pas du tout l'impression de faire semblant.

Elle s'apprêtait à regagner discrètement sa chambre quand un léger miaulement s'éleva dans la salle à manger. Elle se figea. Elle avait oublié Emmeline, qui était censée être avec elle. S'ils se rendaient compte qu'elle les avait écoutés… Elle courut jusqu'à sa porte, la claqua, puis revint vers la salle à manger en priant le ciel qu'aucun d'entre eux n'ait remarqué la présence de la chatte.

« Bonjour », dit-elle en feignant la nonchalance.

Tous sursautèrent en la voyant apparaître, sauf Anthony qui l'observa avec attention.

« J'ai mis Emmeline dans sa chambre la nuit dernière, expliqua-t-il aux autres. J'ai dû oublier de fermer à clé. »

Quatre paires d'yeux la transpercèrent, à l'affût d'indices susceptibles de leur indiquer si elle les avait entendus. Elle porta la main à son front en affichant un sourire contrit.

« Je crois que j'ai un peu trop forcé sur les réjouissances hier soir. Vous avez de l'aspirine ? »

Durant de longues secondes, personne ne broncha, puis Paul réagit :

« Je vais t'en chercher. »

Hannah sentit la tension se dissiper et s'assit, tremblante de soulagement.

« Va réveiller Kayla pendant que tu y es, lança Susan à Paul avant de se tourner vers Hannah. Vous partez demain. »

Vingt-quatre heures plus tard, Kayla et elle se retrouvaient, encagoulées, dans la camionnette en route pour Columbus. Quel Columbus ? Mystère. Hannah n'en connaissait qu'un seul, dans l'Ohio, mais il devait y en avoir un dans chaque État américain.

La jeune femme se sentait comme disloquée, sensation débridée qui s'amplifiait à mesure que les minutes et les kilomètres passaient. Une fois encore, elle était projetée dans les ténèbres vers une destination inconnue. C'était une juste métaphore de sa nouvelle existence. Étourdie à l'idée de tout ce qu'elle avait perdu, à l'idée de ne plus avoir d'attaches avec rien ni personne, elle s'appuya contre la paroi du véhicule. Elle n'avait plus rien, plus rien du tout. Puis Kayla bougea et lui cogna le pied sans le vouloir, et elle se ressaisit. Elle avait déjà une vraie amie. Pour le moment, cela suffisait pour l'aider à tenir et donner un sens à sa vie.

Et, même si elle avait perdu Aidan, sa vie n'en continuait pas moins. Elle avançait inexorablement vers un destin dont il ne ferait pas partie. Il lui manquait encore, mais quelque chose en elle avait évolué, elle en avait conscience, depuis le jour où elle l'avait vu sur la vid. Allez savoir par quel mystère le formidable tumulte qui avait accompagné la fin de leur histoire s'était transformé en un grondement sonore et les vagues avaient perdu une grande part de leur fureur. La plaie qu'il lui avait causée se refermait tout doucement et, en plissant les yeux, elle savait qu'un jour, bien plus tard, il ne resterait plus que des berges irrégulières, peut-être encore sensibles au toucher, mais plus à vif.

Kayla et elle allaient au-devant de graves dangers, Hannah ne se faisait aucune illusion là-dessus. Et pourtant, elle se sentait plus optimiste et moins effrayée qu'elle ne l'avait été deux semaines et demie auparavant, lorsqu'elle avait décidé d'accepter la proposition de Susan. C'était dû, pour une part, au fait que la police n'allait pas les rechercher activement. Elle joua avec la bague que Susan lui avait remise le matin même et en caressa le cabochon – une opale artificielle dissimulant un minibrouilleur de nano-transmetteurs. Kayla en avait une aussi, une pierre de lune.

« Et si on se fait prendre avec ? avait demandé Hannah.

— Dites que vous les avez eues à Chromewood, leur avait conseillé Susan. Ce n'est pas difficile de s'en procurer au marché noir. »

C'était nouveau pour Hannah. Si les brouilleurs étaient si banals, pourquoi n'en avait-elle jamais entendu parler ni sur le net ni aux vidnews ? Elle ne vit qu'une raison à cela : le gouvernement ne voulait pas divulguer le fait qu'il était possible de passer entre les mailles du filet. Si le public apprenait que des Chromes circulaient en toute liberté…

« Mais les bons ne sont pas donnés, avait répliqué Kayla, à la surprise – encore une fois – d'Hannah. (Comment était-elle au courant ?) De quelle manière aurions-nous pu dégoter ce pognon ? »

Mine de rien, Susan l'avait observée de la tête aux pieds.

« En recourant à une méthode vieille comme le monde. Dites que c'était un échange de bons procédés. »

Hannah s'était hérissée en comprenant à quoi Susan faisait allusion, mais Kayla s'était contentée d'en rire.

« Oui, j'imagine que si on n'a pas un radis, on peut toujours jouer à touche-pipi. »

Au moment du départ, Susan et Anthony les avaient accompagnées jusqu'à la camionnette.

Hannah avait souri en découvrant le logo peint sur le flanc du véhicule : Église de la Nouvelle Vie.

« Ça existe vraiment ? avait-elle demandé.

— Bien sûr, tu y es déjà ! » lui avait répondu Susan en lui retournant son sourire.

Hannah avait cru qu'ils se sépareraient sur une poignée de main, mais Susan et Anthony les avaient chaleureusement embrassées. Au contact de la généreuse poitrine maternelle de Susan, Hannah avait eu la surprise de sentir sa gorge se serrer. Ce n'était pas qu'elle aimât vraiment Susan et Anthony, mais ils l'avaient hébergée, ils avaient risqué leur vie pour lui venir en aide, lui avaient témoigné une forme de gentillesse rugueuse. Et elle savait à qui elle avait affaire, alors que maintenant la route et les gens qu'elles allaient rencontrer, Kayla et elle, c'était l'inconnu.

« Merci de nous avoir offert cette possibilité, avait ajouté Hannah. Si vous ne nous aviez pas envoyé Simone et Paul l'autre jour…

— C'est un choix personnel, avait répondu Susan. Et tu l'avais mérité. Bonne chance. »

Assise sur le plancher en métal froid de la camionnette, Hannah repensait à tout cela. L'avait-elle mérité ? En ne trahissant pas Rafael, s'était-elle rendue digne de cette nouvelle vie, de cette seconde chance, dont on lui faisait cadeau aujourd'hui ? À défaut d'être chromée, ne méritait-elle pas d'être châtiée, d'une certaine façon du moins, pour ce qu'elle avait fait ? Les Novembristes prétendaient que non, qu'elle n'avait commis aucun crime. Simone avait tenté de l'en convaincre un jour en clamant avec force qu'un fœtus n'était qu'un agrégat de cellules doté du potentiel de vivre et non un être vivant. Hannah avait bien vu que son interlocutrice était vraiment sincère, qu'elle ne cherchait pas à être gentille ni à lui remonter le moral (même si elle percevait, avec étonnement, une certaine gentillesse de sa part). Mais elle n'était pas d'accord. Sa chair lui contait une tout autre histoire.

Et pourtant. Elle avait payé pour cet avortement, et chèrement. Elle avait perdu sa famille, son amour, sa dignité et s'était vraiment repentie de son crime. N'était-ce pas suffisant ? Pour la Bible, ça l'était, Dieu était miséricordieux, le repentir vous apportait Son total pardon et le sang de Son fils lavait tous les péchés de l'humanité. Mais si Dieu n'existait pas ou s'Il n'en avait rien à faire, où cela la menait-il ? Ce monde était sans pitié : elle en avait vu assez pour le savoir. Et soudain une idée l'effleura. Elle la repoussa, mais elle revint discrètement : *C'est moi qui dois me pardonner.*

La camionnette prit de la vitesse et Simone leur annonça qu'elles pouvaient retirer leur cagoule. Hannah, qui se sentait claustrophobe, obéit avec plaisir. Les deux énormes caisses en bois qui occupaient l'arrière du véhicule avec Kayla et elle n'avaient pas arrangé les choses. Sur l'une d'entre elles était inscrit en gros caractères : AIDE ALIMENTAIRE. CONSERVES ET ALIMENTS CONDITIONNÉS. PAS DE PRODUIT PÉRISSABLE. (À l'exception de deux fois cinquante-cinq kilos.) Kayla et elle devraient se cacher dedans chaque fois qu'ils entreraient dans un nouvel État ou qu'ils franchiraient une frontière, pour parler comme Simone. Les caisses, c'était évident, ne résisteraient pas à un examen poussé de la police, mais Paul et Simone n'avaient pas l'air trop inquiets. D'après Paul, le logo de l'Église les protégeait, jusqu'à présent les policiers s'étaient toujours contentés de jeter un coup d'œil rapide sur la camionnette.

À travers le pare-brise, Hannah vit passer un panneau routier : Shreveport, 270 kilomètres. Elle nota un peu tard qu'ils avaient emprunté l'I-20, l'autoroute qu'elle avait prise avec Aidan ce fameux jour d'octobre nappé de lumière dorée, du temps où elle vivait dans une autre peau, dans une autre vie. Comme elle s'était sentie en sécurité à l'époque, en dépit des risques qu'ils prenaient, comme elle s'était sentie heureuse et libre – une totale illusion.

Kayla sommeillait, bizarrement affalée contre la paroi du véhicule, si bien qu'Hannah prit son amie par les épaules et cala sa tête sur ses genoux. Elle se mit machinalement à lui caresser les cheveux, comme Becca et elle autrefois, quand l'une d'elles n'était pas en forme, ou juste pour le plaisir. Son cœur se serra en pensant à sa sœur et une sensation d'impuissance la saisit. Elle avait dit à Cole qu'elle surveillerait son comportement avec Becca, mais, déjà à ce moment-là, elle l'avait menacé en vain ou presque. Aujourd'hui, elle constatait avec amertume qu'il lui serait absolument impossible de faire quoi que ce soit. Leurs destins, à Becca et à elle, n'avaient pas seulement bifurqué, leurs relations avaient été sabrées, rompues irrévocablement ; la seule chose, c'est que Becca ne le savait pas encore. L'espace d'un instant, Hannah ressentit une pointe de jalousie envers sa sœur, puis ce sentiment s'évanouit. Si la certitude était terrible, n'était-ce pas pire de continuer à espérer et à se poser des questions en s'enfonçant un peu plus dans le désespoir à chaque jour qui passait sans nouvelles ?

Hannah sentit sa jambe s'engourdir de plus en plus sous le poids de la tête de Kayla, mais elle ne changea pas de position. Si elle ne pouvait pas préserver la sécurité de Becca, elle était résolue à tout faire pour protéger Kayla. Et Paul qui ne cessait de se retourner pour leur jeter des coups d'œil pensifs était sur la même longueur d'onde. Elle se demanda s'ils avaient fait l'amour. Kayla ne lui avait rien dit, mais, depuis leur arrivée chez Susan et Anthony, elles n'avaient guère eu l'occasion d'avoir des apartés. Kayla et Paul avaient certainement pu voler un peu de temps ensemble pendant que Susan et Anthony étaient sortis et qu'Hannah dormait. En les imaginant dans l'intimité, la jeune femme éprouva un pincement d'envie. Être lovée dans les bras d'un homme dont le corps chaud pèserait contre elle et entendre sa voix lui murmurer des mots d'amour à l'oreille – connaîtrait-elle encore ce bonheur ? En baissant les yeux vers le visage de Kayla endormie, Hannah se prit à espérer que son amie avait partagé cela avec Paul. Après tout ce qu'elle avait perdu et tout ce qu'il lui fallait affronter, elle méritait bien un peu de tendresse. Et, dans la foulée, elle se dit : *Et si c'est vrai pour elle, alors ça l'est peut-être pour moi aussi.*

Là-dessus, Simone quitta l'autoroute pour recharger les batteries et le changement de rythme réveilla Kayla.

« Où est-ce qu'on est ? s'écria-t-elle en se redressant et en se frottant les yeux.

— Presque à la frontière de la Louisiane, répondit Paul.

— Il faut que j'aille aux toilettes, dit Hannah.

— Moi aussi, renchérit Kayla. Et je commence à avoir faim. »

Paul tapota une glacière calée entre les deux sièges.

« Là-dedans, on a des sandwiches et des chips. Servez-vous. »

Kayla tendit le bras vers le couvercle, mais Simone la stoppa d'un bref et sec :

« Pas maintenant. Après la frontière. »

Elle pria Paul de mettre la camionnette en charge pendant qu'elle allait chercher du café et la clé des toilettes.

« Putain, quelle emmerdeuse ! s'écria Kayla dès que Simone et Paul furent descendus. Quelle gueule confite dans le vinaigre ! Je te parie qu'elle s'entraîne devant le miroir, sauf qu'elle serait capable de le faire péter. C'est une... »

Consciente qu'elles n'avaient pas beaucoup de temps devant elles, Hannah l'interrompit.

« Il faut qu'on parle. Tu n'as pas de symptômes, non ?

— Non. Mais il me reste encore neuf jours. Et j'aurai peut-être la chance d'avoir un répit. Sinon...

— Écoute-moi, si tu perçois un truc, le moindre truc, tu entends bien, préviens-moi aussitôt. Et ne montre rien aux autres.

— Pourquoi ?

— Je les ai surpris en train d'en discuter hier avec Susan et Anthony. Ils te considèrent comme un handicap. Simone a l'ordre de te descendre si tu commences à fragmenter. »

Kayla ouvrit de grands yeux.

« Et Vincent, qu'est-ce qu'il a dit ?

— C'est qui Vincent ? »

Kayla porta la main à sa bouche.

« C'est le vrai nom de Paul ?

— Oui. Ils prennent tous le patronyme de féministes célèbres. Susan B. Anthony. Simone de Beauvoir. Alice Paul. »

À part Susan B. Anthony, qui d'ailleurs ne lui évoquait rien d'autre qu'un visage sur une vieille pièce de la collection numismatique de son père, ces noms ne disaient rien à Hannah. Soudain, un détail lui revint en mémoire. « Rafael », murmura-t-elle en faisant le lien. Pas Raphaël, l'archange de la guérison, mais Rafael Patino, le gouverneur de Floride, assassiné peu après avoir opposé son veto aux lois CSV votées par la législature. Hannah avait douze ans à l'époque. Ce soir-là, ses parents s'étaient disputés, ce qui était rare, après que leur mère avait catégoriquement refusé de prier pour l'âme du gouverneur. Becca, toujours soucieuse de concilier tout le monde, était allée l'apaiser, tandis qu'Hannah restait avec son père dans le salon. À un moment, John Payne avait placé la main sur son crâne en lui disant qu'elle était gentille. Et en retrouvant ce souvenir, en revoyant ce geste d'approbation chaleureuse, son cœur se tordit de douleur.

« Hannah ! s'écria Kayla en lui secouant le bras avec impatience. Qu'est-ce qu'il a dit, Vincent ?

— Il a argumenté. Mais il a fini par admettre qu'il ne fallait pas que tu compromettes leur mission.

— Alors, c'est qu'il s'est fichu d'eux, décréta Kayla. Il n'acceptera jamais que Simone me fasse du mal.

— Je ne sais pas, Kayla. Je n'ai pas vu sa tête, mais je n'ai pas eu l'impression qu'il faisait semblant.

— Moi, je te dis que non. C'est impossible. »

La certitude de Kayla et la tendresse imprégnant ses propos irritèrent Hannah.

« Ce n'est pas parce que tu couches avec lui que tu peux lui faire confiance !

— J'ai une totale confiance en lui. Je le connais, Hannah.

— Et T.J., tu le connaissais ? »

Même si la remarque l'avait sûrement blessée, Kayla demeura impassible et se borna à la regarder sans ciller avec une dignité paisible. Hannah en fut dépitée. *Et c'est qui la sale garce maintenant ?*

« Je regrette. Je crois que je suis jalouse. Pas parce que tu as Paul – Vincent –, mais parce que tu as quelqu'un. Parce que tu n'es pas livrée à toi-même avec ça, bredouilla-t-elle en lui montrant son visage. Je sais, c'est mesquin de ma part. »

Kayla lui pressa gentiment la jambe en guise de pardon.

« L'amour, c'est une galère, hein ? Après, on supporte plus d'être seule.

— Oui. »

Ni d'être avec quelqu'un d'autre, songea Hannah. Même après tout ce qui s'était passé, elle n'imaginait toujours pas aimer un autre homme un jour. Elle se demanda – et ce n'était pas la première fois – si Aidan, du temps où il l'aimait, supportait d'être avec Alyssa ou pas. Elle ne lui avait jamais posé de questions sur sa relation avec sa femme, n'avait pas cherché à savoir s'ils faisaient l'amour ensemble. Elle espérait que non. Mais maintenant qu'elle n'était plus là, il allait sûrement regagner le lit de sa femme, si ce n'était déjà fait. Pour autant qu'il l'ait jamais quitté.

Hannah vit Simone sortir de la boutique et se diriger à grands pas vers les toilettes. Il ne leur restait plus que quelques minutes.

« Écoute, ajouta-t-elle, il faut que je te dise autre chose. Il y a des femmes qui ont pris la route avant nous et qui ont disparu. Ils comptent nous utiliser comme appât pour coincer le ou la ou les coupables. Simone soupçonne un certain George, mais, pour Paul, ce sont deux femmes, Betty et Gloria. »

Kayla parut contrariée, mais pas surprise.

« Je sais. J'allais te prévenir. Vincent m'en a parlé la nuit dernière. Il nous conseille d'être sur nos gardes, mais ne t'inquiète pas, il veillera sur nous. »

Elle s'interrompit et porta son regard vers lui de l'autre côté de la vitre. À mi-voix, elle ajouta :

« Il a parlé de venir me rejoindre au Canada. Je crois qu'il m'aime.

— Et toi, tu l'aimes ? »

Kayla soupira.

« Je ne sais pas. J'aime la manière dont il me regarde. J'aime la manière dont il me caresse, comme si j'étais… »

Sa voix se perdit dans un murmure pendant qu'elle cherchait le mot juste.

« Comme si tu étais quelque chose de beau. Quelque chose d'incroyablement précieux. »

Les yeux d'Hannah la brûlèrent et elle pressa fort les paupières. Elle ne voulait pas pleurer.

« Tu l'aimes encore, le mec qui t'a mise enceinte.

— Oui. Mais c'est mêlé à de la colère et à de la souffrance. Il n'y a plus d'innocence. »

Kayla lâcha un petit rire.

« Y en a-t-il jamais ?

— Au début, je l'ai cru, mais je me racontais des histoires. Il était marié. Il l'est toujours.

— C'est pour ça que t'as jamais balancé son nom ? »

Hannah commença par ne pas répondre. Cela faisait six mois qu'elle ne l'avait pas prononcé à voix haute et elle ne l'avait jamais prononcé devant quiconque, à part lui. Elle avait évoqué le « pasteur Dale », mais n'avait pas dit son prénom, qu'elle chérissait. Il était interdit. Deux années durant, elle l'avait gardé en elle, tel un serpent enroulé sur lui-même. Elle décida que ça suffisait.

« Il s'appelle Aidan. Aidan Dale.

— Quoi ! Aidan Dale, le ministre de la Foi ? Le bon pasteur bigot ?

— En réalité, il n'est pas comme ça. C'est un des hommes les plus modestes que j'ai pu rencontrer.

— Foutaises ! Aidan Dale. Il a dû avoir une trouille d'enfer que tu parles.

— Non. Je pense qu'il voulait que j'avoue que c'était lui le père. Lors de mon jugement, il m'a pratiquement suppliée de parler. »

Un clang l'interrompit et elle jeta un coup d'œil dehors. Paul/Vincent était en train de décrocher le câble de charge et Simone revenait vers la voiture.

« Écoute, je sais que tu penses pouvoir faire confiance à Paul et j'espère bien que tu ne te trompes pas. Mais promets-moi de m'alerter en premier si tu te sens bizarre. »

Voyant que Kayla acquiesçait sans trop de conviction, Hannah l'agrippa par le bras.

« Promets-moi. Et arrête de l'appeler Vincent, même en pensée. Si ça te sortait devant Simone, on n'a pas idée de la manière dont elle réagirait.

— Entendu, mon adjudant, je promets. »

Kayla sourit et Hannah éprouva une bouffée d'amour et de gratitude pour elle. Dire que sans les horribles Henley, elles ne se seraient pas rencontrées !

Paul les emmena jusqu'aux toilettes, derrière la station. L'endroit était répugnant et puait l'urine. Les murs étaient couverts de graffiti : EMILIA ES UNA PUTA ; FUCK ALLAH ET LES CHAMEAUX QU'IL A MONTÉS ; ARRÊTEZ LE BAIN DE SANG, FLINGUEZ MORALES !!! Les dessins étaient encore plus dérangeants : on voyait un Bleu en train de se faire lyncher, les yeux exorbités et la langue pendante, au-dessus de lettres aux allures de pendus formant l'expression COL BLEU ; un Chinois en costume traditionnel de mandarin et natte mandchoue pissant sur un dessin représentant la Terre. Six mois plus tôt, Hannah aurait été partagée entre la révulsion et la stupeur devant tant d'infamie et d'agressivité. Bien sûr, elle avait conscience de la violence de l'univers : d'une part, c'était une citadine, même si elle avait été protégée, et d'autre part, elle savait désormais, depuis l'attaque terroriste qui avait failli tuer son père, que ni elle ni ceux qu'elle aimait n'étaient invulnérables. Néanmoins, cet événement lui avait semblé quelque chose d'extraordinaire, l'intrusion d'une autre réalité dans la sienne, d'une réalité lointaine. Aujourd'hui, devant ces gribouillis sordides, la révulsion était toujours là, mais il n'y avait plus de stupeur. Dans le monde où elle évoluait à présent, la haine et la violence étaient banales, et elle constatait à regret que ces sentiments bouillonnaient dans le cœur des gens qui l'entouraient, mais dans le sien aussi.

Lorsqu'elle remonta dans la camionnette, Simone occupait le siège passager, et les caisses étaient ouvertes. Kayla était déjà assise dans la sienne, les genoux ramenés contre la poitrine. L'inquiétude d'Hannah dut transparaître sur son visage, parce que Paul chercha à la rassurer :

« Il y a des charnières, tu vois ? Et la caisse ferme de l'intérieur, pas de l'extérieur. Pour sortir, il faut juste repousser ce loquet. »

Il lui fit une démonstration. Hannah jeta un coup d'œil vers Simone, celle-ci n'avait pas l'air très commode. Hannah inspira une dernière bouffée d'air frais et prit place dans la caisse. Paul rabattit le couvercle dont elle referma le loquet à tâtons. La camionnette démarra peu après.

« Ça va là-dedans ? leur cria Paul.

— Je me sens extrêmement périssable, répondit Kayla, mais à part ça je vais très bien. »

Hannah sourit.

« Moi aussi », dit-elle en s'apercevant que c'était la vérité.

Le noir total l'aidait, car elle ne pouvait voir combien elle était confinée. En plus, la caisse dégageait une agréable odeur de bois fraîchement scié qui lui rappelait l'atelier que son père s'était aménagé dans le garage. La menuiserie était son passe-temps et Hannah adorait le regarder travailler. Parmi tous les objets qu'elle possédait, la maison de poupées qu'il lui avait fabriquée pour ses cinq ans était un de ses préférés. Becca en avait eu une aussi et, chaque année pour leur anniversaire et Noël, il leur avait offert un ou deux meubles miniatures, soigneusement réalisés à l'identique. Les chaises minuscules étaient rembourrées et tapissées de velours rouge, les commodes minuscules disposaient de tiroirs qui ouvraient et fermaient, l'abattant des toilettes se levait et s'abaissait. Plus grande, Hannah s'était mise à confectionner des éléments du décor, des tapis miniatures à l'aiguille, des rideaux, des jetés de lit. Et même quand elle fut devenue trop vieille pour jouer à la poupée, elle ne se sépara pas de ce merveilleux témoignage d'amour paternel. Elle lui attribua une place de choix sur son étagère.

Encore quelque chose qu'elle chérissait et qu'elle avait perdu.

Paul les avertit qu'ils approchaient d'un poste de contrôle. Ils ralentirent et Hannah retint son souffle. Elle percevait presque les regards des policiers scrutant le véhicule et se demandant s'il fallait les stopper ou pas. Les poumons commençaient à la brûler quand la camionnette reprit de la vitesse et que Simone déclara :

« Ça y est. Vous pouvez sortir. »

Hannah poussa un ouf bruyant.

Simone leur passa à manger. Hannah dévora son sandwich. C'en était fini de la langueur qui l'avait rongée après qu'elle avait vu Aidan sur la vid. Sans un mot, Simone lui tendit la moitié du sien. Tout en mangeant, Hannah observa la femme devant elle : tantôt dure et impitoyable, tantôt bonne et généreuse, elle faisait un sacré puzzle.

« Et où on va ? se risqua à demander Kayla, la bouche pleine de tortilla chips.

— Vers l'est du Mississippi, près de la frontière de l'Alabama, lui répondit Paul. Dans une petite ville qui s'appelle Columbus.

— Une chance qu'on soit en décembre, remarqua Kayla.

— Pourquoi ça ? s'écria Hannah.

— Parce que, dans l'ensemble, il y fait plus chaud que dans un four. J'y suis allée à l'époque où je cherchais une université. Je ne comprends pas comment on peut tenir dans un endroit pareil. J'ai failli fondre pendant cette tournée des campus.

— Enfin, Dallas n'est pas vraiment le pôle Nord.

— Non, mais l'humidité n'a rien à voir. À Columbus, on se croirait dans le sauna préféré de Lucifer. Je n'ai jamais autant transpiré. »

Paul gloussa et Simone lâcha avec une irritation non déguisée :

« Vous avez assez papoté tous les trois ? J'essaie de réfléchir. »

Un silence blessé s'abattit sur la camionnette. *Il y a des gens qui ne supportent pas de voir les autres heureux*, songea Hannah. Puis elle se rappela avec une pointe de culpabilité sa propre amertume face au bonheur de Kayla avec Paul. *Je t'en prie, mon Dieu, fais que je ne devienne pas comme ça*. Réflexe dont la futilité la frappa dans la seconde qui suivit. Dieu, s'Il existait, ne répondait pas aux prières des impies et des damnés.

Hannah n'avait jamais mis les pieds en Louisiane – en fait, elle n'était jamais sortie de son État natal –, mais la région ne lui parut pas différente de l'est du Texas. Elle voyait défiler les mêmes alignements monotones de pins verts ponctués, tous les quelques kilomètres, des lumières faussement riantes des mêmes panneaux holos se répétant à l'envi :

McDonald's, bkfc, fujitjuice, comfort inn, motel 6.
Ça avait un côté surréel, comme si la camionnette tournait en rond.

Les deux jeunes femmes réintégrèrent les caisses près de la frontière du Mississippi et franchirent le poste de contrôle sans incident. Ils parvinrent à Columbus quatre heures plus tard, juste comme le soleil commençait à se coucher. Hannah se mit à genoux pour regarder par-dessus l'épaule de Simone. Derrière le pare-brise, les faubourgs de la ville formaient un chapelet de succursales de grands magasins et de restaurants connus, sans grand intérêt, mais, dès qu'ils eurent quitté l'autoroute, la laideur fit place au charme historique. Dans la grand-rue du centre-ville, les vieilles bâtisses en brique à un étage qui avaient autrefois abrité les activités essentielles de la bourgade, épiceries et magasins d'aliments pour bétail, par exemple, avaient été reconverties en boutiques et en restaurants. Un vieux cinéma Art déco proposait deux longs métrages de l'ère du 2D : *Les Dix Commandements* et *Ben Hur*. Hannah essaya de se rappeler à quand remontait la dernière fois où elle avait vu un vrai film dans une vraie salle obscure ; c'était un truc animé et elle était toute petite.

Simone négocia deux tournants puis s'engagea dans une rue bordée d'arbres, et ils passèrent devant les imposants bâtiments en brique rouge de la Mississippi University for Women. Le campus était entouré de belles demeures anciennes avec des pelouses verdoyantes et de larges parterres où il n'y avait pratiquement que des tiges racornies, mais aussi quelques arbustes en fleurs. Hannah vit avec stupeur que des tuyaux d'arrosage étaient enroulés sur le flanc de plusieurs maisons.

« L'eau n'est pas rationnée ici ?

— Non, répondit Kayla. Le Mississippi est comme la Géorgie, il y pleut énormément. En fait, ils ont tellement d'eau qu'ils vendent leur surplus à d'autres États.

— Tu imagines ! Avoir suffisamment d'eau pour pouvoir arroser son jardin ! s'exclama Hannah.

— Tu imagines ! Vendre de l'eau à tes concitoyens, lâcha Simone d'un ton méprisant. Ça, c'est typiquement américain.

— Je présume qu'au Canada vous vous y prenez différemment ?

— Bien sûr. Nous on est socialistes. Même au Québec, où on a beaucoup de pluie, on impose un rationnement afin d'aider les provinces moins chanceuses. »

Devant l'absurdité de toute la situation, Hannah sentit monter en elle un ricanement irrépressible. Elle devait donc son salut à une terroriste étrangère, infanticide, féministe et socialiste ! Qu'en auraient dit les dames de son cercle de couture ?

« Il y a quelque chose de drôle pour toi là-dedans ? lui lança Simone en la fusillant du regard dans le rétroviseur.

— Vous ne comprendriez pas.

— Mettez vos cagoules. »

Hannah et Kayla obéirent. La camionnette effectua encore une demi-douzaine de virages, puis s'arrêta.

« Allumer Syscom. Appeler Stanton », dit Simone.

Une voix grave et tonnante répondit à la troisième sonnerie.

« C'est toi, Simaune chérie ? »

Hannah haussa les sourcils. Simone chérie ?

« Oui. C'est vert ?

— Aussi vert qu'un pochetron sur une montagne russe. Tu arrives à peu près à quelle heure ? »

Stanton avait un accent traînant qui paraissait à peine exagéré, avec des voyelles épaisses et tout en rondeur, comme s'il venait d'enfourner une cuillerée de dessert.

« On débarquera dans cinq minutes.

— Donne-m'en quinze. »

Il raccrocha.

« Maintenant, tu devrais y aller », dit encore Simone.

Hannah se rendit compte qu'elle s'adressait à Paul. À côté d'elle, Kayla, faisant écho à son désarroi, prit une grande inspiration.

« Oui, ce serait mieux.

— Merci, Paul. Pour tout », dit Hannah en lui tendant la main.

« Bonne chance, répondit-il en la lui serrant avec vigueur. Prenez bien soin l'une de l'autre. »

Prends bien soin de Kayla, entendit Hannah.

« On n'oubliera pas tout ce que vous avez fait pour nous », ajouta Kayla d'une voix tendue.

Hannah visualisa leur séparation, la main rouge de Kayla cherchant la main blanche de Paul, les efforts qu'ils déployaient pour réprimer les battements de leur cœur déchaîné et se dire, en quelques secondes, à travers ce geste tout ce qu'ils représentaient l'un pour l'autre au cas où ils ne se reverraient pas. Cruels adieux, mais préférables à ce qu'Hannah avait eu avec Aidan, c'est-à-dire rien.

« Bonne route. Que Dieu vous accompagne ! » ajouta Paul.

La porte de la camionnette s'ouvrit, puis se referma ; un autre véhicule démarra aussitôt et s'éloigna. *Bonne route à toi aussi, Vincent, que Dieu t'accompagne*, songea Hannah. En tentant d'imaginer – vainement – quel Dieu pourrait bien bénir une mission comme la leur.

Les trois femmes attendirent sans échanger un mot. Hannah, qui étouffait de plus en plus sous la cagoule, mourait d'envie de respirer l'air frais. Comment en était-elle arrivée à ce stade, à cet extrême où même l'air, cet élément primordial, était un luxe ? Peu importait le chocolat, la soie, l'amour… pour l'instant, elle aurait vendu son âme rien que pour une bouffée d'air pur.

« Ben, maintenant, on va aller voir Stanton, dit enfin Simone. C'est lui qui vous mènera vers la prochaine étape de votre voyage. Vous lui obéirez sans discuter. »

Elle lança le moteur, mais ne s'ébranla pas immédiatement.

« Écoutez-moi. Vous croyez avoir vécu le pire sous prétexte que vous êtes des Chromes. Vous croyez que cela vous a endurcies et rendues plus sages. Peut-être. Un peu. Mais, l'une comme l'autre, vous êtes encore très bébés. Vous accordez votre confiance trop facilement. »

Elle ne s'exprimait pas avec sa dérision habituelle. Ce qu'Hannah entendit, en revanche, ce fut quelque chose qui ressemblait étonnamment à de l'empathie.

« La route deviendra beaucoup plus dangereuse lorsque vous aurez quitté la maison de Stanton. Il ne faudra vous fier à personne, à part vous. À personne. »

Là-dessus, la camionnette démarra. Elles parcoururent une courte distance, trois kilomètres tout au plus, puis stoppèrent.

« Attendez ici », leur ordonna Simone.

Elle descendit. Une autre porte s'ouvrit. Hannah se risqua à soulever sa cagoule et s'aperçut que Kayla était déjà en train de regarder à travers le pare-brise. Il faisait trop noir pour y voir grand-chose, mais Hannah distingua la silhouette élancée de Simone serrant dans ses bras – serrant dans ses bras ! – quelqu'un de nettement plus petit qui devait être Stanton. Derrière eux, on devinait la structure d'un grand pont et des reflets liquides en contrebas.

« Je reconnais cet endroit, lui confia Kayla. On est à côté du fleuve. Qu'est-ce que t'as pensé du discours de Simone ?

— À mon avis, elle a déjà vécu ça ou quelque chose de très proche.

— Qu'est-ce qui te fait dire ça ? »

Hannah hésita, elle rechignait à partager ce qu'elle avait pu glaner sur le passé de Simone. Elle revit la tête de la surveillante à la bibliothèque quand elle avait scanné sa CNI et découvert qu'elle avait avorté. *C'est un choix personnel.* Cette affirmation prit soudain un sens nouveau. Simone ne lui avait pas confié ses secrets. Les connaître représentait déjà une ingérence dans sa vie privée, les répéter serait porter atteinte à son intimité.

« C'est juste une impression, expliqua Hannah. De toute façon, je pense qu'elle a raison, on ne doit se fier à personne. Même pas à elle. »

Voyant Simone et Stanton s'approcher, elle s'écria :

« Les voilà. »

Elles remirent en hâte leur cagoule, puis les portes arrière s'ouvrirent et leur apportèrent de bonnes bouffées d'air frais.

« Viens », dit Simone en attrapant Hannah par le bras pour qu'elle ne se cogne pas dans les caisses en descendant.

Lorsque Hannah tenta de se mettre debout, ses jambes, ankylosées après toutes ces heures assise, se dérobèrent sous elle.

« Holà ! » fit Stanton.

Une main s'empara de son autre bras et la soutint.

« Je me charge d'elle, Simaune. Occupe-toi de l'autre. »

Stanton guida prudemment Hannah.

« Pas de panique, je te tiens. »

Il s'arrêta.

« Ouverture coffre », ordonna-t-il.

Hannah entendit le déclic, puis :

« Désolé, vous allez devoir entrer là, mesdames, mais ça ne sera pas long, je vous le promets. »

Hannah se raidit quand il la poussa gentiment à avancer. Elle sentit un pare-chocs de véhicule contre le devant de ses cuisses et recula avec brusquerie.

« Je ne rentre pas là-dedans », décréta-t-elle en se forçant à parler malgré sa gorge nouée.

Cette fois-ci, il n'y aurait pas de loquet à l'intérieur. Kayla et elle seraient piégées, sans défense.

« Tu vas y aller et tout de suite », lui ordonna Simone.

Sa voix avait claqué comme un fouet sur une chair à nu. Hannah secoua vivement la tête, en proie à un vertige. Elle eut l'impression que des doigts se refermaient autour de sa gorge, l'étouffaient. Elle leva la main vers sa cagoule et une autre main, douce mais inflexible, arrêta son geste.

« Elle est en hyperventilation, constata Stanton.

— *Sacrament !* On n'a pas de temps à perdre avec ça. »

Ils soulevèrent sa cagoule pour dégager son nez et Hannah rejeta la tête en arrière afin d'inspirer goulûment.

« Hannah ? Tu vas bien ? cria Kayla en tentant de se libérer de la poigne de Simone.

— Reste tranquille, lui conseilla Simone d'une voix sifflante. Plus on traîne ici, plus c'est risqué. Vous voulez que la police déboule ? Non ? Alors vous allez la fermer et obéir. Je ne vous laisserai pas compromettre cette mission. »

Ces paroles menaçantes eurent raison de l'hystérie d'Hannah. Elle avait déjà entendu Simone les prononcer et savait que celle-ci ne parlait pas pour ne rien dire.

« Je vais bien, Kayla », répondit-elle.

Mais sa voix chevrotante n'était pas très convaincante, si bien qu'elle déglutit pour se contrôler davantage.

« Je t'assure, je me sens mieux maintenant. On a intérêt à faire ce qu'ils nous demandent.

— Très bien », conclut Stanton.

Il desserra un peu l'étau de ses doigts autour des poignets d'Hannah, posa la main sur ses reins pour la guider, puis l'aida à entrer dans le coffre.

« On n'a même pas dix minutes de route jusque chez moi. Je sais que tu as peur, mais essaie de te détendre et de penser à quelque chose d'agréable. Tu n'auras pas le temps de faire ouf que tu seras sortie de là. »

Hannah se coucha en chien de fusil, puis Kayla se glissa à côté d'elle et gigota un peu pour se trouver une position moins inconfortable dans cet espace exigu.

« Vous pourrez retirer votre cagoule dès que j'aurai refermé, ajouta Stanton. Ça devrait vous soulager un peu.

— Au revoir, dit Simone. Bonne chance. »

Elle paraissait aussi froide et distante que les étoiles, mais Hannah sentit une main lui presser doucement la jambe.

« *Courage* », ajouta Simone dans un murmure.

La main se retira et la porte du coffre se referma dans un *pong*. Hannah enleva sa cagoule illico et découvrit une obscurité totale. Kayla fit de même et aspira avidement de grandes goulées d'air. L'entendre respirer apaisa Hannah. Elle imaginait combien, sans l'ancrage que constituait la présence de son amie, il lui serait facile de décrocher, de cesser de croire à sa propre existence.

Quand la voiture se mit en route, Kayla chercha sa main et s'y cramponna. Elle tremblait, pourtant Hannah sentit sa propre peur refluer. Son impuissance était telle qu'elle lui procurait une sorte de soulagement. Rien de ce qu'elle pourrait dire ou faire ne changerait quoi que ce soit à ce qui allait lui arriver. Le coffre s'ouvrirait dans dix minutes, dans dix heures ou jamais. Elle serait en sécurité en sortant, ou en danger. Elle vivrait ou elle mourrait.

Allongée dans le noir, elle caressa la main chaude de son amie, dans l'attente de cette naissance.

Après une brève éternité, le coffre s'ouvrit sur un visage rond et blanc penché sur elles.

« Eh bien, bonsoir. Je m'appelle Stanton. Bienvenue à Columbus. »

Il avait une quarantaine d'années, estima Hannah, mais le sourire d'un gamin de huit ans qui vient de découvrir un petit chien au pied de l'arbre de Noël.

« Attendez que je vous dégage de là. »

Et il déploya une courtoisie de valet de pied aidant de grandes dames à descendre de calèche.

« Je vous garantis que vous serez autrement mieux logées à la maison », ajouta-t-il en penchant la tête pour les regarder.

Il avait une voix grave qui cadrait mal avec sa silhouette minuscule, car il était très petit, un mètre cinquante-cinq à tout casser.

« Hannah et Kayla, c'est ça ou c'est le contraire ? »

Hannah ne fut pas dupe ; le cerveau derrière ces yeux malins savait très bien qui était qui, ainsi que tout ce qu'il fallait savoir sur leur compte, c'était vraisemblable. Mais elle joua le jeu et dit :

« Bien vu. Ravie de faire votre connaissance. »

Stanton lui adressa un hochement de tête compassé. Outre sa petite taille, il était rond avec une petite bouille ronde, une moustache impeccable plaquée au-dessus d'une petite bouche rose et ronde et de petits yeux ronds d'oiseau derrière de petites lunettes rondes et roses cerclées de métal. Fort élégant, il portait un pantalon en laine noire et un pull en cachemire assorti qui ne parvenaient ni l'un ni l'autre à dissimuler son petit ventre rond et protubérant. Pourtant, se dit Hannah, en le regardant saluer Kayla, il n'était pas dénué de charme. Il avait un air gracieux, pimpant – c'était peut-être pour le décrire que le terme « pimpant » avait été forgé –, qui était très attirant.

Elle détacha son regard de Stanton et observa l'endroit où ils se trouvaient : un vieux garage en bois un peu délabré, où, contrairement au décor encombré et accueillant de chez Susan et Anthony, il n'y avait rien à part deux voitures : la berline quelconque dans laquelle ils étaient arrivés et une vieille décapotable vert foncé à l'avant ultrapointu. Devant la fluide beauté de ses formes, Hannah sentit ses doigts la démanger.

« C'est une Jaguar XK-E de 1975 », lui expliqua Stanton.

Comme s'il avait perçu son désir, il caressa languissamment son capot d'une petite main soignée.

« Elle marche encore à l'essence. Ça coûte les yeux de la tête de circuler avec, mais je ne supporterais pas de devoir la transformer. »

Les yeux brillants comme des perles noires, il se retourna vers les deux femmes.

« Je parie que vous ne refuserez pas un repas chaud et une bonne douche. Prenez vos affaires et suivez-moi. »

Il leur montra quelque chose par terre derrière elles, et Hannah reconnut les sacs à dos qu'Anthony leur avait remis le matin en partant, posés contre la roue arrière de la berline. Elle enfila le sien et son poids sur son dos la réconforta. Les quelques affaires qu'il renfermait n'avaient certes aucune valeur sentimentale, mais elles étaient à elle. Mon existence tient dans bien peu de choses, songea-t-elle.

Stanton leur fit contourner la Jaguar et les mena vers une trappe par terre. Une échelle en métal descendait dans les sous-sols.

« À vous l'honneur, mesdames », dit-il en les invitant d'un geste à passer les premières.

Kayla jeta à Hannah un regard empreint de fatalisme et s'engouffra dans le trou. Hannah la suivit, puis Stanton. La trappe se referma dans un fracas qui déclencha une seconde chez Hannah la panique que ressent une créature prise au piège, mais lui évoqua aussi quelque chose qu'elle mit du temps à identifier : le bruit de la porte de la cellule chromatique, le jour de sa libération. Elle s'obligea alors à penser que ça aussi, c'était un passage, le passage vers la liberté qui l'attendait lorsqu'elle aurait quitté cette prison rouge qu'était son corps.

Elles se retrouvèrent dans un tunnel étroit, bien éclairé et doté d'un revêtement en métal gris mat, chaud sous la main.

« On se croirait dans une vid de James Bond, pas vrai ? » dit Stanton avant de sauter le dernier mètre et d'atterrir en souplesse à côté d'elles.

Il fredonna quelques mesures du célèbre refrain et Hannah ne put s'empêcher de sourire en imaginant ce petit binoclard classieux dans le rôle de 007.

Il les précéda dans ce tunnel qui ressemblait à un cul-de-sac d'une quinzaine de mètres, puis, parvenu au bout, s'arrêta et dit :

« *Virtute et armis.* »

Une porte secrète coulissa.

« C'est la devise du Mississippi. »

Il céda le passage aux jeunes femmes, puis ajouta :

« Au cas où vous vous interrogeriez, cette porte ne répond qu'à ma voix. »

Ils pénétrèrent alors dans une pièce aveugle qui devait se situer au sous-sol.

« Voici la suite réservée aux invités, annonça Stanton avec un ample mouvement du bras. J'espère que vous y serez bien. »

Hannah balaya les lieux du regard et sentit sa tension se dissiper un peu. La chambre et ce qu'elle apercevait de la salle de bains attenante était très peu et très simplement meublés, mais d'un raffinement indéniable. Le jaune pâle des murs compensait le manque de lumière naturelle. Les lits jumeaux en fer forgé étaient garnis de duvets de plume et de draps d'un blanc immaculé. Entre eux, une énorme orchidée décrivait un arc au-dessus de la table de nuit. Ses pétales et sépales blancs et leur labelle d'un fuchsia intense étaient tellement parfaits qu'on aurait juré une fleur artificielle, mais Hannah savait que, si elle l'effleurait, elle aurait l'impression de toucher une peau douce et vivante. À cette idée, ses yeux la piquèrent. Elle repensait bien sûr au cadeau d'Aidan, mais ce n'était pas la seule raison pour laquelle elle était émue ; ce qui la bouleversait, c'était que cette plante puisse exister, là, dans cette pièce que cet homme avait décorée avec tant de soin, et que celui-ci les ait jugées dignes de cette faveur et de la perfection de cette belle chose vivante.

« Mesdames, je vais vous laisser vous rafraîchir, déclara Stanton. J'aime m'habiller pour le dîner et je serais heureux que vous me fassiez aussi ce plaisir. Vous trouverez des vêtements propres à votre disposition dans le placard. »

Il leur indiqua un escalier à l'autre bout de la chambre.

« Montez lorsque vous serez prêtes. Le dîner sera servi d'ici quarante-cinq minutes environ. J'espère que vous aurez de l'appétit. Je nous prépare les écrevisses à l'étouffée de ma grand-mère, une recette cajun célèbre pour avoir mis des hommes à genoux et leur avoir arraché des larmes de bonheur. Ce plat, c'est le paradis. »

Et sur une demi-révérence, il les quitta.

Les jeunes femmes se lavèrent et se changèrent. Une bonne dizaine de tenues les attendaient dans le placard, toutes étonnamment élégantes et féminines. Une fois encore, Hannah fut touchée par la prévenance de Stanton. Kayla choisit une tunique en satin gris foncé à encolure ronde et fendue au centre et des leggings noirs tandis qu'Hannah optait pour une robe en dentelle noire à manches longues drapées. Le décolleté était un peu profond, mais ça lui fut égal. Que c'était bon de s'habiller de nouveau en femme ! Elle étudia son reflet d'un œil critique dans le miroir de la salle de bains, brillamment éclairé sur sa partie supérieure par une rangée d'ampoules rondes comme celles des dressings de starlettes dans les vids d'autrefois, et se surprit à regretter ses perles d'oreilles. Un petit rire lui échappa.

« Regarde-nous ! s'exclama-t-elle. On est rouges comme deux camions de pompiers, mais on essaie quand même de se pomponner.

— Eh bien, pourquoi pas ? rétorqua Kayla tout en tressant ses longs cheveux noirs. C'est pas parce qu'on nous a chromées qu'on n'est plus des femmes.

— Non, mais… »

Ne voulant pas gâcher l'instant, Hannah ne termina pas sa phrase.

« Mais quoi ? »

Hannah haussa les épaules.

« On peut déployer tous les efforts qu'on veut, on ne sera pas vraiment jolies. »

Pourtant, à peine eut-elle lâché cette remarque qu'elle se fit la réflexion que Kayla était très belle, rouge ou pas. Et si elle voyait la beauté de Kayla, si Paul la voyait aussi, quelqu'un ne pourrait-il pas la voir chez elle également ?

« Parle pour toi, répliqua son amie d'un air outré. Joue les mochetés si ça te tente, moi, à côté, je serai encore plus belle, c'est tout. »

Elle se creusa les joues, prit une pose de mannequin et éclata de rire. Hannah, réconfortée, l'imita.

Elles montèrent au rez-de-chaussée. La porte de communication était du même métal que le tunnel. Hannah la poussa et pénétra dans un énorme vestibule. Elle s'attendait à découvrir une belle maison, mais c'était en fait un véritable manoir. Le sol était couvert de dalles de marbre noir et blanc superbement brillant, et il y avait bien six mètres de hauteur sous plafond. Un lustre, composé de centaines de minuscules cristaux facettés et chatoyants comme des diamants, éclairait la pièce qui était dotée d'une porte en acajou encadrée par deux panneaux de verre teinté. Un imposant escalier à la moquette lie-de-vin menait au premier. En levant la tête, Hannah aperçut un second escalier circulaire conduisant à un autre étage.

Kayla émit un petit sifflement.

« Chouette baraque. Me demande bien comment notre ami Stanton gagne sa croûte ! »

Quatre pièces donnaient sur le vestibule et les jeunes femmes y jetèrent un coup d'œil au passage. La première était un grand salon où régnait un mélange harmonieux d'antiquités et de tapis orientaux. Une femme majestueuse en tenue d'équitation de l'époque victorienne les regarda avec attention du haut d'un tableau accroché au-dessus du manteau de la cheminée. Il n'y avait pas un seul objet qui ne fût exquis et pourtant l'ambiance des lieux était plus accueillante qu'intimidante, avec son canapé moelleux, ses bûches empilées dans le foyer, ses tapis qui vous donnaient envie de retirer vos chaussures et de vous rouler en boule dessus.

La pièce en face était une bibliothèque tapissée de livres du sol au plafond. Des lampes de lecture sur pied dispensaient des ronds de lumière discrets au-dessus de deux fauteuils en cuir chocolat et d'une chaise longue revêtue de damas crème. De lourds rideaux en velours habillaient les hautes fenêtres, et sur un lutrin en bois sculpté dans un coin était posé un énorme dictionnaire, ouvert. Hannah s'attarda sur le seuil pour examiner d'un œil envieux les étagères et leur contenu relié de cuir.

« Si c'était ma maison, je ne bougerais pas de cette pièce, dit-elle.

— Tu rigoles ? Si c'était ma maison, je la vendrais direct pour aller m'installer sur la Côte d'Azur. »

La troisième porte étant fermée, les jeunes femmes passèrent devant – à contrecœur – ; la quatrième, elle, était légèrement entrebâillée, ce qui pouvait s'interpréter comme une invitation. Hannah hésita, Kayla la poussa. Elles sursautèrent en entendant les grincements des charnières et jetèrent des coups d'œil inquiets vers le fond de la demeure mais, ne voyant pas Stanton débouler au pas de charge, elles cédèrent à la curiosité. Après la splendeur du salon et de la bibliothèque, quelle ne fut leur stupeur quand elles découvrirent le décor miséreux qui s'offrait à elles ! C'était visiblement une salle à manger, dont le mobilier était cependant réduit à une desserte éraflée et deux tabourets. Le plâtre du médaillon de plafond était écorné et fissuré, le crochet nu, et des bandes de papier peint retombaient tristement par-dessus le lambrissage. Les rideaux étaient mangés aux mites et les tapis élimés avaient des relents de moisi. Hannah referma la porte précipitamment, mal à l'aise, comme si elle avait entrevu les sous-vêtements troués de Stanton.

Guidées par une alléchante odeur de fruits de mer, elles poussèrent jusqu'à une cuisine américaine qui paraissait tout droit sortie d'une vid sur *Homes & Gardens*. Campé devant une cuisinière professionnelle étincelante et armé d'une cuillère en bois, Stanton touillait une casserole en cuivre.

Quand il les vit, il prit un air exagérément étonné et fit mine de les regarder à deux fois.

« Ah, s'écria-t-il, la main sur le cœur. "Elle avance dans sa beauté, pareille à la nuit des contrées libres de nuages et aux cieux étoilés, et dans son allure et ses yeux se lit la quintessence des ténèbres et de la lumière." Mesdames, vous êtes le charme incarné au milieu de mes fourneaux.

— Vous devez avoir un faible pour le rouge, rétorqua sèchement Kayla.

— C'est en effet ma couleur préférée. »

Il leva un verre de vin rouge.

« Puis-je vous offrir un peu de cet excellent bordeaux ? »

Elles acceptèrent. Hannah s'obligea à boire lentement. Elle n'avait aucune envie d'être aussi pompette qu'à Noël.

« Je dois vous dire, déclara Kayla, que vous avez une des plus belles maisons que j'ai jamais vues.

— Voilà qui est très aimable. On y arrive petit à petit. »

Stanton s'exprimait d'un ton léger, mais une fierté de propriétaire brillait dans ses yeux.

« Elle a appartenu à ma famille depuis sa construction en 1885. Elle était magnifique autrefois, mais comme nombre de vieilles demeures et de vieilles familles de la région, elle traverse une phase difficile. Il me reste beaucoup à faire pour lui redonner sa splendeur d'antan. Je ne me suis même pas encore attaqué aux étages, mais je redoute déjà cette épreuve – la poussière, le raffut et les ouvriers qui vont et viennent. »

Notant leur expression amusée, il ajouta :

« J'imagine que vous n'avez jamais vécu l'enfer des travaux de rénovation ? Non ? Eh bien, je ne vous le conseille pas. »

Hannah ressentit une pointe de fureur. *Ne venez pas me parler d'enfer*, songea-t-elle en regardant ses plans de travail en granit impeccable et ses meubles de cuisine en bois dur et brillant.

Mais son irritation fondit dès qu'elles s'attablè-rent. Le dîner était remarquable comme tout le reste sous le toit de Stanton, qui se révéla un hôte parfait. Il anima la conversation, les régala d'anecdotes sur Columbus et ses habitants célèbres, lesquels avaient compté Tennessee Williams et Eudora Welty. Tout ce qu'Hannah savait sur eux, c'est que c'étaient des écri-vains morts depuis longtemps, mais Kayla les ado-rait, c'était évident, parce que son visage s'illumina et qu'elle se lança dans une discussion animée avec Stanton à leur sujet. En écoutant leurs échanges, Hannah céda à l'amertume. Son ignorance l'acca-blait. Si elle n'avait pas eu à se cacher pour rapporter à la maison des livres qu'elle lisait à la hâte, en cachette et par petits bouts, si elle avait fréquenté un lycée normal, puis une université comme Kayla, elle aussi aurait pu affirmer que Miss Welty était bien meilleure que Faulkner et dire lequel d'*Un tramway* ou de *La Ménagerie de verre* était le chef-d'œuvre de Williams. Elle avait toujours cru que ses parents avaient été de bons parents, mais aujourd'hui, assise, muette, à la table de Stanton, elle bouillait de rage devant les choix qu'ils lui avaient imposés. Pourquoi l'avaient-ils autant bridée ? Pourquoi ne lui avaient-ils jamais demandé ce qu'elle voulait vraiment ? Elle découvrait qu'à chaque tournant possible ils avaient opté pour la voie qui la maintiendrait dans la fragilité et la dépendance. Et le fait qu'ils n'aient pas vu les choses sous cet angle, qu'ils aient été sincèrement persuadés d'avoir agi pour son bien, ne rendait pas le constat moins vrai, n'atténuait pas leur responsabilité.

« Tu es rudement silencieuse, Hannah, remarqua Stanton. À quoi penses-tu ?

— À rien, répondit-elle sèchement. On m'a appris à ne pas penser. »

Ses joues la brûlèrent et elle regretta son mouvement d'humeur, mais Stanton n'avait pas du tout l'air offensé. Une lueur d'approbation brilla dans ses prunelles et il leva son verre de vin pour la saluer.

« Eh bien, ma chère, dit-il en souriant de son sourire de gamin heureux, bienvenue de l'autre côté de la barrière. Quelque chose me dit que tu vas t'y plaire. »

Des images de tous les gens et de toutes les choses qu'elle avait aimés défilèrent dans l'esprit d'Hannah, puis s'évanouirent au profit d'un vaste espace blanc totalement vide à l'exception de Kayla. Un bref instant, ce vide lui sembla menaçant, écrasant. Comment le remplirait-elle ? Puis elle trouva sa réponse et retint son souffle. S'il lui était donné de pouvoir le meubler – si elle survivait à la route et parvenait au Canada –, elle pourrait y mettre tout ce qui lui chanterait. Pour la première fois de sa vie, elle serait totalement libre de faire ce qu'elle voudrait, d'être qui elle voudrait sans qu'on lui impose de limites, sans personne pour lui dire comment il fallait qu'elle pense ou pas.

Elle retourna son sourire à Stanton.

« Quelque chose me dit que vous avez raison. »

Il débarrassa la table après avoir fermement refusé leur aide.

« Interdiction de toucher à la vaisselle tant que vous n'aurez pas pris trois repas à ma table. Ce sont les règles de la maison. Maintenant, puis-je vous offrir un cognac ou un café ? Mais si vous préférez, je peux aussi vous proposer une camomille. »

Hannah frissonna, et un arrière-goût d'écrevisses à l'étouffée lui remonta dans la gorge. Et à en juger par la mine de son amie, elle n'avait pas été la seule à avoir été catapultée dans le salon de Mme Henley.

« Un café, s'il vous plaît », répondit Hannah pour elles deux.

Stanton le leur apporta dans une cafetière en porcelaine à filet doré avec tasses et soucoupes délicates assorties, puis se servit un cognac. Il fit tourner le liquide ambré dans le verre, le huma avec plaisir, puis s'en avala une bonne lampée.

« Maintenant, venons-en à nos problèmes, déclara-t-il en regardant Kayla. Simaune m'a alerté sur ta situation. Quel malheur que tu n'aies pas eu ton rappel avant de quitter le Texas. Ça aurait grandement simplifié les choses. »

Sa contrariété était évidente.

« Oui, enfin, je n'avais pas trop le choix, riposta Kayla.

— Non, je présume. Comment te sens-tu ? »

Même s'il avait posé cette question de manière désinvolte, il avait un regard attentif et froid.

« Bien. Normale. »

Elle haussa les épaules.

« Tu es sûre de ne pas avoir eu d'absences ces derniers temps ? Tu n'as pas eu l'impression qu'Hannah t'avait parlé alors qu'elle n'avait pas ouvert la bouche ? Il faut que tu sois honnête avec moi, c'est important. »

La mine faussement inquiète, Kayla lança un coup d'œil à Hannah.

« T'as dit quelque chose ? »

Personne ne sourit.

« Je vous le répète, je me sens bien », insista-t-elle.

Stanton l'observa encore un moment, puis, apparemment convaincu de sa sincérité, hocha la tête.

« Alors, très bien. Voici le plan. Demain au coucher du soleil, je vous ferai sortir de la ville. Une voiture nous attendra. Là, je vous donnerai des instructions.

— On va faire la route toute seule ? demanda Hannah.

— Oui. C'est la procédure normale. Je suis étonné que Simaune vous ait accompagnées ; en général, Susan et Anthony n'aiment pas l'exposer. »

Stanton braqua ses yeux vifs et curieux sur Kayla, attendit. Devant leur silence, il se rejeta au fond de son siège et reprit une gorgée de cognac.

« Et je les approuve, même si j'ai été très heureux de la revoir. Simaune, c'est la famille. »

Devant leur air médusé, son visage s'éclaira, amusé.

« Quoi ? Vous ne voyez pas la ressemblance ? »

Il éclata de rire.

« Ne prenez pas les choses au pied de la lettre, je veux juste dire qu'on se connaît depuis un sacré bout de temps. »

Devinant qu'il n'en dirait pas davantage, Hannah demanda :

« Quelle est notre destination ?

— Bowling Green dans le Kentucky. C'est George qui vous accueillera.

320

— Et après, où irons-nous ? » intervint Kayla.

Il leur montra ses mains, paumes offertes.

« Je n'en sais pas plus que vous. Chacun de nous ne connaît que l'étape d'avant et l'étape d'après. »

Logique, songea Hannah. On ne révélait pas ce qu'on ignorait. Ils ne pouvaient pas se permettre d'exposer tout le réseau si quelqu'un était pris et questionné.

Mais… Betty et Gloria étaient à trois étapes de Dallas, et les quatre membres du groupe de Susan le savaient. Ils devaient donc se situer plus haut que Stanton dans la hiérarchie novembriste. Se pouvait-il que Dallas soit le siège de l'organisation et Susan son chef ? Si elle repensait à la force de persuasion de sa voix, Hannah n'avait pas de mal à le croire.

« Je n'ai jamais vu ni Susan ni Anthony, poursuivit Stanton. Là, vous avez un avantage sur moi. Dites-moi juste, ajouta-t-il sur un ton de conspirateur, le visage de Susan correspond-il à cette voix splendide ? »

La question, si proche de ses propres pensées, déconcerta Hannah. Elle hésita. Il était certain que Susan et Anthony avaient confiance en Stanton, mais il était tout aussi certain que cette confiance avait ses limites. S'il ne les avait pas rencontrés, c'était parce qu'ils ne le souhaitaient pas.

« Oui, fit Hannah sans vergogne, elle est d'une beauté saisissante.

— Puis-je vous demander quelque chose ? lança Kayla.

— Vous pouvez, répondit-il en inclinant gracieusement la tête.

— Pourquoi risquer votre vie pour des femmes que vous ne connaissez même pas ? »

Des parenthèses creusèrent les joues de Stanton et encadrèrent un petit sourire triste.

« C'est un choix personnel. Ma mère était une féministe enragée, même si on n'aurait jamais pu le deviner. C'était l'archétype de la belle du Sud, à peu près grande comme ça, expliqua Stanton en plaçant sa main quelques centimètres en dessous du sommet de sa propre tête, elle avait un penchant pour le rose et n'aurait jamais mis le nez dehors sans son rouge à lèvres. Elle avait prévu de faire médecine, mais elle a rencontré mon père – allez savoir qui c'était – à la fin de son cursus général et est tombée enceinte.

— Elle ne vous a jamais dit qui c'était ? s'enquit Hannah.

— Non et, à ma connaissance, elle ne lui a rien dit non plus. C'était avant cette histoire de droits paternels, vous voyez. »

Il reprit une petite gorgée de cognac.

« Elle a terminé ce premier volet d'études, est revenue accoucher chez elle à Columbus, puis est entrée dans une école d'infirmières. Ce sont mes grands-parents qui m'ont plus ou moins élevé pendant qu'elle bataillait pour avoir son diplôme, et après un job. Elle a démarré dans un service d'obstétrique et a fini par devenir sage-femme. Ce n'est qu'après l'adoption des lois CSV qu'elle a commencé à pratiquer des avortements. À ce moment-là, mes grands-parents étaient morts, moi, j'avais une trentaine d'années, et comme je ne savais pas trop quoi faire, je suis revenu ici pour l'aider. J'organisais ses rendez-vous – j'interrogeais les femmes et je trouvais des locaux – et elle se chargeait de l'intervention. »

C'était exactement ce qu'avait dit Rafael : *l'intervention*. Hannah se rappela combien ce terme – et tous les autres mots cliniques et neutres qu'il avait utilisés – l'avait apaisée. Avec le recul, elle comprenait qu'ils lui avaient permis d'endurer cette épreuve. Quand il y avait intervention, on ne temporisait pas et on se torturait encore moins, on intervenait. Une intervention n'entraînait pas de regrets, n'exigeait pas d'expiation. Mais le scénario changeait du tout au tout quand on parlait de « meurtre » et d'« abomination ». La vérité se situait à mi-chemin, songea alors Hannah. Elle avait mis un terme à sa grossesse par amour, par peur et par nécessité. Ça n'avait pas seulement été une intervention, mais ça n'avait pas été une atrocité non plus.

« Au début, avec la Grande Épidémie, il n'y avait pas trop de demandes d'avortement, poursuivit Stanton. À l'époque, mariées ou pas, les femmes saines voulaient toutes tomber enceinte. Les orphelinats étaient vides et les couples sans enfants payaient cinquante mille dollars pour un bébé, et le double s'il était blanc. »

Hannah jeta un regard à la dérobée vers Kayla. Son amie affectait une attention polie, mais une lueur de colère, ou peut-être de lassitude amère, flambait dans sa prunelle. Combien de fois fallait-il supporter de tels commentaires avant qu'ils cessent de vous irriter ? se demanda Hannah.

« Mais après la découverte du remède, ajouta Stanton, on a reçu de plus en plus d'appels. Les charlatans et les bouchers avorteurs étaient légion à l'époque – ça continue d'ailleurs – et la réputation de ma mère s'est répandue. »

Il but une longue rasade de cognac et son visage prit un air pensif et un peu mélancolique.

« Elle était si tendre avec ces femmes, si gentille, surtout avec les jeunes. »

Comme Rafael l'avait été avec Hannah, qui avait néanmoins vécu une expérience affreuse. Il n'était pas difficile d'imaginer que ça pouvait être bien pire avec un autre médecin.

« Et, bien sûr, si elles étaient très démunies, elle ne leur prenait rien. On avait même des femmes qui venaient du Colorado et de Virginie. Et plus il en venait, plus c'était dangereux, mais maman n'en était que plus déterminée. »

Perdu dans ses souvenirs, il s'interrompit, retira distraitement ses lunettes et les essuya avec sa serviette. Du coup, son visage parut encore plus enfantin.

« Les choses sont devenues de plus en plus risquées quand on a rejoint les Novembristes, mais je n'ai jamais vu ma mère plus tonique. Je crois honnêtement qu'elle avait le sentiment d'avoir trouvé un but à sa vie. »

Le chagrin de Stanton était visible et douloureux à entendre. Hannah se demanda si sa mère lui avait jamais manifesté autant d'attention, autant de tendresse qu'à ses patientes. Pour sa part, elle savait que sa mère – même s'il n'avait jamais été question que Samantha Payne l'admette – préférait Becca, mais elle n'en avait pas trop souffert, car elle avait toujours eu son père.

« Quand l'avez-vous perdue ? s'enquit Kayla.

— L'an dernier, en septembre. Une pneumonie. »

Sa voix se noua et les jeunes femmes lui présentèrent leurs condoléances dans un murmure.

« Je lui avais dit qu'elle travaillait trop, mais elle n'a rien voulu savoir et a continué à se surmener. J'étais allé passer le week-end à Jackson et, quand je suis revenu, elle gisait par terre, inconsciente, dans la salle de bains. À l'hôpital, elle s'est réveillée le temps de refuser les antibiotiques spécifiques qui l'auraient peut-être sauvée. Elle a décrété qu'elle avait déjà trop dévalé la pente et que, de toute façon, on n'avait pas les moyens. »

Stanton termina son cognac et se resservit.

« Vous savez quelle est la dernière chose qu'elle m'a dite ? Tu utiliseras cet argent pour terminer le tunnel du sous-sol, mon fils. Promets-le-moi. » Elle était comme ça, maman, elle ne pensait jamais à elle. »

Ni à vous non plus, je parie. Hannah ressentit un élan de pitié pour lui.

« Ça a dû être un grand réconfort pour elle que d'avoir un fils pour poursuivre son œuvre, remarqua Kayla.

— Sinon, franchement, je pense qu'elle m'aurait renié. »

Il y eut un silence embarrassé.

« Eh bien, enchaîna Hannah, nous vous sommes très reconnaissantes, à vous et à votre mère. »

Stanton se releva subitement.

« Il est tard et vous devez être épuisées, mesdames. Je vais vous reconduire à votre chambre.

— Ne vous dérangez pas, fit Kayla, on peut se débrouiller.

— Vous pouvez toujours essayer, mais je doute fort que vous y parveniez. »

Lorsqu'ils atteignirent le vestibule, Hannah comprit ce qu'il avait voulu dire. Elle eut beau scruter le mur lambrissé par lequel elle pensait qu'elles étaient entrées, elle ne put rien voir tant que Stanton n'eut pas dit : « Virtute et armis » et que la porte eut commencé à s'entrouvrir.

« Pour votre sécurité, je vais devoir vous enfermer, déclara Stanton. Mais quand vous vous lèverez demain matin ou si vous avez besoin de quoi que ce soit, pressez ce petit bouton. Il envoie un signal à mon phone et je viendrai dès que je le pourrai. »

Hannah et Kayla échangèrent un regard inquiet. Il y avait une marge sérieuse entre « immédiatement » et « dès que je le pourrai ». Peut-être Stanton les laisserait-il mariner longtemps ? Et s'il lui arrivait quelque chose, même Simone ne parviendrait pas à les retrouver. Elles mourraient de faim, lentement, inexorablement.

« Ne vous faites pas de mauvais sang à mon sujet, enchaîna Stanton avec une ironie palpable. Je suis peut-être un peu trop rond, mais, d'après mon médecin, j'ai le cœur d'un garçon de vingt ans. »

Les yeux de Kayla reflétaient le raisonnement d'Hannah : *De toute façon, on n'a pas le choix !* Pour le moment, il n'y avait qu'une voie possible, c'était de descendre.

Stanton s'apprêtait à refermer la porte quand il se figea et se tapota le front d'un doigt boudiné.

« J'ai failli oublier. Que préférez-vous pour le petit déjeuner ?

— Du pain grillé, dit Hannah.

— Avec du bacon et du gruau de maïs, ajouta Kayla.

— Alors, c'est ce que nous aurons, déclara-t-il en affichant son sourire de petit garçon. Dormez bien, chères amies. »

Mais, en dépit de sa fatigue, Hannah ne dormit pas bien. Sa claustrophobie s'emballa, et elle se réveilla en sursaut à maintes reprises, en proie à des cauchemars où on l'enterrait vivante. Au matin, elle émergea du sommeil, déboussolée, en entendant couler l'eau. Elle paniqua jusqu'à ce qu'elle allume et voie les deux lits, les murs jaunes, l'orchidée. Elle n'était pas au centre du Droit Chemin, mais chez Stanton, avec Kayla.

Quand Kayla sortit de la salle de bains, Hannah prit tout son temps pour se doucher et se préparer en essayant de retrouver le calme qu'elle avait connu la veille dans le coffre de la voiture de Stanton. En vain.

Les deux jeunes femmes remontèrent l'escalier ensemble, et Hannah pressa le bouton d'une main tremblotante. Mais ses peurs se révélèrent sans fondement : moins de deux minutes plus tard, Stanton leur ouvrait la porte et les saluait. Le petit déjeuner promis fut aussi savoureux que le dîner et, lorsque Stanton leur offrit de se resservir, elles acceptèrent sans même feindre de protester.

« Où avez-vous appris à cuisiner comme ça ? demanda Kayla.

— C'est ma grand-mère qui m'a montré, en cachette de mon grand-père. Pour lui, un homme ne faisait pas la cuisine. C'était un dur à cuire, il avait perdu un œil en Corée. Il est enterré au Friendship Cemetery. Je suppose que vous n'êtes pas passées devant en arrivant à Columbus ? »

Elles firent non de la tête.

« C'est un cimetière militaire, plus de seize mille soldats y sont enterrés. Columbus a été une ville-hôpital durant la guerre. Des milliers de victimes, des deux côtés, ont été amenées ici et ont été ensevelies ensemble. »

Hannah s'interrogea. Pourquoi amener des victimes coréennes jusque dans le Mississippi ?

« Puis, en avril 66, un groupe de dames décida de fleurir les tombes. Ce fut le premier hommage aux soldats tombés au champ d'honneur.

— Ah, s'exclama Hannah, vous parlez de la guerre civile ! »

Kayla éclata de rire.

« Tu es dans le Sud profond. Il n'y a pas d'autre guerre.

— Voilà qui est parler en vraie fille de la Confédération, déclara Stanton en inclinant la tête en signe d'approbation. Et à présent, mesdames, je dois vous laisser pour l'après-midi. Je suis un ami du Friendship

Cemetery et, un vendredi sur deux, je fais une visite guidée du cimetière à titre bénévole. Je n'ai jamais manqué à cet engagement et je ne voudrais pas heurter qui que ce soit en commençant aujourd'hui. »

De retour au sous-sol, Hannah, qui se sentait inexplicablement tendue, tourna comme un lion en cage tandis que Kayla se prélassait au lit, une assiette de carrés au chocolat en équilibre sur le ventre.

« Moi, je vais te dire, affirma-t-elle, la bouche pleine, pour des fugitives dans la mouise, je t'assure qu'on mange royalement. Il faut que t'en goûtes un. Ils sont incroyables. »

Hannah ne répondit pas. Quelque chose l'asticotait, comme si un doigt lui tapotait la colonne vertébrale.

« Allez, sors ce que tu as sur le cœur, lui lança Kayla.

— T'as pas l'impression qu'il y a quelque chose qui… cloche avec Stanton et toute cette situation ?

— Non, à part qu'il ne nous a pas offert de lait pour faire glisser ces carrés au chocolat. Mais explique-moi pourquoi tu as cette sensation. »

Hannah s'assit au pied du lit de Kayla.

« Je pense à tout ce qu'il nous a raconté. Sur lui, sa famille. Si on se faisait prendre, on pourrait l'identifier en deux secondes chrono. Je veux dire, combien peut-il y avoir de mecs d'une quarantaine d'années, riquiqui, à Columbus, Mississippi, qui habitent un manoir de style victorien et dont la mère a été sage-femme ? Pourquoi nous raconte-t-il tout ça ? »

Kayla poussa un bof amusé.

« T'as pas une grande habitude de l'alcool, pas vrai ? Les gens, quand ils s'enfilent une bouteille et demie de vin plus deux verres de cognac, ils déballent toutes sortes de trucs.

— Peut-être, n'empêche qu'il était parfaitement sobre il y a quelques minutes quand il nous a confié qu'il était bénévole au cimetière. Disons qu'il était drôlement clair. Réfléchis. Qu'est-ce qu'on sait de la vraie vie de Susan et d'Anthony ou de celle de Simone ? Rien. Parce que, contrairement à Stanton, ils ont pris la précaution de ne rien nous révéler au cas où on se ferait coffrer. »

Kayla secoua la tête.

« Mais ils ont totalement confiance en lui, même Simone, et elle est pas trop du genre confiant. Et s'il nous veut du mal, pourquoi irait-il nous coller une plante à cent dollars dans notre piaule et pourquoi nous filerait-il des écrevisses à l'étouffée ? Le fait est que, s'il l'avait voulu, il aurait déjà pu nous balancer à la police ou nous zigouiller une dizaine de fois. On était bouclées dans le coffre de sa bagnole… il aurait pu nous emmener n'importe où. Nous enfermer dans le tunnel et nous laisser crever dedans, nous droguer… Il aurait même pu empoisonner ces carrés au chocolat. »

Et Kayla d'enfourner une dernière bouchée avant de présenter le plat à Hannah.

« C'est vrai », reconnut Hannah.

Kayla avait raison ; elle était parano. Elle prit un carré au chocolat et mordit dedans.

« Huuuum.

— Qu'est-ce que je t'avais dit ! »

Mais, après deux bouchées, Hannah reposa le carré sur l'assiette. C'était trop riche, trop sucré. Écœurant.

« Je ne peux pas en avaler plus. »

Kayla lui jeta un coup d'œil stupéfait.

« Tu sais que t'es marteau ? »

Hannah haussa les épaules. Elle ne pouvait pas dire le contraire.

Stanton réapparut une heure avant le coucher du soleil. Ils prirent un dîner rapide, et il fut temps de partir. Il leur fit retraverser le tunnel menant au garage, poser leurs sacs à dos sur le siège arrière de sa voiture, puis ouvrit le coffre.

« On ferait mieux de se dire au revoir maintenant, dit-il. Après, on n'aura plus le temps. »

Hannah et Kayla le remercièrent de sa gentillesse, mais il balaya leur gratitude d'un « C'est un choix personnel » qu'elles connaissaient bien à présent.

« Bonne chance pour les travaux, j'espère que vous survivrez », lui dit Kayla.

Stanton sourit.

« Ce sont des moments pénibles, mais ça en vaut la peine. À présent, désolé, il vous faut réintégrer le coffre. »

Avec sa galanterie habituelle, il les aida à grimper dedans, puis, la main sur la poignée, il les regarda longuement.

« Je suis navré, dit-il d'un ton empreint d'un regret sincère où perçait une sorte de tendresse. Mais vous n'aurez pas à subir ça longtemps. »

Puis la porte se referma sur elles. La voiture démarra. Stanton avait dû allumer la radio car de la musique classique se fit entendre tandis qu'ils accéléraient. Hannah sentit la panique l'attraper, lui nouer la gorge, les poings, les pieds.

Kayla, elle, émit un sifflement râpeux.

« Bonsoir, ici votre pilote, déclara-t-elle avec une cordialité artificielle. Bienvenue chez Claustrophair. Nous espérons que vous appréciez votre confinement. Si nous pouvons faire quoi que ce soit pour vous permettre de vous sentir plus mal à l'aise et suffoquer davantage, n'hésitez surtout pas à consulter nos hôtesses. »

Malgré sa peur, Hannah sourit. Que ferait-elle sans Kayla ?

Dix ou quinze minutes plus tard, leur véhicule s'arrêta. La porte côté conducteur s'ouvrit, les pas de Stanton crissèrent sur le sol, puis une autre porte s'ouvrit aussi et d'autres pas s'approchèrent. Un faisceau lumineux aveugla Hannah avant de se braquer sur Kayla. Et le doigt qui avait tapoté la colonne vertébrale d'Hannah se transforma en un poing cogneur.

« Jolies », dit une voix d'homme lascive et traînante.

Elles n'eurent pas le temps de réagir que le coffre se refermait.

« Hé » ! hurla Kayla.

Elle se jeta en avant, mais sa tête heurta la paroi métallique avec un ploc.

« Aïe ! Merde ! s'écria-t-elle en donnant des coups de pied dans la tôle. Laissez-nous sortir ! Stanton !

— On se calme ! » aboya l'inconnu en tapant brutalement contre le coffre.

Voyant que Kayla avait du mal à respirer, Hannah lutta contre sa propre terreur et lui intima le silence pour qu'elle puisse entendre ce que les deux hommes disaient :

« … dommage », marmonna l'inconnu.

Stanton bredouilla une réponse inintelligible, à laquelle l'inconnu répondit :

« Je parie qu'elle aurait fait trois fois plus si son rappel n'était pas aussi proche. J'ai jamais vu des enchères monter aussi haut pour une fin-de-course. »

Enchères ? Fin-de-course ? Hannah se glaça. Une peur horrible l'envahit à mesure qu'elle saisissait ce qui se passait. *Non, ce n'est pas possible, il ne peut pas avoir fait ça, il nous a offert des écrevisses à l'étouffée et des carrés au chocolat.* Terrifié par les conclusions qui s'imposaient à lui, son esprit chercha désespérément d'autres hypothèses. En vain.

Stanton les avait vendues.

Elle se revit la veille, avec Kayla, dans leur tenue sexy, se bichonnant devant le miroir de la salle de bains, sous ce formidable alignement d'ampoules typique des dressings de starlette – ou d'un tournage. Seigneur, il avait dû les filmer tout du long ! Il devait y avoir derrière le miroir une caméra qui retransmettait les images à de potentiels clients désireux, bien sûr, de voir la marchandise avant de faire une offre. Les enchères devaient avoir eu lieu plus tard, après leur coucher, ou peut-être l'après-midi même, pendant que Stanton jouait prétendument au guide. Mais la fin-de-course… ?

« Oh, mon Dieu, c'est de moi qu'il parle, gémit Kayla. C'est moi la fin-de-course. »

Hannah sentit un flot de bile lui remonter dans la gorge lorsqu'elle comprit. C'était pour ça que Stanton avait paru si contrarié quand il avait découvert que Kayla n'avait pas eu son rappel ; ça réduisait sa durée de conservation et, par suite, sa valeur. *Tic, tic, tic.* Kayla allait se mettre à fragmenter d'un jour à l'autre, et Hannah en février. Et, là, lorsqu'elles seraient tellement fragmentées qu'elles ne seraient plus bonnes à rien… « Vous n'aurez pas à subir ça longtemps », leur avait promis Stanton. On ne les emmènerait pas faire leur rappel ; leurs ravisseurs ne prendraient pas ce risque. Ils se débarrasseraient d'elles comme ils auraient jeté deux cartons de lait vides.

« À la prochaine », lança l'inconnu.

Stanton ne répondit pas. Des pas s'éloignèrent, une portière se referma.

« Espèce de nabot snobinard à la con », marmonna l'inconnu.

Il flanqua un coup de poing contre le coffre et fit sursauter Hannah et Kayla.

« Écoutez-moi, les nanas. On en a pour trois heures de route et vous allez vous tenir tranquilles jusqu'à ce qu'on arrive. Si vous faites du boucan et si vous essayez d'attirer l'attention, je vous collerai une pâtée que vous regretterez, je vous le garantis. »

La voiture s'ébranla, et Hannah revit le crochet nu au plafond de la misérable salle à manger de Stanton. Un crochet au bout duquel un lustre dispenserait son éclat sur un papier peint en soie, des tapis aux couleurs lumineuses et une table d'époque en acajou dressée avec argenterie, porcelaine et verres en cristal au plomb, tous étincelant sous l'éclat aveuglant de la lumière blanche.

Perdues dans leurs pensées, elles restèrent d'abord silencieuses. Pour Hannah, la situation était très sombre. Elle envisageait cinq à six semaines d'esclavage, dans le meilleur des cas ; et il pouvait s'écouler deux mois avant qu'elle ne soit totalement fragmentée. Elle n'avait aucune illusion sur le type d'esclavage qui l'attendait. « Uniquement des jeunes et jolies filles », avait dit Simone. Mais en évoquant le visage fermé, furieux et déterminé de Simone, Hannah se rassura. Une femme avec un visage pareil ne les laisserait pas tomber dans les pattes d'esclavagistes, pas plus qu'elle ne les avait laissées tomber dans les pattes du Poing. Elle se lancerait à leur recherche, tuerait si nécessaire, pour les sauver, parce que, pour elle, c'était un choix, une question personnelle. Et pour Paul, ça l'était encore plus. En vertu de son code, il n'était pas question que quelqu'un fasse du mal à Kayla. C'était certain.

Hannah entendit un vague air de musique, puis leur cerbère se mit à beugler les paroles de la mélodie avec une sincérité retentissante sans se soucier de chanter juste. *Seen you and him dancin' at the Broken Spoke last night… He had his arms around you and was squeezing you tight…*

« Ce doit être un fan de country », murmura Kayla.

Hannah crut qu'un fou rire secouait son amie, mais, en l'entendant renifler, elle comprit qu'elle pleurait.

« Hé, écoute, s'écria-t-elle, ça va aller. Simone et Paul – Vincent – savent où on est. Ils avaient prévu de nous suivre. Pense à lui, Kayla. Pense à Vincent. »

I itched to break both his arms and pizzafy his face… Wanted to skin him alive but it ain't my place… Cuz he's your husband and I'm just the other man…

« Ils comptent nous éliminer, bredouilla Kayla. Une fois qu'on sera trop fragmentées pour qu'ils puissent continuer à nous violer.

— Vincent ne le permettra pas. Il tient trop à toi.

— Et s'il ne réussit pas à nous retrouver à temps ? Et s'ils le tuent ?

— Non, tu verras. Il nous trouvera, lui et Simone, et, là, je n'aimerais pas être à la place du type qui conduit cette bagnole. Je suis sûre qu'ils sont déjà à nos trousses, qu'ils échafaudent des plans pour nous tirer de là. Et tu sais ce qu'ils feront dès qu'ils nous auront récupérées ? Ils retourneront s'occuper de ce salopard de Stanton.

— Je leur filerai un coup de main, affirma Kayla. Quand je pense à toute cette bouffe qu'il nous a préparée, bordel, j'ai envie de gerber. Et nous, on a tout boulotté tranquillou comme des lapins devant une montagne de carottes. »

Hannah essaya de se rappeler où elle avait déjà vu cette image.

« Tu te souviens, dans *Watership Down*, du gentil fermier qui met des trucs à boulotter dehors tous les jours et des lapins qui se goinfrent et font de plus en plus de gras jusqu'au moment où l'un d'entre eux comprend enfin que le fermier compte juste les passer à la casserole ? »

Hannah sentit son petit déjeuner lui retourner l'estomac et menacer de remonter.

« Oh, merde, j'ai mal au cœur.

— Respire à fond, lui conseilla Kayla. C'est déjà dur d'être kidnappée et bouclée dans un coffre de bagnole, mais c'est encore pire d'être kidnappée et bouclée dans un coffre plein de vomi. »

Pour lutter contre sa panique, Hannah inspira, souffla, inspira, souffla.

« D'un autre côté, poursuivit Kayla, si on se gerbe bien dessus, peut-être qu'ils décideront de nous renvoyer et qu'ils demanderont à Stanton de leur rendre leur pognon ? Qu'est-ce que t'en penses ? Ça vaut peut-être la peine de tenter le coup. »

Les exercices de respiration et le trait d'humour eurent l'effet désiré, si bien que les nausées d'Hannah se calmèrent un peu.

« Le truc curieux, déclara-t-elle quand elle put reprendre la parole, c'est que j'ai l'impression que, contrairement au fermier, Stanton se sent coupable. À mon sens, c'est pour ça qu'il nous a mitonné de bons petits plats, comme une forme… d'expiation.

— Tu parles ! Expiation, mon cul. "Désolé, mesdames, je vais vous vendre, fit Kayla en imitant l'accent de Stanton, mais avant goûtez donc ces bons carrés au chocolat." Ce salopard hypocrite. »

Elle paraissait plus forte, moins effrayée. *Rien de tel qu'une dose de colère pour atténuer la peur et le chagrin*, songea Hannah.

« Je me demande à combien d'autres nanas il a fait le coup, reprit Kayla.

— D'après Simone, il y en a trois qui ont disparu avant nous.

— Une pour le salon, une pour la bibliothèque et une pour la cuisine. Toi et moi devrions financer les travaux de la salle à manger et de sa chambre. »

Leur cerbère était parvenu au finale : *So if she makes eyes at you run as fast as you can... Cuz you don't want to be the other man... Oh yeah it's hell to be the other man.* Il grimpa d'une octave sur la dernière syllabe et produisit un fausset perçant.

Lorsqu'il se tut, Kayla ajouta d'une toute petite voix :

« Aujourd'hui elles sont mortes, je suppose, ces nanas.

— Je le leur souhaite. »

D'un accord tacite, elles meublèrent le temps en parlant d'autre chose – de leur enfance, de leur famille et, forcément, d'amour. Leurs murmures tissèrent autour d'elles une douillette couverture à la chaleur hélas ! bien trop éphémère, dont elles tirèrent tout le confort qu'elles purent. Hannah se doutait qu'on les séparerait une fois arrivées à destination, mais elle repoussa cette perspective dans un coin de sa tête et écouta Kayla évoquer son premier amour, Brad, qui « était gay finalement, ce que j'avais toujours su, je présume, mais ça m'a pas mal démolie quand il me l'a annoncé », et deux autres copains : « Impossible de trouver plus intelligent, plus drôle et plus adorable que Shaun, mais je l'ai rencontré juste après Brad et je n'étais pas prête à revivre une relation sérieuse aussi vite, c'est tout. Puis il y a eu Martin, un riche Anglais qui avait vingt ans de plus que moi. Je suis tombée sur lui au Kimbell devant le tableau d'un seigneur en perruque poudrée du XVIIIe siècle, ce qui était un peu ce à quoi il me faisait penser. Ça n'aurait jamais marché, même si je ne m'étais pas entichée de T.J. Martin voulait juste me coller dans une boîte. Un écrin de velours, mais une boîte quand même. Tu vois ce que je veux dire ? »

Petit rire.

« Vu l'endroit où on est, ma question est stupide !

— Oh, je vois très bien, répondit Hannah avec amertume. Je pourrais écrire un roman là-dessus. »

Elle évoqua, une à une, toutes les boîtes dans lesquelles on l'avait fourrée : la boîte de l'enfant sage et celle de la bonne chrétienne. La pièce confinée au-dessus du garage où elle faisait ses travaux de couture. La boîte de la maîtresse, rôle qu'elle incarnait dans les boîtes de toutes ces chambres d'hôtel interchangeables. La chambre étouffante de l'appartement 122. La cellule de la prison, la salle d'interrogatoire, le box de l'accusé lors de son procès. La boîte de la mauvaise fille et celle de la femme déchue. Son corps rouge dans la cellule chromatique aux miroirs, boîte dans une boîte dans une autre boîte. La salle d'édification, le salon de Mme Henley. Les chambres fermées à clé chez Susan et Anthony, puis chez Stanton. La caisse en bois. Et maintenant, pour la seconde fois, un coffre de voiture. Dans un douloureux éclair de lucidité, elle se rendit compte que c'était elle qui les avait fabriquées, ces boîtes, soit délibérément, soit parce qu'elle n'avait pas dit non. Elle n'avait pas le droit d'être amère ; elle s'y était mise toute seule. Et elle s'en sortirait, elle se le promit. Et une fois tirée d'affaire, plus jamais elle ne se remettrait dans une boîte.

Kayla la poussa du coude.

« Hé, t'écoutes ?

— Pardon. Qu'est-ce que tu disais ?

— Je te demandais si Aidan était ton premier amour.

— Oui, le premier et le seul. »

Hannah raconta à Kayla leur rencontre à l'hôpital, leur longue et torturante attente, leur première nuit ensemble et leur dernière aussi, quand elle avait plaqué son ventre contre le dos d'Aidan en sachant qu'il ne serait jamais plus aussi proche de leur enfant. Elle qui n'avait pas une seule fois parlé de lui à qui que ce soit ouvrit une brèche dans le barrage qu'elle abritait en elle-même, une brèche qu'elle élargit au fur et à mesure, si bien que les mots en vinrent à se déverser furieusement. Kayla écouta toute l'histoire en la ponctuant de murmures compatissants, puis Hannah termina, les yeux secs sur le jour où, le voyant si enfiévré et distant sur la vid, elle avait compris qu'il l'avait oubliée. Quand elle se tut, elle eut l'impression d'être essorée mais bien plus légère aussi. Si le coffre s'ouvrait maintenant, je m'envolerais comme un gros ballon rouge, se dit-elle.

« Tu ne t'en rends pas compte, hein ? fit Kayla.

— Quoi ?

— De la force que tu as, pour avoir fait tous ces choix. Il fallait vraiment avoir du cran. »

Hannah voulut protester, mais Kayla la coupa :

« Pour avoir tenu son identité secrète, pour avoir résisté aux Henley, pour t'être lancée à ma recherche quand t'as cru que j'avais été kidnappée, pour, pour, pour. Merde, Hannah, t'es une des personnes les plus fortes que j'ai pu rencontrer. »

Elle s'interrompit, ajouta :

« Ça veut dire que tu as de grandes chances de te tirer de ce traquenard.

— Qu'est-ce que tu veux dire par là ? Toi aussi, tu es forte.

— Regarde, insista Kayla. Je ne me fais pas d'illusions. Il s'écoulera peut-être des jours ou même des semaines avant que Vincent et Simone parviennent à

nous libérer, et je n'aurai sans doute pas cette autonomie. Mais toi tu as du temps…

— Oui, veinarde que je suis, répliqua Hannah. J'ai
encore six fabuleuses semaines ou plus, tous frais
payés, pour profiter de la situation.

— Ce que je veux dire, riposta Kayla avec brusquerie, c'est que, toi, tu as la force de survivre à tout
ce qu'il pourrait se produire d'ici l'arrivée de Simone
et Vincent. N'oublie pas ça, même si les choses tournaient mal.

— Promis », marmonna Hannah, déconcertée par
l'attitude de Kayla.

D'habitude, son amie ne manifestait pas un tel fatalisme. Et maintenant pourquoi se taisait-elle ?

« Kayla ? »

Un long soupir.

« Je suis pas sûre, répondit celle-ci, mais je crois
que je commence à fragmenter. »

La première chose que ses sens notèrent quand le coffre s'ouvrit et que les hommes la tirèrent de là, les yeux plissés et larmoyants face au flux de lumière, ce fut l'odeur âcre du sel. La deuxième, ce fut la douleur fulgurante dans ses membres. Lorsqu'elle tenta de se mettre debout, ses jambes ankylosées se dérobèrent sous elle ; le bonhomme qui la tenait enserra son bras dans un étau et l'obligea sans ménagement à se redresser. Les troisième et quatrième choses furent les embruns froids sur sa figure et une impression d'espace étourdissante après ces heures d'enfermement. Elle entendit aussi les murmures de l'océan, ce fut la cinquième chose, et, en six, elle vit le chemin d'or liquide scintillant que la lune avait tracé sur son immensité sombre. La septième, ce fut la taille de son garde : un colosse, une montagne vivante. La huitième, ce fut une piqûre douloureuse dans le haut de son bras libre, après quoi tout sombra dans un flou kaléidoscopique : l'univers bascula tandis que quelqu'un glissait un bras en crochet derrière ses genoux et un autre sous ses reins. Des yeux noirs la fixant avidement au milieu d'un large visage blanc, une haleine de dents pas lavées derrière une odeur de café, un tapis d'étoiles ternies par une grosse lune gibbeuse. Un ponton en bois dont le bout en pointe se terminait sur une grosse tache blanche, des pieds martelant le bois, la tête de Kayla, inerte, rejetée en arrière, ballottant devant elle. Une main lui tripotant le sein et lui pinçant méchamment le mamelon, la toux d'un moteur étouffant son sursaut de douleur.

La dernière chose qu'elle nota avant de s'enfoncer dans le néant, ce fut l'odeur salée de la mer.

CINQ
Transfiguration

Au début, elle n'eut pas conscience que les ténèbres se dissipaient. Il n'y avait pas de moi dont elle aurait pu avoir conscience, il n'y avait qu'un non-être total. Elle n'était pas dans le néant, elle était le néant.

Elle. Était.

Le néant s'éclaircit un peu, cessa d'être tout à fait noir, passa au gris fuligineux, au gris ardoise, au gris nuageux. Un point brillant, gros comme une pointe d'aiguille, perça l'obscurité. Il pulsa – *Hannah !* – et elle aperçut un grain de lumière en suspens. Il pulsa de plus belle – *Hannah !* –, gagnant en incandescence à chaque pulsation. Il lui brûla les yeux, lui perça les oreilles, menaça son non-être. *Hannah !* Le grain flamboyait comme un soleil, écrasant, accablant. Elle entra dedans, ce grain entra en elle. Elle devint le grain.

« Hannah ! Réveille-toi ! »

Il lui semblait avoir des briques sur les paupières, mais l'ordre l'obligea à les soulever. La pièce – elle était dans une pièce – tangua. Elle était couchée sur le côté, dans un lit et nue à partir de la taille. Un souvenir lui revint alors : une chambre étouffante, une table recouverte d'un drap à motifs de dinosaures, l'éclat d'instruments médicaux, une odeur de sang.

Saisie de soudaines nausées, elle gémit, puis se mit à transpirer et un haut-le-cœur la secoua. Un récipient surgit devant ses yeux. Elle vomit dedans. Un gant de toilette lui essuya la bouche.

« Ça va mieux maintenant ? »

La voix, une voix de femme, ne lui était pas inconnue. Elle hocha la tête, geignit, recommença à vomir. Le gant réapparut, lui essuya de nouveau la bouche.

« Mieux ? »

Elle acquiesça.

« Tourne-toi et mets-toi sur le dos », ajouta la voix.

Hannah essaya d'obéir – il fallait qu'elle obéisse –, mais elle était trop faible. Des mains la tournèrent et lui appliquèrent une serviette fraîche et humide sur le front. Un visage surgit dans son champ de vision, lune blanche au-dessus d'elle. Elle le connaissait et fouilla sa mémoire pour retrouver le nom qui s'y attachait.

« Tu es sauvée, Hannah. Les hommes qui cherchaient à te kidnapper sont morts. »

Le souvenir d'un autre visage l'enveloppant d'un regard concupiscent surgit. Une main énorme la tripotant, lui faisant mal. Elle se lamenta et tenta de se dérober. Des mains la saisirent par les épaules et la forcèrent à se rallonger.

« Chut, calme-toi, tu es sauvée », répéta la femme – c'était Simone.

Aussitôt, les muscles d'Hannah se relâchèrent et elle laissa retomber sa tête sur l'oreiller.

« Ils ne t'ont rien fait, à part te droguer, les salauds. C'est pour ça que tu es malade, à cause du sédatif qu'ils t'ont administré. »

Elle se rappela la piqûre dans le bras, Kayla qu'on emmenait, sa tête ballante. Elle tourna laborieusement la tête sur la droite, puis sur la gauche pour voir son amie. Il y avait un autre lit, mais il était vide et pas défait. Et il y avait un pistolet sur la table de chevet. Une inquiétude s'empara d'Hannah, chassa une partie du brouillard qui lui encombrait l'esprit. Où était Kayla ? Elle voulut poser la question, mais sa langue refusa de bouger. Elle fit un nouvel effort, réussit à murmurer :

« Où ? »

Simone se méprit sur le sens de cette question tronquée.

« On est toujours dans le Mississippi, dans un endroit appelé Palagousta ou Pascalula. »

Geste impatient.

« C'est sur la côte. »

Hannah poussa un gémissement frustré.

« Kay », balbutia-t-elle.

« Ah, fit Simone. Ils avaient un bateau. On était à peine à un kilomètre derrière vous, pas plus, mais ils ont fait vite. On est arrivés au moment où ils la montaient à bord. Ils ont pris la mer pendant l'échange de coups de feu. »

On. Simone et Paul donc. Où était Paul ?

« On a capturé les deux mecs qui s'étaient chargés de toi et ils ont parlé. Ce *fils de pute* de Stanton l'a vendue à un riche homme d'affaires de La Havane. Paul est parti à sa recherche. »

En proie à un soulagement vertigineux, Hannah souffla, mais Simone était visiblement furieuse. Pour elle, bien sûr, ça ne rimait à rien : Paul était trop mou, ne respectait pas le code.

« Toi, ils devaient t'embarquer vers un bordel de La Nouvelle-Orléans spécialisé dans les Chromes et accueillant des hommes d'affaires étrangers et des touristes en mal… d'exotisme. Les Rouges sont très appréciées. »

Hannah eut une nouvelle nausée, mais réussit à la contrôler. Elle avait un goût épouvantable dans la bouche et frissonnait tellement elle était en sueur. Simone souleva le drap qui la protégeait afin de voir ce qu'il se passait.

« Mon Dieu, tu es trempée et le lit aussi. Il faut que tu prennes une douche. »

Elle se pencha pour la soulever, mais Hannah, gênée d'être à moitié nue, se recroquevilla et plaqua le drap contre sa peau. Simone glissa le bras sous ses aisselles et la remit assise.

« Ne sois pas ridicule. Toi et moi, on est deux femmes. Et, de toute façon, je t'ai déjà vue. »

Hannah sentit les joues lui cuire en comprenant que Simone avait dû la déshabiller. Mais pourquoi donc, et pourquoi à partir de la taille seulement ? À moins que… La panique la saisit. Simone était lesbienne, elles étaient seules, et elle était droguée, impuissante, piégée.

« Non ! » cria-t-elle en bataillant pour se libérer.

Simone la serra plus fort et la secoua légèrement.

« À ton avis, qui t'a nettoyée quand tu étais pleine de pisse, hein ? Allez, maintenant, viens. »

Attisée par l'humiliation – *Oh, Seigneur, j'ai dû me pisser dessus* –, la panique d'Hannah vira à l'hystérie. Il fallait qu'elle s'en aille, sur-le-champ, hélas ! son corps fit exactement le contraire et, loin de fuir Simone, il se releva vers elle pour tenter docilement de lui obéir.

Simone fronça les sourcils et la regarda de près.

« Arrête de bouger », dit-elle.

Hannah se figea.

« Ferme les yeux. »

Hannah obéit.

« Écarte les jambes. »

Elle s'exécuta sous le drap.

« *Ostie !* »

Simone la relâcha et recula, bouleversée. Terrifiée à l'idée de lui avoir déplu, Hannah se fit toute petite et écarta davantage les jambes jusqu'à ce que les muscles de la face interne de ses cuisses la brûlent.

« Arrête ! s'exclama Simone qui ajouta plus doucement : Arrête, Hannah. Relax. »

Ses muscles se relâchèrent. Puis, avec une gentillesse dont elle ne l'aurait pas crue capable, Simone lui prit les jambes et les remit l'une contre l'autre.

« Tout va bien, dit-elle encore. Tu n'as rien fait de mal. »

Puis elle s'assit sur le bord du lit en la fixant d'un air hagard. On aurait cru qu'elle voyait quelqu'un ou quelque chose d'autre.

« Ce n'est pas un simple sédatif qu'ils t'ont donné, c'est du thrall. Tu connais ? »

Hannah secoua la tête.

« Le nom chimique de ce produit, c'est la thralaxomine. C'est une drogue conçue pour le viol. Quand tu es sous thrall, tu n'as plus aucune volonté, tu fais ce qu'on te dit de faire, quoi que ce soit. Tu veux te défendre, tu veux leur coller des coups de pied, crier au secours, mais tu les supplies de t'infliger encore plus d'humiliations, parce qu'ils t'en ont donné l'ordre. Tu es consciente tout du long, tu te vois agir, tu te détestes d'être si soumise. Et après… »

Simone croisa les bras et les plaqua sur sa poitrine.

« Après, tu te souviens de tout. De tout. »

Elle s'exprimait tout doucement, d'une voix hachée par la souffrance. Hannah en eut le cœur serré.

« J'ai subi ça, avoua Simone, comme Hannah s'y attendait. Ils étaient trois, ils m'ont emmenée dans un motel qui ressemblait beaucoup à celui-ci et ils m'y ont gardée pendant deux jours. »

Ses yeux firent rapidement le tour de la pièce pour y placer d'autres tableaux, d'autres tables, d'autres jetés de lit. D'autres gens.

« Après, mon ami m'a trouvé la pilule, la pilule du lendemain, mais c'était trop tard. Deux mois après, j'ai découvert que j'étais enceinte. Ça se passait au Québec, à l'époque où l'interruption de grossesse était redevenue un délit. J'ai déniché une femme qui connaissait une femme qui connaissait un homme qui vous avortait. Je l'ai rencontré dans une cave, un… le sous-sol d'un immeuble abandonné. C'était crasseux, et lui c'était un boucher. Au cours de l'intervention – de la main, elle fit mine de flanquer un coup de couteau dans quelque chose –, il, il m'a perforée. Après, je suis tombée très malade. J'ai failli mourir des suites de l'infection. »

Elle s'interrompit.

« À certains moments, j'ai eu envie de mourir. »

Les mots « Je suis désolée » se formèrent sur les lèvres d'Hannah, mais elle n'essaya pas de les formuler, même si elle les pensait sincèrement. Cette femme n'aurait pas voulu de sa pitié et elle la lui aurait jetée à la figure comme un serpent mort. Simone avait peut-être subi les pires horreurs, mais ce n'était pas une victime. C'était un rôle qu'elle n'avait pas endossé. À la place, elle avait nourri son indignation, d'abord pour survivre, et ensuite pour inciter d'autres femmes à suivre son exemple. *C'est un choix personnel.* Pour la première fois, Hannah comprit pleinement le sens de ces paroles. Elles défendaient la liberté de procréer et le respect de la vie privée, mais elles proclamaient l'affirmation de la valeur de la personne, la revendication de la dignité de l'individu. Leur vérité fondamentale retentit en elle avec les accents d'un clairon.

« Je suis contente que vous soyez toujours là », dit-elle en constatant qu'elle pouvait de nouveau parler.

Elle tendit la main et effleura la jambe de Simone.

« Les morts ne peuvent pas lutter. Et si on ne lutte pas, les autres gagnent. »

Simone conduisit Hannah à la salle de bains, moitié en la faisant marcher, moitié en la portant, et l'aida gentiment à s'installer sur les toilettes où elle s'affaissa comme une poupée de chiffon. La jeune femme avait l'esprit un peu plus vif, mais ses gestes étaient encore lents et manquaient de coordination et elle se sentait aussi épuisée que si elle n'avait pas fermé l'œil depuis plusieurs jours.

« Je crois qu'on ferait bien d'en profiter pour te donner un bain, non ? »

Hannah acquiesça, même si elle ne pouvait guère réagir autrement maintenant que Simone avait exprimé son avis. Cette dernière fit couler l'eau, puis déclara :

« Je vais te laisser un moment. Toque quand tu seras prête.

— Merci », répondit Hannah, reconnaissante de bénéficier d'un peu d'intimité.

Simone se retira et ferma la porte. Au dos de celle-ci, juste en face d'Hannah, il y avait un miroir. Une créature pitoyable était affalée sur les toilettes. Elle avait le visage écarlate, la peau tellement relâchée qu'on aurait dit un ballon dégonflé, les cheveux emmêlés, un pull-over sale et déchiré, et un genou couronné d'une croûte de sang séché. Elle pleurait, mais qui aurait pu le lui reprocher, tant elle était hideuse, abjecte et seule ? Pourtant, Hannah comprit alors que cette créature ne pleurait pas seulement à cause de son état pitoyable. Elle pleurait aussi parce qu'elle était soulagée d'être vivante, parce qu'elle avait survécu une journée encore. Qui se serait réjoui d'une existence pareille ? Eh bien cette créature justement, et, quand elle se vit et se rendit compte qu'elle voulait vivre malgré tout, elle sanglota encore plus fort jusqu'à ce que ses larmes se tarissent.

Lorsqu'elle toqua à la porte, Simone revint avec sa brosse à dents qu'elle avait récupérée dans son sac à dos. Les yeux rougis d'Hannah ne lui échappèrent pas, mais elle ne fit aucun commentaire, se borna à mettre du dentifrice sur la brosse et mouilla le tout avant de le lui tendre. Toujours vissée sur le cabinet, Hannah s'en servit avec gaucherie, cracha dans la tasse en plastique que Simone lui tendait, se rinça, cracha encore. Après quoi, elle but deux tasses d'eau qui la rafraîchirent.

« Prête ? »

Elle acquiesça, leva les bras et Simone lui ôta son pull trempé de sueur.

Simone avait des gestes vifs et impersonnels et évitait de regarder Hannah, mais celle-ci, gênée par sa nudité, dut résister à l'envie de mettre ses mains devant son pubis. Simone l'aida à se relever et à s'installer dans la baignoire.

« As-tu besoin de moi pour le bain ?

— Je crois que je peux me débrouiller », répondit Hannah.

Mais elle songea alors qu'en se rejetant en arrière pour se mouiller les cheveux, elle risquait de n'avoir ni les forces ni la coordination nécessaire pour se redresser. Après tout ce qu'elle avait traversé, ce serait absurde de se noyer dans cinquante centimètres d'eau ! Elle envisagea un bref instant de ne pas se laver les cheveux, mais son désir de propreté l'emporta sur sa pudeur.

« En y réfléchissant, je pense que ce serait utile pour mes cheveux. »

Simone haussa les épaules.

« Pas de problème. »

Elle s'empara de la tasse dans laquelle Hannah avait bu et s'agenouilla à côté de la baignoire.

« Avance un peu. »

Hannah se dépêcha d'obéir et envoya dans sa hâte un peu d'eau par-dessus bord.

« Pardon, murmura Simone avec un sourire triste. Je vais essayer de ne plus te donner d'ordre tant que l'effet du thrall ne se sera pas dissipé. »

Hannah la dévisagea avec surprise. Ce sourire avait métamorphosé le visage de Simone, lui avait retiré dix ans d'un coup et la faisait paraître étonnamment… féminine. Elle n'était pas jolie au sens classique du terme, mais ses traits nets, accusés, avaient une pureté saisissante. Elle était fine, songea Hannah avec une sorte de détachement rêveur. On l'aurait crue ciselée par un maître ébéniste.

« En principe, ce sera totalement dissipé d'ici à demain matin, ajouta Simone en plongeant la tasse dans l'eau et en inclinant la tête d'Hannah en arrière. Ferme les yeux, s'il te plaît. »

L'eau chaude ruissela sur tout le crâne d'Hannah. *Quel drôle de baptême*, songea-t-elle sans se départir du détachement qui était le sien depuis un moment maintenant. Simone lui versa de nombreuses tasses sur la tête, souleva ses cheveux pour bien les mouiller par en dessous aussi, puis la shampouina en la massant lentement du bout des doigts. C'était sublime et la jeune femme céda à la torpeur. Quand Simone en arriva au rinçage, Hannah bascula d'un côté.

Simone la redressa avec un « tut tut tut ».

« C'est presque fini », lui annonça-t-elle.

Un gant humide glissa doucement sur la figure d'Hannah, sur son cou, son dos, ses aisselles, ses seins et en dessous, et elle se laissa faire comme une petite fille pendant que Simone lui faisait lever et baisser les bras, la redressait, l'enveloppait dans une serviette, lui frottait les cheveux, la peignait. Toujours comme une petite fille, elle se laissa ensuite conduire vers le deuxième lit que Simone ouvrit avant de lui enlever sa serviette, de l'installer en douceur entre les draps propres et frais, de la border. Elle sentit les lèvres de Simone effleurer son front, puis entendit :

« Dors maintenant, *chère* Hannah. »

Chère, songea-t-elle. *Chérie*. Que c'était bon. Elle se drapa dans le mot et l'emporta dans son sommeil.

Lorsqu'elle ouvrit les yeux, elle aperçut, à quelques centimètres d'elle seulement, le visage de Simone éclairé par un filet de lumière tombant à la verticale entre les rideaux pas complètement tirés. Les événements de la veille lui revinrent alors en cascade, la faisant successivement passer de la confusion à la panique et enfin au soulagement. Sauvée, elle était sauvée. Grâce à cette femme.

Hannah étudia Simone et repensa à tout ce que celle-ci lui avait révélé de son passé, à son courage, à sa colère, à sa souffrance et à sa tendresse aussi pendant l'épisode du bain. Comme Hannah, elle dormait en chien de fusil. Elle avait la bouche entrouverte, une main repliée sous le menton et, dans le sommeil, ses traits affichaient une plus grande douceur. Ses cils, couleur miel et recourbés, lui faisaient une frange épaisse au-dessus de ses joues pâles. Une fine ride lui creusait le front et, spontanément, la main d'Hannah se leva pour aplanir ses soucis d'une infime caresse du pouce. Simone poussa un soupir et Hannah retira sa main avec brusquerie.

Qu'est-ce que je fabrique ? Son pouls s'emballa à l'idée que Simone puisse se réveiller. *Et alors ?*

Comment réagirait-elle ? Et comment voudrais-je qu'elle réagisse ? Les deux premières réponses – *Rien* et *Je ne sais pas* – lui vinrent spontanément. La troisième, prise de conscience réticente qui faisait mentir les précédentes, mit davantage de temps à se concrétiser.

J'aimerais qu'elle me caresse aussi.

Hannah commença par refuser ce constat stupéfiant, inconcevable. Mais son non manquait de conviction et, une fois son écho dissipé, la troisième réponse émergea du recoin où elle s'était tapie et la jeune femme se rendit compte que c'était la vérité.

Turpitude, perversion, abomination : le vocabulaire virulent et trop connu de la honte resurgit. Mais là, Hannah endigua ce flux et chercha à comprendre ce que ces mots renfermaient de vrai. À sa grande surprise, elle ne trouva rien. Ces termes emblématiques de sa vie d'avant, autrefois si influents, étaient dépréciés, discutables et inoffensifs, sauf si elle voulait bien leur accorder un quelconque crédit.

La main d'Hannah revint vers Simone et s'attarda au-dessus de son visage. Elle devait la vie à cette femme et c'était la gratitude qui motivait en partie son comportement, elle en avait l'intuition. Elle pouvait également le mettre sur le compte de sa solitude, du besoin désespéré d'un contact aimant avec un autre être humain. Mais pendant que sa main descendait et que ses doigts suivaient le contour de la pommette de Simone, Hannah comprit aussi qu'elle avait autant envie et besoin de toucher que d'être touchée, et par Simone, précisément. Par cette femme qu'elle admirait, qu'elle respectait. Qui l'attirait indéniablement.

Simone se réveilla en sursaut à cet instant précis. Elle se figea en reconnaissant Hannah. Le pli entre ses sourcils se creusa, mais Hannah tendit le pouce pour l'aplanir d'une caresse.

« Qu'est-ce que tu fais ? Arrête. »

Hannah obéit une minute, puis sa main reprit sa quête, lentement, délibérément, s'engagea sur l'ornière entre la bouche et le menton de Simone, glissa sur l'angle de sa mâchoire, sur la douce et fragile colonne de son cou.

« Arrête », répéta Simone sur un ton légèrement interrogateur.

Les yeux rivés sur sa main, si rouge à côté de la pâleur de Simone, Hannah s'émerveilla de la voir caresser cette épaule nue, ce bras mince et noueux et tracer des ronds sur cette paume. Un frisson parcourut Simone et, quand les doigts d'Hannah remontèrent sur son bras, elle sentit que Simone avait la chair de poule et qu'en elle-même le désir grandissait. Puis, comme de très loin, elle vit sa main se refermer sur l'ourlet du débardeur de Simone.

Simone s'écarta, se souleva.

« *Non*, ce n'est pas une bonne idée.

— Arrête, lui ordonna Hannah. Rallonge-toi. »

Elle posa la main à plat sur la poitrine de Simone et appuya.

Simone scruta son visage, puis se détendit et se rallongea. Devant son abandon languide, le cœur d'Hannah battit plus fort et sa main remonta lentement de la taille de Simone jusqu'à ses seins, moins voluptueux que les siens mais très féminins aussi. Simone, immobile et attentive, avait la bouche légèrement entrouverte. Les doigts d'Hannah flânèrent sur sa lèvre inférieure, dessinèrent la volute de son oreille, puis s'enfoncèrent dans ses cheveux courts et doux comme une fourrure. Sur son cou, une veine palpitait nettement, invitante. La jeune femme prit la nuque de Simone dans le creux de sa main et approcha sa figure de la sienne. Ses lèvres se refermèrent sur le point de pulsation et goûtèrent les frémissements insistants de la vie sous la peau délicate. Elle inspira, perçut une odeur de sel marin, de vanille et une senteur plus musquée. Simone émit un son à mi-chemin entre le grognement et le soupir, et Hannah recula pour la regarder, puis frotta sa joue contre la sienne, à la façon d'un chat.

Simone la prit par le menton et enfonça les doigts dans la chair tendre de la jeune femme, entre ses joues et ses mâchoires.

« Tu es sûre ? »

Hannah repensa à sa première fois avec Aidan, se rappela combien elle s'était sentie sûre et certaine d'accomplir la volonté de Dieu. Ses sentiments aujourd'hui étaient à l'opposé. Elle n'avait qu'à suivre son bon vouloir, à respecter son propre désir ou pas. La décision qu'elle prendrait, quelle qu'elle soit, n'appartiendrait qu'à elle seule.

« Oui », répondit-elle.

Son pied trouva celui de Simone sous le drap, se cala sous sa cambrure tendre et chaude et se fit taquin. Elle releva la tête, puis se pencha vers la bouche de Simone.

« Ferme les yeux, lui dit-elle dans un murmure. Écarte les jambes. »

Après, elles somnolèrent un peu, dans un enchevêtrement de bras et de jambes. Lorsque Hannah s'éveilla pour la seconde fois, Simone la contemplait d'un air où se lisait une sorte de perplexité.

« Tu es pleine de surprises. »

En proie à une soudaine timidité, Hannah détourna les yeux.

« Toi aussi. »

Les lèvres de Simone s'ourlèrent en un sourire espiègle.

« C'était bien, non ?

— Oui. »

À dire vrai, ça avait été bien mieux que ça encore. Ça avait été stupéfiant, tant au plan physique qu'émotionnel : intime, intensément érotique et incroyablement salutaire. Rien n'effacerait jamais les horreurs vécues, mais les caresses de Simone et sa réponse à ses gestes avaient atténué leur portée et dilué leur pouvoir sur elle et les avaient repoussées à une distance tolérable. Pour la première fois depuis qu'elle était rouge, Hannah se sentait pleinement humaine.

« On ne peut plus rester ici très longtemps », lui annonça Simone.

Hannah entendit un regret dans sa voix, un regret qu'elle partageait, mais auquel se mêlaient le soulagement, la culpabilité ainsi que d'autres sentiments qu'elle ne parvenait même pas à identifier. Sa culpabilité concernait principalement Kayla : elle était sauvée et pas Kayla ; elle avait eu une relation intime avec la femme qui, à peine trois jours plus tôt, envisageait de supprimer son amie ; pendant qu'elle faisait l'amour avec Simone, elle n'avait plus pensé à Kayla. *Je suis épouvantable*, se dit-elle.

Simone roula sur le dos et fixa le plafond. Son visage s'assombrit, comme les pensées d'Hannah quelques secondes plus tôt.

« On partira dès qu'il fera nuit, ajouta-t-elle. J'ai un boulot qui m'attend à Columbus. »

Hannah afficha un sourire féroce.

« J'imagine que finalement Stanton n'aura pas à subir l'enfer des rénovations.

— Qu'est-ce que tu racontes ?

— C'est pour ça qu'il nous a vendues. Pour financer les travaux de sa maison.

— C'est pour ça qu'il nous a trahis ? Pour une putain de baraque ? » s'écria Simone en hochant la tête. Sa mère, Claire, a été parmi les premières à nous rejoindre. Que son fils puisse faire une chose pareille est inimaginable.

— Il nous a parlé d'elle. J'ai eu l'impression qu'il lui en voulait d'avoir fait passer votre cause en premier.

— C'était une vraie patriote. Si elle était vivante, elle l'aurait éliminé elle-même. »

À la place, Simone s'en chargerait, Hannah le savait. Elle imagina la scène : Stanton attaché à une de ses précieuses chaises pendant que Simone l'interrogeait. Le torturait – comme avec Paul, la veille, afin de tirer les vers du nez des ravisseurs d'Hannah. Le réduisait au silence. Avant, cela aurait posé un problème de conscience à Hannah. Aujourd'hui, en revanche, si elle songeait aux femmes que Stanton avait envoyées à la mort, si elle songeait à Kayla, droguée au thrall et suppliant ses kidnappeurs de la violer, non seulement ça ne la troublait pas, mais elle éprouvait même un plaisir profond, primitif. Les paroles de Cole résonnèrent dans sa tête. *Il y a des choses qui ne sont pas pardonnables*. Peut-être Cole et elle n'étaient-ils pas si différents que ça finalement ? Ça, c'était une idée dérangeante.

Simone s'assit, se pencha et récupéra son phone dans une des poches de son pantalon par terre.

« Va te doucher maintenant. J'ai des coups de fil à passer.

— D'accord. »

L'estomac d'Hannah se mit à gronder quand elle se remit sur pied.

« Il y a quelque chose à manger ? Je suis affamée.

— Rien, désolée. On achètera un truc en partant. Cela dit, il faudra qu'on s'arrête dans un fast-food. On a neuf heures de route devant nous, et plus vite je te confierai à George, plus vite je pourrai revenir m'occuper de ce *chien sale de* Stanton.

— Non, s'écria Hannah sans réfléchir, la main levée pour bien marquer son refus. Plus jamais ça. »

Simone fronça les sourcils.

« Il doit mourir, tu en as bien conscience.

— Non, je veux dire que je ne veux plus être à la merci d'inconnus. Je ne veux plus me cacher dans des caisses, des coffres et des pièces fermées à clé sans savoir si la personne de l'autre côté me laissera sortir ou pas. »

Plus de boîtes.

Simone lui caressa le bras.

« Ah, *chérie*, je comprends très bien ce que tu éprouves, mais tu n'auras plus à supporter ça très longtemps. Là, tu vas t'en remettre à George, après, à Betty et Gloria. Tu peux te fier à eux. Ils t'aideront à continuer la route en toute sécurité.

— Comme Stanton ? »

Hannah vit Simone tressaillir légèrement.

« Et la personne d'après, et la personne d'après après ? Peux-tu me regarder droit dans les yeux et me dire que tu es à cent pour cent sûre que je peux leur faire confiance à chacun d'eux ? »

Simone poussa un soupir d'exaspération.

« Quand est-on jamais sûr à cent pour cent dans la vie ? Mais, oui, j'ai confiance dans les autres. Et, de toute façon, il n'y a pas moyen de faire autrement.

— Si. Loue-moi une voiture et donne-moi une adresse au Canada. Je roulerai la nuit et me cacherai le jour.

— *Tu es folle ?* s'exclama Simone en portant l'index à sa tempe. Tu ne passeras jamais les frontières.

— Je ne prendrai pas les autoroutes principales, mais les petites routes. Tu ne vas pas me dire qu'il y a des gardes partout. Et lorsque j'arriverai à la frontière canadienne, je traverserai par la forêt, s'il le faut. Je monterai quelque chose.

— C'est ça, un plan, pour toi ?

— Les gens font ça tout le temps », riposta Hannah avec plus d'assurance qu'elle n'en éprouvait.

La frontière entre les États-Unis et le Canada n'était pas étanche, mais, depuis l'époque des agents de sûreté aéroportuaire à la noix, les progrès réalisés en matière d'imagerie thermale, de biométrie et de surveillance robotisée avaient drastiquement réduit les franchissements illégaux. Néanmoins, certains réussissaient à se faufiler.

« Il y a des moyens, c'est forcé. Et je parie que tu les connais.

— *Non*. C'est trop dangereux. »

Hannah avait beau savoir que les objections de Simone étaient fondées, son despotisme l'irrita.

« Je suis prête à tenter ma chance.

— C'est possible, mais je ne suis pas disposée à t'exposer.

— Je ne t'appartiens pas », rétorqua Hannah d'un ton plus vif qu'elle ne l'aurait souhaité.

Hannah surprit un éclair de souffrance dans les prunelles de Simone et regretta sa réaction ; pourtant, à un niveau plus profond, elle ne regrettait rien. Elle n'avait jamais dit que la vérité. Elle n'appartenait pas à Simone ni à personne. Elle n'appartenait qu'à elle-même.

Hannah caressa légèrement la joue de Simone.

« Tu ne vois pas ? Je ne peux pas recommencer à être dépendante, régentée. J'ai passé la majeure partie de ma vie dans ce rôle-là et j'en ai assez. S'il te plaît, aide-moi à faire ce que je dois faire. »

Simone serra les mâchoires. Elle repoussa la main d'Hannah avec brusquerie et la lui remit sur les genoux.

« Je ne peux pas accepter, Hannah. Tu sais trop de choses. S'ils t'attrapent, ils te drogueront et tu leur balanceras tout. »

Un petit frisson saisit la jeune femme à l'idée qu'on puisse la droguer encore une fois, puis son regard tomba sur la table de chevet et l'objet posé dessus.

« Dans ce cas, passe-moi le pistolet et apprends-moi à m'en servir. S'ils s'approchent, je le retournerai contre moi, je te le jure.

— Je suis désolée, vraiment, répondit Simone, mais ce que tu me demandes est impossible. »

Devant cette détermination, Hannah sentit craquer quelque chose en elle, un noyau dur de ténacité si profondément enfoui au tréfonds de son être qu'elle n'avait encore jamais soupçonné son existence, elle vit sa main se saisir de l'arme et ses doigts se refermer sur le canon en acier. Puis elle tendit le pistolet par la crosse à Simone.

« Alors, fais-le, toi, lui proposa-t-elle. Parce que je préfère être morte plutôt que victime de qui que ce soit une fois de plus. »

Une exaltation folle s'empara d'elle quand elle se rendit compte qu'elle ne bluffait pas ; elle revendiquait sa vie comme jamais encore. Jamais elle ne s'était sentie aussi pleinement vivante qu'elle l'était à présent, nue, un pistolet pointé sur sa poitrine, dans une chambre de motel minable en compagnie d'une femme avec qui elle venait de faire l'amour au mépris de tout ce qu'on lui avait toujours appris, une femme qui la regardait avec stupeur et consternation, car elle avait compris qu'elle ne plaisantait pas, mais aussi avec empathie, parce qu'à sa place elle aurait ressenti la même chose. Tout cela, Hannah le décrypta en une seconde. Figée dans une immobilité de pierre, elle vit ces sentiments conflictuels défiler sur le visage de Simone, et l'empathie l'emporter.

Simone poussa un long soupir. Elle ôta l'arme des mains d'Hannah avec précaution et la reposa sur la table.

« Ça ne me plaît pas », dit-elle.

Hannah se pencha en avant et l'embrassa.

« Merci. »

Quand Simone fut partie se doucher, Hannah s'autorisa à laisser affleurer à la surface l'idée traîtresse qui lui était venue à l'esprit : maintenant, elle allait pouvoir retrouver Aidan.

En fin de compte, Simone décida de laisser la camionnette à Hannah et de se louer une voiture.

« Tu seras beaucoup plus en sécurité comme ça », décréta-t-elle.

Totalement nue et parfaitement naturelle, elle farfouillait dans sa valise. Hannah, assise sur le lit et habillée de pied en cap, l'observait à la dérobée, du moins elle l'espérait – *ma maîtresse*, se disait-elle avec un étonnement intact.

« Le logo de l'Église dissipera les soupçons, poursuivit Simone. Et puis tu pourras dormir à l'arrière sans que personne te voie. »

De nouveau, Hannah s'interrogea sur les sources de financement des Novembristes. Pour pouvoir se permettre de lui donner un véhicule, ils devaient avoir beaucoup d'argent.

« Susan et Anthony ne vont pas se formaliser que tu me passes leur camionnette ?

— Ils finiront par la récupérer, ou une autre à l'identique, fit Simone en haussant les épaules. De toute façon, ils n'ont rien à dire. Ils respectent mes ordres.

— Pardon ? »

Simone considéra Hannah avec amusement.

« Je suis leur supérieure. »

Déconcertée, Hannah s'écria :

« Mais vous vous incliniez tous devant Susan !

— Ah oui ? »

Hannah repensa au fonctionnement des membres du groupe, revit Susan et Anthony, leurs regards constamment braqués sur Simone – pour lui donner des directives, avait-elle cru à l'époque, mais elle comprenait aujourd'hui que c'était en réalité pour s'assurer de son accord. Et durant la dernière conversation, celle qu'Hannah avait surprise, c'était en fait Simone et non Susan qui avait décidé de les envoyer ensemble, Kayla et elle, à Columbus.

« Peuh ! Dis donc, vous avez un numéro drôlement bien rodé tous les quatre.

— Nous avons une certaine pratique. Susan, Anthony et Paul font partie des rares personnes à connaître la vérité. Et maintenant, il y a toi. »

Pourquoi moi ? Sûrement pas parce qu'elles avaient couché ensemble. S'il y avait quelqu'un pour ne pas se laisser influencer par des considérations d'ordre sexuel, c'était bien Simone. Mais pourquoi sinon se serait-elle confiée à Hannah ?

Simone finit de s'habiller et s'examina un bref instant dans la glace. Ses yeux clairs, gris ardoise à présent, coururent sur la surface du miroir et trouvèrent ceux d'Hannah. La jeune femme y lut de l'attirance, mais aussi un respect nouveau. Pour elle. Une bouffée de quelque chose, une sorte de puissant courant d'air chaud et vivifiant, la traversa et elle sut que c'était de la fierté. Depuis combien de temps ne s'était-elle pas sentie fière d'elle ? Plus que le fait d'être désirée et jugée digne de confiance, plus même que sa liberté, cette… estime de soi regagnée était un cadeau, infiniment précieux : Simone ne la lui offrait pas à la légère, elle le savait.

Simone enfila sa veste et s'approcha du lit.

« Là, il faut que je sorte un moment, histoire que tu aies une carte de paiement et de quoi manger pour le voyage. Moins tu descendras de la camionnette, mieux ce sera pour ta sécurité.

— J'ai plein d'argent, protesta Hannah.

— Tu ne peux pas y toucher. Utilise ta CNI, et la police te localisera sur-le-champ.

— C'est vrai ! Bien sûr ! » bredouilla Hannah.

Elle avait le sentiment d'être bête et naïve.

« N'aie pas honte, *chérie*. Ça demande du temps d'apprendre à penser en terroriste impitoyable. »

Hannah eut besoin de quelques secondes pour saisir.

« J'y crois pas ! s'exclama-t-elle en ouvrant grand la bouche et en écarquillant les yeux.

— Qu'est-ce qu'il y a ?

— Tu blagues, Simone ! »

Celle-ci prit un air pince-sans-rire.

« Ben, il y a un début à tout. »

Elle se pencha et embrassa longuement Hannah qui sentit un délicieux frémissement lui picoter les lèvres.

« Je serai revenue dans une heure, déclara Simone. Et là, peut-être… »

Elle passa le pouce sur la lèvre inférieure d'Hannah et soutira un doux gémissement à la jeune femme.

Simone pouffa.

« Attends-moi. Je vais faire vite. »

Après le départ de Simone, Hannah retourna s'affaler sur le lit, fixa le plafond, comme Simone auparavant, et repensa aux événements – incommensurables, concrets, irréfutables – de la matinée. Elle venait d'avoir des relations intimes avec une autre femme. Elle avait provoqué cette situation, y avait pris du plaisir, s'était sentie un lien profond avec cette autre femme. Était-elle donc une lesbienne ou une bisexuelle maintenant ? Serait-elle désormais attirée par d'autres femmes ou cet épisode constituait-il une anomalie, due à son enlèvement, au viol dont elle avait failli être victime et à son sauvetage ? La formule « acte d'amour » lui traversa l'esprit, mais elle la rejeta aussitôt. Elle avait des sentiments pour Simone. Ce qu'elles avaient partagé allait au-delà de la relation sexuelle. Et pourtant, il n'y avait pas eu entre elles cette exaltation amoureuse, ce désir d'union de deux âmes sœurs qu'elle avait connu avec Aidan.

Et qu'elle connaîtrait peut-être encore. L'idée d'aller le retrouver à Washington revint l'assaillir. Elle s'était résignée à ne jamais le revoir, mais à présent que c'était possible, à présent qu'elle disposait d'une occasion inespérée de voyager seule, comment ne pas essayer ? Elle avait besoin de le regarder en face pour savoir ce qu'il éprouvait vraiment pour elle ; de lui demander pardon, de l'enlacer et d'être enlacée, de pleurer avec lui sur ce qu'ils avaient perdu. Mais… s'il refusait de la revoir ? Non, même s'il ne l'aimait plus, il n'aurait sûrement pas cette cruauté ; en tout cas, pas le Aidan qu'elle avait connu. En revanche, celui sur la vid chez Susan et Anthony…

Il n'y avait qu'un moyen d'être fixée.

Elle s'assit et alluma la vid. Sa première idée fut de l'appeler, et pourtant elle la repoussa presque aussitôt. Il pouvait être avec quelqu'un, et puis elle n'était pas prête à ce qu'il la voie. Bien sûr, il lui faudrait en passer par là si son plan réussissait, mais pas aujourd'hui. Elle savait que si elle pensait à ça maintenant, à cet éventuel moment, elle ne trouverait pas le courage de le contacter.

Elle se connecta à sa messagerie avec l'intention de lui envoyer un message audio, et s'aperçut alors qu'il y avait trois vidmails d'Edward Ferrars, dont l'un lui avait été adressé seulement quatre jours plus tôt, le matin de Noël. Elle éprouva une douce bouffée d'espoir aussitôt teintée d'inquiétude. Vu qu'elle était rouge, il était plus risqué que jamais de recourir au netspeak. Le gouvernement surveillait les messageries des Chromes en effectuant des contrôles au hasard, et elle ne pouvait qu'espérer que les messages d'Aidan se seraient fondus dans les millions de mails que la censure avait à éplucher.

Elle ouvrit le premier, envoyé dans la soirée du 8 décembre – deux jours après qu'elle avait quitté le centre du Droit Chemin. Aidan avait les traits tirés et il était tendu, blafard, comme exsangue.

« Hannah, où es-tu ? Ponder Henley m'a appelé hier. Il m'a dit qu'il avait été obligé de t'expulser. Il m'a raconté des choses épouvantables sur ton compte, des choses que j'ai du mal à croire. »

En dépit de son agitation, il parlait à voix basse. Il devait appeler de chez lui, après qu'Alyssa fut allée se coucher.

« Je ne le crois pas, Hannah, je sais que tu n'es pas comme ça, mais… »

Il s'interrompit, et Hannah jeta un coup d'œil sur les draps froissés autour d'elle, le pistolet chargé sur la table de nuit. Elle se revit criant après l'édificateur, menaçant Cole, défiant Simone, pointant l'arme sur sa poitrine. Comme il savait peu de chose d'elle à présent ! songea-t-elle.

« Tu ne réponds plus sur ton phone, alors, j'ai fini par appeler chez tes parents. Je viens de parler à ton père. Il est mort d'inquiétude, et moi aussi. Il m'a dit qu'il t'avait attendue toute la soirée d'hier et que tu n'étais pas venue. »

Hannah imagina son père tournant au volant de sa voiture jusqu'à ce que les lumières des magasins se soient éteintes, que les clients, puis les employés garés dans les derniers recoins du parking soient partis et qu'il se retrouve seul, de plus en plus angoissé et malheureux de constater qu'elle ne se manifestait pas alors que le temps passait. *Oh, papa, je suis tellement désolée.*

« Je n'arrive même pas à te localiser via géosat, ton signal a disparu. Je ne sais pas quoi faire. »

Il détourna brusquement les yeux vers un point en dehors du champ de l'écran, et elle entendit, loin derrière, une voix de femme – Alyssa, de qui d'autre pouvait-il s'agir ? – lui crier quelque chose qu'elle ne comprit pas. Aidan se pinça le nez entre le pouce et l'index et poussa un soupir peiné.

« Il faut que j'y aille. S'il te plaît, Hannah, appelle-moi ou envoie-moi un message dès que tu auras reçu ce vidmail. Il faut que je sache si tu vas bien. S'il t'était arrivé quoi que ce soit… »

Sa voix se brisa.

« Je t'aime. »

L'image se figea. Hannah se rejeta en arrière, stupéfaite. Donc, le 8 décembre, il pleurait encore son absence. Que pouvait-il bien s'être passé pour qu'il se métamorphose aussi radicalement ?

Elle ouvrit le deuxième message, envoyé une semaine plus tard. Et voilà que lui apparut le nouvel Aidan, un Aidan en meilleure forme, enthousiaste, vibrant et plus du tout malheureux. On aurait même juré qu'il ne l'avait jamais été.

« Mon amour, j'ai passé la semaine à prier pour avoir de tes nouvelles, à prier que tu sois saine et sauve. Je dois le croire, car si tu avais quitté ce monde, mon âme le saurait. »

Il se pencha en avant. Sa peau semblait rayonner, comme si une lueur surnaturelle l'éclairait de l'intérieur. Jamais il ne lui avait paru plus séduisant, ni plus distant.

« Je t'ai dit un jour que je ne quitterais pas Alyssa, mais c'était avant que tu disparaisses, avant que je commence à penser que je t'avais perdue pour toujours. »

Il se passa la main sur la figure.

« L'enfer est un paradis comparé à ce que j'ai vécu depuis la semaine dernière. Tu ne peux pas imaginer. »

Hannah repensa aux heures, aux jours et aux semaines qu'elle avait vécus, déchirée par le vide que la séparation d'avec Aidan avait laissé dans son cœur.

« Oh, si, je peux », murmura-t-elle.

« J'ai prié Dieu pour qu'Il me guide et, la nuit dernière, alors que je touchais le fond du désespoir, Il m'a envoyé une vision de nous deux, vivant ouvertement ensemble comme mari et femme. Nous étions côte à côte dans un cercle de lumière dorée, et j'ai compris que si je parvenais à me saisir de cette lumière, je ne ferais plus qu'un non seulement avec toi, mais avec Lui aussi. Mais quand j'ai tendu le bras, elle avait disparu et toi avec, et je me suis retrouvé seul dans le noir. Et, dans cette obscurité, Il m'a envoyé une seconde vision pour me montrer le prix qu'il allait me falloir payer pour pouvoir t'aimer. Je serais mis au ban de la société, exclu – du cabinet, de mon saint ministère, du cœur de tous ceux qui croient en moi et me considèrent comme un modèle de piété. Je serais un ver et non un homme, méprisé et honni de tous. Mais je serais avec toi, Hannah, et n'aurais plus à endurer ce mensonge qui me consume, cette perpétuelle brûlure au fer rouge que me vaut mon écartèlement entre ce que je parais être et ce que je suis en réalité.

« Ce que Dieu m'a dit, aussi nettement que s'Il me parlait à l'oreille, c'était que seule la vérité me sauverait et que, sans cela, sans toi pour partager mon existence, je n'aurais pas de vie, je n'aurais que les ténèbres et la mort. »

Comment ai-je pu douter de lui ? songea Hannah tout en se balançant d'avant en arrière sur le lit.

« Je vais demander le divorce à Alyssa, poursuivit-il. Mais, avant, j'ai besoin de savoir que tu me pardonnes, que tu m'aimes encore. Sinon… »

Ses traits se défirent et elle reconnut sur son visage le profond désespoir qu'elle avait vu des semaines durant dans son propre miroir. Il secoua la tête pour le balayer et reprit :

« Non… je n'arrive pas à y croire. En dépit de tout le mal que je t'ai causé, je connais ta nature indulgente, ta constance. Et je ne peux croire que Dieu m'ait envoyé ces visions s'il m'est impossible de leur donner réalité. Alors, je t'en prie, ma chérie, appelle-moi et donne-moi le courage de faire ce que je dois faire, afin que nous puissions entamer notre vie ensemble. »

Le message s'arrêta. Partagée entre l'amour, la souffrance, la joie et l'incrédulité, Hannah continua à se balancer sur le lit. *Notre vie ensemble.* S'il y avait une chose à laquelle elle ne s'était pas attendue, c'était bien à ces mots qu'elle avait toujours rêvé de l'entendre prononcer tout en sachant qu'il ne les dirait jamais. Et maintenant il les avait dits… et n'avait pas eu de réponse d'elle depuis près de deux semaines. Que devait-il penser ? Qu'elle était morte ? qu'elle ne l'aimait plus ?

Résistant au désir de l'appeler sur-le-champ, elle écouta le dernier message qu'il lui avait envoyé le matin de Noël à cinq heures. Il était livide, avait une mine épouvantable, les traits tirés, l'air surexcité, et un léger film de sueur lui voilait le front.

« Hannah, je suis toujours sans nouvelles de toi et je prie que ce soit seulement parce que tu ne peux me pardonner et non parce que tu es malade ou en butte à d'autres problèmes. S'il t'était arrivé du mal à cause de ma lâcheté, je ne me le pardonnerais jamais. »

Il saisit la croix autour de son cou et tira dessus si fort que ses jointures en blanchirent.

« Je voulais être sûr de toi, mais je me rends compte à présent que le test ultime que le Seigneur m'inflige, c'est qu'il faut que je me confesse à Alyssa sans savoir si tu m'aimes encore, sans savoir où tu es ni même si tu es vivante – bien que je croie que tu l'es, je dois le croire. Mes parents sont ici jusqu'à la fin de la semaine prochaine, mais dès qu'ils seront partis, je le lui dirai. Et après je retournerai au Texas pour te retrouver. »

Aidan avait maintenant un teint d'un rouge alarmant et le front couvert de perles de sueur.

« Cette fois-ci, je ne raterai pas le test, mon amour. Je ne te décevrai pas, ni toi ni notre Sauveur. Je le jure. »

C'était la fin du message.

Hannah sortit précipitamment du lit et fonça sur la vid.

« Composer réponse, audio seulement. »

Elle avait la bouche tellement sèche qu'elle en avait la voix rauque. Inquiète et désorientée, elle fit les cent pas devant l'écran. Qu'allait-elle lui dire ? Que voulait-elle lui dire ?

« Stopper l'enregistrement. »

Elle fonça à la salle de bains pour boire au robinet et rafraîchir son visage en feu, et elle en profita pour essayer d'analyser ses sentiments à travers l'image que lui renvoyait le miroir. Elle était certaine de la sincérité d'Aidan. Il allait briser son mariage, son ministère, tout… pour elle. Ils surmonteraient la tempête d'une façon ou d'une autre, se marieraient, iraient vivre tranquillement quelque part, vieilliraient ensemble. C'était une vision séduisante, qui lui était familière. Combien de fois, allongée à son côté ou même seule dans son propre lit, n'avait-elle pas rêvé d'une telle conclusion ? Sinon que la Hannah de ces rêveries avait été quelqu'un d'autre, et pas seulement parce qu'elle avait la peau blanche. Ce qu'elle avait lancé à Simone était la pure vérité : elle ne pouvait pas redevenir la femme qu'elle avait été. Mais Aidan pouvait-il aimer la nouvelle Hannah ?

De vagues bruits de voix dehors lui rappelèrent que l'heure tournait. Elle ne disposait peut-être que d'une trentaine de minutes avant le retour de Simone. Elle se dépêcha d'aller s'asseoir devant la vid.

« Indiquer le chemin le plus rapide d'ici à Washington D.C. en évitant tous les postes de contrôle connus. »

Elle étudia la ligne rouge lumineuse qui menait au Nord-Est en une diagonale irrégulière traversant l'Alabama, passant par Atlanta, la Caroline du Nord, le coin sud-ouest de la Virginie, puis remontant la I-81 en longeant les Appalaches jusqu'au nord de la Virginie où elle piquait alors vers l'est et Washington. Ça représentait dix-huit heures de route, auxquelles il fallait ajouter les arrêts, même si elle comptait bien en limiter le nombre et la durée. Deux nuits, donc. Demain, elle se cacherait quelque part en Caroline du Nord. Puis, le surlendemain, elle verrait Aidan. Et elle saurait.

« Revenir en audio. »

Elle prit une grande inspiration.

« Aidan, c'est Hannah. Je trouve tes messages à l'instant. Je vais bien, j'arrive. Il y a des choses qu'il faut que tu saches, des choses importantes que je dois te dire avant que tu parles à Alyssa. Je suis dans le Mississippi, il me faudra deux jours pour atteindre Washington. Envoie-moi une adresse et j'y serai lundi un peu avant l'aube. D'ici là, je te supplie de garder le silence. Et quoi que tu fasses, ne dis à personne que tu as eu de mes nouvelles, pas même à mes parents. Je t'en prie, Aidan. Attends-moi. »

Son visage la brûla quand elle prit conscience de ce qu'elle venait de dire. Elle stoppa l'enregistrement brutalement, avant d'ajouter, *je vais faire vite*.

Elle attendit sa réponse durant vingt minutes insoutenables pendant lesquelles elle se posta devant la fenêtre en surveillant le parking avec une inquiétude croissante. Lorsque la vid lui annonça enfin qu'elle avait un nouveau message d'Edward Ferrars, son cœur fit un bond et sa gorge se serra.

Il n'y avait aucune photo cette fois, juste un message audio envoyé de son phone. Elle entendit les bruits de la rue en fond sonore.

« Hannah, Dieu soit loué, tu vas bien ! »

Il était tellement bouleversé qu'elle eut du mal à reconnaître sa voix.

« Mais pourquoi as-tu quitté le Texas ? Tu sais que s'ils t'arrêtent, ils vont alourdir ta peine. Ils seraient même capables de t'envoyer en prison. Seigneur, t'imaginer dans un endroit pareil… »

Puis quelqu'un l'interrompit. Une femme, mais pas Alyssa ; c'était un timbre trop grave, trop vulgaire.

« Je suis désolé, Hannah, juste une minute », dit-il.

Puis, plus faiblement :

« Oui, c'est moi, mais… »

La femme se lança dans une tirade survoltée et bruyante. Il la coupa.

« Oui, entendu. Vous avez un stylo ? »

Hannah gémit de frustration. Aidan était constamment accosté par des gens qui le sollicitaient pour un autographe ou une bénédiction ou les deux. Il priait alors avec eux, imposait sa main sur leur front, gribouillait son nom sur l'écran de leur phone, au bas de reçus, sur des pages de revues, sur des billets, des paumes, des avant-bras, sur tout ce qu'ils lui fourraient entre les mains en le couvant d'un regard d'adoration fervente. Parfois ils pleuraient. Il ne disait jamais non, ne manifestait jamais la moindre impatience ; là, néanmoins, c'est avec une pointe d'agacement qu'il se dépêcha de demander à Jésus d'accorder un autre enfant à cette femme et d'éloigner son mari de la boisson.

Hannah revint vers la fenêtre juste à temps pour voir la camionnette s'engager dans le parking du motel.

« Accélérer défilement de trente secondes. »

« … pas quoi faire, Hannah, disait Aidan. Je te proposerais bien de rester là où tu es et d'attendre que je vienne te chercher, mais je ne sais pas si tu es en lieu sûr ni quand tu auras ce message ni comment tu comptes te déplacer. Une chose est certaine, tu ne peux pas venir à Washington. Il y a trop de postes de contrôle et ils les déplacent sans arrêt. Laisse-moi réfléchir une minute. »

Il se tut.

« Arrête ! » s'exclama Hannah.

Simone descendit de la camionnette, elle n'allait pas tarder à gravir l'escalier, à ouvrir la porte. Comment réagirait-elle si elle apercevait Hannah en train de communiquer avec quelqu'un de sa vie passée ? Mettrait-elle sa menace à exécution ? Était-elle capable d'un geste pareil, était-elle capable de supprimer quelqu'un avec qui elle avait fait l'amour à peine deux heures plus tôt ? L'instinct d'Hannah lui soufflait que oui.

« Bon, dit enfin Aidan, voici ce qu'on va faire. J'ai une résidence secondaire à Maxon, en Virginie, au 1105 Chestnut. Vas-y. J'irai désactiver tous les capteurs cette nuit et je viendrai te retrouver lundi matin dès que je le pourrai. La police effectue des patrouilles régulières, donc si tu as une voiture, ne reste pas devant la maison, mais pousse jusqu'au parking de la gare à un peu moins de deux kilomètres de là, et après reviens à pied. Je laisserai la porte de derrière ouverte. Oh, et si tu arrives avant l'aube, n'allume pas les lumières. Il y a une torche sur le mur dans l'antichambre, prends-la. »

Un long soupir appuyé.

« Je t'en prie, mon amour, sois prudente. Je… »

Dehors, des pas se rapprochaient.

« Déconnexion. Couper la vid », dit Hannah.

Elle demeura près de la fenêtre et se composa un masque souriant. Simone ouvrit la porte, apportant avec elle une bouffée d'air frais aux senteurs océanes.

« C'était rapide », lança Hannah d'un ton un peu trop enjoué.

Simone inclina la tête et observa Hannah, les yeux légèrement plissés.

« Je tiens mes promesses », répliqua-t-elle d'un ton où Hannah crut entendre un défi informulé : *Et toi ?*

Mais ce moment passa. Pendant qu'elles mangeaient, Simone afficha une carte sur la vid et lui traça grosso modo une route vers le nord, via l'Alabama et le Tennessee, puis le Kentucky, la Virginie-Occidentale, la Pennsylvanie et l'État de New York. Elle insista sur une zone à la frontière de New York et du Canada.

« C'est ici que tu passeras. Mais tu commenceras par aller à Champlain. Il faut que tu traverses entre minuit et deux heures du matin. Donc, si tu n'es pas sûre d'arriver à Champlain à temps, reste où tu es et attends jusqu'au lendemain. Ne te gare pas en ville. »

Elle se mit ensuite sur satview et zooma sur un bâtiment abritant un petit centre commercial.

« Va dans la grand-rue et cherche cet endroit, la clinique vétérinaire Aiken. Tu vois le panneau ? Si toutes les lettres sont allumées, tu traverseras la nuit même. S'il y a une lettre d'éteinte, ce sera la nuit d'après. S'il y en a deux, tu patienteras deux nuits. Ça ne devrait pas durer plus de deux nuits, mais prends suffisamment à manger au cas où, parce qu'une fois arrivée à ce dernier endroit tu ne pourras pas en bouger tant que ce ne sera pas l'heure.

— Et où se trouve exactement ce dernier endroit ? »

Simone recentra la carte.

« Là. C'est une ferme abandonnée, je t'expliquerai comment y parvenir. Gare-toi dans la grange et attends minuit pour sortir. En partant, coupe le brouilleur de la camionnette – n'oublie surtout pas, sinon ils ne sauront pas que tu arrives – et marche plein nord. Je te donnerai un compas pour te repérer. Il fera très froid, donc mets tous les vêtements que tu auras avec toi. Au bout d'une demi-heure, enlève ta bague et jette-la par terre. Quelqu'un viendra à ta rencontre. »

Intriguée, Hannah s'écria :

« Si j'ai la bague, à quoi bon le brouilleur ?

— Les bagues ne sont pas aussi performantes, et de loin, et parfois elles ne sont pas fiables. »

Hannah fronça les sourcils. Susan ne leur avait pas dit ça. Et si elle se déréglait pendant qu'elle était avec Aidan ? La police l'arrêterait-il aussi parce qu'il l'hébergeait ?

Simone claqua des doigts.

« Tu m'écoutes ? Voilà pourquoi, entre autres, il vaut mieux ne pas quitter la camionnette, sauf si c'est vraiment indispensable et, dans ce cas, ne traîne pas dehors. »

Elle poursuivit sa liste des choses à faire et à ne pas faire : franchis les frontières entre États par les plus petites routes possible. Évite tous les tunnels et les ponts importants, même si tu dois faire des kilomètres de détour. Garde le régulateur de vitesse de la camionnette branché en permanence afin de ne pas risquer un excès de vitesse. Mets-toi en mode incognito avant de dormir, mais coupe-le pour rouler, ça éveille les soupçons de la police. Barbouille tes plaques pour qu'on ne voie pas trop que tu es du Texas. Ne prends pas ton arme si tu vas dans un grand magasin ou dans un restaurant, la plupart de ces endroits ont des détecteurs de métaux. N'utilise que des toilettes disposant d'un accès extérieur. Si quelqu'un t'agresse, crie « Au feu ! » et pas « Au secours ! ». Tu auras envie de fuir à toutes jambes, mais il faudra que tu te domines et que tu te battes, à moins que tu ne sois vraiment sûre de pouvoir fuir. Commence par aplatir le nez de ton agresseur du tranchant de la main, avant de t'occuper de ses couilles. Pas avec le genou, il s'y sera préparé, met un coup de pied au but, le plus fort possible. Ne t'arrête pas chez les routiers, il y a trop de mecs seuls. Ne stationne pas dans les petites villes et les quartiers riches. Suis toujours ton instinct. Si tu as peur, il y a probablement une bonne raison.

En écoutant cette litanie factuelle, Hannah sentit grandir son angoisse. Après toutes ces semaines passées au centre du Droit Chemin et chez Susan et Anthony, elle avait oublié combien le monde était dangereux pour les Chromes. Elle répéta ces instructions à la suite de Simone, s'obligea à les apprendre par cœur, sachant qu'elle ne pourrait plus se permettre d'oublier.

À la fin, Simone lui apprit à charger le pistolet et à tirer. Quand elle sentit cette masse froide dans sa main, Hannah se demanda si elle serait capable de s'en servir. Contre elle-même, oui ; dans l'hypothèse où elle serait tout près d'être capturée, elle n'hésiterait pas, elle en était quasi sûre. Mais de là à suivre les conseils de Simone et abattre quelqu'un en visant le torse, pour tuer, sans même prendre une seconde pour réfléchir à son geste ou essayer de raisonner son assaillant…

Simone lui retira l'arme et la reposa sur la table.

« On a un peu de temps d'ici au coucher du soleil », dit-elle.

Elle laissa sa main courir sur le bras d'Hannah, remonta jusqu'à son cou et lui adressa un sourire entendu.

« Comment va-t-on le meubler ? »

Hannah se crispa, de manière presque imperceptible, mais Simone s'en aperçut. Sa main retomba le long de son corps et elle haussa les sourcils :

« *Non* ?

— Je… je ne sais pas », balbutia Hannah.

Quelques heures auparavant, elle pensait que c'était fini avec Aidan, mais à présent elle savait qu'elle allait le retrouver dans deux jours… comment pouvait-elle faire de nouveau l'amour avec Simone ? Comment pouvait-elle en avoir envie ? Et pourtant, une part d'elle-même en avait vraiment envie.

« C'est juste que tout ça est… »

Elle se tut et baissa les yeux vers ses mains.

« Hannah. »

Comme elle ne bronchait pas, Simone lui releva gentiment le menton.

« Écoute-moi. Ne t'inquiète pas pour… »

Sa main balaya vivement l'espace qui les séparait.

« … pour ce qu'il s'est passé entre nous. Peut-être que tu aimes les femmes, peut-être que non. Dans un moment de crise comme celui-ci, tu ne peux pas savoir qui tu es, ce que tu es. Mais je prie le Seigneur pour qu'un jour tu aies la chance de le savoir. »

La sincérité imprégnant la voix de Simone déconcerta Hannah. Sans pouvoir se l'expliquer, elle avait toujours pensé que Simone était athée.

« Tu es sérieuse ? Tu pries vraiment ? »

Haussement d'épaules comme pour souligner une évidence.

« Bien sûr. Sans Dieu, on n'a pas de raison d'être, pas d'âme. On n'est plus que des sacs de sang et d'os ambulants.

— Mais… mais tu es lesbienne.

— Et alors ?

— Alors, comment peux-tu prier un Dieu qui t'assimile à une abomination ? »

Simone lâcha un petit ricanement totalement impie.

« Je ne crois pas à ce Dieu-là, à ce méchant Dieu macho de la Bible. Comment un tel être peut-il exister ? C'est impossible. »

Malgré ses doutes, Hannah se surprit à envier la certitude de Simone.

« Qu'est-ce qui te fait dire ça ?

— Si Dieu est le Créateur, s'Il englobe tout ce qui existe dans l'univers, alors Dieu est tout et tout est Dieu. Dieu est la terre et le ciel, l'arbre planté dans la terre et sous le ciel, l'oiseau dans l'arbre, le ver dans le bec de l'oiseau, et la boue dans l'estomac du ver. Dieu est Lui et Elle, hétéro et homo, Noir et Blanc et Rouge… oui, même ça, répondit Simone en insistant devant le regard sceptique d'Hannah, et Vert et Bleu et tout le reste. Donc, me mépriser moi parce que j'aime les femmes ou toi parce que tu es une Rouge qui a fait l'amour avec une femme serait mépriser non seulement Ses propres créations mais ce serait aussi se détester Lui-même. Mon Dieu n'est pas aussi stupide. »

Mon Dieu. Abasourdie par ce concept, Hannah hocha la tête. Il n'y avait qu'un seul Dieu, on ne pouvait pas s'en inventer un. En tout cas, pas dans la foi où elle avait été élevée, laquelle était aussi figée qu'un personnage pictural. Monna Lisa croiserait toujours les mains de la même manière. Elle ne se tournerait jamais pour jeter un coup d'œil derrière elle, ne repousserait jamais une mèche rebelle sur sa figure, ne bâillerait ni ne sourirait jamais d'un grand sourire. On pouvait la contempler à loisir, mais c'est sûr qu'on n'avait pas le droit d'attraper un pinceau pour modifier un détail de son visage sous prétexte qu'il vous déplaisait. Le seul fait de l'envisager relevait de l'hérésie.

Pourtant, ses parents lui avaient appris que la foi était quelque chose de profondément personnel, quelque chose qui se situait entre elle et son Dieu. Soudain frappée par cette contradiction, la jeune femme mesura alors le rôle mineur que sa volonté avait joué par rapport à sa foi, le peu d'importance que son opinion avait eue.

« Mon Dieu est un Dieu d'une sagesse, d'un amour et d'une compassion infinis, poursuivit Simone, ce n'est pas une brute qui passe Son temps à cracher le feu et le…

— Le soufre, lui proposa Hannah.

— Le soufre sur les homosexuels. »

Était-ce possible ou s'agissait-il seulement d'un vœu pieux de la part de Simone – et de la sienne ? Car, en imaginant que Simone ait raison, peut-être pourrait-elle alors retrouver le chemin du Seigneur ?

« Il est beau ton Dieu, dit-elle.

— Bien sûr », rétorqua Simone.

Beau et séduisant. La mère d'Hannah aurait déclaré que c'était Satan en personne qui lui soufflait cela à l'oreille, or ce n'était pas du tout ce qu'elle ressentait, c'était trop pur, trop divin pour ça. Elle hésita, puis demanda :

« T'est-il jamais arrivé de Le perdre ?

— Je l'ai cru, après mon viol, mais c'était idiot. Comment peut-on perdre ce que l'on porte en soi, qui est inscrit dans toutes les molécules de votre corps ? On ne peut pas davantage perdre Dieu que son cerveau ou son âme. Sans l'un ou l'autre, on n'existe plus.

— Il n'y a que le néant », murmura Hannah.

En prononçant ces mots, elle retrouva le rêve qu'elle avait fait pendant qu'elle gisait inconsciente. Il n'y avait que le néant, froid, noir et vide. Un lieu où elle ne voulait jamais retourner. Elle frissonna. Simone le remarqua, mais ne fit aucun geste pour la réconforter, sinon l'envelopper d'un regard ferme et compatissant qui n'exigeait rien.

Hannah se pencha et l'embrassa doucement sur la joue.

« Merci. Pour tout. »

Simone sourit.

« Je t'en prie, ça m'a fait grand plaisir. »

Et à moi aussi, songea Hannah, *impossible de le nier.*

Simone s'approcha de la fenêtre, tira les rideaux pour jeter un coup d'œil dehors.

« Le soleil se couche, dit-elle. Il est temps d'y aller. »

Pendant qu'elles bouclaient leurs bagages, Hannah se fit la réflexion qu'il était facile de perdre la notion du temps dans une chambre d'hôtel. Avec Aidan, tout passait toujours trop vite, puis c'était l'heure de s'éclipser discrètement, elle d'abord, lui ensuite, et chacun disparaissait dans la nuit et retournait à sa vie. Contrairement à ce qu'elle avait vécu ce matin avec Simone, pas une seule fois elle n'avait pu rester allongée à côté de lui et voir la lumière de l'aube illuminer son visage.

Dans deux jours, peut-être vivrait-elle pareil moment ?

Quand elles arrivèrent à la camionnette, Simone surprit Hannah en lui demandant de prendre le volant. Il y avait des mois qu'elle n'avait pas conduit et au début elle se montra assez brusque. Simone lui indiqua la route, mais sinon elle demeura silencieuse, pensive. Hannah se sentait de plus en plus tendue. Simone se doutait-elle de quelque chose ? Allait-elle changer d'avis ? Hannah garda les yeux rivés sur la route pour dissimuler la culpabilité qui la taraudait.

Lorsqu'elles revinrent au parking, Simone programma la camionnette en fonction de la biométrie d'Hannah, puis sortit un gros livre de dessous le siège du passager : un vieil atlas routier de l'Amérique du Nord, dépassé depuis dix ans.

« Pour quoi faire ? » s'écria Hannah.

Simone lui signala le tableau de bord et Hannah s'aperçut alors qu'il n'y avait pas de navigateur.

« On n'utilise pas de navs. Ils ont une mémoire et la police peut avoir accès aux archives des sociétés de sat quand elle veut. Donc, on circule à l'ancienne. »

Elle remit l'atlas ainsi qu'une montre faisant aussi office de compas à Hannah, qui les considéra d'un œil peu convaincu.

« De toute façon, le brouilleur bloque les signaux sat, donc, même s'il y avait un navigateur, il ne marcherait pas. Tu seras invisible. Même nous, on ne pourra pas te suivre. »

Hannah opina en espérant que son soulagement passerait inaperçu car Simone l'observait avec attention. Dire qu'elle n'avait même pas envisagé la possibilité que les Novembristes puissent surveiller sa progression ! *Tu parles d'une terroriste !*

« Le truc à ne pas oublier, Hannah, au cas où tu te ferais arrêter, c'est de déconnecter le brouilleur. Si tu fais ça, on sera prévenus et on pourra prendre les mesures nécessaires pour se protéger. »

De tout ce qu'Hannah risquait d'avouer à la police, si on l'interrogeait.

« Et si on te coince à l'extérieur de la camionnette, débarrasse-toi de la bague, si tu peux.

— Entendu », dit Hannah, soudain plus humble devant l'énormité des risques que Simone encourait en la laissant partir.

Cette totale confiance de la part de Simone, confiance qu'elle savait en partie mal placée, la mettait mal à l'aise. Elle glissa les mains sous ses cuisses pour les empêcher de bouger.

Comme si elle lisait dans ses pensées, Simone la fixa droit dans les yeux.

« Je veux croire que tu tiendras parole et que tu n'essaieras pas de contacter des gens que tu connais Tu n'as pas de phone, mais ce n'est pas ça qui pourrait t'empêcher d'utiliser un PointNet public ou d'appeler quand tu seras au Canada. Lorsque tu auras cette tentation, et tu l'auras, aujourd'hui ou la semaine prochaine ou l'an prochain, n'oublie pas que tu tiens entre tes mains la vie d'un grand nombre de gens, de gens bien. »

Hannah s'attendit à entendre une menace, mais rien ne vint. Ce qui, d'une certaine façon, redoubla sa culpabilité.

« Je tiendrai parole, dit-elle, *à part pour ça et rien que pour ça*. Et je protégerai vos secrets à tous. »

Ça, au moins, elle pouvait le promettre sincèrement.

« Bon, fit Simone dont l'expression s'adoucit. Et maintenant il faut continuer notre route. Au Québec, il y a deux façons de se séparer. Dans un cas, on se dit *adieu*, c'est définitif. Dans l'autre, *au revoir*, ça signifie qu'on se reverra. »

Elle se pencha et embrassa doucement Hannah, sur les lèvres d'abord, puis sur le front.

« *Au revoir, ma belle. Courage.*

— *Au revoir* », répondit Hannah machinalement.

Elle sortait du parking quand elle se rendit compte qu'elle l'espérait du fond du cœur.

Elle mit le cap droit sur le nord-est en s'arrêtant de temps à autre pour consulter l'atlas ; le manque de navigateur et l'obligation de quitter l'autoroute à chaque frontière la faisaient pester. Les cartes n'étaient pas tout à fait exactes et elle perdit deux bonnes heures à essayer de trouver une petite route pour entrer en Alabama, puis en Géorgie.

Elle fit sa première halte à la périphérie de LaGrange. La charge de la camionnette baissait et, après six heures et demie au volant, Hannah avait besoin de se dégourdir les jambes et d'aller aux toilettes. Elle décida d'éviter les chaînes de stations-service brillamment éclairées et très fréquentées en bordure de l'I-85 et opta pour une petite station infecte à environ trois kilomètres de la grand-route. Elle la choisit parce qu'elle avait des lumières chiches et apparemment pas de clients.

Elle était en train de scanner la cartacash que Simone lui avait remise quand elle sentit une paire d'yeux fixés sur elle. En se retournant, elle s'aperçut que c'était le garagiste à l'intérieur de la boutique.

Elle lança la recharge, ferma la camionnette et fonça, tête baissée, vers les toilettes à l'arrière du bâtiment.

« Hé, là-bas, où tu vas comme ça ? » lui cria une voix d'homme.

Hannah pivota et vit que le garagiste s'était posté sur le seuil du magasin. Âgé d'une bonne quarantaine d'années, il avait la peau foncée et des demi-lunes couleur aubergine sous les yeux. Il était agressif, c'était indéniable.

« Aux toilettes. »

Il brandit un doigt en l'air.

« Non. Les Chromes vont pas dans mes chiottes. »

Sa vessie la brûlait. Si elle ne se soulageait pas rapidement, elle ne tiendrait pas.

« Oh, je vous en prie ! Je paie une charge complète. Ça devrait quand même me permettre d'utiliser vos toilettes. »

Elle avait à peine prononcé ces mots qu'elle comprit son erreur. Le garagiste se propulsa vers elle à grandes enjambées. Il était un peu plus petit qu'elle, mais son corps svelte dénotait quelqu'un de sec et de nerveux. Hannah se maudit pour son imprudence. Pourquoi lui avait-elle répondu ? Elle chercha son arme dans la poche de son manteau et se rendit compte qu'elle l'avait laissée dans la camionnette.

Quand il se fut rapproché, son hostilité céda la place à une forme d'intérêt. Il baissa les yeux vers les seins d'Hannah, les releva vers son visage, puis sourit en découvrant des dents de travers tachées.

« Oui, la demoiselle, tu as raison et Farooq a tort. Farooq doit faire plaisir au client, c'est la règle numéro un. Viens, il va te montrer où sont les toilettes. »

Il indiqua un endroit derrière le bâtiment, dispensant au passage des effluves de mâle crasseux.

Un frisson de peur brûla Hannah. Elle jeta un rapide coup d'œil vers la route, mais il n'y avait pas de véhicules en vue. Elle était totalement seule avec lui.

« Ça ne fait rien », grommela-t-elle.

Elle s'éloigna de lui pour revenir vers la camionnette, mais, sans cesser de sourire, il imita son mouvement pour lui couper toute possibilité de retraite.

« Pourquoi tu pars, hein ? dit-il en écartant largement les mains. Farooq est vraiment désolé, il aurait pas dû dire non. L'a de belles toilettes propres, très bien pour une demoiselle, tu vas voir. »

Il fit un pas vers elle et d'instinct elle recula. Encore quelques pas et ils seraient derrière le bâtiment, et personne ne pourrait les voir de la route.

« Il faut vraiment que j'y aille. »

Elle envisagea de courir jusqu'à son véhicule, mais comprit que le garagiste ne lui en laisserait pas le temps. L'esprit en ébullition, elle s'efforça de repenser aux gestes que Simone lui avait appris. Dans la chambre du motel, elle s'était sentie forte et pleine d'assurance, mais là elle se demandait si elle allait réussir à se défendre. Il fit un autre pas dans sa direction. Cette fois-ci, elle ne recula pas.

« N'approchez pas. »

Il plissa les yeux. Elle perçut des vagues d'agressivité émanant de lui, comme on sent la chaleur du goudron tout juste posé. Elle écarta discrètement les jambes, mit le pied gauche très légèrement en avant et se prépara à lancer le droit. Ce qu'il fallait, c'était qu'elle le neutralise suffisamment longtemps pour pouvoir rejoindre la camionnette. Il avança encore un peu, mais pas assez. Sa puanteur était à tomber. Elle leva le bras derrière elle et plia le poignet. *Commence par aplatir le nez de ton agresseur du tranchant de la main, avant de t'occuper de ses couilles.*

Elle entendit alors un véhicule, une moto, d'après le son. Farooq se figea et tourna légèrement la tête dans la direction du bruit, mais sans quitter Hannah des yeux. Ils demeurèrent ainsi durant de longues secondes, en un conciliabule tendu, à souffler des volutes blanchâtres dans l'air glacé. La moto ralentit et son vacarme se mua en un ronronnement. Farooq se rembrunit et jeta un coup d'œil par-dessus son épaule quand elle s'engagea dans la station. Elle s'arrêta devant l'îlot de charge, juste derrière la camionnette.

Hannah, soulagée et les jambes flageolantes, passa devant Farooq tandis que le motard se penchait pour les observer. Puis elle pressa le pas. Elle était à mi-distance de la camionnette quand le motard remonta sa visière et découvrit son visage.

Un visage d'un jaune citron éclatant.

En l'approchant, elle vit que c'était un jeune Afro-Américain d'à peu près son âge, costaud. Ses biceps saillaient sous sa veste en cuir. Ses yeux, elle le remarqua, étaient d'une couleur aigue-marine saisissante, on aurait cru deux poissons exotiques dans un océan jaune. Il la regarda, puis dirigea son attention sur le garagiste, puis de nouveau sur elle.

« Ça va, madame ? »

Il avait une voix étonnamment douce et distinguée.

Elle s'arrêta devant lui.

« Oui, merci, répondit-elle en chevrotant. Merci beaucoup. »

L'inconnu inclina la tête et l'examina avec attention.

« Il n'a pas porté les mains sur vous, il ne vous a pas blessée d'une manière ou d'une autre ? »

Hannah entendit alors cette fureur intense, à peine contenue, qui n'était pas spécialement dirigée contre Farooq, elle le comprit, mais contre tous ceux qui s'en prenaient aux Chromes et profitaient de leur vulnérabilité parce qu'ils étaient sûrs de pouvoir bénéficier d'une relative impunité. Elle sentit une rage analogue monter en elle, imagina les poings jaunes de l'inconnu s'écraser contre la figure du garagiste et en faire de la charpie. Elle secoua la tête et repoussa cette image macabre.

« Non, sincèrement, je vais bien.

— Parfait, alors, dit-il en haussant la voix pour que Farooq n'en perde rien, je présume que c'est son jour de chance. »

Il regarda par-dessus l'épaule d'Hannah et lança un coup d'œil froid et menaçant au garagiste qui, comme Hannah le constata en se retournant, recula d'abord d'un pas, puis tressaillit quand le motard joua de son accélérateur. Mais après il parut fondre les plombs et brandit les poings dans leur direction en sautant frénétiquement d'un pied sur l'autre.

« Putains de Chromes, vous êtes des sous-merdes ! Vous souillez le sol où vous marchez. Barrez-vous d'ici, ou j'appelle les flics ! »

Hannah jeta un dernier regard reconnaissant à son sauveur et se précipita vers son véhicule sans prêter attention au garagiste furibond. L'inconnu attendit qu'elle ait décroché le câble d'un geste malhabile. Elle remonta dans la camionnette et démarra tandis que le motard se mettait à sa hauteur. Elle baissa sa vitre.

« Prenez soin de vous », lui dit-il.

Elle scruta son visage jaune en se demandant quel délit il avait pu commettre. En tout cas, il l'avait déjà partiellement réparé.

« Vous aussi, lui répondit-elle avant d'ajouter, à sa grande surprise : et que Dieu vous bénisse. »

« Vous conduisez de manière erratique », l'avertit la camionnette en redressant le volant pour la troisième fois en vingt minutes. Il restait encore une heure avant l'aube, et la jeune femme luttait contre le sommeil. Soucieuse de ne pas attirer l'attention, elle quitta l'autoroute à Greensboro et se gara dans le parking d'un discounteur ouvert vingt-quatre heures sur vingt-quatre. Tourmentée par le froid et des cauchemars incessants, elle dormit mal, se réveillant en sursaut au moindre bruit.

Cette nuit-là, en s'accroupissant derrière un buisson quelque part en Virginie, elle se dit qu'elle en avait vraiment assez de vivre dans la fatigue et la peur ; d'être toujours sur ses gardes. Depuis l'incident avec Farooq, elle avait évité les lieux publics et se soulageait dans les bois ou les herbes hautes derrière des granges abandonnées, au milieu des crissements des insectes, des cris des grenouilles et des bruissements des branches et des feuilles mortes. Ces bruits ne lui étaient pas familiers, mais ils ne l'effrayaient pas. À dire vrai, ils avaient un effet apaisant.

Elle était émue par la beauté du paysage de plus en plus vallonné – si différent des banlieues aux maisons toutes semblables qui s'étendaient à perte de vue dans les plaines du nord du Texas – qu'elle découvrait entre les villes qu'elle traversait ; par les bandes de forêt sauvage de la Caroline du Nord ; par la grandeur des Appalaches qui se profilaient à l'ouest et qu'elle apercevait vaguement et par intermittence dans la lumière des panneaux signalétiques et à la lueur des villes. Elle mourait d'envie de voir le pays de jour, mais savait que pour le moment il n'en était pas question. Elle songea aux nombreuses régions inhabitées du Canada et se promit d'aller voir à quoi elles ressemblaient et peut-être de s'installer quelque part par là. Elle était lasse des gens, de leur puanteur et du vacarme qu'ils produisaient quand ils se regroupaient ; lasse du béton sous ses pieds et de ces multitudes d'immeubles avec leurs rangées de fenêtres pareilles à des yeux sans paupières regardant dans le vague ; des lignes droites et des angles à quatre-vingt-dix degrés ; des nuits gris-jaune et sans étoiles et des couchers de soleil rendus spectaculaires par la pollution.

Quand l'horloge du tableau de bord passa de 11:59 à 12:00, elle éprouva un frisson d'excitation et une pointe d'angoisse. C'était le 31 décembre, la veille du jour de l'an. Le jour où elle verrait Aidan.

Un an auparavant, elle avait fêté ce moment chez elle avec sa famille et quelques amis de l'église. Elle n'avait cessé de servir du cidre pétillant en souriant aux uns et aux autres et, à minuit, elle avait levé son verre puis embrassé ses parents, Becca et les autres en leur souhaitant à tous une bonne année. Et, tout du long, elle avait imaginé Aidan et Alyssa au dîner annuel de Save the Children – manifestation caritative en faveur des enfants –, sachant que leurs images seraient placardées partout sur le net le lendemain, Aidan séduisant dans son smoking, Alyssa souriante, les yeux rivés sur lui ; sachant qu'elle serait incapable de ne pas les chercher, de ne pas scruter le visage d'Aidan pour y lire la preuve qu'il était heureux avec sa femme.

Aujourd'hui, elle n'avait aucune raison d'être jalouse. Aujourd'hui, elle le verrait. Et lui verrait... quoi ? La femme qu'il aimait ou un monstre ? Et s'il ne la désirait plus ? Et s'il voyait dans sa peau écarlate un interdit insurmontable ? Comment supporterait-elle de le regarder sans le toucher, sans l'embrasser, sans l'étreindre une dernière fois ? Ce scénario, resté larvé dans un sombre coin de son cerveau depuis qu'elle avait décidé d'aller le retrouver, revenait en pleine lumière, horrible et irrécusable.

Et après, elle ne le reverrait plus jamais.

Il ne pourrait la rejoindre au Canada ; sinon, les Novembristes le découvriraient, c'était sûr, et les abattraient l'un et l'autre. Peut-être Simone délègue-rait-elle cette mission à quelqu'un d'autre, mais elle s'assurerait qu'ils seraient réduits au silence. Compte tenu de la popularité d'Aidan, elle n'aurait pas d'autre choix. Même si Hannah et lui réussissaient à quitter l'Amérique du Nord, Aidan était trop connu pour qu'ils puissent aller où que ce soit dans le monde. Or, elle se refusait à l'exposer à ce danger, à cette perpé-tuelle et lancinante terreur.

Mais… L'espace d'un jour et d'une nuit, il lui appartiendrait, et elle voulait que ce moment-là soit parfait, pareil à un joyau éclatant qu'elle emporterait avec elle dans ce vide immense que constituait son avenir.

Ça ne serait pas suffisant. Il faudrait que ça le soit.

À mesure qu'elle approchait de la capitale, la cam-pagne cédait devant l'expansion anarchique des ban-lieues. Elle quitta l'I-66 et piqua vers le sud et les bourgs résidentiels de l'élite de Washington. Plus elle s'éloignait de l'autoroute, plus les quartiers étaient impeccables et les maisons grandes et imposantes.

Enfin, elle arriva à Maxon. Plus proche d'un vil-lage que d'une ville, l'endroit était incroyablement pittoresque et ne comptait qu'un seul feu rouge. Elle attendait qu'il passe au vert quand la neige commença à tomber légèrement, prêtant à la scène une perfec-tion encore plus surréelle. Hannah imaginait aisé-ment Alyssa dans ce décor, en train de faire ses courses, un panier en osier au bras, au Gourmet Pantry, de se faire coiffer au Ritz Salon, de se boire un *latte* avec une amie au Muddy Cup. Elle visualisait Aidan cherchant un cadeau pour Alyssa à la joaillerie Swope – rien de trop ostentatoire, un collier de perles peut-être ou d'élégantes boucles d'oreilles en brillants –, puis les lui offrant devant une crème brûlée Chez Claude. Une vie de rêve, une vie dans laquelle elle essaya vainement de se voir.

Ses mains se crispèrent sur le volant quand elle tourna dans Chestnut Street. La rue était aussi pittoresque que tout le reste, large et bordée d'arbres, avec de grands terrains boisés et des manoirs très en retrait de la voie passante. Le numéro 1105, à en juger par le peu qu'Hannah en aperçut, était une maison blanche de style colonial dotée d'une véranda immense et de volets sombres. Une couronne de pommes de pin avec un nœud rouge cerise ornait le portail en fer forgé. Alyssa avait dû l'accrocher elle-même, se dit Hannah, se mettre à peu près à l'endroit où je me trouve maintenant pour être sûre qu'elle était parfaitement centrée, l'ajuster un peu en souriant avec une fierté muette devant son bel ouvrage. C'était sûrement Alyssa qui avait choisi cette demeure et l'avait décorée en la meublant en fonction de leurs goûts, celui d'Aidan et le sien, en y ajoutant cette touche féminine qui fait d'une maison un foyer.

Mais qu'est-ce que je fabrique ici ? songea Hannah avec une soudaine envie de faire demi-tour et de reprendre l'autoroute jusqu'à la frontière canadienne. Mais ç'aurait été briser le cœur d'Aidan, ce qu'elle allait faire de toute façon, elle le savait, mais elle ne voulait pas que ce soit par lâcheté.

Elle descendit donc la rue, traversa un pont enjambant un petit cours d'eau, passa devant d'autres résidences encore, une église plongée dans l'obscurité, un jardin public. Il était près de minuit et la gare était déserte à l'exception de quelques véhicules vides, saupoudrés de neige, pour la plupart de marque étrangère et tous luxueux. Raide et moulue après sept heures au volant, Hannah enfila son manteau, glissa précautionneusement son arme dans sa poche droite, puis attrapa son sac à dos et ouvrit la portière en se préparant au froid. Il faisait dans les treize degrés quand elle avait quitté le Mississippi et dans les cinq degrés à Greensboro, mais une vague de froid s'était abattue sur la région et la température indiquée sur le thermomètre de la camionnette n'avait cessé de dégringoler à mesure qu'elle montait vers le nord. Là, il faisait moins huit et, quelques secondes après avoir quitté la camionnette, elle s'aperçut qu'elle n'était pas du tout préparée à ce genre de froid. Elle remercia en silence Susan et Anthony, enfila à la hâte les gants qu'ils lui avaient offerts, remonta sa capuche, puis s'engagea dans la rue aussi vite que le lui permettait le trottoir verglacé. La neige de plus en plus dense lui tourbillonnait à la figure, lui glaçait les joues et jetait un voile d'obscurité sur tout ce qui l'entourait. Elle s'en félicita ; il n'y avait pratiquement personne dehors pour braver la tempête, et les conducteurs des rares voitures qui circulaient ne pouvaient la remarquer ou étaient bien trop soucieux de rentrer sains et saufs pour se préoccuper d'un piéton esseulé.

À mi-chemin de chez Aidan, elle se retrouva devant l'église qu'elle avait vue à l'aller. À sa grande surprise, elle constata que les vitraux rayonnaient maintenant d'une splendeur de joyau et que les lampadaires en fer forgé bordant l'allée étaient allumés et éclairaient un panneau où était inscrit : ÉGLISE DE LA NATIVITÉ, FONDÉE EN 1737. Accroché en dessous et se balançant sous le vent, il y avait le panneau bien connu : L'ÉGLISE ÉPISCOPALE VOUS ACCUEILLE. La jeune femme s'arrêta au début de l'allée pour admirer le toit spectaculairement pointu de l'édifice, son clocher massif surmonté par une flèche en bardeaux blancs. Hannah avait toujours apprécié l'esthétique des églises épiscopales, leur extrême simplicité, leur grâce. Un jour, en passant en voiture avec sa mère devant l'église de l'Incarnation à Dallas, Hannah s'était extasiée sur sa beauté.

« La beauté vient de l'intérieur », avait rétorqué Samantha Payne, par réaction bien sûr au libéralisme notoire de l'Église épiscopale : son opposition précoce au mélachromatisme et aux lois CSV, son acceptation du divorce et de l'ordination des femmes, sa tolérance envers les relations sexuelles avant le mariage et la consommation d'alcool ainsi que, pire du pire, l'empressement avec lequel certaines paroisses acceptaient d'être présidées par des prêtres et des évêques gays.

Hannah rejeta la tête en arrière pour suivre la ligne du clocher jusqu'au bout de la flèche couverte de neige, doigt pointé vers Dieu et l'appelant de tous ses vœux. Elle se demanda si cette église l'accueillerait vraiment, elle, une femme adultère qui avait avorté, menti à la police, fui la justice et vécu une relation homosexuelle.

« Puis-je vous aider ? » lui proposa une voix d'homme.

Hannah sursauta et baissa les yeux vers une bande de lumière dorée sur le flanc de l'église. Une porte était ouverte et un visage lui apparut. Paralysée par la surprise, Hannah ne put qu'écarquiller les yeux tel un gros lapin rouge pris dans les phares d'une voiture, tout en sachant qu'elle aurait dû tourner les talons et poursuivre son chemin.

« Vous devez être frigorifiée. Pourquoi ne pas entrer et vous réchauffer quelques minutes ? »

L'inconnu s'exprimait d'un ton sec et un peu brusque, non dénué de gentillesse. Il lui rappela quelque chose ; quoi ? Elle n'aurait su le dire, mais c'était une association positive qui lui inspirait confiance.

Il ne faudra vous fier à personne à part vous.

« Merci, mais ça va », répondit-elle en émergeant brutalement de sa stupeur.

Elle fit un petit geste de remerciement, pencha vivement la tête et se détourna en ayant pertinemment conscience que, malgré la neige, l'inconnu avait dû voir son visage rouge levé et éclairé par les lumières. *Je vous en prie, je suis inoffensive, je m'en vais. Je vous en prie, n'appelez pas la police. »*

« Il n'y a personne à part moi ici, lui cria-t-il. Vous êtes sûre de ne pas vouloir entrer ? »

Hannah s'arrêta et se tourna vers lui, puis vers les vitraux : elle mourait d'envie de passer le seuil de cette église, d'accéder à cette brillance précieuse, à cette possibilité de grâce. Elle se rappela alors où elle avait déjà entendu cet accent, cette prononciation aristocratique et nasillarde et, sans même s'être rendu compte qu'elle avait pris sa décision, elle sentit soudain ses jambes la porter vers l'allée et la bande de lumière de plus en plus large.

Puis, tout aussi soudainement, elle glissa sur une plaque de verglas. Elle atterrit durement sur le derrière, ce qui lui causa une douleur intense, presque aussi vive que lorsqu'elle s'était brisé le poignet en tombant d'un magnolia. Étourdie, elle se demanda : *C'est possible de se casser le derrière ?* Elle se mit à rire, puis à pleurer, les deux en même temps, en poussant des sanglots qui crûrent en intensité et en volume et se transformèrent en quasi-hurlements. Bien que consciente du danger auquel elle s'exposait – rien de tel qu'un Chrome hystérique devant votre porte pour vous inciter à alerter la police –, elle ne parvenait pas à s'arrêter. La peur, l'incertitude et la tristesse qu'elle avait vécues au cours des derniers jours s'exprimaient ainsi dans l'atmosphère lourde de neige qui les absorbait dans sa blancheur.

Un visage se pencha sur elle. Une main la frappa légèrement sur la joue, une fois, puis deux. Hannah cilla et son hystérie se mua peu à peu en hoquets. Elle nota des rides, des cheveux gris et courts, des yeux bienveillants. Une chemise noire à col droit avec un rectangle blanc au milieu. Un prêtre. Un prêtre qui, elle le vit, n'était pas un homme, mais une femme, laquelle repoussa avec une tendresse un peu brusque la neige et les larmes sur la figure levée d'Hannah et lui dit d'une voix qui ressemblait beaucoup à celle du président John F. Kennedy :

« Ça va, mon petit ?

— Je ne sais pas. Je suis tombée sur le derrière. Durement. *Hic !* »

Son sauveur – encore un, une – éclata de rire.

« Eh bien, ça nous arrive à tous de temps à autre. »

Le prêtre releva Hannah en grognant sous l'effort et, l'espace d'une seconde de confusion, celle-ci se revit dans la chambre du motel, lorsque Simone l'avait soulevée du lit. Il fallut qu'elle soit debout pour réaliser combien cette femme était minuscule et sa tenue mal adaptée au mauvais temps. Elle n'avait pas de manteau, ne portait qu'une chemise en coton et un pantalon et tremblait de fatigue ou de froid, ou des deux. Hannah se redressa aussitôt pour ne plus peser davantage sur elle, et la dame lâcha un petit gémissement de soulagement.

« Entrons, voulez-vous ? proposa-t-elle. Il fait un froid qui vous gèlerait les couilles du Père Noël. »

Le pasteur Easter – « Oui, Easter comme Pâques, c'est le nom que j'ai reçu à ma naissance, Dieu n'est pas du tout subtil quand Il tient vraiment à ce que vous fassiez telle ou telle chose » – conduisit Hannah vers un vestibule, puis vers un bureau exigu lambrissé de bois sombre et encombré, l'installa dans un fauteuil et l'emmitoufla dans une couverture tricotée avant d'aller chercher quelque chose à boire et à manger. Hannah, amollie, avait l'esprit fermé à tout ce qui n'était pas ses préoccupations immédiates : les élancements de son coccyx, le picotement de ses doigts et de ses orteils avec la chaleur revenue, l'odeur des livres, du vieux bois et de l'encaustique, le sifflement d'une bouilloire à l'ancienne. Le pasteur Easter revint avec un plateau sur lequel étaient posées une assiette de gâteaux secs et deux tasses de thé fumantes. Elle plaça le tout sur son bureau, repoussa une pile de documents, puis s'approcha de la bibliothèque d'où elle tira, de derrière un gros livre relié cuir – *La Vie des saints*, remarqua Hannah avec amusement –, une bouteille d'alcool aux reflets ambrés.

« Ça vient d'Écosse, la terre de mes ancêtres, déclara-t-elle en brandissant le scotch. C'étaient des mineurs, pour la plupart : pauvres à crever, vieux à trente ans, morts à quarante ou à quarante-cinq, s'ils avaient de la chance. Mon arrière-arrière-arrière-grand-père a consacré sept ans de sa vie à travailler pour payer sa traversée. Ahurissant, n'est-ce pas, ce que les gens peuvent faire pour tenter d'améliorer leur existence ! »

Non, songea Hannah. *Ce n'est pas si ahurissant que ça.*

Le pasteur Easter versa une bonne dose de scotch dans une tasse et un doigt dans une autre, puis remit la première à Hannah. Agressée par l'odeur piquante de l'alcool, celle-ci garda sa tasse à bout de bras, mais, avec une autorité sereine, son hôtesse lui lança :

« Buvez-moi ça jusqu'à la dernière goutte. Et dites-vous que c'est un remède. »

Hannah, obéissante, en prit une petite gorgée. Elle s'attendait à un breuvage âcre et déplaisant, mais découvrit un délicieux goût de miel et de citron avec des traces de bois brûlé, le scotch probablement. Et, en effet, elle se sentit mieux, et rapidement : des ondes de chaleur se propagèrent à partir de son ventre, ses muscles se détendirent et ses nerfs mis à rude épreuve s'apaisèrent.

De son côté, le pasteur Easter buvait sans se presser, dans un silence affable qui laissait à Hannah la liberté de se réchauffer sans s'occuper de rien d'autre. La vieille dame – Hannah lui donnait une bonne cinquantaine ou une petite soixantaine – la regardait de temps à autre, d'un air curieux, mais ni inquisiteur ni calculateur. Sans juger. Hannah comprit qu'elle n'attendait rien. Ni remerciements, ni contrition, ni confession, même si elle était prête, Hannah le perçut, à accueillir avec un intérêt sincère et un calme imperturbable tout ce qui sortirait de sa bouche, au cas où elle souhaiterait se confesser. Elle étudia la vieille dame afin de mieux comprendre sa nature. Elle se demandait à quoi ressemblait une vie de prêtre pour une femme, si elle avait jamais été mariée – elle ne portait pas d'alliance – et dans quelle mesure elle croyait aux vérités proclamées de la Bible, car elle avait du mal à imaginer qu'une femme qui avait une réserve secrète de whisky et évoquait les couilles du Père Noël le plus naturellement du monde puisse croire qu'il y ait eu des dinosaures sur l'arche de Noé.

« Ça va mieux ? demanda le pasteur au bout d'un moment.

— Beaucoup mieux. Merci.

— Parfait, ajouta la femme avec un hochement de tête satisfait, j'ai mon explication.

— Quelle explication ?

— Vous connaissez cette sensation enquiquinante qui nous vient parfois, par exemple, lorsqu'on n'a pas terminé quelque chose ? Il y a moins d'une heure, j'étais en chemise de nuit, en train de me laver les dents, à deux secondes de me glisser dans mon lit chaud, quand cette fichue sensation a pointé le bout de son nez et s'est mise à me tarauder. "Oh non, lui ai-je dit, je ne suis pas prête à sortir par ce temps de cochon, il n'y a pas dix personnes dans cette ville qui sachent conduire dans la neige et, même si je suis vieille, je ne suis pas encore prête à enfiler mon costume de sapin." Mais elle est tenace, cette sensation, encore plus que moi. Elle n'a cessé de me harceler jusqu'à ce que je finisse par céder, que je m'habille et que je revienne ici. Maintenant je sais pourquoi.

— Vous pensez que c'était à cause de moi.

— J'en suis sûre.

— Vous croyez que c'est le fait de Dieu ? »

Hannah avait terriblement envie que son interlocutrice lui réponde avec une égale conviction : *Oui, absolument, bien sûr.*

« Et vous ?

— J'aimerais bien, mais…, fit Hannah en secouant la tête.

— Compte tenu de la cruauté et de l'injustice qu'on voit dans le monde, comment Dieu peut-il exister, c'est cela ? » lui suggéra le prêtre.

Hannah acquiesça et le pasteur Easter enchaîna :

« Un catholique vous dirait que votre première faute, c'est que vous doutez des desseins de Dieu, que la foi doit être aveugle et totale, sinon ce n'est pas de la foi. Naturellement, si j'étais catholique, je porterais un habit, pas mon col d'ecclésiastique, et mon avis sur des points de doctrine aussi graves n'intéresserait personne. »

Elle prit une gorgée de thé et regarda Hannah d'un air un peu interrogateur.

« Quelque chose me dit que vous connaissez bien ce genre de foi.

— Oui, mais je ne suis pas… je n'étais pas catholique. »

Le pasteur Easter balaya cette remarque d'un geste dédaigneux.

« Dieu n'attache aucune importance à la manière dont nous nous qualifions ou dont nous Le qualifions. Nous sommes les seuls à nous en soucier. Mais étant donné que j'appartiens à l'Église épiscopale et non pas à l'Église évangélique, précisa-t-elle en décochant un regard entendu à Hannah, je répondrai à votre question par une autre question, ou plutôt par une série, ce qui est notre tendance. Sinon comment expliquer le miracle de notre cœur qui bat, la compassion que nous manifestent de parfaits inconnus, l'existence de Mozart, de Rilke, de Michel-Ange ? Comment justifier les séquoias et les colibris, les orchidées et les nébuleuses ? Comment une telle beauté existerait-elle s'il n'y avait pas Dieu ? Et, sans Dieu, comment pourrions-nous la voir, l'apprécier et en être bouleversés ? »

Hannah tressaillit, c'étaient des paroles qu'elle reconnaissait, qui lui parlaient. Mais, refusant de mordre à l'hameçon, elle haussa les épaules.

« Peut-être que la beauté est, point à la ligne, dit-elle. Peut-être qu'elle est inexplicable ou bien qu'elle dépasse l'explication. »

Le pasteur Easter sourit avec la fierté d'un enseignant dont l'élève vient de résoudre une équation particulièrement difficile.

« Pertinente définition du Tout-Puissant, non ? »

Hannah se mordit la lèvre et baissa le nez vers sa tasse où il ne restait qu'un fond de thé.

« On n'est pas obligé de renoncer à réfléchir et à poser des questions pour croire en Dieu, mon petit. S'Il avait voulu un troupeau de huit milliards de moutons, Il ne nous aurait pas donné des pouces opposables et encore moins de libre arbitre. »

Hannah fit tourner son fond de thé en fixant le tourbillon du liquide. Ses idées s'embrouillaient. On lui avait appris que le libre arbitre était une illusion, que c'était Dieu qui avait modelé sa vie et celle d'autrui, que le destin de chacun était tout tracé. Mais alors, si c'était vrai, c'est qu'Il avait voulu qu'elle tombe enceinte, qu'elle avorte, qu'elle soit chromée, méprisée, humiliée, kidnappée et presque violée. Elle comprit soudain que c'était précisément pour ça qu'elle avait perdu la foi : elle répugnait à croire en un Dieu aussi indifférent et cruel.

Et pourtant. Il lui était arrivé de bonnes choses aussi, elle avait reçu des témoignages de bienveillance, de l'amour : Kayla, Paul, Simone, les messages d'Aidan, le motard, et à présent cette femme compréhensive et compatissante. Et elle n'avait pas été torturée par le Poing, elle n'avait pas été violée et n'était pas tombée entre les mains de la police. Était-ce le fait de Dieu ou la suite logique de ses propres choix – devenir la maîtresse d'Aidan, avorter, prendre la route comme les Novembristes le lui proposaient, faire l'amour avec Simone ? Et tout cela, qu'était-ce au juste sinon l'expression de son libre arbitre ? Écartelée entre la confusion et une extrême fatigue, elle se pressa les tempes entre le pouce et le majeur. Comment prédétermination et libre arbitre pouvaient-ils coexister ?

« Il est tard et je voix bien que vous êtes épuisée, lui dit gentiment le pasteur. Je vais juste vous poser une question supplémentaire. Vous n'êtes pas obligée d'y répondre, si vous ne le souhaitez pas. »

Hannah s'obligea à regarder son aînée droit dans les yeux et s'apprêta à lui répondre : *Parce que j'ai avorté.*

« Je sais pourquoi je suis ici ce soir, déclara-t-elle. Et vous ?

— Non », répondit Hannah.

Un mensonge, mais si elle prononçait les mots – *Je suis venue parce que je Le cherchais* –, il lui faudrait agir en conformité avec ses paroles, déserter la protection que lui procurait son scepticisme et se frayer un chemin dans ce fouillis de doutes, de peurs, de faiblesses et de désirs qui l'habitait. Et si elle n'en avait pas la force ? Et si, en imaginant qu'elle l'ait, elle ne trouvait pas la grâce au bout du chemin ? Et si elle trouvait la grâce, mais se perdait en route ?

« Si vous souhaitez vous confier, je vous écouterai. »

Le pasteur Easter inclina doucement la tête et pivota légèrement – invitation à se confesser, la jeune femme le comprit, et à recevoir l'absolution. Quel soulagement ce serait que de poser son fardeau, de le remettre au pasteur Easter et à Dieu ! Mais, en dépit du désir ardent qu'elle en avait, cela lui parut d'une trop grande facilité et d'une difficulté trop écrasante.

« Je ne peux pas. Je le regrette. »

Le pasteur Easter pivota de nouveau vers elle.

« Il n'y a pas à vous excuser. Quand vous serez prête, vous le saurez. »

Elles se levèrent, mais Hannah grimaça.

« Vous devriez prendre une aspirine et vous appliquer de la glace là-dessus quand vous arriverez à destination. Les feuilles de chou aussi sont efficaces pour les tuméfactions. »

Hannah sourit à l'idée qu'elle puisse se balader la culotte pleine de chou.

« Merci, je vais m'en occuper. »

Lorsqu'elles parvinrent à la porte latérale, la vieille dame ajouta :

« Puis-je vous déposer quelque part ?

— Non, je n'ai pas beaucoup de chemin à faire. »

La vieille dame la regarda, la tête de côté comme si elle essayait de comprendre les paroles d'une chanson au loin.

« C'est possible, dit-elle à la fin. Mais il est aussi possible que votre chemin soit plus long que vous ne le pensez. Quoi qu'il en soit, vous finirez par en voir le bout. »

Hannah se pencha et lui déposa spontanément un petit baiser sur la joue. La vieille dame se raidit malgré elle et Hannah comprit qu'elle était gênée parce qu'elle n'avait pas l'habitude qu'on la touche. Était-elle trop seule ? Lui arrivait-il de regretter ses choix ?

« Puis-je vous bénir avant que vous ne partiez ? » lui proposa le pasteur, cramoisie.

Ignorant sa légère résistance, Hannah prit sa main entre les siennes et la lui pressa.

« C'est inutile, madame. Vous l'avez déjà fait. »

Elle ne croisa personne jusque chez Aidan. Elle était l'unique habitante d'un univers blanc, surnaturel et silencieux, à part le *chuitchuit* de ses bottes sur la neige.

Elle éprouva un moment d'inquiétude devant le portail et un autre devant la porte de derrière, mais l'un et l'autre étaient ouverts, comme promis. À son entrée, une chaleur merveilleuse l'enveloppa ; Aidan, prodigue, avait allumé le chauffage pour elle. Quand ses yeux se furent accommodés à l'obscurité, elle entrevit la torche sur le mur. Sitôt dégagée de son logement, celle-ci s'alluma et révéla une pièce exiguë remplie de bottes, de parapluies et de manteaux accrochés à une rangée de patères. L'une d'elles était vide et elle y pendit sa propre veste, entre un grand pardessus en laine et un plus petit bleu pâle. L'ironie de l'agencement ne lui échappa pas, mais elle était trop épuisée pour y attacher une quelconque importance.

Elle ôta ses bottes et s'enfonça en chaussettes dans la maison dont elle aperçut au passage la vaste cuisine, une salle de réception et une pièce commune. Elle trouva l'escalier et monta en se faisant l'effet de jouer les cambrioleurs des vids d'antan, tressaillant chaque fois que le bois protestait en grinçant. Une demi-douzaine de portes donnaient sur le palier. Elle hésita avant de tourner la poignée de la première, de crainte que ce ne soit la chambre principale. Elle n'avait aucune envie de la voir, d'enregistrer ses caractéristiques : le lit où Aidan et Alyssa dormaient, sa taille, son cadre en fer forgé ou en bois moderne ou de style ancien ; les rayures ou les fleurs du duvet, du jeté de lit ou de la couette faite main en coton ou en lin ; le rose ou le jaune pâle du peignoir en cachemire, en soie ou en coton négligemment oublié sur le fauteuil ou le châlit ; les deux paires de chaussons en laine bouillie, en cuir ou en satin, de part et d'autre du lit, bien alignés en attendant les pieds de monsieur ou de madame.

Elle finit par ouvrir la première porte et découvrit un bureau tapissé de livres. Dès qu'elle fut à l'intérieur, l'odeur d'Aidan l'enveloppa, déclencha en elle une douleur, une sensation de manque proche du pincement de la faim. Elle eut la tentation de s'attarder dans la retraite d'Aidan, d'éteindre la torche et de s'asseoir sur le siège pour inspirer l'odeur du corps aimé qu'il avait si souvent hébergé, mais son besoin de repos l'emporta. De peu. Elle referma derrière elle. À son grand soulagement, la pièce en face correspondait exactement à ce qu'elle cherchait : c'était une chambre d'amis, pas trop grande, avec un lit double et une salle de bains attenante. Elle lâcha son sac par terre avec joie et se déshabilla en plissant le nez. Elle se fit la réflexion qu'elle pourrait presque faire concurrence à Farooq, mais sa fatigue était telle qu'elle se contenta du minimum indispensable avant de s'effondrer sur le lit.

Sa dernière pensée avant de sombrer dans le sommeil alla au pasteur Easter, douillettement lovée dans sa chemise de nuit et seule dans son lit. Sans même y réfléchir, Hannah fit une prière pour qu'elle ait une longue et heureuse vie et quelqu'un, homme ou femme, pour l'aimer et la serrer dans ses bras à la fin de ses jours.

Le grincement des marches la tira instantanément du néant. Tout à fait réveillée, elle retint son souffle ; comme elle un peu plus tôt, il s'arrêta en haut de l'escalier.

« Hannah ! » cria-t-il.

Il avait la voix rauque, pressante. Elle la sentit s'insinuer dans son sang, sa chair, ses os, sentit son corps se tendre dans sa direction, telle une plante, alors qu'elle tremblait en esprit. Le moment était venu.

« Hannah ? répéta-t-il sur un ton interrogateur cette fois, et inquiet aussi.

— Je suis là. »

Il pressa le pas et elle s'assit dans le lit.

« Où ça ?

— Là, dans la chambre d'amis. »

D'épais rideaux protégeaient les fenêtres, mais la lumière du jour passait par le couloir. À la dernière seconde, le courage manqua à la jeune femme et elle changea de position pour tourner le dos à la porte. Aidan s'arrêta sur le seuil.

« Hannah ?

— Ferme la porte et n'allume pas. »

Il poussa un soupir où l'impatience le disputait au désir.

« Non, mon amour, je t'en prie, n'aie pas honte. Je veux te voir. Il faut que je te voie. Crois-tu que la couleur de ta peau compte pour moi – moi qui suis responsable de tes souffrances ? »

Elle l'entendit faire un pas vers elle.

« Non », s'écria-t-elle avec vivacité.

Et il s'arrêta.

Dans l'esprit d'Hannah surgit une image de *La Belle et la Bête*, pas la version édulcorée de son enfance, mais celle d'un conte plus noir, plus ancien, déniché au hasard d'une bibliothèque dans un ouvrage illustré, sur une jeune fille mariée de force au roi des corbeaux et emmenée dans son château. Une méchante sorcière avait changé celui-ci en corbeau pour une durée de sept ans. En attendant, la jeune fille ne pouvait le voir que le jour, sous sa forme d'oiseau ; la nuit, en revanche, lorsque son mari ôtait ses plumes, il lui était interdit de porter les yeux sur lui. Durant six ans et trois cent soixante-quatre jours, elle s'était allongée docilement à côté de lui, une épée entre leurs deux corps. Or, la dernière nuit, incapable de supporter plus longtemps cette situation, elle avait décidé de voir à quoi il ressemblait. Après avoir allumé une chandelle, elle avait découvert, de l'autre côté de l'épée, un homme nu d'une beauté indescriptible. Une goutte de cire, roulant sur son torse nu, l'avait réveillé en sursaut. En le voyant sous sa forme véritable, elle l'avait condamné pour l'éternité, lui avait-il dit. Hannah n'avait jamais oublié la gravure où la jeune femme, bouchée bée, baissait les yeux sur le visage horrifié de son époux qui venait d'appréhender l'étendue de son malheur.

Aidan était sincère, Hannah le savait. Il était à cent pour cent sûr, s'il appuyait sur l'interrupteur, de voir la belle et non la bête. *Mais quand est-on sûr à cent pour cent dans la vie ?* Il se croyait préparé, mais elle savait que non, pas plus qu'elle-même ne l'avait été dans la cellule chromatique. Même s'il parvenait à garder un visage impassible, il serait épouvanté.

« Je ne suis pas prête, Aidan, murmura-t-elle. Je t'en prie, fais ce que je te demande. »

Elle attendit. La porte se ferma, les plongeant dans une obscurité totale. Aidan, le souffle bruyant, irrégulier, demeura debout près de l'entrée, partagé, elle le devina, entre incertitude et désir. Alors, se guidant au bruit de sa respiration, elle s'approcha de lui. Ses mains tendues trouvèrent son torse, remontèrent vers son visage. Il l'enlaça et tressaillit en découvrant qu'elle était nue. Il murmura son nom, une fois, puis la plaqua contre lui, embrassa le sommet de son crâne, son front, ses joues, ses lèvres, son cou. Il gémit et tomba à genoux, les bras noués autour de sa taille, le visage pressé contre son ventre. Elle sentit la fraîcheur de ses larmes sur sa peau, la fraîcheur de sa bouche qui descendait. Mais ce n'était pas ce dont elle avait envie, ce n'était pas ce que son corps réclamait, aussi elle s'agenouilla à son tour, l'embrassa, aspira sa langue, défit la fermeture Éclair de son pantalon et l'attira en elle, dans la rivière bouillonnante, en crue, de sa chair. Le courant les balaya tous deux et les ramena au monde qui était le leur.

Un peu plus tard, Hannah se redressa, puis se mit debout en étouffant un gémissement de douleur. Elle ne voulait pas réveiller Aidan. Rétrospectivement, ça n'avait pas été très malin de faire l'amour sur le plancher, compte tenu de l'état de son postérieur. Elle sortit de la pièce sur la pointe des pieds, referma derrière elle et descendit l'escalier pour aller se chercher un verre d'eau. Ça aurait dû la perturber de se promener nue chez Aidan, chez Alyssa, mais ça lui procura au contraire une impression de puissance, primitive et profondément satisfaisante. Elle était certaine que ni l'un ni l'autre ne s'était jamais baladé ainsi ni ici ni où que ce soit. Même dans le noir, même totalement seuls, ils enfilaient sûrement un peignoir. Avant, Hannah aussi s'y serait sentie obligée, mais elle n'était plus cette personne-là.

La pendule de la cuisine indiquait un peu plus de onze heures du matin. Dans une coupe sur le plan de travail, il y avait une banane presque noire ; Hannah la pela et en fit trois bouchées. Elle n'avait rien mangé depuis le gâteau sec dans le bureau du pasteur Easter et, la veille dans l'après-midi, juste avant de quitter Greensboro, une moitié de sandwich ramolli et un paquet de chips. Elle posa un regard rêveur sur le réfrigérateur et la cafetière, mais décida de se contenter de la banane et du verre d'eau et remonta se doucher. Elle n'osait pas s'attarder ; Aidan risquait de se réveiller et de se lancer à sa recherche, or elle ne voulait pas qu'il la voie, pas encore.

Et peut-être pas du tout, songea-t-elle en étudiant le reflet rutilant que lui renvoyait le miroir de la salle de bains. Pourquoi rompre l'enchantement et gâcher tout ce qu'ils avaient partagé, ainsi que les souvenirs qu'ils en garderaient ? Car son souhait s'était réalisé : leur union avait été parfaite, totale. Et, comme avec Simone, salutaire. Depuis qu'elle avait été chromée, les hommes avaient traité Hannah en femme-objet à jeter après usage. Être avec Aidan avait neutralisé cette calamité, lui avait rendu son équilibre et l'avait purgée de la haine.

Avant, elle vivait l'amour avec Aidan comme une incursion dans son intimité – une pénétration non seulement de son corps, mais de son être – qu'elle acceptait volontiers, même si les marques de ces intrusions ne guérissaient jamais totalement ; même si une petite part d'elle-même n'était jamais comblée et continuait à se languir. Mais aujourd'hui ça avait été différent. Aujourd'hui, durant quelques précieuses minutes, elle avait eu le sentiment qu'Aidan et elle ne faisaient vraiment qu'un : il était en elle et elle était en lui. La vision qu'il lui avait décrite lui revint à l'esprit : *Nous étions côte à côte dans un cercle de lumière dorée, et j'ai compris que si je parvenais à me saisir de cette lumière, je ne ferais plus qu'un non seulement avec toi, mais avec Lui aussi.* Peut-être cela décrivait-il bien l'amour mortel, songea-t-elle : une vague et brève vision de ce qu'on ressentirait le jour où on ne ferait plus qu'un avec Dieu. Ce matin, avec Aidan, elle avait pour la première fois de sa vie éprouvé une véritable exaltation.

Et ce soir, elle en avait douloureusement conscience, il lui faudrait le quitter.

Il dormait encore lorsqu'elle revint vers la chambre. Elle s'arrêta sur le seuil et profita de la lumière tombant par la fenêtre de la salle de bains pour le regarder. Ses yeux lui confirmèrent ce que ses mains lui avaient déjà appris : il avait maigri, était presque émacié. Malgré cela, il était beau. Peut-être même davantage encore, car cette fragilité lui prêtait le puissant attrait de l'éphémère, de la luciole, de la rose pleinement épanouie dont la beauté serre le cœur parce qu'elle ne sera bientôt plus. Elle frissonna, glacée par cette idée.

Aidan bougea, et elle se faufila à l'intérieur en refermant la porte avant qu'il puisse la voir.

« J'ai froid, chuchota-t-elle en se glissant dans le lit. Viens me rejoindre. »

410

Il se leva, trébucha et se cogna le genou ou le coude contre la colonne du lit.

« Aïe ! »

Rire triste.

« Tu aurais pu me laisser le temps de retirer complètement mon pantalon.

— J'étais pressée. »

Il s'installa à côté d'elle et l'attira contre lui.

« Eh bien, ce n'est plus la peine, mon amour, ce ne sera plus jamais la peine. Nous avons toute la vie devant nous. »

Elle ne bougea pas, ne dit absolument rien et pourtant Aidan se raidit.

« Qu'est-ce qu'il y a ? »

Une part d'Hannah eut envie de lui mentir, de lui offrir cette dernière journée ensemble sans l'accabler en lui annonçant qu'ils devaient se séparer. Mais elle s'aperçut que ça lui était impossible. Dans l'univers où elle évoluait à présent, elle n'avait à offrir que la vérité, même brutale. Elle s'arracha alors à son étreinte et lui raconta : l'épreuve vécue au centre du Droit Chemin, sa quasi-capture par le Poing du Christ, sa délivrance par des inconnus (elle se contenta de dire qu'il s'agissait d'un groupe opposé au Poing), sa fuite du Texas et comment elle avait failli finir en esclave sexuelle et manquer se faire violer par Farooq. Elle lui épargna son interlude amoureux avec Simone, mais pas un seul de ses malheurs, alors qu'elle savait que ces confidences le blesseraient. Seule la vérité pleine et entière lui permettrait de la laisser partir.

Il accueillit son récit avec beaucoup d'agitation, se tourna et se retourna dans le lit, lâcha ici et là des exclamations bouleversées ou angoissées. Différant le moment où il leur faudrait évoquer leur avenir, Hannah en resta à son arrivée chez lui. Allongé à côté d'elle, Aidan demeura silencieux, immobile. Elle lui prit la main, elle était glacée. Tout son corps était froid et humide, de sorte qu'elle se colla contre lui pour le réchauffer.

Il poussa un soupir rauque.

« Comment pourras-tu jamais me pardonner ? » lui demanda-t-il.

La question ne l'étonna pas, mais l'exaspéra tout de même.

« Il n'y a rien à pardonner, Aidan. Je ne suis pas une enfant à qui tu as fait du mal ni que tu as débauchée. »

Il se crispa et elle adoucit le ton.

« Ce que j'essaie de te dire, ce que j'ai besoin que tu comprennes, c'est que, tout du long, j'ai effectué mes propres choix, des choix qui me paraissaient justes, et je suis prête à en assumer les conséquences. Ce avec quoi je ne vivrai plus jamais, c'est la honte et le regret, et j'espère que toi non plus.

— Tu sembles… différente. Changée. »

Était-ce de la consternation qu'elle entendait dans sa voix ?

« Oui. Plus que tu ne crois.

— Tu es tellement forte, tellement catégorique. »

Elle secoua la tête.

« Tu n'imagines pas à quel point je me suis sentie perdue au cours des six derniers mois. J'ai douté de tout : de toi, de Dieu. Et surtout de moi.

— "J'ai douté", c'est du passé. »

Le ton joyeux d'Aidan déchira Hannah.

« Oui. C'est du passé. »

Lui aussi bientôt. Ses yeux la brûlèrent et elle ferma très fort les paupières. Il n'avait pas anticipé, pas perçu la suite inévitable de leur histoire ; il n'avait pas encore vu que leurs chemins allaient devoir se séparer. D'ici peu, il faudrait qu'elle le lui fasse

comprendre, ruinant son bonheur. Mais pas maintenant. Elle allait lui accorder encore un moment de
bienheureuse ignorance.

« Je vais devoir te quitter, lui dit Aidan quand ils
eurent refait l'amour. Il faut que je rentre pour parler à
Alyssa. »

Hannah avait la tête calée au creux de son épaule,
aussi parfaitement qu'une sphère dans l'alvéole
conçue pour elle.

Sauf que ça n'avait pas été conçu ainsi, que ça ne
l'était pas.

« Non, répondit-elle doucement. C'est inutile. »

Il s'assit brusquement et délogea sa tête.

« Qu'est-ce que tu veux dire ? »

Elle s'assit aussi et lui fit face dans le noir.

« Ces personnes dont je t'ai parlé, celles qui m'ont
sauvée des griffes du Poing et m'ont offert de prendre
la route… elles m'ont fait jurer de couper tout contact
avec des gens de mon passé. Définitivement. »

Elle le sentit reculer devant l'énormité de ce mot en
suspens au-dessus d'eux. C'est le point de rupture,
songea-t-elle.

« C'est absurde. Ils ne peuvent pas te demander ça.

— Aidan, si elles découvraient que je t'ai parlé, et
encore plus que je t'ai vu, elles nous élimineraient
tous les deux. Et si tu me rejoignais quelque part, elles
finiraient par le savoir, où qu'on aille. Il n'y a aucun
endroit où nous puissions nous cacher. »

Un silence.

« À cause de qui je suis », dit-il finalement.

Hannah ne l'avait jamais entendu aussi amer mais,
malgré son désir de le réconforter, elle se domina.

« Il doit bien y avoir un endroit, insista-t-il. Une île
lointaine en Asie ou en Afrique où on n'a jamais
entendu parler de moi.

— C'est trop risqué. Je ne te soumettrai pas à ce genre de choses. »

Elle ne put toutefois s'empêcher de l'envisager une seconde, s'imaginant allongée avec lui dans un hamac à deux pas d'une hutte, entourée par une forêt pluviale sertie dans une mer d'un bleu céruléen. Sa tête nichée au creux de son épaule, son bras en travers de son torse viril, leurs jambes emmêlées. Adam et Ève, avant la Chute. Moins *Tyrannosaurus rex*.

« Je me moque du danger », affirma-t-il.

La vision miroita, puis s'évanouit, ultime chimère, identifiée avant de disparaître.

« Mais moi non, riposta-t-elle. Je ne peux pas vivre éternellement comme une fugitive. »

C'était la vérité, mais ce n'en était qu'une petite partie. Le reste, qu'elle avait évité d'affronter depuis plusieurs jours maintenant, s'imposa à elle avec une certitude discrète : s'ils avaient jamais été en harmonie, Aidan et elle, ils ne l'étaient plus. Elle s'était trop éloignée de lui, se trouvait désormais à une distance qui ne se mesurait ni en jours ni en kilomètres, une distance qu'elle allait bientôt creuser davantage encore. Il ne pourrait la suivre là où elle allait et elle ne pourrait revenir. Et d'ailleurs, elle ne voulait pas revenir à ce monde où elle avait grandi ni même à la personne qu'elle avait été ; la personne qu'il escomptait qu'elle serait si elle restait avec lui. Son Élinor douce, vertueuse, raisonnable, c'était Alyssa, pas elle. D'ailleurs qui était-elle au juste ? Hannah ne le savait pas encore, mais elle voulait avoir la possibilité de le découvrir. Or, avec Aidan, ce serait impossible. Elle ne ferait que s'enfermer dans une autre boîte.

Mais comment le lui avouer ? Ça le blesserait inutilement, il ne comprendrait pas. Comment serait-ce possible, vu l'homme qu'il était et la vie qu'il menait ? Aussi, lorsqu'il commença à protester, elle le bâillonna de la main et lui parla dans la langue du monde qui était le sien.

« Dieu a pour toi une tâche importante à mener à bien, mon amour. (*Ton Dieu qui n'est plus le mien.*) C'est pour cela qu'Il t'a mis sur cette terre : pour que tu guides des gens jusqu'à Lui par le biais de ta foi. "Je ferai aller les aveugles par une route qu'ils ne connaissent pas… Je changerai devant eux les ténèbres en lumière et les terres rocailleuses en pistes unies. Voilà ce que je ferai, et je ne les abandonnerai pas." »

Les Henley avaient perverti le sens de ce verset, mais aujourd'hui Hannah percevait sa beauté et sa force. Il y avait dans l'univers tant de gens qui souffraient, qui avaient besoin d'aide, d'espoir, de lumière. Et ça, Aidan le leur apportait. Quelles que puissent être ses failles, c'était un vrai homme de Dieu.

« Tu ne peux renoncer à tout cela, Aidan. Ni pour moi ni pour qui que ce soit.

— Non. Je me suis engagé devant Dieu et devant toi à révéler la vérité. À reconnaître mon amour pour toi, même si je t'avais perdue. Je te le dois.

— S'il est une chose que tu me dois, c'est d'accomplir ta mission. En continuant sur cette voie, tu vas anéantir l'espoir et la foi de milliers de personnes. »

Dont mes parents et Becca.

Toujours crispé, Aidan résistait.

« Et tu anéantiras mon espoir et ma foi aussi, ajouta Hannah. Si la presse apprenait mon nom, je ne pourrais plus passer inaperçue. Ma photo serait sur toutes les vids. Si quelqu'un m'identifiait, ce qui arriverait forcément, je serais dénoncée à la police. »

Il garda le silence un très long moment. Elle lui caressa le front et attendit en tentant d'apaiser la souffrance et la confusion qui, elle le savait, roulaient sous sa main. Puis il poussa un grand soupir où elle perçut fatigue et capitulation.

« Tu as raison, bien sûr, admit-il. Quelle libération, n'est-ce pas, quand on voit enfin clairement son chemin ! »

Sa voix évoquait un cygne évoluant sur un lac, le visage de Marie en contemplation devant son enfant.

En entendant comme un écho du vidmail qu'il lui avait envoyé, Hannah fronça les sourcils.

« Donc, tu ne le feras pas, c'est ça ? »

Il lui caressa la joue.

« Je ne ferai jamais rien qui puisse t'exposer encore une fois au danger. »

Elle ne pouvait malheureusement pas voir son visage. Ce calme lisse ne lui disait rien qui vaille. Elle lui saisit la main, la serra avec force.

« Promets-le-moi.

— Je ne te trahirai pas, mon amour, je te le promets. Tu es la prunelle de mes yeux. »

Il l'enlaça et l'obligea à s'allonger pour lui caresser le dos, les cheveux, les bras. Elle comprit qu'il mémorisait son corps mais, apaisée par ses tendresses, elle céda à sa lassitude et sombra dans le sommeil, presque comme ce fameux jour d'octobre dans la voiture, si longtemps auparavant.

Mais, cette fois-ci, lorsqu'elle se réveilla, il n'était pas à ses côtés. Elle tendit l'oreille, sentit le vide de la maison résonner dans le tréfonds de son cœur. *C'est fini, fini, fini.* Pour toujours, maintenant.

La porte de la chambre était entrouverte de sorte que la lumière palpitante et légèrement violette du crépuscule filtrant par le palier rompait les ténèbres. Hannah chercha la torche à tâtons, mais elle n'était pas sur la table de chevet où elle l'avait laissée. Elle se risqua à allumer et l'aperçut à côté de l'oreiller d'Aidan. Un mot était coincé dessous.

> *Hannah, ma chérie,*
> *De toutes les créations de Dieu, tu es pour moi*
> *la plus belle. Je t'aime, aujourd'hui et à tout*
> *jamais.*
>
> *Aidan*

Elle fondit en larmes en lisant le billet entre ses mains et le pressa contre sa poitrine sur laquelle nulle goutte de cire chaude n'était tombée.

Elle roulait dans un univers blanc, froid, désolé, inconnu, beau. Plus elle allait vers le nord, plus le paysage était tout cela à la fois. Pourtant, malgré sa nouveauté, il n'avait rien d'intimidant. Cette blancheur semblait même l'inviter à aller plus avant, plus au nord, cette table rase qui ne promettait rien, sinon la possibilité de recommencer. Une nouvelle vie, sans Aidan, sans ses parents, sans Becca.

Tout en conduisant, elle fit le deuil de cette séparation dont elle comprenait maintenant la nécessité. Sa famille ne la reconnaîtrait plus. Et s'ils avaient su toute la vérité, ils auraient été horrifiés par la personne qu'elle était devenue, tandis qu'elle n'aurait pas supporté leur attitude et se serait irritée des limites qu'ils auraient tenté de lui imposer. Mieux valait qu'ils la croient morte. Et mieux valait qu'Aidan reste avec sa femme dans son monde à lui, un monde qui ne ressemblait en rien à celui qu'Hannah espérait se façonner au Canada. Elle repensa à l'espace blanc qu'elle avait entrevu chez Stanton, celui qu'elle avait l'intention de meubler en fonction de ses goûts et désirs. Dans ce décor, Aidan serait mal à l'aise, pas à sa place ; quant à sa famille, elle n'en franchirait même pas le seuil.

Kayla, elle, y serait très bien. Si elle survivait. Elle allait survivre, se dit Hannah, qui voulait y croire. Paul la trouverait – peut-être était-ce déjà fait – et l'amènerait dans le Nord, et après ils seraient réunis tous les trois. Toute la nuit, elle pria pour ça, sans trop savoir Qui ou quoi, mais avec un sentiment très proche de la foi.

De Maxon, elle monta plein nord en traversant le Maryland puis la Pennsylvanie par de petites routes, et finit par attraper l'I-81 à Harrisburg. Il aurait été plus rapide de rester près de la côte, puis de remonter la I-87, mais ç'aurait impliqué de franchir quatre frontières au lieu de deux et de circuler dans des zones extrêmement peuplées. Les chutes de neige abondantes la ralentirent aussi, ce qui était une bonne chose. Ça lui servait de camouflage et ça détournait l'attention de la police, trop occupée à porter secours aux passagers blessés ou choqués des véhicules accidentés ou en panne pour se soucier de Chromes en cavale. Elle vit au moins, telles des bribes de cauchemar, une dizaine d'accidents sous le feu des lumières bleues et rouges des voitures de police et des ambulances. Elle regarda droit devant elle en passant, laissant les victimes à leur tragédie, car elle n'avait aucune envie de graver leurs souffrances dans sa mémoire.

Peu habituée à conduire dans des conditions aussi hasardeuses, même si la camionnette répondait bien, la jeune femme progressait à une lenteur torturante. Elle avait espéré aller d'une traite jusqu'à Champlain, mais l'aube approchait et elle n'avait pas encore franchi la frontière de l'État de New York. Elle allait être obligée de dormir un jour de plus dans la camionnette et donc de s'arrêter quelque part pour acheter une couverture ou un sac de couchage. Même en ayant enfilé tous les vêtements dont elle disposait, elle s'était gelée à mort à Greensboro et ici, dans le nord-est de la Pennsylvanie, il faisait près de quinze degrés de moins. Elle avait bien envisagé de chiper une couverture chez Aidan, mais n'avait finalement pu se résoudre à commettre ce larcin. Elle avait déjà suffisamment dépouillé Alyssa Dale.

Dans la banlieue de Scranton, elle aperçut l'hologramme d'un Target, le fameux œil de buffle, et quitta l'autoroute. Le parking enneigé était pratiquement désert mais les lumières du supermarché étaient encore allumées. Elle se gara, mit son manteau et fonça vers l'entrée, avec la peur d'être refoulée. Quand il la vit, l'agent de sécurité se contenta de porter la main vers son arme à feu, histoire de la mettre en garde, mais ne fit pas mine de la stopper. En filant vers la section camping à l'autre bout du magasin, elle remarqua qu'un des caissiers était un Jaune. Elle longea des tas d'allées bourrées de marchandises – pour la plupart inutiles – et s'étonna de cette profusion alors qu'une année auparavant cette idée ne l'aurait pas effleurée. À l'époque, elle aurait été incapable de vivre sans un certain nombre de choses : son phone, son café du matin, ses bons ciseaux, sa bible. Sa sœur, ses parents, Aidan.

Elle choisit le meilleur sac de couchage du rayon, s'arrêta dans la section alimentation pour prendre quelques casse-croûte et de l'eau en bouteille, puis se dirigea vers les caisses. Le caissier jaune avait un client, mais elle attendit pour passer avec lui alors qu'il n'y avait personne à côté. Elle espérait une forme de connivence entre eux, une connexion semblable à celle qu'elle avait eue avec le motard, mais le Jaune se montra brusque et hostile. Au début, cela l'irrita, puis une sorte d'empathie la gagna. Pourquoi n'aurait-il pas eu le droit d'être revêche lui aussi, cet homme vieillissant, dégarni, sans alliance, qui était obligé de travailler de nuit dans un Target d'une petite ville après avoir été condamné à mener une vie de Chrome pour allez savoir combien de temps ? Elle aussi aurait pu connaître le même sort si elle était restée purger sa peine à Dallas. Elle le remercia poliment quand il lui balança ses sacs de courses et se dit que, quoi qu'elle ait pu vivre et quoi qu'elle puisse encore avoir à vivre, ça valait mieux que d'endurer pareil destin.

En sortant du magasin, elle remarqua une banderole au-dessus de la porte : TOUT LE PERSONNEL DE TARGET VOUS SOUHAITE UNE BONNE ET HEUREUSE ANNÉE ! Elle se rendit compte qu'il était plus de minuit et se figea. Une nouvelle année avait commencé. Où serait-elle au prochain 1er janvier ? Dans une maison ou dans un appartement, à la campagne ou en ville, avec une amie, un copain, un mari, un chat ? Elle passa tous ces scénarios en revue et essaya de voir comment ils pouvaient s'inscrire dans l'espace vide qu'elle avait en tête, mais pas un seul d'entre eux ne tint la distance, ni ne prit de relief. Pour le moment, elle ne voyait que du blanc.

Elle se gara dans le parking d'un gigantesque centre commercial quelques kilomètres plus loin et dormit profondément durant près de douze heures, bien au chaud dans son sac de couchage par terre dans la camionnette. Il faisait nuit lorsqu'elle se réveilla et il ne neigeait plus. Après avoir jeté un coup d'œil sur la température – moins onze, avec un ressenti plus glacial encore –, elle décida – exercice compliqué – de faire pipi dans une tasse et plissa le nez devant l'odeur qui se répandit dans l'espace confiné. Elle la vida par la fenêtre, puis se lava les dents, se rafraîchit la figure avec un peu d'eau et reprit le chemin de l'autoroute. Elle passa devant un White Castle. Son ventre lui réclama illico un burger, des frites et une tasse de café, mais, après un bref et féroce conflit avec son cerveau, elle opta pour un autre sandwich ramollo de la glacière. Elle le mangea jusqu'à la dernière bouchée, pourtant peu appétissante, et se dit avec ironie que c'était le goût de la liberté.

L'autoroute avait été sablée, ce qui lui permit de rouler plus vite, et elle se prit à espérer pouvoir arriver à Champlain avant minuit. Elle fit halte près de Syracuse, pour recharger. La température était tombée à moins seize et elle avait vraiment besoin de se soulager, de sorte qu'elle s'aventura à l'intérieur afin d'utiliser les toilettes. Dans la zone brillamment éclairée des places assises, un large groupe de curieux, bouche bée pour certains, s'était massé devant la vid géante. Ils étaient tellement focalisés sur l'écran qu'ils ne remarquèrent même pas la présence d'une Rouge dans leurs rangs. Hannah s'arrêta pour regarder.

Elle vit une présentatrice blonde et guillerette – du style irritant qui essaie encore à quarante ans de jouer les minettes – et, en arrière-fond, la cathédrale nationale. Puis l'image passa sur Aidan en chaire, cramoisi et l'air transporté. Hannah sentit pencher quelque chose en elle, un mouvement sismique. *Non. Non, tu avais promis.* Elle avança vers la vid comme si elle marchait sur le plancher de l'océan, freinée par la résistance de l'eau, avec autour d'elle des sons déformés et incompréhensibles. Elle s'enfonça dans la foule et tendit l'oreille.

« … la messe du nouvel an s'est terminée dans le tumulte, disait la présentatrice au débit précipité et haletant, quand Aidan Dale, le ministre de la Foi, s'est effondré à la fin d'un sermon enflammé et stupéfiant dans lequel il a dénoncé le mélachromatisme en le qualifiant, je cite, d'"acte impie, inconstitutionnel et inhumain", et en appelant le Congrès et un président Morales très surpris – bref plan sur les visages éberlués du président et de la première dame – à abroger cette pratique. Ensuite, il a encore davantage choqué la congrégation et le pays en confessant avoir eu une relation adultère avec une femme dont il n'a pas donné le nom. »

L'image revint sur Aidan.

« Regardez-moi donc tel que je suis réellement, déclarait-il, pécheur qui circulait parmi vous en se dissimulant derrière un masque vertueux alors que j'avais le cœur plein de duplicité. Durant plus de deux ans, j'ai brisé mes vœux de mariage en pensées et en actes. J'ai trahi mon Dieu et ma femme – gros plan sur une Alyssa Dale impassible – et vous tous qui croyiez en moi. »

L'image revint sur Aidan. Il avait le teint terreux.

« Mais le Seigneur est miséricordieux. Il m'a témoigné Sa miséricorde en m'amenant ici, dans ce lieu saint, pour m'offrir l'occasion inespérée de révéler ma honte et mon hypocrisie afin que j'aie la chance d'être sauvé. Que Son nom soit loué ! Que Sa volonté soit faite ! »

Subitement, les traits d'Aidan se crispèrent, il porta la main à son torse, chancela, puis ses genoux fléchirent et il roula à terre.

Une part d'Hannah s'effondra avec lui, son cœur se contracta, le souffle lui manqua. Était-il mort ? Elle n'arrivait pas à le voir ; il y avait des tas de gens, dont Alyssa en larmes, autour de lui. Quelqu'un – le ministre de la Santé – lui faisait un massage cardiaque. Puis il quitta la cathédrale sur une civière, accompagné par Alyssa qui lui tenait la main.

« Les médecins de l'hôpital Walter Reed nous confirment que le ministre vient de faire un léger infarctus. Selon eux, il est conscient et ses signes vitaux sont stables. »

Conscient. Stables. Ces mots s'imprimèrent dans le cerveau d'Hannah. Son cœur se remit à battre normalement, ses poumons se dilatèrent et elle inspira à fond. *Oh, merci, mon Dieu*, dit-elle et, du coup, elle se mit à genoux, baissa la tête et pria en répétant inlassablement ces quatre mots simples : *Merci pour sa vie.* À un moment donné, elle prit conscience d'un mouvement de foule autour d'elle, puis le calme se fit. En levant le nez, elle vit tous les badauds agenouillés et priant en silence, tête baissée, devant la vid. Saisie d'un flamboiement d'émerveillement, elle eut une seconde le sentiment d'être connectée non seulement aux gens qui l'entouraient, mais à tout et à tous de par le monde : à tous les cœurs qui battaient, à toutes les ailes qui frémissaient, à toutes les pousses vertes qui surgissaient de la terre et cherchaient, comme elle, le soleil.

Merci pour sa vie. Et pour la mienne.

Elle marchait dans un univers blanc, froid, désolé, inconnu, beau. La pleine lune éclairait son chemin, ourlait d'argent les branches nues des arbres et transformait la neige en un tapis constellé de diamants, aussi voyant qu'une cape de magicien. Au début, le froid dans ses poumons lui parut brutal et acéré, mais, après un quart d'heure passé à avancer laborieusement dans trente centimètres de neige et à se sortir vaille que vaille de fosses sournoises qui l'engloutissaient jusqu'aux hanches, elle commença à se réchauffer. Sa respiration sifflante offrait un contrepoint rassurant au silence de la forêt.

Au bout d'une demi-heure, elle ôta sa bague de brouillage et la laissa tomber dans la neige sans hésiter, alors qu'elle avait bien conscience que si les

Novembristes pouvaient désormais la localiser, la police des frontières le pourrait aussi. Elle avait laissé son sac à dos dans la camionnette, sur une impulsion qu'elle n'avait pas comprise de prime abord mais qui, à présent qu'elle allait de l'avant sans rien pour l'encombrer, hormis sa montre et ses vêtements, lui semblait claire : *Tu dois t'engager sur le chemin sans rien sinon toi-même.* Ce renoncement, cette reddition totale lui paraissaient justes et nécessaires. Jamais elle n'avait été aussi vulnérable, jamais elle ne s'était sentie aussi forte.

Elle marcha encore dix minutes, puis vingt. Elle avait mal aux jambes et son jean était mouillé et lourd. Était-ce une lumière qu'elle avait entrevue devant elle ? Elle s'arrêta et regarda attentivement, mais, après quelques secondes, elle se dit que son imagination avait dû lui jouer un tour. Ce n'était pas difficile, dans cet endroit surnaturel, de voir des feux follets et des guirlandes lumineuses et de se retrouver enfermée dans un sommeil de cent ans à l'intérieur d'un monticule neigeux. Plus elle y songeait, plus l'idée la séduisait : dormir paisiblement un siècle durant, puis se réveiller dans un monde changé, un monde libre de mélachromatisme, de maladies, de famines, de violences et de haines.

Elle frissonna. Depuis combien de temps était-elle plantée là ? Elle ne sentait plus ni son visage ni ses pieds et avait le haut du corps moite de sueur. Vaguement consciente qu'elle risquait de mourir de froid, elle essaya de se forcer à repartir, mais ses jambes étaient devenues de vrais poteaux, rigides, qui refusaient de coopérer. Elle baissa les yeux vers la neige en songeant que ce serait merveilleux de se laisser tomber dedans comme elle y avait laissé tomber sa bague, de s'enfoncer dans ce blanc doux et scintillant. Ultime abandon. Interminable et tendre accueil.

Et là elle revit les lumières, deux lumières, plus proches qu'avant. Cette fois, elles ne disparurent pas. Elles se firent plus vives, plus nettes, et balayèrent son épuisement. Les Novembristes ou la police ? Elle chercha son arme, mais son gant la handicapait. Elle le retira donc avec les dents et le lâcha dans la neige ; libéra le verrou de pontet, referma la main sur la crosse ; tourna l'arme vers elle et colla le canon au creux de son plexus. Elle ne reviendrait pas en arrière ; d'une manière ou d'une autre, elle irait de l'avant et c'est tout. Elle fixa les lumières qui venaient sur elle, ces deux yeux brillants, ces deux orbes omniscients. Là était la clé de son destin La liberté ou la mort ?

Durant les quelques secondes qui s'écoulèrent avant qu'elle n'ait la réponse à sa question, elle imagina ce que sa vie pourrait être et meubla l'espace blanc d'un immense tapis aux reflets chatoyants, d'un canapé en velours d'un rose profond de soupir d'amant, d'une table basse où trônait un vase de roses rouges épanouies. Elle y ajouta de la musique : Ella chantait, Kayla et Paul riaient et on aurait cru qu'aucun d'entre eux n'avait jamais souffert. Kayla et Paul étaient installés sur le canapé, un verre de vin rouge à la main. Kayla avait calé ses pieds nus sous ses fesses, Paul avait posé les siens sur la table basse, un bras passé autour de son amie, et son pouce caressait doucement son épaule nue couleur de la lumière à travers l'ambre. Kayla dit quelque chose et Hannah s'entendit rire avec eux d'un rire clair et éclatant.

Les lumières étaient sur elle à présent, aveuglantes. La forêt, la neige et la lune avaient disparu ; elle mit sa main libre en visière pour se protéger.

« Comment t'appelles-tu ? »

C'était une voix d'homme qui avait les mêmes intonations françaises que Simone.

« Hannah Payne.

— Et pourquoi es-tu ici ? »

Les Henley lui avaient déjà posé cette question et elle leur avait répondu sincèrement alors. Aujourd'hui, sa vérité était bien différente, autrement plus riche et vibrante.

« C'est un choix personnel. »

Les lumières s'éteignirent, mais elle était encore trop éblouie pour y voir vraiment. Elle entendit un crissement de pieds sur la neige et distingua à la longue un visage au teint pâle, des dents blanches : c'était un homme et il lui souriait. Elle lâcha son arme, se sentit glisser de côté. L'inconnu la rattrapa par les épaules et la remit droite. Embrassa ses joues gelées, celle de droite, puis celle de gauche.

« *Bienvenue*, Hannah. Bienvenue au Québec. Tu es sauvée à présent, et ton amie aussi. Simone m'a chargé de te dire que Paul l'avait retrouvée et qu'il l'amenait ici. »

Hannah retourna alors vers cet espace dans son esprit qui désormais n'était plus ni vide ni blanc. Elle vit une chambre aux parquets brillants, un miroir en pied, un lit recouvert de violet foncé, de fins rideaux gonflés par une brise parfumée d'une tumultueuse promesse de printemps. Et dans le lit, il y avait une silhouette endormie, éclairée par une flaque de soleil matinal. Elle avait des cheveux longs et sombres répandus sur l'oreiller et une peau rose miel qui virerait au brun doré à l'été.

Elle se réveilla, elle était elle-même.

Remerciements

Écrire un roman est une entreprise fondamentalement solitaire où l'on perd souvent la tête. Mais il y a des gens pour vous aider de bout en bout, vous inspirer, vous documenter, vous apaiser, vous aiguillonner, vous supporter et vous aimer, et de généreuses organisations pour vous héberger et vous nourrir quand vous êtes dans les affres de la création. Je suis particulièrement redevable aux personnes suivantes.

Tout d'abord à mon oncle John, un original têtu, qui a semé les premières graines d'*Écarlate* au début des années quatre-vingt-dix à Hulls Cove, dans le Maine, lors d'un repas où nous avions bu une bouteille de vin. Nous discutions du problème de la drogue aux États-Unis et il a déclaré : « Pour moi, toutes les drogues devraient être légales et fournies par le gouvernement. Il faudrait juste qu'elles nous fassent virer au bleu vif. » Cette conversation est restée gravée dans mon esprit et a finalement engendré ce sombre et curieux fruit rouge.

À James Cañón et Chris Parris-Lamb, mes anges gay et hétéro ; sans leurs encouragements, leurs critiques pertinentes et leur indéfectible confiance à chaque étape de cette aventure, *Écarlate* n'existerait pas.

À Kathryn Windley, qui a lu *Écarlate* quand le livre était vert, et à Jennifer Cody Epstein, qui a suivi de multiples versions du roman, et qui m'ont offert de précieuses suggestions sur les personnages et le récit.

À Kathy Pories, qui m'a accompagnée de bon cœur dans cette dystopie à l'opposé de *Mississippi* et m'a aidée à la rendre crédible et intéressante. Et à toute la formidable équipe d'Algonquin/Workman dont j'ai dû cesser de parler à mes amis écrivains, qui ont fini par se sentir jaloux et mal aimés.

À Gay et John Stanek, à la Fundación Valparaiso, au Blue Mountain Center, au Château de Lavigny, à la Corporation of Yaddo, au Djerassi Resident Artists Program, au Hawthornden Castle et à la MacDowell Colony qui m'ont offert la possibilité d'écrire à loisir dans des cadres superbes. Au Barbara Deming Memorial Fund pour sa subvention opportune. Et à Charlotte Dixon, Carol Chinn, Alice Yurke ainsi qu'à Rob, John et Katya Davis, qui m'ont fourni un refuge quand je n'en avais pas.

À Sharon Morris, pour m'avoir autorisée à emprunter les lignes p. 251 tirées du poème « Not Just an Image », publié dans sa merveilleuse collection intitulée *False Spring*.

Au Dr Marc Heller, pour m'avoir sensibilisée à la question de l'avortement, et pour avoir assisté courageusement, souvent au péril de sa vie, les femmes dans le besoin et défendre la liberté de procréer. Au Dr Eugene Zappi, au Dr Lisa Susswein, au Dr Theresa Raphael-Grimm, au Dr Dan Burnes et à Kirk Payne pour m'avoir aidée à bâtir une structure scientifique plausible pour le mélachromatisme et la fragmentation. À Magda Bogin et Barbara Kingsolver pour leur enthousiasme de la première heure. À Denise Benou Stires pour m'avoir fait partager sa compréhension des médias et m'avoir prêté son épaule quand j'en avais besoin. À Elizabeth Fout, pour son œil d'aigle. À Lisa Dillman pour s'être montrée chipie à mon égard et à Nora Maynard, cofondatrice du TTWWC. À Ron Cunningham pour m'avoir permis de faire traverser illégalement la frontière canadienne à mon héroïne. À Michèle Albaret-Maatsch et à Julie Talbot, pour m'avoir enseigné à jurer comme un marin en québécois, et à Gérard Hernando pour m'avoir aidée à rendre le dialogue de Simone authentique. À Michael Epstein, pour la superphoto. Et à Nathaniel Hawthorne pour m'avoir fourni les formidables épaules sur lesquelles j'ai pu me dresser.

Enfin, je souhaite remercier tous les collègues, amis et proches que je n'ai pas mentionnés ci-dessus et dont l'amour et le soutien m'ont portée au fil de cette longue route rouge qui a été la mienne.

10/18, une marque d'Univers Poche,
est un éditeur qui s'engage pour
la préservation de son environnement
et qui utilise du papier fabriqué à partir
de bois provenant de forêts gérées
de manière responsable.

Impression réalisée par

BRODARD & TAUPIN

La Flèche (Sarthe), 3001077
Dépôt légal : septembre 2013

Imprimé en France